고전을
부탁해
❷

고전을 부탁해 ②

청소년을 위한 첫 고전 읽기

신운선 지음

두레

일러두기

1. 책은 『 』, 글이나 논문은 「 」, 잡지나 신문은 《 》, 그 밖의 영화나 노래, 시 제목은 〈 〉 등으로 표기했다.
2. 인용문의 출처는 각 장의 첫 인용문에 각주로 서지사항을 표시했고, 나머지는 괄호 안에 인용된 쪽만 표시했다.

읽는 이에게

'고전古典이 고전苦戰'이 아니라
우리 삶을 더욱 풍요롭게 비추는 빛이 되기를

'어떻게 하면 고전을 잘 읽게 할 수 있을까?'

글을 쓰기 전에 고민했습니다. 작품에 대한 배경지식을 알려 주거나 내용을 훑어 주는 게 독서에 긍정적이라는 의견도 있지만, 제대로 된 독서를 방해한다는 의견도 만만치 않기 때문이지요. 더구나 독서 환경도 달라져 독자는 책을 읽기보다 인터넷을 통한 뉴스나 영상 등을 더 자주 선택하기도 합니다. 책 읽기 말고도 즐거움을 주는 텍스트도 많아서 우리나라의 1인당 독서 시간이나 독서율은 점점 떨어지고 있는 게 현실이기도 하죠. 책 읽기를 통한 사유의 확장이 아니라 트위터나 페이스북 등의 SNS에서 의견을 공유하며 사유를 완성해 나가는 걸 더 좋아하기도 합니다. 이런 상황에서 과연 어떻게 하면 고전을 잘 읽게 할 수 있을까요?

"유명한 작품이다 보니 안 읽었는데도 읽은 것 같은 착각이 들어요."

"고전은 꼭 읽어야 할 것 같은데 이상하게 손이 잘 안 가요."

"필독서라는데 필독서는 숙제 같아서 부담만 돼요."

"어려워서 읽기에 흥미가 안 생겨요."

20년 넘게 독서교육을 하며 들은 다양한 의견을 종합하면 고전 읽기의 유용함과 중요성은 알고 있어도 고전과 친해지기 어렵다는 말로 정리할 수 있었습니다. 많은 영웅적인 인물이 고전 읽기를 했다고 해도 어느 유명한 대학 강의는 고전 읽기로 시작해서 고전 읽기로 끝난다고 해도, 선뜻 손에 잡히지 않는 게 고전이라는 거지요. 고전을 강조할수록 부담만 늘고 막상 읽으려고 펴 보면 생각보다 지루한 경우도 많고요. 작품을 이해하기 위해 작가의 삶이나 시대적인 상황, 당시의 이데올로기 등 배경지식을 동원해야 해서 어렵기도 합니다. 그러다 보니 "고전古典(오랫동안 많은 사람에게 널리 읽히고 모범이 될 만한 문학이나 예술 작품)은 고전苦戰(몹시 힘들고 어렵게 하는 싸움)이다"라는 우스갯소리를 합니다.

그러나 진부해 보여도 고전을 읽어야 하는 이유는 고전이 과거와 현재와 미래를 관통하게 해 주는 무언가를 우리에게 전해 주기 때문입니다. 사회가 빠르게 변하고 예측이 어려울수록 고전은 시공간을 초월한 메시지로 우리의 눈을 밝혀 줍니다. 유행하는 삶의 양식이나 주어진 쾌락에 머물지 않고 자연과 사람, 삶과 죽음에 관해 나름의 생각을 해 나가게 합니다.

"시대적인 배경과 작가에 대해 알고 나니 작품 이해가 더 잘 돼요."

"대략의 내용을 알고 책을 읽으니 읽기가 훨씬 수월했어요."

"여러 사람과 의견을 나누다 보니 의문점이 풀리며 새로운 것을 알게 됐어요."

이런 의견은 작품에 대한 길잡이가 고전 읽기에 조력자 역할을 한다는 것을 짐작하게 했습니다. 저 또한 다른 이의 힘을 빌려 책을 읽은 경험이 많았습니다. 작품을 더 깊이 이해하기 위해 관련 자료를 찾아 읽거나 다른 이들과 토의를 했습니다. 강의를 듣거나 관련 영상을 보기도 했지요. 그 모든 활동은 작품을 깊이 이해하고 나의 것으로 소화하는 데 징검다리가 됐습니다. 그런 경험을 반추하면서 이 글도 고전을 읽으려는 독자에게 도움이 되기를 바라며 썼습니다.

글의 씨앗이 된 것은 2014년부터 2015년까지 《서울신문》에서 '읽어라, 청춘'이라는 이름으로 연재한 글과 2016년부터 2017년까지 《조선일보》의 '이 주의 책'에 연재한 글이었습니다. 신문에 연재할 당시 900~1,800자였던 글의 분량을 늘리고 책의 이해를 돕기 위해 관련 자료를 추가했습니다. 연재했던 작품 중에는 빠진 작품도 있고 추가된 작품도 있습니다. 그동안 독서교육 현장에서 많이 다루고 중요하게 여기는 작품을 선정했습니다. 다루고 싶었지만 다루지 못한 고전은 숙제로 남겨 놓았습니다.

글을 쓰며 최대한 작품을 왜곡하지 않으며 독자에게 잘 건네고 싶은 마음이 컸습니다. 그것을 위해 크게 네 가지를 염두에 두었습니다. 먼저, 독자의 흥미를 돋우고 이해에 도움을 주려고 했습니다. 아무리 좋은 작품이라도 독자가 흥미를 느끼지 못하거나 읽어도 이해하지 못한다면 아무 소용이 없을 테니까요. 또한 작품이 지닌 고유의 주제 의식을 중요하게 다루었습니다. 독자마다 책에 대한 감상이나 해석은 다르겠지만 작가의 의도를 더 중요하게 여겼습니다. 그럼에도 독자의 감상 폭이 좁아지지 않도록 단정적인 해석을 경계했습니다. 작품은 독자마다 다르게 해석할 수 있고, 그것이 작가의 의도와 다르다 하더라도 독자가 자기의 것으로 받아들일 때 비로소 독자의 것이 된다는 믿음 때문입니다. 마지막으로 작품과 우리 삶의 연결성을 찾으려고 했습니다.

고전이 고전으로만 끝나지 않고 이 시대를 관통하는 시선을 포착하고 우리 삶에 긍정적인 영향을 주기를 바랐습니다.

이 네 가지는 글 쓰는 동안 저를 괴롭혔습니다. 쓸데없는 사변이 길어지지는 않을까? 작품을 내 멋대로 오독하는 것은 아닐까? 단정적인 해석으로 사유의 폭을 제한하는 것은 아닐까? 그러한 경계심을 마음에 두고 때론 비판적인 시선으로 바라보기도 하면서 질문과 대답을 해나갔습니다. 그 과정이 이번 글쓰기에 녹아 있습니다.

고전 목록을 추리고 책을 읽고 글을 쓰고 퇴고를 반복하면서 깨달은 것이 있습니다. 문학이나 비문학 모두 대부분의 작품이 도달한 지점에는 '사랑'이 기다리고 있다는 점입니다. 온갖 비유와 상징, 설명과 주장이 넘실대지만 그것들은 결국 '자연과 사람 그리고 삶에 대한 사랑'의 말이었습니다.

도대체 사랑이라니요? 어떤 사랑을 말하는 것일까요? 사랑만큼 추상적이고 주관적이며 정의가 내려지지 않는 단어가 있을까요? 그것을 증명하듯 작품마다 조금씩 다른 목소리와 다른 내용으로 사랑을 말합니다. 분노나 슬픔, 고통을 통해 말하기도 하고 희망의 언어로 다정하게 건네기도 합니다. 논리적이거나 강한 어조로 말하기도 합니다. 함축된 언어에 숨겨 놓아 오랫동안 그 의미를 곱씹어야 사랑의 얼굴이 보이는 작품도 있습니다. 냉소적으로 말하지만 그 이면에는 사랑이 있습니다.

처음부터 이런 생각을 했던 것은 아닙니다. 책을 또다시 읽고 작품의 의미를 곱씹으며 글 다듬기를 반복하는 가운데 어느새 작품들은 '자연과 사람 그리고 삶에 대한 사랑'이라는 주제로 모였습니다. 그 시간 동안 제 삶을 마주하고 제게 스며든 의미를 궁굴렸습니다. 작가로서 창작에 대한 고민이 깊어지기도 했지요. 좋은 작품을 쓰고 싶다는 자극과 열망에 시달렸습니다.

이제 그 시간을 지나 여러분께 40권의 고전을 건넵니다. 이 책이 고전에 선뜻 다가서지 못하고 망설이는 분들에게 고전의 문을 열어 주고 글의 길을 안내하는 지도가 되길 바랍니다. 그 발걸음이 다양한 모습의 고전 읽기로 이어지면 좋겠습니다. 이 책을 빌미로 이 책에서 소개한 책을 완독할 수도 있고, 고전 읽기 모임을 하며 토의·토론을 할 수도 있겠지요. 저와 다르게 생각하고 예상하지 못한 감동을 얻을 수도 있습니다. 청소년에게 고전을 가르치는 선생님에게는 지침서의 역할을 하며, 고전을 이미 읽은 분들에게는 '자연과 사람, 그리고 삶'에 대한 더 많은 질문과 해석, 감동과 비판이 넘나드는 책 읽기가 될 수도 있습니다. 그 모든 상호작용이 고전의 의미를 더욱 풍성하게 해 주리라 믿습니다.

'고전古典이 고전苦戰'이 아니라 시대를 초월한 예술작품으로 우리 삶을 더욱 풍성하고 깊이 있게 비춰 주길 바랍니다. 그 빛을 따라 독자마다 삶의 섬세한 문양을 발견하고 새기며 삶을 창조해 나가는 데 도움이 되기를 바랍니다.

신운선

차례

1. 꿈을 위해 날아오른 갈매기, 조너선 리빙스턴 시걸

『갈매기의 꿈』__리처드 바크

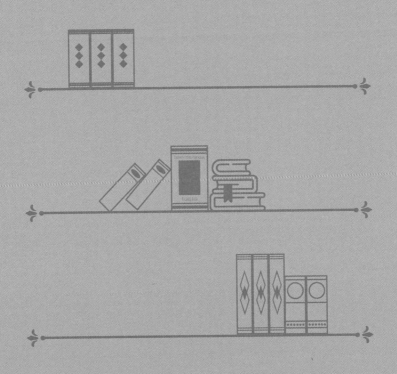

리처드 바크.

리처드 바크Richard Bach(1936~)는 미국 출신의 작가로 일리노이주 오크 파크에서 태어나 롱비치에서 성장했습니다. 롱비치 주립대학에 입학했으나 퇴학당한 뒤 공군에 입대했습니다. 1957년에 파일럿 자격을 획득했고, 1958년부터 자유기고가로서 뉴욕과 로스앤젤레스에서 비행기 관련 잡지 편집일을 했습니다. 베를린의 위기로 공군에 재소집되어 프랑스에서 1년간 복무하기도 했습니다. 이후 상업 비행기 조종사로 일하며 3천 시간 이상의 비행 기록을 세웠습니다.

리처드 바크는 1990년대 워싱턴주의 외딴 섬 산후안 제도로 이사해 오르카스섬에 살았습니다. 이 섬은 시애틀 북서쪽 160km 지점에 있어 여객선이나 비행기로만 다닐 수 있는 곳이었습니다.

『갈매기의 꿈Jonathan Livingston Seagull』은 어느 날 밤 작가가 해변을 거닐다가 공중에서 들려오는 소리에 강한 영감을 받아 집으로 돌아와 쓴 작품입니다. 처음에 이 작품은 열여덟 곳의 출판사로부터 출간을 거절당했습니다. 그러다가 1970년 뉴욕 맥밀란 출판사에서 초판이 정식으로 출간됐습니다. 발간 초기에는 평단으로부터 아무런 주목도 받지 못했습니다. 그러나 그 뒤 5년 만에 미국에서만 700만 부가 판매됐으며 이후 전 세계에서 많은 언어로 번역됐습니다.

리처드 바크의 또 다른 작품인 『지상으로의 이방인』은 《리더스 다이제스트》의 우수도서로 뽑혔고, 미국도서관협회에서 뽑은 양서 25권에 선정됐습니다. 그 밖의 작품으로 『영원을 건너는 다리』, 『환상』, 『꿈꾸는 마리아』, 『기계공 시모다』, 페렛을 의인화해 인간과 자연에 대한 사랑을 그린 우화소설 시리즈인 『천국을 나는 비행기』, 『폭풍 속의 구조』, 『희망을 노래하는 시인』, 『언덕 위의 푸른 목장』, 『마지막 전쟁』 등이 있습니다.

2012년 8월 31일, 워싱턴주 프라이데이하버 비행장 서쪽 4.8km 지점에서 리처드 바크가 몰던 경비행기가 추락하는 사고가 있었습니다. 스스로 제작한 엔진 한 개짜리 이스튼 길버트 시레이호를 타고 산후안섬에 있는 친구를 만나러 가다가 사고가 났죠.

리처드 바크의 둘째 아들 제임스 바크는 단독 비행하던 아버지가 머리에 중상을 입고 어깨뼈도 골절되어 하버뷰 메디컬센터 중환자실에 입원했다고 밝혔습니다. 이후 리처드 바크가 퇴원했을 때 제임스 바크는 "회복되더라도 다시 비행기를 못 탄다면 큰일이다. 아버지는 반드시 비행을 하며 사셔야 하는 분이다. 아버지는 조종사로 비행기를 거의 종교처럼 생각했다"라며 비행기에 대한 아버지의 사랑을 언급했습니다.

줄곧 비행사로 살았던 작가는 자신의 비행기 조종석에서 떠오른 단상들을 여러 작품으로 형상화했습니다. 비행을 통해 발견한 자아를 삶의 철학으로 연결하기를 즐겼죠. 그중 1970년에 발표한 『갈매기의 꿈』은 그의 대표작입니다.

여러분의 꿈은 무엇인가요?

2014년 한국직업능력개발원 조사에 따르면, 초등학생 12.9%, 중학생 31.6%, 고등학생 29.4%가 '장래 희망이 없다'라고 대답했습니다. 2018년 여성가족부 청소년종합실태조사 결과도 크게 다르지 않아서 '나는 분명한 인생 목표가 있다'에 만 13~18세 응답자의 34.9%가 '그렇지 않은 편이다'라는 대답을 했죠. 앞으로 삶에 분명한 목표가 있다고 답한 청소년이 50.5%이지만, 여전히 세 명 중 한 명은 자신의 꿈을 찾지 못하고 있었습니다. 대학 전공 선택에도 자신의 적성이나 흥미를 고려하기보다는 점수에 맞추어 진학했다고 응답한 비율이 50%가 넘었습니다. 통계청의 2020년 사회조사에 따르면 전공과 직업이 일치한다고 응답한 비율은 37.2%입니다. 나머지 62.8%는 전공과 상관없는 직업을 선택했다고 응답했죠.

왜 이런 결과가 나왔을까요? 여러 가지 원인이 있겠지만 아마도 초중고, 혹은 대학교까지 공부를 해 왔음에도 자신의 흥미나 적성, 가치관이나 살고 싶은 삶의 모습 등에 대한 고민과 성찰의 시간을 갖기보다는, 학업 성취를 위한 공부를 강요당하고 그런 공부를 해 온 이유가 크지 않을까 조심스럽게 진단해 봅니다. 이런 상황이다 보니 취업을 하고 나서도 적성에 맞지 않는다는 등의 이유로 재취업을 준비하거나 자신의 꿈과 희망이 무엇이었는지 원점부터 다시 고민에 빠지는 경우가 많아 안타깝기도 합니다.

여러분의 꿈은 무엇인가요? 평소에 흥미를 느끼거나 잘하는 분야는 무엇인가요? 중요하게 여기는 가치는 무엇이고, 무엇을 추구하며 살고 싶은가요? 그 꿈을 이루기 위해 어떤 노력을 할 수 있을까요? 아마도 이 책을 읽는 독자들은 이러한 꿈에 대한 질문을 한 번쯤은 받았고, 그 질문에 대해 대답을 쉽게 하거나 대답할 거리를 찾지 못해 머뭇거리기도 했을 거예요. 『갈매기의 꿈』(원서의 제목은 '조너선 리빙스턴 시걸Jonathan Livingston Seagull')은 이러한 질문에 대한 갈매기 '조너선 리빙스턴 시걸'의 대답입니다.

배부름보다 꿈을 추구한 조너선 리빙스턴 시걸

『갈매기의 꿈』은 바로 '꿈'에 대한 이야기입니다. 작가는 이 책의 프롤로그에 '우리 모두 속에 사는 조너선 리빙스턴 시걸에게'라고 썼습니다. 이어서 '가장 높이 나는 갈매기가 가장 멀리 본다'라고 썼죠. 책은 안 읽었어도 누구나 한 번쯤은 이 글귀를 들어 보았을 텐데요, 이 말의 의미는 무엇일까요? 조너선 리빙스턴 시걸은 어떤 갈매기일까요?

소설의 주인공인 갈매기 조너선은 하늘을 나는 것 자체를 사랑하는 갈매기입니다. 오로지 먹기 위해 하늘을 나는 동료들과 다른 갈매기죠. 날마다 더 멀리 날기 위해 연습하고 호기심과 모험심이 많아 자신이 무엇을 잘할 수 있는지, 또 무엇을 할 수 없는지 그 한계를 알려고 합니다. 얼마나 높이 날 수 있는지, 얼마나 빨리 날 수 있는지, 또 얼마나 우아하게 내려와 땅에 닿을 수 있는지를 가늠하기 위해 여러 유형의 날기를 시도하고요. 조너선에게 나는 것은 단순히 먹고 살기 위한 수단이 아니라 자신의 꿈을 실현하기 위한 것입니다.

다른 갈매기들은 조너선을 이해하지 못합니다. 그의 부모조차도 "네가 나는 이유는 먹기 위해서다"라고 충고하고요. 조너선은 며칠 동안 다른 갈매기처럼 살려고 애써 보지만 곧 먹기 위해 나는 것이 부질없다고 느낍니다. 오히려 굶주리면서도 나는 연습을 하는 게 행복합니다. 빨리 나는 법을 배우기 위해 300m 상공에서뿐만 아니라 600m 상공에서도 급하강을 하는 등 새로운 기술을 시도합니다. 엄청난 힘과 기술이 필요했으나 드디어 조너선은 10초 안에 시속 140km로 날게 됩니다.

그러나 곧 바다에 처박히고 말죠. 그러면서 다른 갈매기들처럼 살아야겠다고 생각해요. 먹기 위해서만 난다면 도전하는 일 때문에 실패하는 일도 없을 테니까요. 맹목적 충동으로부터도 해방될 것이기에 다른 갈매기들처럼 사는 게 편안할 것이라고 생각합니다. 그때 마음속의 목소리를 듣게 됩니다. 그 목소리는 어둠 속을 날려 한다면 올빼미의 눈과 매의 짧고도 강한 날개를 가지고 있어야 하며, 눈을 감고도 넓은 바다를 날 수 있을 정도로 바다를 알아야 한다고 말했죠.

그 목소리는 조너선에게 영감을 줍니다. 매처럼 짧은 날개 끝으로 나는 법을 찾아내고 1,500m 상공에서 시속 340km의 속도로 나는 것에도 성공합니다. 보통의 갈매기는 한밤에 날지 않지만 조너선은 한밤에도 날아다녔어요. 2,400m 상공에서 수직으로 떨어지는 것을 연습하고 갈매기 최초로 공중 곡예비행에도 성공합니다.

이런 조너선의 행동을 다른 갈매기들은 이해하지 못합니다. 조너선의 행동은 갈매기 사회의 생존 논리를 거부하고 저항하는 행위라고 생각했거든요. 조너선은 자신이 원하는 삶을 살기 위해 갈매기 사회의 오랜 관습과 규칙에 저항하고, 보통 갈매기들과 다르다는 이유로 다른 갈매기들에게 따돌림을 당합니다. 결국 갈매기 사회의 전체 회의에서 심판을 받습니다. 갈매기는 먹기 위해 세상에 태어났고 살아남아 있는 게 삶의 이유인데, 조너선은 삶의 목표가 다르다는 이유 때문이었어요.

조너선은 그 말을 수긍할 수 없었습니다. 삶의 의미와 생활에 대해서 더 숭고한 목적을 찾고 갈구하는 갈매기야말로 삶에 책임 있는 갈매기라며 항변합니다. 그렇기 때문에 배우고 발견하고 그래서 좀 더 자유롭게 되어야 할 이유가 있다며 자신이 발견한 것을 보여 줄 기회를 달라고 간청하죠.

그러나 조너선의 간절하고 강력한 간청은 묵살당합니다. 갈매기 사회는 제도권의 전통과 질서를 유지한다는 명목으로 조너선을 쫓아낼 정도로 다름을 받아들이지 못하는 편견과 배타성이 강한 사회였죠.

끝내 갈매기 사회에서 쫓겨난 조너선은 혼자 지내게 됩니다. 다른 갈매기들이 비상의 기쁨을 믿지 않으려 한다는 사실에 슬퍼하면서요.

도전을 포기하지 않은 조너선이 다다른 곳

조너선은 좌절하지 않고 먼 바다로 나가 혼자서 비행연습을 합니다. 그러다가 다른 갈매기들의 도움으로 지상과 다른 천국이라고 여겨지는 어떤 세계로 들어가게 되죠. 그곳에서 조너선은 절반도 안 되는 힘으로 더 빨리 날 수 있게 되고, 새로운 몸과 눈부시도록 희게 변화된 날개를 갖게 됩니다. 갈매기 사회에서 추방당한 것은 오히려 그에게 더 큰 세상을 볼 수 있는 기회가 되었죠. 그곳에서 자신처럼 추방됐으나 날기를 포기하지 않는 셜리반과 치앙도 만나게 됩니다. 그러면서 조너선은 그들에게 다양한 비행술도 배우고 소리를 내지 않고 대화도 할 수 있게 됩니다.

치앙은 조너선에게 빛의 속도로 날 때 천국에 도달할 수 있을 것이라고 말합니다. 자기가 원하는 곳을 생각하면 언제라도 도달할 수 있는 순간이동비행도 가르쳐 주고요. 조너선은 또 치앙에게 육체 안에 갇혀 있는 삶이 아닌, 영혼의 자유로움으로 어디서나 살아 있는 존재 방식도 배웁니다. 그러면서 갈매기는 본래부터 완전하고 무한한 존재이며 자유로운 존재라는 사실을 깨닫습니다. 그러던 어느 날 치앙은 "조너선, 끊임없이 남에게 사랑을 베풀어라"라는 마지막 말을 남기고 사라집니다.

가장 어렵고 흥미로운 여행, 사랑의 실천

조너선은 사랑의 의미와 본질을 깨달을수록 고향으로 돌아가고 싶어집니다. 다른 갈매기들에게 자기가 발견한 진리를 나누어 주는 것이야말로 사랑을 실천하는 길이라 생각한 거죠. 하지만 셜리반은 "가장 높이 나는 갈매기가 가장 멀리 본다"라고 말한 뒤 "불평하며 싸우고 있는 갈매기들은 자신의 날개 끝도 보지 못한다"라며 조너선이 돌아가는 것을 말립니다.

그러나 조너선은 치앙이 말한 가장 어렵고 흥미로운 여행을 강행하죠. 자신이 그동안 배우고 깨달은 것을 다른 갈매기들에게 전하기 위해서요. 고향으로 돌아오는 길에 플레처 린드라는 어린 갈매기와 추방된 갈매기 6마리를 만나 그들에게 나는 법을 가르쳐 주죠. 그러고는 "우리는 우리가 원하는 곳에 갈 자유가 있고, 또 우리가 있고 싶은 데에 있을 수 있는 자유가 있단다"라고 말하며 고향이 있는 동쪽으로 날아갑니다.

그 말을 들은 갈매기들은 '추방된 갈매기는 다시 고향으로 돌아갈 수 없다'라는 규칙을 생각하며 고민합니다. 하지만 곧 동쪽으로 줄지어 날아가죠. 조너선이 앞장서고, 오른쪽에는 플레처가 날고 왼쪽에는 헨리 캘빈이 날며 전체가 한 마리 커다란 새처럼 무리를 지어서요. 고향에 돌아온 조너선은 날지 못하던 커크 메이나드를 날 수 있게 도와줍니다. 비행연습을 하다 절벽에 머리를 부딪쳐 죽은 플레처를 살리고요. 어느덧 조너선은 갈매기 사회에서 '위대한 갈매기의 아들'로 불리게 됩니다.

자신을 부정하고 반대했던 광폭한 갈매기를 어떻게 사랑할 수 있는

지 묻는 플레처에게 조너선은 조언을 해 줍니다. 증오와 악을 사랑할 수 없는 것은 당연하지만 그들 각자에게 깃들어 있는 선善을 발견하도록 노력해야 하며, 그들이 다시 선을 볼 수 있도록 도와주어야 한다고요. 그것이야말로 사랑이라고 말합니다.

그러면서 조너선은 자신이 '위대한 갈매기의 아들'이 아니라 '날기를 좋아하는 평범한 갈매기'에 불과하다고 말합니다. 자신을 신처럼 떠받들지 말고, 눈으로 보고 배우는 것뿐만 아니라 스스로 움직여서 알아내고 이해하라고 조언하죠.

조너선은 플레처에게 마지막 말을 남기고 허공으로 사라집니다. 이후 플레처는 조너선의 뜻을 다른 갈매기들에게 가르치며 조너선이 알려 준 삶을 향한 걸음을 시작합니다.

우리 안의 '조너선'이 높이 날도록

이 작품이 출간됐을 때 성직자들은 '오만의 죄로 가득 찬 작품'이라는 서평을 내놓았습니다. 신성한 신의 영역에 대한 인간의 도전, 또는 금기의 파괴나 질서에 대한 도전이 불경하다는 이유에서였죠. 이 작품에는 '지금, 여기서 배운 것을 통해서 다음 세계를 선택하게 된다'라는 불교의 윤회를 의미하는 구절이 나오기도 하고, 불완전한 천국, 시공간을 초월해 죽은 갈매기를 회생시키는 등 기독교적인 세계를 연상시키기는 장면이 나오기도 합니다. 이러한 것이 신의 영역에 대한 도전으로 여겨졌죠.

그런데도 이 책이 많은 이들의 사랑을 받는 이유는 누구나 자신의 한계를 극복해 자유롭기를 원하고, 자신의 한계를 넘는 조너선의 모습

리처드 바크가 살았던 오르카스섬을 하늘에서 내려다본 모습.

에서 인간 삶의 본질을 보기 때문이겠죠. 그런 점에서 조너선은 우리 마음속에 있는 꿈과 자유를 상징한다고 볼 수 있습니다.

그러면 조너선이 꿈을 이룰 수 있었던 것은 무엇 때문일까요? 그것은 비난을 받고 위기에 맞닥뜨렸을 때 포기하지 않았던 의지, 남들의 부정적 시선에 굴복하지 않고 도전하는 정신과 행동, 조너선이 힘들어할 때 이끌어 준 스승의 도움, 배움의 즐거움을 깨달은 점 등일 거예요. 그런 여러 요소가 원동력이 되어 조너선은 날갯짓을 힘차게 할 수 있었습니다.

조너선은 높이 날고 멀리 보기를 원해 그 뜻을 이루었고, 그 긴 여정은 자신을 발견하는 과정이었습니다. 자신이 누군지 이해하고 자신의 한계를 이겨 내며 갈매기 사회의 편견을 뛰어넘었죠. 그저 먹고 마시고 잠자는 삶을 살려고 이 세상에 태어난 것이 아니라 진정한 자아를 찾고 꿈을 실현하기 위해 온 것이라는 메시지를 전했습니다. 그 깨달음의 종착지는 자신의 깨달음을 갈매기 사회에 돌려줌으로써 사랑을 실천하고 자유의 참 의미를 깨닫는 것이었고요.

작가는 이 작품을 통해 인간다운 삶은 우리에게 숨겨진 능력을 계발하며 꿈을 추구하고 나누는 것이라고 말합니다. 그 가능성은 누구나 간직하고 있는 거고요. 사회 틀에 맞추면서 자신을 묻어 두고 살아가는 대중을 비판하며 조너선의 삶을 옹호합니다. 조너선이 추구한 삶이 사회를 바꾸는 원동력이 된다고 이야기하죠.

우리 삶의 궁극적인 목적도 이와 같지 않을까요? 우리에게 숨겨진 능력을 계발해 자신의 꿈을 이루고 또한 그것을 이웃에게 베푸는 사랑의 실천이야말로 삶의 숭고한 목적일 수 있을 겁니다. 그 과정에서 자유의 참 의미도 깨닫게 되겠죠. 여러분도 조너선이 우리에게 던지는 메시지를 생각하며 자신의 내면에 있을 조너선이 날갯짓할 수 있도록 해 보세요. 주변의 편견에 굴복하거나 위기에 포기하지 말고 날갯짓을 힘차게 하길 바랍니다.

2. 밀실과 광장의 경계선에 선
자유주의자 청년의 여정

『광장』__최인훈

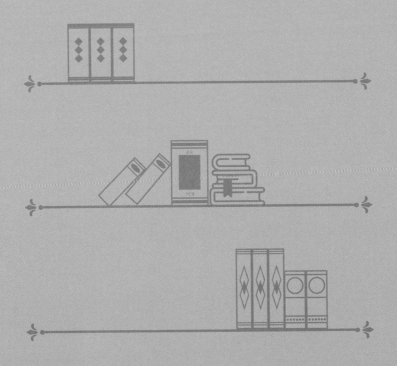

최인훈.

최인훈(1936~2018)은 함북 회령에서 목재상이었던 아버지 최국성과 어머니 김경숙의 장남으로 태어났습니다. 8·15 광복 후 아버지가 부르주아로 분류되면서 온 식구가 원산으로 이주해야 했습니다. 원산에서 중학교를 마치고 원산고등학교에 다니던 중 한국전쟁이 일어났습니다. 1950년 12월, 최인훈은 식구들과 함께 해군함정 LST 편을 타고 남쪽으로 피란길을 떠났습니다. 부산 피란민수용소에서 한 달을 생활한 뒤 식구들과 함께 목포에 정착했습니다. 목쏘고등학교를 졸업하고 서울대학교 법과대학에 입학했으나 마지막 학기 등록을 포기한 채 1957년에 학교를 그만두었습니다.

1958년에 입대해서 6년간 군 생활을 하고 1963년에 제대했습니다. 제대한 뒤 소설가, 희곡작가로 왕성한 작품 활동을 펼쳤습니다. 1973년에는 아이오와 대학 작가 프로그램을 이수하기 위해 미국으로 건너가 3년간 머물렀습니다. 귀국한 뒤에 1977년부터 서울예전 교수로 재직하다가 2001년 5월에 정년 퇴임했습니다. 2017년에 대장암 말기 판정을 받고 투병하다 이듬해 7월 23일에 향년 여든두 살의 나이로 타계했습니다.

작가는 대학교 재학 중 고향 회령을 배경으로 한 작품 『두만강』의 초고를 쓴 이후 1959년 《자유문학》 10월호에 「그레이 구락부 전말기」, 「라울전」이 추천되어 문단에 나왔습니다. 이후 1960년 『우상의 집』, 『가면고』를 거쳐 《새벽》 11월호에 중편 「광장」을 발표했습니다. 그 뒤 1993년 장편 『화두』를 발표할 때까지 『구운몽』, 『열하일기』, 『회색인』, 『서유기』 등의 소설을 발표했습니다. 희곡집으로 『옛날 옛적에 훠어이 훠이』, 『달아 달아 밝은 달아』 등이 있습니다. 동인문학상과 한국연극영화예술상 희곡상, 중앙문화대상 예술부문 장려상, 서울극평가그룹상 등을 받았습니다.

『광장』은 작가가 스물다섯 살 되던 해인 1960년 11월에 발표했습니다. 처음에는 원고지 600매 정도의 중편소설이었죠. 이듬해 단행본으로 출간된 뒤 6회에 걸쳐 고쳐 쓴 끝에 분량이 800매로 늘어났습니다. 개작 이유 중 하나는 한자어를 한글로 고치기 위한 것이었습니다. 『광장』은 남북한의 이데올로기를 동시에 비판한 최초의 소설로, 전후문학 시대를 마감하고 1960년대 문학의 지평을 연 첫 번째 작품으로 평가받고 있습니다.

최인훈의 작품에는 현실과 대립하면서 끊임없이 갈등을 일으키며 사유하는 인물이 자주 등장하는데, 작가는 관념의 스승으로 헤겔을 꼽았습니다. 주인공들은 거의 모두가 현실에 뿌리내리지 못하고 방황하는 모습을 보여 주며 그 과정에서 인간 존재의 본질을 규명하려 했습니다.

2004년에 《문학사상》 4월호에는 시인, 소설가, 평론가, 교수 등을 대상으로 한국문학 100년 최고의 소설을 뽑는 설문조사가 실렸습니다. 『광장』은 이상의 『날개』와 함께 공동 1위로 꼽혔죠. 그 뒤를 이어 염상섭의 『삼대』가 3위에 올랐고, 박경리의 『토지』가 4위에 올랐어요. 요즘에 다시 최고의 한국문학을 꼽는 설문을 한다면 어떤 결과가 나올까요? 달라졌을지, 그대로일지 궁금합니다.

공동 1위를 한 두 작품은 발표 시기가 24년이나 차이가 나는데도 시대를 바라보는 관점은 비슷합니다. 1936년에 발표된 이상의 『날개』의 주인공이 자기 삶에 드리워진 모종의 억압을 끊고자 올라간 옥상에서 몸에 '날개'가 돋아난 것처럼, 1960년에 발표된 『광장』에서 주인공은 바다를 '푸른 광장'으로 보며 몸을 던지죠. 이것은 현실의 모든 구속과 억압을 끝맺고 새로운 희망과 꿈을 시작한다는 역설적인 표현이기도 합니다.

2021년 1월에는 스페인 최대의 온라인 신문 《발렌시아 플라자》에서 한국 문학 등 K-문화를 조명하며 소설가 한강, 은희경의 작품과 함께 최인훈의 『광장』을 소개했습니다. 세계에서 유일한 분단국가라는 특수성과 그 특수성으로 인한 이데올로기의 갈등을 탁월하게 그려 냈기 때문이죠.

탈출구를 발견하지 못한 시대 의식을 반영

『광장』은 작가가 판본이 바뀔 때마다 머리말을 다시 썼습니다. 작가 자신이 책머리에서 이승만 정권 반공 이데올로기 아래에서 발표가 불가능한 작품이었다고 말할 정도로 사회적 금기에 도전한 문제작이었습니다. 우리나라는 세계에서 마지막 남은 분단국가이며, 그걸 빌미로 국민은 수십 년간 군사독재 정권 아래에서 핍박을 받아야 했죠. 오랜 시간 개인의 기본적인 권리가 억압되고 민주주의를 위한 희생이 뒤따랐습니다.

작가는 한 언론사 인터뷰에서 "4 · 19(1960년 4월 19일에 학생과 시민이 중심 세력이 되어 일으킨 반독재 민주주의 운동)는 광장을 쓰게 한 추동력이 됐다"라고 말했습니다. 작가의 인터뷰를 볼 때 이 작품은 민주화에 대한 열망과 독재에 대한 저항에서 탈출구를 분명하게 발견하지 못한 시대 의식이 반영됐다고 볼 수 있습니다. 남한이나 북한 모두에 비판적인 이명준의 이데올로기 갈등을 정면으로 다루며, 그러한 문제의식을 집중적으로 드러냅니다.

'광장 없는 밀실'과 '밀실 없는 광장', 1950년대 한반도의 두 자화상

이야기의 배경은 한국전쟁 전후 시기입니다. 1948년경 철학을 전공하는 대학생 이명준은 아버지의 친구 집에 얹혀살았습니다. 어머니는 죽고 철저한 공산주의자인 아버지 이형도는 월북한 상태였죠. 그의 아버지는 북으로 넘어가 북한 정권의 요직을 차지했는데, 이런 아버지 때문에 이명준은 떳떳하게 얼굴을 들고 다니지 못합니다. 그는 남쪽 사회를 밀실만이 존재하는 폐쇄적인 공간이라고 인식하며, 이 밀실에서부터 벗어나고 싶어 합니다. 공산주의자인 아버지와 달리 이데올로기에 무관심한 그였지만, 그가 현실에서 대면하는 것은 '모두의 것이어야 할 꽃을 꺾어다 저희 집 꽃병에 꽂구', '똥오줌에 쓰레기만 더미로 쌓여 있는 광장'이었어요. '필요한 약탈과 사기만 끝나면 광장은 텅 비어 죽는 곳'이 남한이었고요.

이러한 상황에 이명준은 경찰과 공권력의 침입 앞에서 나약하기 짝이 없습니다. 아버지가 대남 비난 방송에 자주 나온다는 이유로 치안당국자들에게 끌려가 고문당하며 개인의 자유를 보장받으리라는 기대는 무너지고요. 경찰서에 불려가 구타를 당하고, 북에 있는 아버지와 현재 연락을 주고받는지 조사를 당하며 빨갱이로 몰리죠. 더구나 밀실의 보루였던 윤애와 나눈 사랑마저 실패합니다. 이명준은 이를 계기로 남한의 현실에 환멸을 느끼고 끝내 월북합니다.

그러나 이명준이 기대하며 간 북한도 다르지 않았어요. 그가 바라본 북한은 사회주의 제도의 생경하고도 공허한 구호만이 있을 뿐 인간적 소통과 정의로운 삶은 없었어요. 이명준은 북한에서 기자로 활동하지만 획일화된 기사만을 쓰라고 강요받죠. 이명준이 보기에 북한의 '광장에는 꼭두각시뿐 사람이 없는', '공문과 명령된 혁명'만 있어서 '플래카드와 구호가 있을 뿐'이었어요. 북에서도 자신을 구원해 줄 이념을 발견하지 못합니다. 이명준은 '은혜'라는 여인과 사랑을 나누면서 그나마 위안을 받습니다. '명준이 스스로 사람임을 믿을 수 있는 것은 그녀를 안을 때뿐'이었으나 한국전쟁은 은혜를 죽음으로 끌고 갑니다. 그리고 전쟁 포로가 된 그는 포로 송환 과정에서 남과 북이라는 선택의 갈림길 앞에 서게 됩니다.

이명준에게는 남한과 북한 모두 더 이상의 희망을 발견할 수 없는 황무지와 같은 곳이었어요. 그는 회유와 협박을 늘어놓는 양국의 협상자들 앞에서 끝까지 중립국을 외치죠. 그건 지극히 개인적인 밀실의 절정이라고 할 수 있는 '사랑'을 잃은 후의 선택이에요. 그리고 동중국해를 지날 때 이명준은 갈매기를 보며 은혜와 딸을 떠올리고는 끝내 바닷물에 몸을 던집니다.

그 선택은 '밀실만 충만하고 광장은 죽어 버린' 남한에 구토를 느끼고, '끝없는 복창만 강요하는' 북한에서도 안식처를 발견하지 못한 채 남한의 자유민주주의 이념과 북한의 공산주의 이념 모두를 비판한 것으로 볼 수 있습니다.

제3의 이데올로기 탈출구 찾는데……

이 작품에 가장 많이 나오는 단어는 '광장'과 '밀실'입니다. 작가는 남한의 정치, 경제, 문화의 광장을 비판하면서 "광장은 비어 있다"라고 결론 내립니다. 노골적으로 말하면 광장은 죽었고 밀실만이 존재하는 곳이라고 지적하죠.

북한에 대해서는 독단적이고 무비판적인 교조주의를 비판해요. 북한은 사이비 종교 같은 모습으로 모든 해석권을 당이 독점하고, 개인이 만들어 가는 사회가 아니라 당이 모든 것을 결정하고 따르도록 강요하는 사회라는 거예요. 공산당의 절대 권위를 만들어 내기 위해 마르크스와 레닌의 이론을 교조주의화한다는 것이죠. 남한처럼 도둑질과 개인의 욕망이 지배하는 추악한 광장은 아니지만 화석화되어 가고 생명력을 잃어 가는 왜곡된 광장이죠.

이명준은 개인의 밀실과 광장이 맞뚫렸던 시절에는 사람들 마음이 편했지만, 그 둘이 갈라지면서 괴로움이 시작됐다고 호소합니다.

인물의 정체는 갈등을 통해 드러나게 마련이어서 이명준의 괴로움의 호소는 이명준을 이해하는 데 중요한 실마리가 됩니다. '광장'이 집단적 삶과 사회적 삶을 상징하고 '밀실'이 개인적인 삶과 실존적 삶을 상징한다면, '광장 없는 밀실'(남한)과 '밀실 없는 광장'(북한)은 1950년대 한반도에 존재한 두 자화상이었고, 이명준은 그 두 곳 어디에도 마음을 붙일 수 없었던 것이지요.

물론 이 작품에서 '광장'은 '사회적 삶의 공간'이고 '밀실'은 '자신만의 내밀한 삶의 공간'이라고 구분하지만, 이 구분만으로는 부족할 수 있습니다. '광장'은 정치, 경제, 문화 등 사회적 삶의 공간이면서 개인의 이익을 넘어 최소한의 공공성이 살아 있어야 광장의 의미가 생기기 때문이죠.

'광장'과 '밀실'은 이분법적인 공간이라기보다 서로 영향을 주고받는 공간인 거예요. 그런데 그 공간이 단절되고 이명준은 한 곳을 선택하라고 강요받습니다. 이명준은 이러한 상황을 자포자기하는 식으로 받아들이지 않고 제3의 선택을 합니다. 그 제3의 선택은 바다에 몸을 던지는 것이었는데, 그 선택의 의미는 무엇일까요?

이데올로기를 초월한 사랑을 선택

이명준의 선택을 두고 저마다 해석이 다양할 수 있습니다. 작가는 어떤 의미를 부여했을까요? 그 의미는 작가가 여섯 번에 걸쳐 개작한 『광장』의 변화를 살펴보면 실마리를 찾을 수 있습니다. 그중 가장 눈에 띄는 건 소설의 마지막 장면에 등장하는 갈매기에 대한 서술과 결말 부분의 변화예요.

이명준은 중립국으로 가는 자신의 뒤를 쫓는 갈매기 두 마리를 자신이 사랑한 여자 은혜와 둘 사이에서 태어난 딸로 바라봅니다. 또한 이 작품을 발표한 《새벽》에서는 명준이 '떨어진 모양이었다'라고 표현함으로써 그의 죽음을 삶의 끝으로 보죠. 그러나 개작을 통해 나온 '민음사판'과 '문학과지성사판'은 '다른 데로 가버린 모양이다'라고 표현함으로써 죽음을 또 다른 삶의 연장으로 암시합니다.

이전 판본에서 명준의 죽음이 체제에 의한 희생양이었다면, 개작에서는 사랑했지만 이미 죽음의 세계로 가 버린 은혜와의 동일시로 '푸른 광장'인 바다에 몸을 던진 것이 또 다른 삶의 선택이라는 해석을 가능하게 하죠. 그래서 중립국에서도 희망 없음을 깨달아 바다에 몸을 던져 죽음을 선택한 명준의 행동은 '무덤에서 몸을 푼 여자의 용기'에 해당하는 사랑의 행위로 표현합니다.

루카치는 『소설의 이론』(문예출판사, 2014)에서 "소설의 진행은 문제적 개인이 자신을 찾아가는 여행"이라며 "개인에게는 이질적이고 아무런 의미가 없는, 단순히 존재하고만 있는 현실에서 침울하게 갇혀 있는 개인이 자기인식에로 나아가는 길"이라고 말합니다. 그런 의미에서 『광장』은 이명준이 남과 북의 두 이데올로기 사이에서 어느 하나를 택해 사랑하지 못하고 사는 것보다 이데올로기를 초월해 광장과 밀실의 갈등을 치유할 수 있는 사랑으로 자기인식에 도달하고자 한 여정이라고 볼 수 있습니다.

이명준이 『광장』에서 자기인식에 도달하려 제3의 선택을 했다면 최인훈의 다른 소설의 주인들은 좀 더 확장된 모습을 보여 줍니다. 『회색인』과 『서유기』에서 역사까지 포함하는 사유를 보여 주는 독고준, 『구운몽』에서 분열적인 심리상황을 보여 주는 독고민, 『화두』에서 '나'는 제국주의자들의 실상과 세계 속의 우리를 좀 더 구체적으로 보여 주죠. 세계에 대한 인식과 개인의 자유를 소중히 여겼던 청년 이명준은 동중국해에서 사라졌지만 어쩌면 그는 작가의 다른 소설에서 여전히 살아가고 있는 듯합니다.

제3의 이데올로기는 '사랑'

이명준의 변화처럼 독자인 저의 감상도 읽을 때마다 달라졌습니다. 고등학교 때 『광장』을 읽고 쓴 감상문에서는 삶을 살아가는 세 가지 방법에 대해 쓰며 자살을 선택한 이명준을 비판했습니다. 자살을 삶의 연장으로 보거나 긍정적인 선택으로 볼 수 없었습니다. 그 글로 전국대회에서 상을 받기도 했지만, 시간이 지나 생각해 보니 누구에게나 선택의 가능성은 무수하고 매번 선택의 기준은 달라질 수 있으며 어떤 선택이든 한마디로 규정지을 수 없는 다층적인 의미를 지닌 것이 삶이라는 생각이 들었습니다. 자살조차도요.

그 뒤로 읽은 『광장』은 자유주의의 열망을 가진 지식인 청년이 이데올로기에서 자유로울 수 없는 사회와 합의점을 찾지 못해 고뇌하는 이야기로 읽혔습니다. 이번에 새로 읽으면서 깨달은 것은 결국 모든 문제의 시작이자 끝에 있는 것은 사랑이며 해결의 도착지도 사랑이라는 메시지였습니다. 이상을 찾아 고뇌하는 젊은이가 이데올로기보다 사랑을 선택한 이야기였죠.

이 소설의 주인공이 세상을 떠난 지 61여 년이 지났습니다. 61여 년이 지나는 동안 이명준은 이데올로기의 고뇌를 벗어나 더욱 초월적인 사랑을 선택했습니다. 우리는 어떨까요? 광장과 밀실이 온전하지 않왔던 주인공이 살았던 시절보다 지금은 얼마나 나아졌을까요? 우리가 선택할 수 있는 '밀실'과 '광장'이 이명준이 살았던 그때보다 더 나아졌다고 확언할 수 있을까요? 대답에 머뭇거리는 것을 보면 "다만, 나에게 한 뼘의 광장과 한 마리의 벗을 달라"라고 말했던 이명준의 말은 지금의 우리에게도 여전히 유효한 듯합니다.

한국전쟁

한국전쟁은 '6·25 전쟁' 또는 '6·25 사변'이라고도 하며, 국제적으로는 한국전쟁이라고 부른다. 1950년 6월 25일 새벽에 북위 38도선 전역에 걸쳐 북한군이 불법 남침함으로써 일어난 한반도 전쟁이다.

전쟁은 소련의 지원으로 군사력을 키운 북한이 38도선 전역에서 남침하면서 시작됐다. 북한은 남침 3일 만에 서울을 점령했고, 국군은 북한의 앞선 병력과 무기에 밀려 한 달 만에 낙동강 부근까지 후퇴했다. 이어 미국 주도로 유엔 안전보장이사회가 열려 유엔군이 파병됐다. 유엔군의 9월 15일 인천상륙작전의 성공으로 서울을 되찾고 압록강까지 진격했다. 하지만 북한의 요청으로 중국군이 개입하자 다시 서울을 빼앗겼다. 이 전쟁은 1953년 7월 27일 휴전 협정이 체결될 때까지 계속됐다. 3년 동안의 전쟁으로 약 450만 명의 사상자가 발생했고, 남한 산업의 43%와 주택의 33%가 파괴됐다. 세계 유일의 분단국가로 남북한은 지금까지도 휴전 상태이다.

비무장지대(DMZ)

비무장지대Demilitarized Zone란 국제 조약이나 협약으로 군대의 주둔이나 무기의 배치가 원칙적으로 금지된 완충지대를 말한다. 한반도에서는 한국전쟁을 끝내기 위해 체결된 1953년의 휴전 협정에 따라 휴전선을 기준으로 남북으로 각각 2km씩 4km의 지대가 비무장지대이다. 서해안의 임진강 하구에서 동해안의 강원도 고성에 이르는 248km의 군사분계선을 기준으로 남북으로 폭 4km 정도의 긴 띠 모양의 지역이다.

한국전쟁 휴전 협정에 서명하고 있는 미국 UN군, 조선인민군, 중국 인민군의 모습(1953년 7월 27일).

군사분계선을 기준으로 해서, 북으로 2km 떨어진 경계선을 '북방한계 선'이라 하고 남쪽으로 2km 떨어진 경계선을 '남방한계선'이라고 한 다. 우리 민족 분단의 역사를 상징하는 지역으로 세계에서 유일한 곳 이다. 이 지역은 일반인의 활동을 금지하고 있으며 이에 따라 자연생 태계가 잘 보존되어 있다.

3. 이상한 나라의 모든 일들이 꿈이라고?

『이상한 나라의 앨리스』__루이스 캐럴

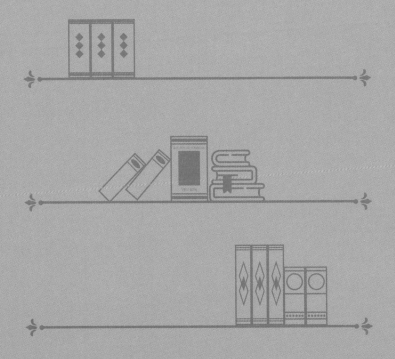

루이스 캐럴.

루이스 캐럴Lewis Carroll (1832~1898)은 영국 체셔 테어스베리에서 성공회 사제의 아들로 태어났습니다. 딸 일곱 명, 아들 세 명 중에서 셋째이자 맏아들이었죠. 옥스퍼드 크라이스트 처치 칼리지에서 공부했는데 수학은 늘 1등이었어요. 나중에 모교에서 수학 교수로 학생들을 가르쳤습니다. 본명은 찰스 루트위지 도지슨Charles Lutwidge Dodgson이고 루이스 캐럴은 필명입니다.

루이스 캐럴은 다른 사람들과 잘 어울리지 못했으며 엄격한 사회 분위기를 싫어했습니다. 그러나 정작 자신은 스스로 정한 엄격한 규칙을 일상에서도 고집스럽게 지키는 성격 때문에 괴팍하다는 말도 들었습니다.

일상을 기록한 편지를 지인들과 주고받는 걸 좋아해서 그가 갖고 있던 편지는 약 9만 9천 통이나 되었습니다. 그는 1862년 7월 4일, 갓스토로 향하는 보트 여행에서 크라이스트 칼리지 학장의 딸인 앨리스와 앨리스의 자매에게 들려주었던 이야기를 동화 『이상한 나라의 앨리스Alice's Adventures in Wonderland』(1865)와 그 속편인 『거울 나라의 앨리스Through the Looking-Glass and What Alice Found There』(1871)로 써서 발표하면서 본격적으로 작가의 길을 걸었습니다.

그는 사진에도 관심이 많았습니다. 특히 어린이를 좋아해 많은 어린이와 앨리스 리델을 촬영했습니다. 그러나 앨리스에 대한 지나친 집착으로 얼마 뒤 그녀의 집안과 의절하게 됩니다. 성인 여성과는 그다지 원만한 관계를 유지하지 못한 것으로 알려졌습니다.

루이스 캐럴은 의학과 심리학에도 관심이 많았습니다. 그런 이유로 '꿈'을 모티프로 하는 『이상한 나라의 앨리스』를 정신분석학적 관점에서 접근하기도 합니다. 이 작품은 또한 난센스 장르를 가장 잘 표현한 작품으로 평가받으며 언어와 논리학적 관점에서 해석되기도 합니다. 이와 동시에 유머와 환상이 가득한 판타지 문학으로도 볼 수 있습니다. 다양한 접근 가능성과 해석이 열려 있는 작품입니다.

루이스 캐럴의 소설이나 시는 현대의 초현실주의 문학과 부조리문학의 선구자, 난센스 문학의 전형이라 평가받고 있습니다. 그가 남긴 그 밖의 작품으로 『스나크 사냥』, 『실비와 브루노』 등과 시집이 있습니다. 평생 독신으로 살다가 1898년 1월 14일에 사망했습니다.

여러분은 『이상한 나라의 앨리스』를 어떻게 읽었나요? 누군가가 그 작품을 소개해 달라고 하면 무엇이라고 소개할 수 있을까요?

제 주변에는 줄거리 요약이 안 된다고 하는 사람도 있고, 말이 안 되는 것 같으면서 말이 되는 것 같기도 하다고 말하는 사람도 있습니다. 앨리스의 기상천외한 이야기가 대체 무슨 내용인지 모르겠다고도 하고, 진짜 이상하고 엉망진창인 이야기여서 재미있다고 하는 사람도 있죠. 이야기를 논리적으로 해석하는 분도 있습니다. 어린이들에게 이야기를 들려주었을 때는 말도 안 되는 엉뚱한 상황 자체에 즐거움을 느끼고 웃음을 터트리는 경우가 많았습니다. 앞뒤도 안 맞고 예상하지 못하는 이야기가 이어지는 게 즐거움을 주었던 것 같아요.

아마도 『이상한 나라의 앨리스』를 읽은 사람들은 대개 이와 비슷한 느낌을 받았을 것 같아요. 그도 그럴 것이, 이 작품은 여러 관점에서 해석하고 이해할 수 있는 여지가 많은 작품이기 때문이죠. 그런 이유로 문학 작품 중에 가장 많은 연구 논문이 쏟아진 작품입니다. 또한 동화의 모습이지만 읽으면 읽을수록 어른에게도 난해하게 여겨지고, 많은 작가가 영감을 얻었다고 고백하는 작품이기도 합니다.

언어유희가 많아 번역자가 애를 먹는 작품이며, 정신분석학은 물론이고 정치적·형이상학적 해석까지 나오고 있는 만큼 해석의 지평이 넓어서 다양한 방식의 감상이 가능한 작품입니다. 전 세계 각국의 언어로 번역되어 여전히 독자들의 사랑을 받고 있으며, 지금까지도 애니메이션이나 영화, 드라마에서 끊임없이 패러디되기도 하며 재창조되는 작품이죠.

'놀라운' 이야기의 시작

　루이스 캐럴은 『이상한 나라의 앨리스』를 두고 "새로운 형식의 동화를 만들어 내고자 했지만 별 성과가 없었다. 그러나 그날 앨리스 자매와 소풍을 나간 날 나는 주인공을 토끼 굴로 들여보내면서 이야기를 시작했다. 하지만 그 순간에만 해도 다음 이야기를 어떻게 전개해 갈 것인지에 대해서는 아무런 생각도 없었다"라고 회상했습니다. 루이스 캐럴의 이 말에 비추어 보면 이 작품의 탄생 계기는 어린이에 대한 사랑과 관심이라고 할 수 있어요. 아이들에게 상상력과 즐거움을 주기 위해 쓴 것이죠.

　이 작품의 원서 제목은 'Alice's Adventures in Wonderland'예요. 번역의 문제인데, '이상한 나라'라기보다는 '놀라운 나라'에서 앨리스가 모험하는 이야기입니다. 우리 말로 번역된 제목인 『이상한 나라의 앨리스』에서 '이상한'보다는 '놀라운 나라'가 좀 더 긍정적인 나라에서의 모험으로 읽힙니다.

　때로는 어떠한 정보도 없이 작품을 읽을 때 독자는 더 자유롭게 상상의 나래를 펴며 작품을 감상할 수 있습니다. 그러나 작가의 말이나 작품에 대한 정보를 아는 것이 작품을 더 깊이 이해하는 데 도움을 주는 것도 분명 사실이에요.

　이 작품은 난해한 이야기의 특성 때문에 여러 가지 해석이 따라다니지만 가장 많이 언급되는 것은 두 가지의 해석이에요. 하나는 당시 사회를 비판한 작품으로 읽는 시각이고, 다른 하나는 정체성의 문제를 다룬 작품으로 읽는 시각입니다. 어떤 시각으로 작품을 해석하고 이해하든 이 작품에서 중요한 장치는 풍자와 패러디입니다. 풍자와 패러디

앨리스의 실제 모델인 앨리스 리델(1858, 왼쪽)과 루이스 캐럴이 그린 그림.

는 독자에게 즐거움을 주며, 주제를 더욱 선명하게 드러내는 중요한
장치입니다.

풍자 VS 패러디

풍자는 남의 결점을 다른 것에 빗대어 비웃으면서 폭로하는 것을 말
합니다. 문학에서는 주로 세계관·인생관·사건·인물·사회의 부조리
를 문학적인 수법으로 비판해요. 예를 들면, 우리나라 전통 가면극이
자 탈춤인 봉산탈춤에서 하인으로 등장하는 말뚝이라는 인물은 무능
력하고 권위만 내세우는 양반을 조롱함으로써 당시 사회에 대해 비판
하며 웃음을 자아내죠. 여기서 웃음이란 상대에 대한 빈정거림, 비꼬
기, 냉소, 공격성을 띤 웃음이라고 볼 수 있어요.

이에 비해 패러디는 특정 작품의 소재나 작가의 문체를 흉내 내어 익

살스럽게 표현하는 수법입니다. 그러나 단순히 다른 작품을 흉내 내거나 모방하는 것이 아니라 그 작품이 안고 있는 문제점을 폭로하죠. 그러다 보니 무엇보다 먼저 대상이 되는 작품을 정밀하게 분석해야 합니다.

패러디는 단순하게 모방하는 차원이 아니고 패러디의 대상이 된 작품과 패러디를 한 작품 모두 새로운 의미를 지니게 된다는 점에서 표절과는 구분되어야 해요. 표절은 베끼는 것이지만 패러디는 창작이 들어가죠. 근래에 와서는 소설에서부터 음악, 영화, 광고 등에 이르기까지 다양한 분야에서 패러디가 유행하고 있으며, 하나의 창작 유형으로 받아들여지는 추세입니다.

풍자와 패러디의 공통점은 어떤 상황이나 대상을 나의 관점에서 재해석해 보여 준다는 데 있습니다. 주로 인간 사회의 왜곡되거나 사악한 모습을 비판할 때 많이 사용하죠. 『이상한 나라의 앨리스』도 아이들에게 다양한 즐거움을 줄 뿐만 아니라 풍자와 패러디를 통해 당시의 삶을 비틀고 재현했습니다.

'목을 쳐라'만 외치는 여왕은 실존 인물?

『이상한 나라의 앨리스』가 나오기 전의 아이들을 위한 동화는 천편일률적으로 도덕적이고 교훈 일색이었습니다. 루이스 캐럴은 그것을 못마땅하게 생각하고 탈피하려고 했죠. 아이들에게 동화가 교훈이 아니라 즐거움 그 자체가 되도록 하고자 했습니다. 그러한 생각이 이 작품에 고스란히 드러납니다.

이 작품은 당시의 교훈주의(독자에게 교훈을 주고 정보를 제공하는 것을 강조하는 철학)에서 벗어나 독자들에게 책 읽는 즐거움을 주기 위해 쓴 최초의 이야기로, 이미 작품을 쓴 목적부터 그 시대를 풍자하고 조롱했다고 볼 수 있습니다. 작가가 보기에 당시 시대는 문제가 많았습니다. 그래서 이 책에 숨어 있는 풍자를 이해하려면 영국의 빅토리아 여왕이 통치하던 빅토리아 시대를 알아야 합니다.

존 테니얼의 삽화. "목을 쳐라"라고 외치는 여왕과 그 모습을 바라보는 앨리스.

빅토리아 여왕은 영국 역사상 최고의 64년을 통치한 '군림하되 통치하지 않는 여왕'이었습니다. 재위 기간 동안 안정적인 왕권을 수립했는데, 당시 빅토리아 여왕이 루이스 캐럴에게 책을 보내 달라고 하자 어려운 수학책과 논리책을 보냈다는 일화를 보면 작가는 여왕을 좋아하지는 않았던 것 같아요. 실제 빅토리아 여왕은 통치 초기에 자유주의를 추구했으나 성격은 고집스러웠다고 알려져 있어요. 제국주의적 만행이 극에 달했던 군주이기도 했고요. 그 점은 이 책에서 여왕을 표현하는 대목을 보면 잘 알 수 있습니다. 극중에서 툭하면 "목을 쳐라"라고 외치는 여왕은 지나치게 완고한 독재자로 군림하죠.

당시 영국은 '해가 지지 않는 나라'라고 불릴 정도로 전성기였어요. 산업혁명을 일으킨 나라답게 산업자본주의를 발전시켰고, 많은 식민지 통치로 부를 축적했죠. 그러나 빅토리아 시대의 전성기 이면에는 노동자와 약소국 착취, 극심한 빈부격차, 권력자의 부패가 심했습니다. 이러한 시대 상황은 작품 곳곳에 풍자되고 있습니다.

산업화 시대의 귀족과 노동자를 풍자

이 작품은 언니가 읽는, 그림도 없고 대화도 없는 책을 건너다보며 지겨워진 앨리스가 토끼를 따라 굴에 들어가면서 시작됩니다. 어떤 이는 이 장면을 꿈이면서 무의식의 세계로 들어가는 것이라고 해석하기도 합니다. 그곳을 감춰진 현실의 모습이 재현되는 공간으로 보는 것이죠.

이때 무얼 하는지 정확히 알 수 없는 토끼는 계속 바쁘기만 합니다. 시계를 보면서 너무 늦었다고 허둥거리죠. 마치 산업사회가 되면서 기계적으로 일하고 시간에 쫓기는 사람들처럼 말이에요.

7장의 정신없는 다과회에서도 시간에 민감한 모자장수가 나오는데, 다과회 시간이 항상 여섯 시라는 모자 장수의 말은 당시 노동자들이 일을 끝내는 시간과 관련이 있습니다. 다과회를 하며 "시간을 돌려 순식간에 점심시간이 되면 좋겠다"라는 말은 당시 노동자들이 일하는 시간과 쉬는 시간을 정확히 지킨 것에 대한 풍자로 읽을 수 있습니다.

빅토리아 시대는 경제적 발전으로 생활에 여유가 생겼지만 그건 일부 귀족에게만 해당하는 이야기였어요. 귀족과 달리 노동자들의 생활은 점점 힘들어졌죠. 당시 여유가 생긴 귀족들은 폴로, 크로케, 테니스, 경마 같은 스포츠 등을 즐겼습니다. 이 책에도 보면 코커스 경주, 크로케 경기 등 여러 종류의 놀이가 무의미하게 나오는데, 그것은 당시의 귀족 놀이를 풍자한 것이라고 볼 수 있습니다.

미친 사회에서 탄생한 미친 등장인물

'정신없는 다과회'에는 '모자 장수처럼 미친', '삼월 토끼처럼 미친',

'반짝반짝 작은 별 아름답게 미치네'와 같이 등장인물들에게 '미친'이라는 표현이 반복적으로 나옵니다. 그건 빅토리아 여왕이 군림하던 당시 영국의 문화적 불안을 표현한 것으로 이해해도 될 것 같아요. 당시 영국은 전 세계 식민지에서 착취로 부를 쌓았지만 급격한 사회 변화 때문에 가치관이나 생활 모두 혼란을 겪었기 때문이죠.

존 테니얼의 삽화. 시계를 보는 토끼.

당시 영어로 '모자장수처럼 미친Mad as hatter' 같은 표현이 있고, 실제로도 '매드 해터 신드롬Mad Hatter Syndrome'이라는 것이 있을 정도로 사람들은 혼란스러워했어요. 이 표현은 1800년대의 모자 산업이 만들어 낸 단어예요. 당시 모자 장수들이 모자의 재료인 펠트를 처리하는 과정에서 수은을 사용하면서 수은중독으로 정신 이상을 일으키는 일이 많았습니다. 그래서 환청과 경련, 횡설수설 증세를 보여 모자 장수가 미친 인물의 대명사처럼 표현된 것이죠. 이처럼 현실은 동화보다 훨씬 잔인했습니다.

3월 토끼도 좀 이상하게 나오죠? 그건 '3월 토끼 같은 미치광이'라는 속담에서 나온 캐릭터로, 발정기를 맞는 3월에 수토끼들이 아주 사나워지는 현상에서 따온 말이라서 그래요. 영어 표현 중 실제로 '3월 토끼처럼 미쳤다'라는 표현이 있는데, '모자 장수만큼 미쳤다'라는 표현과 같은 의미예요.

인간이 신의 창조물이 아니라고?

이 시기 찰스 다윈은 『종의 기원』을 발표해 모든 만물은 신의 창조물이라는 기독교적 불변의 진리를 뒤엎는 학설을 제기합니다. 인간이 신의 창조물이 아니라 동물로부터 진화했다는 주장이었죠. 이 주장은 종교적 신념이 확실했던 당시의 사람들에게 혼란을 주었어요. 신학자이기도 했던 루이스 캐럴도 큰 혼란을 겪었겠죠.

6장의 '돼지와 후추' 내용 중 아기가 돼지로 변해 숲속으로 사라지는 장면은 당황스럽기도 합니다. 사람이 돼지로 변하는 역설을 통해 당시 찰스 다윈의 학설(진화론)을 의도적으로 우스꽝스럽게 묘사했다고 볼 수 있어요.

고상한 척하지 마, 교훈도 별로야!

한편, 빅토리아 시대에는 공리주의적 윤리가 지배적인 지위를 차지해 자기만족적이며 고상한 체하는 도덕주의를 특징으로 하는 풍조인 빅토리아니즘Victorianism이 생겨났습니다. 공리주의는 19세기 중반 영국에서 나타난 사회사상으로 가치 판단의 기준을 효용과 행복의 증진에 두어 최대 다수의 최대 행복의 추구를 지지하는 도덕적이고 정치적인 사상이에요. 빅토리아니즘이란 말은 흔히 뻐기는 태도, 잘난 체하기, 피상적 낙관론, 무사 안일주의, 공리주의, 위선적 도덕주의 등을 뜻하는 부정적인 용어로 사용되었고요.

가톨릭에서는 사람이 죽으면 천국, 지옥, 연옥(죽은 사람의 영혼이 천국에 들어가기 전에 남은 죄를 씻기 위하여 불로써 단련을 받는 곳)에 간다고 가르쳐요. 그런데 영국의 정치가이며 저술가인 존 몰리John Morley(1838~1923)는 빅토리아 시대를 "부유한 사람들의 천국이요, 유능한 사람들의 연옥이요, 가난한 사람들의 지옥"이라고 혹평했습니다. 이는 부의 차이에 따라 삶의 질이 극명하게 차이가 남을 비판적으로 비유한 것이지요. 가난한 이들에게는 그만큼 혹독한 시기였어요.

이 시기의 영국 국민은 대부분이 모든 일에 자신감이 생기고 오만한 마음으로 가득 차서 자기만족에 빠지게 되었어요. 가난한 이들은 점점 더 살기 힘들어졌지만, 부자나 귀족들은 생활 수준이 높아져 사치와 낭비에 빠져들었죠. 벼락부자가 된 이들이 많았고, 겉치레를 좋아하고 도덕적으로 결함이 없다고 자부하며 신사로서 존경을 받을 만하다고 자처하는 이들도 흔했어요. 그래서 당시 지배계층 중에는 도덕적 위선자, 천박한 낙관주의자라는 비난을 받는 이들이 많았습니다.

작가는 그런 위선을 풍자하며 교훈주의나 도덕주의를 우스꽝스럽게 그렸습니다. 이 책에 실린 노래와 시를 읽어 보면 교훈이나 주제를 찾기 어려워요. 오히려 경박한 내용과 어이없는 내용이 대부분이에요. 그러니 『이상한 나라의 앨리스』를 읽으며 주제를 못 찾는다고, 교훈이 없다고 고민할 필요가 없습니다. 작가가 바란 점은 교훈을 찾는 게 아니라 즐거움을 찾는 것이니까요.

말장난을 원작과 비교하기

당시 영국 사회는 감상적인 이야기보다는 이성적이고 논리적인 이야기가 장려되는 분위기였습니다. 수학과 논리에 특별한 재능이 있었던 캐럴은 소녀들에게 수학과 논리를 가르치기도 했죠. 이 작품에는 캐럴의 수학과 논리학의 감각과 더불어 감성과 상상력의 재능이 난센스 시나 동요 패러디에 잘 드러납니다. 책 곳곳에 말장난이 숨어 있습니다. 작품 전체가 말장난이라고 해도 이상하지 않을 정도로 다양한 언어유희가 넘쳐납니다. 동음이의어 때문에 의미의 혼란을 겪어 소통이 안 되는 장면도 여럿 등장하고요. 난센스 문학이라고 해도 무방할 정도죠. 작품은 어떻게 읽느냐에 따라 의미가 달라질 수 있는데, 무엇보다도 작가가 말장난을 한 부분을 알면 책 읽는 재미를 더 크게 느낄 수 있습니다.

(원문)

　"Mine is a long and a sad tale!" said the Mouse turning to Alice, and sighing.

　"It is along tail, certainly." said Alice, looking down with wonder at the Mouse's tail ; "But why do you call it sad?"

　"그것은 길고 슬픈 이야기야."
　생쥐가 앨리스를 돌아보며 한숨을 쉬었어요.
　"정말로 긴 꼬리구나."
　앨리스가 생쥐의 꼬리를 내려다보며 감탄스럽게 말했어요.
　"그런데 꼬리가 왜 슬퍼?"

　앨리스와 생쥐의 대화에서 앨리스는 앞의 생쥐의 말에서 'tale'을 동음어인 'tail'로 알아들었어요. 그래서 '슬픈 이야기'를 '긴 꼬리'로 이해하면서 의미의 혼란이 일어나 엉뚱한 말을 하게 됩니다.

"Reeling and Writhing of course, to begin with" the Mock Turtle replied
; "and then the different branches of Arithmetic-Ambition, Distraction,
Uglification, and Derision."

"처음엔 당연히 비틀거리기, 몸부림치기를 배우고 그다음엔 산수의 여러 가
지인 야심, 주의 산만, 추하게 함, 조롱을 배우게 되지."
가짜 거북이 대답했어요.

9장의 '가짜 거북의 이야기' 내용 중 가짜 거북이 학교에서 배운 정
규 과목들을 말하는 장면에도 동음이의어 때문에 말이 안 통하죠. 이
는 각각 당시의 정규 교과였을 읽기Reading, 쓰기Writing, 덧셈Addition, 뺄셈
Subtraction, 곱셈Multiplication, 나눗셈Division을 비틀기Reeling, 몸부림치기Writhing, 야
심Ambition, 주의 산만Distraction, 추하게 함Uglification, 조롱Derision으로 빗대었어
요. 작가는 당시의 엄숙하고 교훈만을 주려고 한 교육을 풍자하고 조
롱한 것이에요.

교훈이 아닌 즐거움

작가는 아이들에게 즐거움을 주기 위해 앨리스가 이전에 읽었거나
들어서 알고 있는 동화와 동요, 찬송가나 시 구절을 패러디했습니다.
동음이의어를 활용해 말의 재미를 느끼게 했죠. 그러다 보니 당시 문
화를 이해하지 못하면 무슨 내용인지 모르는 장면이 여럿 나옵니다.
그래서 원래의 이야기를 모른 채 읽으면 내용은 뒤죽박죽이고 비논리

적이며 이해할 수 없는 말장난을 늘어놓은 것으로 보이죠.

벌의 근면함은 악어의 자기 자랑으로,
노인의 지혜는 노인의 쓸모없음으로

예를 들면, 2장의 '눈물 웅덩이'에는 꼬마 악어가 반짝거리는 꼬리 등 자기 몸을 뽐내는 장면이 있는데, 그 이야기는 근면성을 강조한 도덕적 동시 〈게으름과 장난을 반대하며〉를 바꾼 거예요. 원작의 부지런한 작은 꿀벌을 몸 자랑하는 꼬마 악어로 변형시켜 근면한 삶의 교훈을 풍자합니다.

〈게으름과 장난을 반대하며〉(원작)

작고 부지런한 꿀벌은 얼마나
반짝이는 순간순간을 갈고 닦으며
활짝 열린 꽃 하나하나에서
온종일 꿀을 모으는지!……

5장 '애벌레의 충고'에 윌리엄 신부를 우스꽝스러운 모습으로 그리고 있는 〈당신은 늙었어요, 윌리엄 신부님〉도 원래의 시는 인생의 지혜를 들려주는 노인의 이야기인 로버트 사우디의 시 〈노인의 안락과 그것을 얻는 법〉이에요.

〈노인의 안락과 그것을 얻는 법〉(원작)

"내가 젊었을 때는" 아버지 윌리엄이 대답했네. 젊음이 금방 사라진다는 걸 명심하고 처음부터 내 건강과 정력을 낭비하지 않았단다.

결국에는 부족한 일이 없도록 말이야.

원래는 삶의 유한성에 대해 노인이 젊은이에게 건네는 진지한 교훈 담이지만 패러디한 시는 지혜라고는 찾아볼 수 없는 바보 같은 윌리엄 신부를 그리고 있어요. 젊었을 때는 뇌를 다칠까 봐 머리를 안 쓰고 늙어서는 아예 뇌가 없는데 뭐 어쩌라는 내용으로 패러디하며 풍자를 했죠.

정체성, 나는 누구일까?

신프로이트주의 정신분석학자인 에릭 에릭슨Erik Erikson(1902~94)은 "정체성은 자신 내부에서 일관된 동일성을 유지하는 것과 다른 사람과의 어떤 본질적인 특성을 지속적으로 공유하는 것 모두를 의미한다"라며 "개인의 욕구, 능력, 신념, 경험 등을 일관성이 있는 자아상으로 조직한 것"이라고 말합니다. 그러면서 자신이 어떤 존재인가에 대한 인식은 사회적 상호작용의 결과로 보았죠. 그렇기에 삶의 과정에서 인종차별이나 실업과 같은 일을 겪어 사회로부터 소외를 느낀다면 정체성의 문제가 발생한다고 보았습니다. 사회적 상호작용에 따라 정체성이 확립되었다가도 혼란을 겪을 수도 있고 재정립이 될 수도 있으며 정체성 확립에 실패할 수도 있는 것이지요.

"너는 누구인가?"라는 질문을 받는다면 그 누구도 한마디로 자신을 정의 내리기 어려울 텐데요. 인터넷 세상은 우리의 정체성을 쪼개 놓고 혼란을 주기도 합니다. 사이트마다 접속하는 아이디나 비밀번호가 있어야 하고, 암호나 대화명으로 나를 변장하기도 하며, 익명성 뒤에서 현실에서 내세우지 못하는 나를 드러내기도 하기 때문이죠. 인터넷 세상에서의 내 정체성과 현실의 정체성이 전혀 다르기도 합니다. 과거보다 더 복잡한 세계에 사는 우리는 정체성에 혼란을 느낄 수밖에 없습니다. 이 작품의 앨리스도 여러 가지 상황에 혼란함을 느끼죠. 그때마다 달라진 자신의 모습과 상황에 직면하면서 "나는 누구인가?"라는 질문을 계속합니다. 그 질문에 대한 답을 찾아 나간다는 점에서 이 작품은 정체성을 다룬 작품이기도 합니다.

앨리스의 모험에 반영된 흔들리는 정체성

빅토리아 시대는 겉으로 보기에 크게 번성하고 부유했습니다. 그러나 사회가 너무 빨리 변화하자 많은 이들은 불안함과 불확실성에 휩싸였죠. 발전하는 과학과 진화론의 등장으로 사람들의 종교적 신념도 흔들렸고요. 모순된 가치가 뒤섞인 사회에서 개인은 혼란스러울 수밖에 없었습니다.

루이스 캐럴의 괴팍한 성격도 다른 이들에게 이해받지 못했습니다. 특히 소녀들에 대한 애정이 오해를 받으며 큰 상처를 받았어요. 작가는 소녀들을 위해 재미있는 이야기를 들려주고 게임을 고안해 내고 편지를 주고받았으며, 소녀들이 등장하는 사진을 많이 찍었습니다. 심지어 누드사진까지 찍었죠.

앨리스의 모델이 됐던 헨리 리델 학장의 딸인 앨리스에 대한 지나친 관심으로 리델 학장 집에서 쫓겨났는데, 다른 설로는 캐럴이 앨리스를 너무나도 사랑해서 앨리스에게 청혼을 했다가 쫓겨났다는 말도 있습

니다. 그런 점 때문에 작가가 소아
성애도착증이 있었던 것이 아니냐
는 의심을 받기도 했어요.

당시 상황에 불만이 많았던 캐
럴은 정체성의 혼란을 겪었습니
다. 자신의 성격과 많은 행동이 비
정상 취급을 받았으니 말이에요.
그런 불만과 혼란은 '이상한 나라'
라는 판타지 세계에서 고스란히

루이스 캐럴(1856년경).

드러납니다. 흔히 다른 이들이 '정
상'이라고 여기는 일상의 논리의

허점을 흔들며, 무엇이 정상인지에 대해 끊임없이 질문하게 하죠. 그
것은 혼란한 사회에서 사람들이 겪는 정체성의 혼란을 드러냈다고 볼
수 있어요.

특히 흔들리는 정체성에 대한 질문은 앨리스가 겪는 모험에 반영되
었습니다. 앨리스는 커졌다 작아졌다 하며 몸이 변할 때마다 자신이
누구인지 혼란을 겪죠. 앨리스가 만나는 이들의 몸도 변형된 몸이거나
바뀌는 몸입니다. 카드가 병정이기도 하고 사람이 동물로 변하기도 하
며 몸이 사라지기도 합니다.

앨리스는 공간이 바뀔 적마다 끊임없이 "도대체 나는 누구일까?"라
는 질문을 던집니다. 자꾸 변하는 몸과 이상한 나라의 인물과의 대화
에서 결코 자신이 누구인지 정의를 내리지 못합니다. 모험 중에 만난
애벌레가 앨리스에게 "너는 누구냐?"라고 묻지만 앨리스는 잘 모른다
고 대답합니다. 하루 중에도 몇 번은 바뀐 것 같다며 지금의 자신은 자

신이 아니라면서 자신을 설명할 수 없다고 대답하죠. 그러면서 그 궁금증에 대해 만나는 이들에게 묻지만, 이상한 나라에서는 아무도 대답해 주지 않습니다. 앨리스는 정답이 없는 질문을 하며 이상한 모험을 할 뿐이죠.

모순이 많은 시대에 정체성을 찾아

'이상한 나라' 원더랜드는 환상적인 이야기만을 따라가는 곳이 아니라 난센스의 공간이며 몸과 언어가 뒤틀리고 통합되지 않은 세계입니다. 마치 모순이 많은 빅토리아 시대의 사회가 그러한 것처럼요. 그런 의미에서 그곳에서의 여정은 정체성을 찾아가는 여정이라고도 할 수 있어요. 그 여정에서 앨리스는 자신은 어떤 틀에 맞추어 정의할 수 없다는 것을 깨닫습니다.

세상을 인식하고 자신을 표현하는 중요한 수단이 '언어'라고 할 때, 이 작품의 세계에서처럼 등장인물들의 말장난과 언어유희는 서로 의미가 통하지 않죠. 앨리스도 자신을 표현할 방법을 못 찾고 다른 이들과 소통하지 못합니다. 성난 여왕이 지배하는 무질서하고 광기에 찬 세계는 앨리스의 정체성을 위협할 뿐이고요. 그러나 앨리스는 혼란스러움 중에도 이상한 세계에 굴복하지 않고 법정에서 여왕을 제압합니다. 여왕의 명령에 "싫어요!"라고 큰소리치고 병정들로 하여금 앨리스의 목을 베라는 여왕의 명령에도 전혀 무서워하지 않습니다. 비로소 자신의 주체성과 주도권을 찾아 자신의 목소리를 냅니다.

작품의 끝에 앨리스는 이러한 모든 것을 "멋지고 재미있는 꿈"이라고 말합니다. 마치 빅토리아 시대인들의 암울함을 풍자와 패러디, 은

유를 통해 희극적인 삶으로 만들었듯이요. 앨리스의 꿈 이야기에 앨리스 언니는 생각이 바뀝니다. 언니는 그림도 대화도 없는 지루한 책 같은 일상을 새로운 관점으로 보며 즐거움과 호기심으로 미래를 꿈꾸게 됩니다.

앨리스 증후군

앨리스 증후군이란 물체가 작거나 커 보이고 멀어 보이는 등 형상이 왜곡되어 보이는 것을 뜻하는 용어입니다. 영국의 심리학자인 존 토드(1914~87)가 심리학적으로 이론을 제시했다고 해 '토드 증후군'이라고도 하죠. 지각된 사물이 그날따라 이상하게 못생겨 보이는 것을 주 증상으로 하며, 몸이 자라거나 줄어드는 것처럼 느끼거나 실제 사물보다 크거나 작게 보이는 등 여러 가지 주관적인 이미지의 변용을 일으키는 증후군입니다.

이 증후군을 앓는 환자 대부분이 편두통을 앓고 있다고 보고되는데 루이스 캐럴 역시 편두통 환자였습니다. 어쩌면 루이스 캐럴이 겪은 편두통이 작품에 영향을 미쳐 앨리스가 모험한 나라는 물체가 커지기도 하고 작아지기도 하며 앨리스조차도 몸이 자라서나 줄어들었을지도 모르겠습니다.

현대를 살아가는 우리는 앨리스 증후군을 겪지 않는다 해도 빠르게 변하는 세계에 현기증을 느끼며 살아가고 있습니다. 수많은 가치가 난무하여 가치관의 혼란을 겪기도 하고 불확실한 미래에 불안이 커지기도 합니다. 변화하는 속도만큼 자신은 변화하지 못해 당황스럽기도 하며 치열한 경쟁에 시달리며 진정한 나를 잃어버리기도 합니다. 해결해야 할 문제가 지나치게 커 보이기도 하고 위축된 마음에 스스로가 작아지기도 하죠. 그 과정에서 정체성이 흔들리고 모호해지기도 하며 내가 사는 세상이나 만나는 이들이 낯설고 엉뚱해 보이기도 합니다. 많은 이들이 앨리스 증후군이라고 명명하지 않아도 『이상한 나라의 앨리스』의 앨리스가 경험한 불안과 혼돈을 겪으며 살아갑니다. 하지만 앨리스가 이상한 나라에서 불안과 혼돈만 경험하지 않은 것처럼 우리 삶도 그러할 것입니다.

작품에서 앨리스는 이상한 나라에서의 모험을 통해 주체성과 주도권을 찾았습니다. 모든 경험을 "멋지고 재미있는 꿈"이라고 말했죠. 만약 여러분도 앨리스가 겪은 것처럼 불안과 혼돈 속에 있다면, 이상한 세계에 던져진 듯 정체성의 혼란을 겪고 있다면, 혹은 앨리스의 언니처럼 일상이 지루한 책 같다고 여겨진다면, 그 과정은 앨리스가 그랬던 것처럼 주체성과 주도권을 갖기 위한 과정일 것입니다. 앨리스의 이야기를 듣고 앨리스의 언니가 즐거움과 호기심으로 미래를 꿈꾸게 되었듯 여러분도 그러하기를 바랍니다. 그 모든 것이 "멋지고 재미있는 꿈" 같은 경험이 되면 좋겠습니다.

4. 유년기의 비밀과 성장의 아픈 고백

『나의 라임오렌지나무』__주제 마우루 지 바스콘셀로스

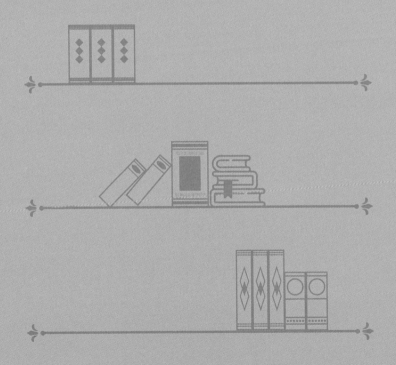

주제 마우루 지 바스콘셀로스.

주제 마우루 지 바스콘셀로스Jose Mauro de Vasconcelos(1920~84)는 브라질 리우데자네이루주 방구시에서 인디언계 어머니와 포르투갈계 아버지 사이에서 태어났습니다. 집안이 매우 가난해 어릴 적에 나탈에 있는 삼촌 집에서 살았습니다. 아홉 살 때 수영하는 법을 배운 뒤 많은 수영대회에서 우승했고, 나무를 타거나 축구하는 것을 좋아했습니다. 고등학교를 마치고 2년간 의학공부를 했으나 가난한 집안 사정 때문에 학업을 중단하고 생계를 위해 일을 해야 했습니다.

그는 그야말로 온갖 직업을 전전했습니다. 첫 번째 직업은 페더급 권투 선수의 트레이너였습니다. 그 뒤 교육부 청사 정원에 세워진 청년상의 모델, 말좀바에 있는 해안 농장의 바나나 배달꾼, 카페 종업원, 막노동꾼 등으로 일했습니다. 그다음에는 어부 일을 하며 리우데자네이루 해변에서 살았습니다. 나중에 헤시피로 이사 가서는 초등학교 선생님을 하며 학생들에게 어부 일을 가르쳤습니다.

바스콘셀로스는 스물두 살 때부터 작품을 썼습니다. 첫 작품은 1942년에 발표한 소설 『성난 바나나』입니다. 아라과이아 지역의 강들을 넘나들며 인디언들의 생존 투쟁을 목격하고 그들을 위해 봉사하며 겪었던 일을 바탕으로 금 채굴업자들의 무자비한 탄압과 인권 유린을 폭로한 작품입니다. 이후 1962년에 발표한 『호지냐(장미), 나의 쪽배』는 자연스러운 서사 구조와 생생한 인물 묘사로 평단의 찬사를 받으며 '브라질의 국민 소설'이라는 평을 얻었습니다.

『나의 라임오렌지나무Meu Pe de Laranja Lima』(1968)는 그의 자전적 실화를 바탕으로 쓴 작품입니다. 가난과 가정폭력으로 불우했던 그의 어린 시절이 생생히 담겨 있습니다. 작가는 자신의 글 쓰는 방식을 "나는 내 소설들을 단 며칠 사이에 쓴다. 하지만 그러기 위해 몇 년간 여러 생각을 곱씹으며 지낸다. 그리고 모든 것을 타자기로 쓴다. 낮과 밤, 언제든지 내키는 시간에 글을 쓴다. 글을 쓰는 동안에는 거기에 완전히 몰두해 손가락이 아플 때야 비로소 타자를 멈춘다. 그리고 바로 그때야 몇 시간 일했는지 알게 된다. 나는 피곤에 지쳐 완전히 뻗을 때까지 며칠간 밤낮 구별 없이 글을 쓸 수 있는 그런 사람이다"라고 소개합니다.

이 작품도 구상하는 데 20여 년 가까이 걸렸지만 집필은 12일 만에 끝냈습니다. 이 작품은 발표된 뒤 유례없는 판매 기록을 세웠으며, 브라질 초등학교에서는 강독 교재로 사용되었습니다. 그 밖의 작품으로 『광란자』, 『햇빛사냥』 등이 있습니다.

바스콘셀로스는 여러 분야에서 활동한 아티스트이기도 합니다. 작가이면서 동시에 조형 예술가였으며 연기로 상까지 받은 배우였습니다. 다채로운 삶을 살다가 1984년에 브라질 국민의 슬픔과 애도 속에서 예순네 살의 나이로 세상을 떠났습니다.

 브라질은 세계에서 로마 가톨릭 신자가 가장 많은 나라입니다. 이 작품에도 예수 그리스도 이야기가 곳곳에 나옵니다. 라틴 아메리카에서 인구가 가장 많고, 오랫동안 포르투갈의 식민지로 있다가 독립한 나라이기도 하죠. 원주민이었던 인디언과 혼혈인, 포르투갈인 등이 어우러진 다인종 다문화 국가입니다.

그러나 남미의 나라들이 대부분 그렇듯이 빈부격차가 큽니다. 부자는 주로 지배층이었던 포르투갈인이고, 그 밖의 피지배층이었던 인디언이나 혼혈인들은 가난하게 살아갑니다. 사회 구조 측면에서 인종 간 빈부 차이의 갈등이 심한 편이죠.

바스콘셀로스가 태어난 곳이자 이 작품의 배경이 되는 리우데자네이루는 브라질의 남부지방에 있으며 자연경관이 아름답기로 유명한 도시입니다. 주요 무대인 방구시는 리우데자네이루의 외곽도시로 가난한 서민들이 많이 사는 곳이고요.

브라질에서는 12월부터 2월까지가 여름입니다. 날씨가 덥고 습기가 많아서 기온이 30도까지 올라가죠. 당연히 크리스마스도 한여름에 맞이합니다.

소설적 상상력이 더해졌겠지만, 이 작품은 브라질 사회의 현실과 작가의 체험을 바탕으로 창작되었습니다. 책의 본문이 시작하기 전 맨 앞장에는 이런 문장이 적혀 있어요. "스무 살에 죽은 나의 동생 루이스 왕, 스물넷에 죽은 나의 누이 글로리아, 여섯 살짜리 어린 나에게 사랑을 가르쳐 준 마누엘 발라다리스 씨 그리고 도리발 로렌스 다 실바에게 편히 잠드시길 바라며 이 책을 바칩니다."

여기서 말한 루이스와 글로리아는 소설에 동생과 누나로 그대로 등

19세기 초, 성 안토니오 성당에서 바라본 리우데자네이루의 모습.

장하고, 마누엘 발라다리스는 뽀루뚜가 아저씨의 본명입니다. 소설 속
의 제제 부모는 교육도 제대로 받지 못한 빈민층이죠. 제제 아버지가
포르투갈계이고 어머니는 인디언계라는 것도 실제 작가의 부모님과
같습니다. 그런 가운데 상상력이 풍부하고 감수성이 예민한 다섯 살
소년 제제는 빈민가를 다니면서 온갖 이야기의 중심이 되죠. 소설을
읽다 보면 주인공 '제제'의 성이 지은이의 성과 같은 바스콘셀로스라
는 것도 알 수 있습니다.

비밀의 친구, 밍기뉴와의 만남

화자인 제제는 다섯 살 아이입니다. 실직한 아버지, 영국인 방직공

장에 다니는 엄마, 누나들과 형, 동생과 함께 살고 있습니다. 빨랫줄 끊기, 여자용 검정 스타킹을 뱀처럼 꾸며 사람들을 놀라게 하기, 길거리 바닥에 양초를 문질러 사람들을 미끄러지게 하기, 그물침대에서 잠자는 아저씨 밑에 신문지로 불을 피워 엉덩이를 뜨겁게 하기 등 제제의 장난은 심한 편이에요. 제제의 장난꾸러기 행동은 세상을 좀 더 알고 싶은 마음에서 비롯되었지만, 사람들은 제제를 이해 못 하고 제제를 못 말리는 장난꾸러기, 철부지, 말썽꾸러기, 심지어 악마라고까지 부릅니다. 그나마 가족 중에 제제에게 사랑을 베풀고 감싸 주는 이는 글로리아 누나 정도입니다.

제제는 빨래가 흔들리는 모습을 보며 수많은 팔과 다리가 흔들린다고 여기는데, 그런 생각은 사물들을 마음으로 받아들이면서 교감하는 아이들의 특징이기도 합니다. 다섯 살 제제에게 바람에 흔들리는 빨래는 살아 있는 생물체이자 제제에게 장난을 걸어오는 존재입니다. 제제는 그 장난을 받아들이며 빨랫줄을 끊어 버립니다.

제제는 마음에서 울리는 새소리를 듣는 아이로 모든 무생물이나 생물이 살아 있다고 여기는 '물활론적 사고'를 합니다. 이런 사고의 특징은 이사 갈 새집을 가족들과 함께 보러 가서 라임오렌지나무를 만났을 때도 드러납니다.

모든 사물과 얘기할 수 있는 신비한 능력으로 나무에게 말을 거는 것이죠. 그러자 놀랍게도 나무는 대답을 해 줍니다. 어디로 말하는 것이냐는 제제의 물음에 나무는 잎이나 가지와 뿌리 등 몸 전체로 이야기를 한다며 제제의 귀를 자신의 몸에 대 보라고 말을 건네죠. 나무의 심장이 뛰는 소릴 들을 수 있다면서요.

비밀을 공유하는 밍기뉴, 제제의 안식처

제제는 처음에는 라임오렌지나무가 마음에 들지 않았습니다. 형과 누나들이 하나씩 차지한 좋은 나무에 비하면 가장 작고 볼품없어 보이는 나무였거든요. 그러나 라임오렌지나무가 얼마나 멋진 나무가 될 수 있는지를 설득한 글로리아 누나의 말이 자기 자신의 내면의 목소리로 바뀌는 순간, 그 나무는 제제에게 말을 걸어 옵니다. '밍기뉴' 혹은 더 친근한 의미로 '슈르르카'라고 부르는 라임오렌지나무는 제제의 상상력으로 피어난, 제제의 분신과도 같습니다.

그동안 제제는 가난과 매질이라는 힘겨운 삶 속에서 아무에게도 제대로 이해받지 못하고 진정으로 사랑받는다는 느낌을 받을 수 없었죠. 누군가에게 마음을 말하고 소통하고 싶은 욕구가 간절했는데, 그러한 소망이 라임오렌지나무와 대화할 수 있는 힘이 되었습니다. 밍기뉴와 비밀을 나누며 둘은 가장 소중한 친구가 됩니다.

제제는 창피한 일도 속상하고 슬픈 일도 밍기뉴에게 다 털어놓습니다. 형과 차별대우를 받는 억울함, 엄마의 잔소리, 애들하고 싸워 눈이 멍들고 팔에 상처가 난 일, 그리고 아빠의 학대까지 남김없이 고백하죠. 포르투갈 사람에게 박쥐놀이를 하다 들켜 혼난 일도요.

'비밀'을 공유하는 밍기뉴는 제제의 가혹한 현실 속사정을 모두 들어 주며 제제의 안식처가 됩니다. 가난이라는 고통스러운 환경 속에서 온전히 사랑받지 못한 제제의 마음이 투영된 대상이고 제제의 기쁨과 슬픔을 함께 나누는 친구이자 해방된 공간이 됩니다. 또한 제제에게 현실에서 꿈꾸지 못한 욕구를 채워 주며, 제제의 감정을 정화해 주고, 내적인 성장, 자의식의 성장을 촉진하는 대상이 됩니다.

제제를 지켜 주는 힘, 상상력과 순진성

제제는 보호받아야 하는 어린이지만 현실은 험난하기만 합니다. 집은 크리스마스에도 선물을 못 받을 정도로 가난하고 가족의 돌봄을 받기는커녕 오히려 아버지와 형과 엄마한테 학대를 당하죠. 그런 냉혹한 현실을 견디게 해 주는 건 제제의 '상상력'과 '순진함'입니다.

제제가 라임오렌지나무와 대화할 수 있었던 것도 제제의 놀라운 상상력 덕분이었죠. 동생 루이스를 위해 생각해 낸 동물원 놀이에서 평범한 정원은 사자, 표범, 원숭이 등이 사는 동물원이 되고, 케이블카 놀이에서 긴 실 가닥에 기운 단추는 빵 지 아쑤까르 바위산의 케이블이 됩니다. 밍기뉴는 이 세상에서 가장 아름다운 말이 되기도 하고, 좁고 초라한 뒤뜰은 거대한 녹색의 대평원으로 변하기도 합니다. 제제의 옷은 금으로 장식되고, 가슴에는 보안관의 배지도 번쩍입니다. 동생 루이스와 함께 라임오렌지나무 위에 있을 때 바람이 불면 나무 주변은 순식간에 인디언의 말들이 가득한 서부 시대가 된 듯 나무 위에서 말 타기 놀이를 합니다.

제제의 상상력은 현실과 환상의 세계를 자유롭게 넘나드는데, 이러한 상상력을 극대화하는 힘은 제제의 순진함에 있습니다. 순진함은 세계를 벽 없이 받아들이게 합니다.

자기 나이보다 일찍 학교에 입학한 제제는 자신에게 친절한 선생님의 꽃병에 꽃이 없는 게 안타까워 꽃 선물을 하려고 합니다. 그래서 세르지뉴 씨 정원에서 꽃을 몰래 꺾어 꽃병에 꽂으면서도 그게 잘못된 행동이라는 생각을 못 합니다. 소유 개념이 모호한 유년기의 특징으로 볼 수 있지만, 한편으로는 "아네요, 그렇지 않아요, 세실리아 선생님.

이 세상은 하느님 것이 아닌가요? 이 세상 모두 하느님 것이잖아요. 그러니까 그 꽃들도 하느님 것이에요"라는 말에서 제제는 신을 중심으로 모든 세계가 하나로 연결된 것으로 생각한다는 걸 알 수 있습니다.

이러한 마음은 친구를 대하는 태도에도 그대로 드러납니다. 도로띨리아라는 친구가 가난하고 흑인이라는 이유로 친구들이 놀아 주지 않자 제제는 선생님이 준 돈으로 산 생과자를 나눠 먹죠. 마음의 벽 없이 베푸는 마음을 지닌 제제에게 세실리아 선생님은 감동받습니다.

제제의 순진성은 성탄절 사건에서도 드러납니다. 제제에게 선물을 사 줄 수 없는 가난한 아빠를 원망하면서도 아빠를 위해 선물을 마련하려고 하죠. "아빠가 가난뱅이라서 싫어"라는 자신의 말에 상처받았을 아빠를 위해 뭔가를 해 주고 싶어서, 아빠의 선물을 사기 위해 구두통을 메고 돈을 벌러 다닙니다. 마침내 구두를 닦아 번 돈으로 아빠가 좋아하는 담배를 사서 선물해요. 음반 행상인 아리오발두 아저씨를 따라다니며 유행가를 배우고 실의에 빠진 아빠를 위로하기 위해 "나는 벌거벗은 여자가 좋아"라는 구절로 시작하는 노래를 부르기도 합니다. 순전히 아빠를 즐겁게 해 드리기 위한 노래였죠.

그러나 아빠는 제제가 자신을 모욕한다고 오해하면서 제제를 심하게 폭행하고 말아요. 두 개의 쇠고리가 달린 허리띠로 제제를 때리죠. 매를 맞는 제제는 천 개의 손바닥들이 온몸을 휘갈기는 것 같은 고통을 느끼면서 속으로 욕설을 하지만 아빠를 도저히 이해할 수 없습니다. 제제는 오로지 아빠를 즐겁게 해 드리려고 노래를 불렀을 뿐인데 이유도 모른 채 폭행을 당한 것이에요. 아동 폭력에 노출된 제제는 어떻게 성장할 수 있었을까요?

제제를 치유하고 성장시킨 우정의 존재들

사전을 찾아보면 우정友情이란 "친구 사이의 정"입니다. 이는 곧 세상 모든 것과 세상 어느 사람과도 진정한 소통을 가능하게 하는 감정입니다. 부모와 자식, 스승과 제자, 나무나 새 등의 자연물과 맺는 관계에서 가능한 감정이지만 어느 한쪽이 다른 쪽을 지배하는 관계라면 우정은 성립하지 않습니다. 서로의 눈높이에서 있는 그대로를 바라보고 서로의 말에 귀 기울일 때 우정이 맺어질 수 있습니다.

제제는 늘 심한 장난 때문에 아버지나 형에게 매 맞고 동네 사람들로부터 말썽꾸러기라는 욕을 먹으며 '아기 악마'라는 말을 듣습니다. 제제는 주변의 부정적인 시선에 부정적 자아상을 가지게 됩니다. 그러나 다행히 제제의 보석 같은 마음을 알아봐 주는 이들이 있었죠. 제제의 순진한 마음과 풍부한 상상력을 인정해 주고 칭찬해 주는 대상들도 만납니다.

제제의 재능을 높이 평가해 주는 세실리아 선생님, 유행가를 배우고 싶어 하는 제제를 친구처럼 대해 준 음반 행상 아리오발두 아저씨, 제제가 비밀을 털어놓는 라임오렌지나무, 마음속의 작은 새, 아버지의 정을 느낀 미누엘 빌라다리스 아저씨와 우정의 관계를 맺죠. 제제는 빈부격차라는 사회적 현실로부터도, 혼혈아라는 사회적 차별과 편견으로부터도 결코 자유롭지 못한 가난한 집의 아이지만, 동식물과 연령을 초월한 이들과 우정을 맺을 줄 알았습니다. 제제는 이들과 우정을 나누고 이들 때문에 험한 현실을 견디고 성장해 나갈 수 있게 됩니다.

특히 아버지의 정에 굶주린 제제에게 포르투갈 사람인 마누엘 발라다리스와의 만남은 특별합니다. 제제는 아저씨의 본명인 마누엘 발라다리스가 아닌, 포르투갈인의 속칭인 뽀르뚜까라고 부르며 그와 친구가 됩니다. 그러면서 자신을 있는 그대로 이해하면서 극진하게 잘해 주는 뽀르뚜까 아저씨한테서 처음으로 진실한 인간적 사랑을 느낍니다.

부모의 사랑을 준 뽀루뚜까 아저씨

뽀루뚜까 아저씨와의 만남은 자동차 뒤에 매달리는 장난을 치다가 걸려 혼이 나면서 시작됩니다. 첫인상은 서로가 별로였죠. 그러나 제제가 유리 조각에 베인 발로 학교를 가는 걸 본 뽀르뚜까 아저씨가 제제를 병원에 데려다주고 치료를 받게 해 주며 둘은 가까워집니다.

뽀루뚜까 아저씨는 제제의 아픔을 어루만져 주고 외로움과 고통을 있는 그대로 껴안아 줍니다. 제제는 만약 태어나기 전에 아버지를 선택할 수 있다면 뽀르뚜까 아저씨를 아버지로 선택하겠다고 말할 정도로 아저씨를 좋아하고요. 뽀르뚜까도 제제의 가족에게서 제제를 데려올 수는 없지만 아들처럼 사랑해 주고 진짜 아들처럼 대해 주겠다고 약속을 합니다.

제제와 뽀르뚜까는 어린이와 어른, 가난한 이와 부유한 이, 혼혈인과 백인이라는 차이가 있었습니다. 이런 관계는 사회적으로는 대립 관계였으나 이 둘에게 사회적 조건은 전혀 문제가 되지 않았죠. 브라질은 빈부격차가 심한 다문화 다인종 국가이다 보니 지배계층이었던 포르투갈인을 적대시하는 감정이 심한 편입니다. 그러나 이 작품에서는 제제와 뽀르뚜까가 특수한 조건에 편견을 갖지 않고 그 내면의 본질을 포용하며 사랑하는 모습을 통해 빈부 계층과 나이 차와 상관없이 조화롭게 살아갈 수 있다는 가능성을 보여 줍니다.

제제는 뽀루뚜까와 우정을 나누면서 세상은 살 만한 곳이라는 사실을 깨닫기 시작합니다. 장난도 덜 치게 되며, 뽀르뚜까의 사랑으로 위로를 받으며 행복한 나날을 보냅니다.

환상에서 나와 현실로 들어가는 고통의 시간

그러나 행복한 날들은 오래가지 않았어요. 가족보다 더 사랑한다고 여겼던 뽀르뚜까가 열차 사고를 당해 사망하거든요. 이 충격으로 제제는 오랫동안 절망하며 지금까지와는 또 다른 아픔을 겪게 됩니다. 사흘 동안 아무것도 먹지 못하고 열이 나며, 조금의 음식이라도 먹으면 토하기를 반복합니다. 주위의 소리를 알아들을 수 없으며 아무 대답도 하기 싫고 차라리 죽기를 바라기도 하죠. 열차가 밍기뉴를 치고 지나가려는 악몽을 꾸며, 기차를 향해 "살인마"라고 외치기도 하죠.

제제가 아팠을 때 꾸는 꿈은 뽀르뚜까 아저씨를 죽인 기차 망가라치바처럼 제제의 마음엔 언젠가 밍기뉴도 자신의 곁을 떠날 것이라는 두려움과 불안을 나타내는 꿈이었습니다. 언젠가 또또까 형이 말해 준, 시청에서 앞으로 길을 넓히기 위해 모든 집의 뒤뜰을 없앤다는 소식이 제제의 마음에 깊은 불안으로 자리 잡았던 거예요.

슬픔과 고통의 시간을 거치며 제제는 밍기뉴와 아버지를 바라보는 눈이 달라집니다. 제제는 밍기뉴와 더 이상 대화를 나누지 않으며, 환상의 세계와 이별하고 현실의 나무를 받아들입니다. 슬리퍼 밖으로 삐져나온 아버지의 발가락을 보며 그도 역시 칙칙한 뿌리를 가지고 있는 늙은 나무라고 생각하죠. 그러나 자신에게 상처를 준 이해할 수 없는 나무라고 생각합니다.

제제의 아픔과 슬픔을 이해하는 가족은 없었습니다. 가족은 단순히 라임오렌지나무가 베어지게 되어 슬픔에 빠졌다고 여길 뿐이었죠. 아들의 슬픔을 달래려 아빠가 라임오렌지나무는 빨리 잘리지 않을 거라고 말했지만, 제제는 "전 이미 베어 버렸어요. 아빠, 제 라임오렌지나무를 베어 버린 지가 일주일도 넘었어요"라고 말합니다.

이 고백은 뽀르뚜까 아저씨의 죽음으로 커다란 상실을 경험한 제제가 자신의 유년기는 끝났다는 것을 암시하는 말이죠. 제제에게 밍기뉴는 유년의 환상과도 같은 존재였지만 이제 제제는 상상력만으로 채워진 순진한 세계에서만 살 수 없었습니다. 뽀르뚜까 아저씨의 죽음과 동시에 밍기뉴는 잘렸고, 제제는 환상의 세계를 떠나 현실과 고통의 세계로 들어섰습니다. 밍기뉴는 더 이상 마법의 나무가 아니라 평범한 라임오렌지나무가 됐습니다.

기형도 시인(1960~89)은 이 작품의 특징을 "철들기 전의 세계"에 대한 미칠 듯한 그리움에 있다고 했습니다. 그러면서 철든 사람들은 이미 사물에 대한 사랑도 상상력도 황폐해지기 때문에 이 책의 감동은 유년 시절의 순수함이 전속력으로 달려오는 데 있다고 말했죠. 이 시인의 말처럼 전속력으로 달려오던 제제의 유년의 순수함은 뽀르뚜까 아저씨의 죽음으로 멈추게 됩니다.

제제가 성장하면서 겪는 아픔을 읽으면 『데미안』의 유명한 문장인 "새는 알에서 나오려고 애쓴다. 알은 세계다. 태어나려는 자는 세계를 파괴해야만 한다"라는 문장이 자연스럽게 떠오릅니다. 제제에게 알이 밍기뉴와 뽀르뚜까 아저씨의 사랑과 환상이 있는 유년기였다면 이제는 그것을 파괴하고 냉정한 현실의 문을 열어야 하는 것이죠.

마지막 고백, 마음의 귀를 열어야 들리는 사랑

에필로그에서 마흔여덟 살의 제제는 뽀루뚜까를 통해 진정한 자기를 발견하게 한 '사랑'을 깨달았다고 말합니다. '사랑' 없는 삶이 얼마나 슬픈지 알기에 아이들에게 구슬과 딱지를 나눠준다고 말하죠. 에밀 아자르의 『자기 앞의 생』(『고전을 부탁해 1』의 '15. 『자기 앞의 생』_에밀 아자르' 편 참조)에서 모모가 했던 고백과 마찬가지로 '사랑' 없이는 살 수 없고 '사랑'으로 성장할 수 있었다고 고백하죠.

특히 이 작품은 작가의 체험이 바탕이 되었고 1인칭 화자로 서술되어 어디엔가 있을 제제의 유년의 일기를 보는 듯합니다. 제제의 삶은 어려움과 고통이 많았지만 제제를 성장시킨 '사랑'의 존재들이 있어서 제제의 유년은 아름답게도 여겨집니다.

누구에게나 유년 시절이 있고, 그 흔적은 어떤 방식으로든 우리 안에 남아 있습니다. 제제의 유년 시절의 고백은 우리로 하여금 처음으로 걸음마를 배우고 글자를 깨우치던 순간을, 생애 첫 만남의 놀라운 순간들을 떠올리게 합니다. 오래전 잊었지만 항상 그곳에 있던 유년기의 문을 열고 유년의 세계로 걸어 들어가게 합니다. 그 세계는 환상과 순진함, 고통이니 슬픔, 아름다움과 그리움이 있는 세계입니다.

그 안에서 우리는 유년기에 미처 깨닫지 못한 것을 지금 깨닫기도 하고 그때 지녔던 순수한 동심을 지금은 잃어버렸다는 사실에 생각이 많아지기도 합니다. 유년기는 지났지만 나만의 라임오렌지나무를 꿈꾸기도 하겠죠. 어른이 된 제제가 유년기의 경험을 통해 진정한 자기를 발견하고 사랑을 깨달은 것처럼 우리도 삶에서 진정한 자기를 발견하고 사랑을 깨달을 수 있으면 좋겠습니다.

5. 인간과 동물의 공존을 위한 여정

『희망의 이유』__제인 구달

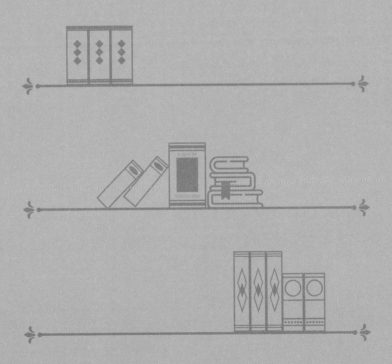

제인 구달.

제인 구달Valerie Jane Goodall(1934~)은 영국 런던에서 태어난 동물학자이자 인류학자이며 환경운동가입니다. 잉글랜드 남부의 본머스에서 자랐는데, 어려서부터 동물을 좋아해 지렁이를 침대 위에 올려놓아 사람을 놀라게 하거나, 닭이 알 낳는 장면을 보기 위해 네 시간을 닭장 안에서 기다리는 바람에 사람들이 그를 찾느라 한바탕 소동이 벌어지기도 했습니다.

제인 구달은 어려서부터 아프리카를 여행하는 게 평생의 소원이었습니다. 대학에 가는 대신 비서학교에 진학한 것도 세계 각지를 여행할 기회가 더 많아질 것이라는 희망 때문이었습니다. 졸업한 뒤에는 병원과 영화사 등에서 일하다가 1956년에 아프리카의 케냐를 여행했습니다. 그런데 이 여행이 그녀의 일생을 바꾼 계기가 됐습니다.

케냐 여행 중에 제인은 나이로비의 자연사박물관장 루이스 리키(1903~72)를 만나 그의 개인비서로 취직했습니다. 당시 루이스는 선사시대 인류의 행동양식을 알 수 있는 힌트를 얻기 위해 침팬지, 고릴라, 오랑우탄 등 대형 유인원을 현장에서 연구할 생각을 하고 있었습니다. 제인이 이 연구를 해 보겠다고 자원해 1957년에 케냐로 건너가 침팬지 연구를 시작했고 1960년에는 탄자니아 곰베에서 본격적으로 침팬지를 연구하기 시작했습니다.

제인 구달은 침팬지가 채식뿐만 아니라 육식을 좋아하고 도구를 사용하며, 사회생활을 하고 가족 간의 유대감이 깊다는 사실을 발견했습니다. 침팬지 연구 업적을 인정받아 1966년 2월 9일에 케임브리지 대학교 대학원에서 동물행동학 박사학위를 받았습니다.

1968년에 곰베가 국립공원으로 지정되고, 제인은 침팬지와 개코원숭이 연구소인 '곰베 스트림 연구센터'를 설립했습니다. 1977년에는 침팬지 및 다른 야생동물들이 처한 실태를 알리고 처우 개선을 장려하기 위해 '제인 구달 연구소'를 설립했습니다. 또한 '뿌리와 새싹Roots and Shoots' 등의 프로그램을 운영하면서 전 세계 젊은이 및 아프리카 지역민과 함께 지구를 보호할 방안을 찾고 있습니다.

지구 환경 보호에 기여한 공로를 인정받아 영국 엘리자베스 여왕으로부터 작위를 받았으며, 뛰어난 연구나 발견을 한 사람에게 주어지는 내셔널 지오그래픽 소사이어티의 '허버드 상', 권위 있는 기초 과학상인 '교토 상'을 수상했습니다. 탄자니아 정부로부터 외국인 최초로 '킬리만자로 상'을 받았고, 2002년에는 UN의 '평화의 메신저'로 임명됐습니다. 1986년 이후 탄자니아를 떠나 전 세계를 다니며 세계 평화와 지구의 모든 종의 평화를 위해 활발히 활동해 오고 있습니다.

그가 쓴 책으로 『인간의 그늘에서: 제인 구달의 침팬지 이야기』, 『곰베의 침팬지』, 『침팬지와 함께한 50년』, 『제인 구달의 내가 사랑한 침팬지』, 『희망의 씨앗』, 『희망의 이유Reason for Hope』 등이 있습니다.

 2014년 11월 23일, 우리나라의 국립생태원은 제인 구달 박사를 초청해 그의 탄생 80주년을 기념하는 '제인 구달 길'을 만들었습니다. 이후 '찰스 다윈·그랜트 부부 길'과 '소로 길'도 만들었어요. 생태원 내 보존녹지를 활용해 생태학자들의 업적도 기리고 자연과 인간이 공존하는 생태교육장으로 활용하기 위해서였죠. 국립생태원뿐만 아니라 많은 사람이 인간과 자연이 공존하기 위한 노력을 해 왔고 지금도 노력하고 있는데, 그중에 제인 구달이 있습니다.

〈제인 구달 박사의 생명 사랑 십계명〉

1. 우리가 동물사회의 일원이라는 것을 기뻐하자.

2. 모든 생명을 존중하자.

3. 마음을 열고 겸손히 동물들에게 배우자.

4. 아이들이 자연을 아끼고 사랑하도록 가르치자.

5. 현명한 생명 지킴이가 되자.

6. 자연의 소리를 소중히 여기고 보존하자.

7. 자연을 해치지 말고 자연으로부터 배우자.

8. 우리 믿음에 자신을 갖자.

9. 동물과 자연을 위해 일하는 사람들을 돕자.

10. 우리는 혼자가 아니다. 희망을 갖고 살자.

자연과 인간은 오래전부터 함께 공존해 왔지만 오랫동안 인간은 자연을 정복의 대상으로 바라봤습니다. 경제 발전이라는 이름이나 인간의 욕심으로 환경이나 생태계를 고려하지 않고 무분별하게 자연을 파괴해 왔죠. 제인 구달은 그러한 현실에 안타까워하며 단순히 침팬지 연구자가 아니라 동물행동학자이면서 환경운동가로서 지구에 사는 모든 생물이 평화롭게 함께 살아가기 위해 노력하고 있습니다.

『희망의 이유』는 어떻게 자신이 지금의 길을 걸어오게 되었는지 고백하는 내용이 담겨 있는 자전적인 에세이입니다. 이 책에서 작가는 대학 교육도 받지 못한 여성이 아무도 걸어가지 않은 길을 선택해 걸어간 결과 스스로 미래의 희망이 된 이야기를 들려줍니다. 우리에게 모두가 공존할 수 있는 희망의 메시지도 함께 전합니다.

희망이 있나요?

이 책의 표지에는 '영혼의 메시지'라는 표제어가 있습니다. 고고학이나 인류학에 가까운 과학자의 연구 이야기와 '영혼'이라는 단어는 어쩐지 어울리지 않는 듯하죠. 그러나 제인 구달의 이야기를 읽다 보면 그녀의 모든 연구와 활동이 '영혼'에서 나오고 '영혼'의 모든 것을 실천한 삶이었다는 생각이 들게 합니다.

> 1986년 이래 나는 항상 여행을 해 왔다. 제인 구달 연구소의 다양한 환경 보존 사업과 교육 사업들을 위한 기금을 모으기 위해서 또 내가 몹시 중요하다고 느낀 메시지를 가능한 많은 사람들과 나누기 위해서다. 그 메시지는 인간의 본성, 그리고 우리 인간과 지구에 함께 살고 있는 다른 동물들과의 관계에 관한 것이다. 지구 생명체의 미래에 대한 희망의 메시지이기도 하다.[+](15쪽)

"제인, 희망이 있다고 생각하십니까?" 제인 구달은 전 세계를 돌아다니면서 이런 질문을 가장 자주 받는다고 고백합니다. 이 질문에는 굶주림이나 질병, 범죄, 전쟁, 갈등과 학살 같은 인간의 폭력과 이것들을 바라보는 우리의 공포가 모두 포함되어 있죠. 숲들이 사라지고 땅은 사막화가 진행되고 부주의하게 버린 합성 화학물질 때문에 생태계가 교란되는 등 자연의 변화는 우리를 두렵게 만듭니다. 인간이 벌인 폭력적인 행동과 자연 파괴는 인간 삶도 파괴하기 때문이에요.

2007년에 제인 구달이 한국을 방문했을 때 한 기자가 제인 구달에게 '희망'의 의미를 물었습니다. 그때 제인 구달은 "무언가를 시작할 수 있는 원동력 그리고 상황이 지금보다 나아지리라는 믿음"이 희망이라고 대답했어요. 그 대답에 이르기까지의 긴 삶의 여정이 이 책에 담겨 있습니다.

이 책은 어린 시절부터 보아 온 동물과 자연에서 겪은 경험, 삶의 위기와 두 번의 결혼, 침팬지 연구 과정, 참담하게 목격한 인간의 폭력, 자연과 교감하며 치유하고 성장한 자신의 내면, 미래를 위해 함께 나아갈 길 등을 기록해 놓았습니다. 그것은 망가지거나 상처 난 우리 삶을 치유하고 모든 존재를 사랑하기 위한 여정의 기록이기도 합니다.

제인 구달만의 방식, 관찰과 공감

제인이 침팬지 연구를 하게 된 건 아프리카 여행에서 만난 나이로비의 자연사박물관장 루이스 리키 때문입니다. 이전에도 침팬지를 연구

✦ 제인 구달, 박순영 옮김, 『희망의 이유』, 궁리, 2003.

한 학자들은 있었지만 그들은 모두 남성이었어요. 또한 자연 상태에서 수행하는 연구는 그 기간이 대부분 수개월 정도로 짧았습니다. 루이스 리키는 이런 연구로는 부족하다고 느끼고 있었습니다. 다른 방식의 연구가 필요하다고 여기던 때 제인 구달이 나타났죠.

제인은 과학 이론에 치우쳐 편향적으로 생각하기보다 개방된 마음으로 연구에 임했고 지식을 배우고자 하는 열정과 동물을 사랑하는 마음이 컸습니다. 인내심이 있고 근면한 사람이었죠. 게다가 긴 시간을 문명 세계에서 멀리 떨어져 지낼 수 있는 사람이었습니다.

1960년, 탄자니아 곰베에서 침팬지를 연구하는 데 자원한 제인은 곰베의 침팬지 서식지에서 침팬지들을 관찰하기 시작합니다. 당시 과학자들은 관찰 대상을 객관적으로 보려고 했지만, 학위도 없었던 제인은 그녀만의 방식으로 침팬지들의 습성과 생태를 기록했죠. 제인은 침팬지를 연구하며 "나는 매일 꿈을 이루고 있었다"라며 행복해했습니다.

> 침팬지를 보는 특전을 누리기 위해 때로는 여러 시간을 기다리고 또 기다려야 했다. 그렇게 기다리는 동안에는 주의 깊게 머물러 있는 것이 중요하다. 왜냐하면 침팬지는 종종 소규모이거나 심지어 혼자 있기도 하며 완벽하게 조용하기 때문이다. 나무 속에서의 움직임이나 가지 부러지는 소리가 나를 긴장하게도 했지만 그런 것은 대개 비비나 원숭이인 경우가 많고 결코 침팬지는 아니었다. 처음 몇 달을 지내는 동안 나를 방문했던 한 학자는 내가 봉우리에서 기다리는 시간 동안 책을 읽지 않는다고 놀라워했다. 만약 그랬다면 얼마나 많은 것을 놓쳤을까.(98쪽)

제인은 매일같이 산에 오르며 침팬지들을 찾아다녔고, 침팬지들이

침팬지 무리(우간다).

자기 모습에 익숙해지도록 일부러 언덕 위에 가만히 앉아 있기도 했습니다. 시간이 지나면서 침팬지들에게 가까이 접근하는 것은 물론 심지어 침팬지랑 같이 털을 고를 만큼 신체 접촉도 성공했어요. 이러한 제인의 연구 방법은 그동안 실험실의 인공 환경에 갇혀 있던 연구를 다시 자연으로 불러낸 셈이었어요.

제인은 침팬지의 성격에 맞게 데이비드, 골리앗, 맥그리거, 플로 등의 이름을 지어 주기도 했습니다. 1960년대 당시 동물행동학에서는 동물에게 이름을 지어 주는 것은 잘못이라고 지적하며 제인의 연구 행태에 냉담하게 반응했죠. '타잔'과 '치타'를 떠올리게 하는 '제인'이라는 이름까지도 종종 험담의 대상이 됐고요.

당시의 많은 과학자나 철학자, 신학자는 인간만이 마음이 있고 이성으로 사고한다고 여겼어요. 그러나 제인은 침팬지에게도 인간처럼 마음이 있다고 생각했습니다. 그러면서 당시의 이론이나 학설을 모른 채 동물에게 이름을 붙여 줬죠. 학설을 알게 된 뒤에도 동물에게 이름 붙이는 일을 멈추지 않았습니다. 동물에게도 성품이나 마음, 감정이 있다는 것을 의심하지 않았기 때문이죠.

침팬지에게서 새롭게 발견한 놀라운 사실들

제인이 관찰한 침팬지는 의사소통을 위해 인간과 비슷하게 입 맞추기, 껴안기, 손잡기, 등 두드리기, 뽐내기, 주먹질하기, 꼬집기, 간질이기 등의 몸짓을 했습니다. 가족이나 친구와 애정을 나누고 서로 돕기도 했어요. 원한을 갖기도 하고요.

> 그 침팬지는 흰개미 둥지의 붉은 흙무더기에 앉아서 구멍 속으로 풀줄기를 반복해서 찔러 넣고 있었다. 잠시 후 그것을 조심스럽게 꺼내서 무엇인가를 한 마리씩 입속으로 털어 넣었다. 이따금 새 풀을 주워서 사용했다.(99쪽)

제인이 침팬지에게서 발견한 사실은 지금까지 알려진 것보다 침팬지가 훨씬 더 인간과 비슷하게 생활하는 동물이라는 점이에요. 침팬지는 사냥과 육식을 즐기고 도구를 사용할 줄 알았죠. 과일을 즐겨 먹으며 잠자리에는 절대 배설하지 않고 비가 오면 비를 피했습니다. 사냥한 먹이를 함께 나누며 가족 간의 유대감도 친밀했어요. 특히 도구를 제작하고 사용하는 기술은 오로지 인간만이 지닌 능력이라는 통념이 지배적이던 시절에 침팬지가 도구를 사용한다는 사실은 큰 충격으로 다가왔습니다.

이 소식을 들은 루이스 리키는 매우 놀라워하며 이렇게 말했습니다.

"오! 우리는 이제 인간을 재정의하든지 도구를 재정의하든지 해야 한다. 그렇지 않으면 침팬지를 인간으로 받아들여야 한다." 이 말은 침팬지의 도구 사용을 밝혀낸 것은 과학적 가치로서 큰 의미가 있다는 말이었습니다. 침팬지에 대한 제인 구달의 연구는 그 가치를 인정받아 내셔널지오그래픽 협회로부터 연구비를 지원받게 됩니다. 이러한 점은 제인이 연구를 계속하는데 도움이 됐습니다.

성공 이후의 위기와 숲에서의 치유

> 나는 항상 동물과 자연에 더 가까이 하고자 했다. 그 결과 내 스스로에게 다가갈 수 있었고 점점 더 주변의 영적인 힘과 조화되어 갔다. 자연과 함께 홀로 있는 즐거움을 경험한 사람들에게는 정말 더 이상의 말이 필요 없다.(107쪽)

제인은 숲에서 침팬지를 관찰하고 보낸 시간 동안 단순히 과학적 자료만을 수집한 게 아니라 내적인 평화에 다다를 수 있었습니다. 거목들과 바위틈으로 흐르는 작은 시냇물, 벌레들과 새들, 반짝이는 두 눈과 둥근 귀로 경계하는 줄무늬 다람쥐, 나무를 타고 올라가는 넝쿨과 서로가 색을 입히며 변해 가는 숲의 색깔들 모두 제인에게 경외감을 주었죠. 지각(감각기관을 통해 대상을 인식하는 능력)은 풍부해져 소리나 비밀스러운 움직임에 예민해지고, 말을 버리고 경험하게 되는 자연은 모든 것이 새롭고 놀라웠던 어린 시절로 돌아가는 경험이었습니다.

1964년에는 내셔널지오그래픽 협회에서 곰베로 파견한 사진작가인 휴고 반 라윅과 결혼하고 아들도 낳아요. 제인은 새끼 달린 침팬지를 지켜보면서 '아이가 있는 것은 즐거운 것'이라는 사실을 배우고, 안정된 어린 시절이 있어야 독립적이고 자율적인 어른이 될 수 있다는 사실도 배웁니다. 새끼 침팬지의 성장에 미치는 요인은 인간에게도 비슷하게 적용된다는 것을 가정하며, 대자연으로부터 얻은 지혜로 아들을 양육하죠. 엄마가 된 경험은 침팬지의 행동을 이해하는 데도 도움이 됩니다.

1964년부터 1974년까지 10년 동안 케임브리지 대학에서 공부하며 박사학위를 받고, 스탠퍼드 대학의 외래교수가 되어 곰베를 떠나 영국으로 돌아왔을 땐 자신이 변한 것을 깨닫습니다. 사회적 지위는 올랐지만, 도시의 삶은 마음의 평화를 깨트렸습니다. 문명화된 세계의 벽돌과 회반죽, 도시와 빌딩, 자동차와 기계로 가득한 세계에는 자연에서 느꼈던 영혼의 풍요로움을 느낄 수 없었기 때문이에요.

또 다른 스트레스는 가정에도 있었습니다. 남편인 휴고는 아내의 명성을 부담스러워했고, 결국 두 사람은 1974년에 이혼합니다. 1975년에는 연구원 네 명이 테러리스트에게 납치되는 사건도 일어납니다. 이 사건 직후 탄자니아 정부는 곰베에서 외국인을 모두 철수시키는 조치를 내렸어요. 제인도 더 이상 그곳에 거주하지 못하고 해마다 몇 주 동안만 체류할 수 있는 허락만 받을 수 있었죠.

납치범들과 협상하는 과정에서 탄자니아 정부나 연구소 측이 소극적인 태도를 보였다는 의견 때문에 제인은 한동안 연구를 위해 사건을 은폐 또는 축소하려 했다는 비난도 받아야 했습니다. 같은 해, 침팬지 사이에서 '동족 살해'의 사례가 처음으로 관찰된 것도 제인에게는 충격이었어요. 침팬지도 충분히 잔인해질 수 있으며, 인간 못지않게 어두운 본성을 지니고 있다는 걸 알았으니까요.

이런 위기 속에서 제인 구달은 사랑과 일의 동반자를 만나 재혼을 하게 됩니다. 바로 탄자니아 국립공원의 관리자인 데렉 브라이슨이죠. 영국 출신이지만 탄자니아인으로 귀화한 데렉은 탄자니아 정관계에 두루 인맥을 구축한 실력자여서 제인의 침팬지 연구에 큰 힘이 되어 줍니다. 그런데 데렉은 결혼한 지 5년 뒤에 갑작스레 암으로 사망하고, 제인은 큰 상실감에 빠져요. 상실감을 치유하기 위해 제인은 다시 곰베로 돌아갑니다. 곰베 숲은 제인에게 위안이 됐고, 제인은 정신적으로 회복을 합니다.

폭력성을 극복하고 희망을 안겨 줄 수 있는 자질, 사랑

> 우리의 공격성이 침팬지의 그것과 단지 비슷할 뿐만 아니라 심지어는 더욱 악질적이라는 것이 얼마나 슬픈 일인가를 생각했다. 인간은 기본적인 본능을 초월할 수 있는 잠재력을 가지고 있기 때문에 더욱 나쁘다.(151쪽)

제인 구달은 인간의 폭력성과 인간성에 대해 오랫동안 고민을 합니다. 납치 사건, 부룬디에서 투치족과 후투족 간의 분쟁으로 수천 명이 잔인하게 살해된 사건과 아우슈비츠, 르완다, 이스라엘, 팔레스타인, 캄보디아, 북아일랜드, 앙골라, 소말리아 등지에서 벌어지는 증오와 폭력을 목격하며 침팬지의 공격성과 인간의 폭력성 사이의 관계를 이해하려고 노력하죠.

제인 구달은 침팬지도 폭력성이 있고 고통도 어느 정도 알고 있는 듯하지만, 인간이 가하는 잔인성에는 미치지 못한다며 오직 인간만이 악마가 될 수 있다고 결론을 내립니다. 그러면서 침팬지들이 자신의 공격 성향을 조절하는 것처럼 인간도 폭력으로 발전할 수 있는 상황을 극복할 수 있다고 말해요. 인간이 지닌 폭력성 말고 사랑과 연민, 자기 희생, 이타심의 자질이 희망을 안겨 줄 수 있다고 보았죠. 이러한 자질에서 우리 미래의 희망을 발견해야 한다고 강조합니다.

> 우리가 사랑해야만 하는 '자신'은 우리의 자아도 아니고, 아무 생각도 없이 이 기적으로, 그리고 때로는 불친절하게 행동하고 돌아다니는 일상인도 아니다. 우리 각각의 내면에 있는 창조주의 일부인 순수한 영혼의 불꽃, 즉 불교도들이 '핵'이라고 부르는 것이다. 나는 사랑받는 것들은 성장할 수 있다는 것을 깨달았다. 우리가 내면의 평화를 얻고자 한다면 내면에 있는 이러한 영혼을 이해하고 사랑하는 법을 배워야 한다.(251쪽)

인간과 침팬지의 DNA 구조는 불과 1% 정도밖에 차이가 나지 않습니다. 침팬지는 혈액 구성이나 면역 체계의 측면에서도 인간과 매우 비슷해서 인간의 질병인 간염이나 AIDS 연구, 백신이나 치료제 개발 등에 '모르모트'로 사용되었어요. 애완용으로 불법 거래되어 비싼 값에 수출되기도 했고요.

20세기 초만 해도 아프리카의 침팬지는 200만 마리에 이르렀지만, 지금은 15만 마리로 그 수가 급격히 줄었습니다. 원인은 바로 인간이었죠. 인구가 늘어나면서 밀림을 파괴해 개간지로 바꾸었거든요. 곰베만 해도 제인이 처음 봤을 때는 울창한 밀림이었지만, 오늘날에는 국립공원 경계선 밖으로는 나무 한 그루 없는 황무지로 변했습니다.

제인 구달은 이러한 현실을 안타까워하며 인간이 동물에 가하는 잔인함을 사랑과 연민으로 넘어서자고 간청합니다. 그럴 때 인간 도덕과 영혼은 성장하고 새로운 시대를 열 수 있다고 말하죠. 동물에 대한 불법 포획이나 잔인한 실험을 멈출 때 우리의 가장 독특한 특성인 인간성을 실현하는 길이라고 강조합니다.

개개인이 작은 성인이 되도록

인간이 품성을 지닌 유일한 동물이 아니라는 것, 합리적 사고와 문제 해결을 할 줄 아는 유일한 동물이 아니라는 것, 기쁨과 슬픔과 절망을 경험할 수 있는 유일한 동물이 아니라는 것, 그리고 무엇보다도 육체적으로뿐만 아니라 심리적으로도 고통을 아는 유일한 동물이 아니라는 것을 받아들인다면 우리는 덜 오만해질 수 있다. 또한 인간에게 유용할 가능성이 있다고 해서 다른 형태의 생명들을 무한정 이용할 천부의 권리가 있다고 굳게 믿는 실수를 피할 수 있을 것이다.(278쪽)

생태계가 파괴된다면 인간은 멸종을 피할 수 없을 거예요. 그럴수록 우리는 우리가 저지른 수많은 실수를 인식하고 문제를 드러내어 사회와 국가, 세계 차원에서 공동의 공존을 위해 노력해야겠죠. 그러기 위해 개개인이 작은 성인이 되어 서로 연대하는 게 도덕적 진화를 가속화하는 길이고 더 나은 세상을 위해 나아가는 길이라고 말합니다.

내가 희망을 가질 수 있는 이유는 네 가지이다. 인간의 두뇌, 자연의 회복력, 전 세계 젊은이들에서 찾아볼 수 있는, 또 타오르게 할 수 있는 에너지와 열정, 그리고 마지막으로 불굴의 인간 정신이 그것이다.(278쪽)

제인 구달은 이 책의 마지막 부분에 '희망의 이유' 네 가지를 들며 인간의 믿음을 다시 확인합니다. 그 믿음을 실천하는 방법으로 유치원생부터 대학생까지 포괄하는 '뿌리와 새싹' 모임에서 환경, 동물, 지역 공동체에 관심을 갖고 이들을 보호하는 운동을 합니다. 젊은이들이 무엇인가를 바꾸려고 결심하는 순간에는 커다란 힘이 나오고, 그것은 우리 삶의 방향을 건강하고 미래에 기여하는 삶으로 만들어 준다고 믿으면서요.

제인 구달은 인간의 잔인하고 포악하고 이기적이고 무서운 면을 보았음에도 어린 시절에 중요하다고 강조되던 근본적인 가치들, 정직, 자기 통제, 용기, 생명 존중, 공손함, 연민, 관용 등과 같은 것을 회복하라고 말합니다. 각자가 자기를 둘러싼 세계를 바꾸려는 시도만으로도 할 수 있는 일이 많다면서 누군가를 돕고 무엇인가를 끊임없이 사랑한다면 희망은 어디에서나 응답을 해 줄 것이라고 말하죠. 우리는 적은 노력으로 슬프고 외로운 사람을 미소 짓게 하거나 고양이가 만족스러운 그르렁 소리를 내게 할 수 있습니다. 시들어 가는 식물에 물을 주어 식물을 살릴 수도 있죠.

제인 구달의 바람처럼 당면한 모든 문제를 해결할 수는 없지만, 도움을 청하는 목소리를 외면하지 않는다면 우리는 좀 더 나은 삶을 만들어 갈 수 있을 것입니다. 그리하여 모든 존재가 불우하고 잔인하지 않은 환경에서 살아갈 수 있다면 좋겠습니다. 그러기 위한 노력은 제인 구달의 말처럼 영원히 끝나지 않을 여정이 되어야 합니다.

유인원을 연구하고 사랑한 학자 셋

제인 구달과 다이앤 포시Dian Fossey(1932~85), 비루테 갈디카스Birute Galdikas (1946~), 이 셋은 모두 루이스 리키의 제자로 위험한 길을 선택한 '여성 영장류학 학자'라는 공통점이 있었다. 하지만 자신들이 연구한 유인원 처럼 성격이 서로 달랐다. 또한 연구지와 대상도 달랐는데, 제인 구달 은 탄자니아 곰베에서 침팬지를 연구했고, 다이앤 포시는 르완다와 콩 고에서 고릴라를 연구했으며, 비루테 갈디카스는 보르네오섬에서 오 랑우탄을 연구했다.

이 세 명의 연구는 영장류학에 큰 변화를 가져왔다. 기존의 영장류 학은 침팬지, 고릴라, 오랑우탄 등의 행동 범주를 숫자와 수컷, 암컷 등 으로 단순하게 일반화시키는 것이 다였다. 그러나 이 세 명은 이 방식 을 완전히 뒤집고 동물에 대한 공감 능력으로 종마다 개성을 불어넣었 다. 직접 그 무리 속에 들어가 무리 안에서 벌어지는 일들을 가까이서 관찰하고 기록하며, 암컷과 수컷이 아닌 개체 하나씩에 감정 이입해 행동 패턴을 연구했다.

멀리서 바라보는 제3자의 눈이 아닌 바로 옆의 관찰자가 되어 연구한 방법도 영장류학의 기존 연구 방식에 큰 변화를 끼쳤다. 이 연구 방식이 꼭 옳다고 할 수는 없지만, 이는 단순한 연구 방식의 변화뿐만이 아니라 남성 학자들의 눈도 뜨이게 해 주었다. 그뿐만 아니라 여성의 진출이 약 했던 영장류학에 여성들의 진출이 늘어나는 결과를 가져왔다.

다이앤 포시는 미국 캘리포니아 샌프란시스코 출신의 동물학 박사이 다. 다이앤은 르완다의 '마운틴 고릴라' 집단 야생 서식지를 발견하고,

그 주변에서 장기간 생활하며 고릴라를 연구했다. 고릴라의 행동과 언어를 흉내 내며 고릴라 무리가 자신에게 익숙해지도록 고릴라 무리 근처를 배회하며 몇 년을 기다렸다. 몇 년 뒤 야생 고릴라들은 그가 가까이 있어도 도망가지 않고, 손을 만지며 장난을 걸 정도로 친구가 됐다.

그 결과 다이앤은 고릴라가 사람을 해치거나 난폭한 육식동물이 아니고 초식을 하고 겁이 많은 사회적 동물이라는 사실을 밝혀냈다. 한편, 아프리카에서는 고릴라의 밀렵을 막기 위한 대대적인 운동이 전개되었고 그 중심에는 다이앤이 있었다. 그런데 이는 고릴라를 수입원으로 생각하는 지역 정부에 방해가 되는 활동이었다. 결국 다이앤은 1985년에 르완다의 비룽가 산악지대에 있는 오두막에서 살해됐다. 자연보호구역 지킴이로 나선 다이앤 포시를 미워한 밀렵꾼들이 살해한 것으로 추측할 뿐 사건의 범인과 동기는 밝혀지지 않았다.

『안개 속의 고릴라』는 고릴라 연구와 생태 보전에 생을 바친 다이앤 포시가 남긴 처음이자 마지막 대중서다. 생존을 위해 고릴라 서식지를 침범할 수밖에 없는 아프리카 지역 주민들의 현실과 그럼에도 타협할 수 없는 야생동물 보전의 필요성에 대해 쓴 책이다.

비루테 갈디카스는 독일에서 태어나 캐나다에서 성장했다. 대학에서 동물행태학, 생태학, 고고학 등을 공부하고 UCLA에서 인류학 박사학위를 받았다. 그는 스물다섯 살에 남편과 함께 인도네시아령 칼리만탄의 탕중 푸팅 국립공원에 들어가 25년 이상 오랑우탄 연구에만 매진했다. 남편은 열악한 정글 속 환경을 견디지 못하고 떠나 버렸으나 비루테는 인도네시아인과 재혼한 뒤에도 계속 인도네시아 열대우림에 남아 오랑우탄과 생활했다.

비루테가 연구를 시작할 때만 해도 오랑우탄을 연구한 자료가 거의 없었다. 오랑우탄은 침팬지, 고릴라와 달리 무리 생활을 하지 않고 혼자 지내는 것을 좋아해서 연구자들이 가까이 다가가기가 힘들었기 때문이다. 비루테도 연구를 시작한 지 꼬박 8년이 지나서야 오랑우탄을 가까이에서 관찰했을 정도였다. 오랑우탄 한 마리를 길들여 그의 존재에 익숙해지게 하는 데는 12년의 세월이 걸렸다.

비루테는 숲에서 생활하며 오랑우탄의 생활 방식과 습성을 연구했고 그들이 도구를 사용하는 모습도 발견했다. 포유류 연구 사상 가장 오랫동안 열대우림에서 연구한 학자라는 기록도 갖고 있다. 비루테 역시 처음에는 오랑우탄을 연구했지만, 나중에는 오랑우탄의 보존에 눈을 돌리게 된다.

그는 현지인들에게 애완용으로 포획된 오랑우탄들을 구조해 야생으로 돌려보내고, 오랑우탄 서식지를 보호하려고 노력하고 있다. 1981년에는 국제오랑우탄재단을 만들어 멸종위기에 처한 오랑우탄을 보호하는 데 앞장서고 있다. 갈디카스의 책 『에덴의 벌거숭이들』은 오랑우탄의 생태 기록이다.

제인 구달과 다이앤 포시, 비루테 갈디카스는 연구 열정과 끈기, 지각 능력을 갖췄을 뿐만 아니라 각 개체에 관심과 사랑을 쏟았다. 또한 세 명 모두 각자가 사랑하는 유인원을 보호하기 위해 적잖은 희생과 오해와 싸움을 감수해야만 했다. 남들이 보기에는 세 사람이 각자의 연구 대상에 지나치게 감정 이입한 것은 아닌지 의아해할 수도 있다. 그러나 대중보다 환경 위기를 반세기 앞서 인식하며 갖가지 어려움을 무릅쓰고 생명의 소중함을 세상에 알린 이들의 노고는 결코 헛되지 않았다.

6. '사랑'은 창조적 기술, 본질 파악과 끊임없는 훈련이 필요하다

『사랑의 기술』__에리히 프롬

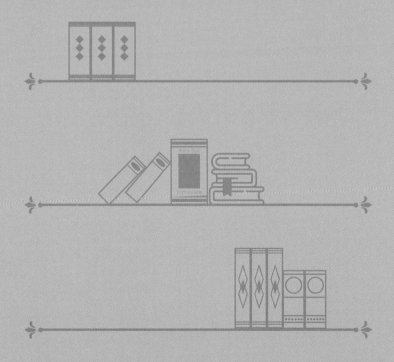

에리히 프롬.

에리히 프롬Erich Pinchas Fromm(1900~80)은 사회심리학자이며 철학자입니다. 독일 프랑크푸르트에서 과실주 상점을 운영하던 유대인 상인 가정에서 태어났습니다. 프랑크푸르트 대학교, 하이델베르크 대학교에서 사회학과 심리학을 전공했습니다. 당시 교수는 정치경제학자인 막스 베버의 동생인 알프레드 베버 외에 카를 야스퍼스, 하인리히 리케르트 등입니다. 베를린 정신분석연구소에서 근무했으며 1929년부터 1932년까지 프랑크푸르트 사회조사연구소에서 일했습니다. 1933년에 히틀러가 집권하자 프롬은 제네바로 이주하고 1934년에는 미국으로 망명했습니다.

에리히 프롬은 프로이트로부터 인간의 심연을 분석하고 해방하려는 의도를, 마르크스로부터 사회 구조를 변혁하고자 하는 감각을 배웠습니다. 1930년대의 10년 동안 프랑크푸르트 사회연구소의 연구원으로 활동하며 프로이트의 정신분석과 마르크스의 사상을 통합해 새로운 사회심리학을 열었습니다. 사회심리학은 사회가 인간 심리에 미치는 영향을 연구하는 학문으로, 에리히 프롬은 자본주의 사회가 인간에게 어떤 심리에 영향을 미치느냐에 관심이 많았습니다.

1939년에 프랑크푸르트 사회연구소 연구원직에서 물러난 뒤 프로이트의 정신분석을 재해석해 인간의 '관계성의 욕구'를 강조하는 '인간주의적 정신분석'을 처음 주장했습니다. 컬럼비아 대학교, 베닌튼 대학교, 멕시코 국립대학교, 뉴욕 대학교 등에서 교편을 잡았고 반핵·평화운동을 비롯한 정치 활동을 했습니다. 1973년 봄까지는 스위스와 멕시코를 오가며 살다가 그해 여름 스위스에 정착해 말년을 보냈죠. 1980년 3월 18일, 스위스 무랄토시의 자택에서 심장마비로 사망했습니다.

저서로는 1956년에 출간된 『사랑의 기술The Art of Loving』 외에 중세 사회부터 근대에 이르기까지의 사회 과정을 되짚으며 근대인에게 자유의 의미를 서술한 『자유로부터의 도피』, 현대 문명의 소유적 실존 양식을 비판하고 존재적 실존 양식을 주장한 『소유냐 존재냐』, 현대사회를 인간주의적 정신분석학이라는 완전한 체계를 갖춘 개념을 통해 분석하고 건강한 사회를 건설하는 길을 치밀하게 그린 『건전한 사회』(『자유로부터의 도피』의 속편) 등이 있습니다. 에리히 프롬을 포함한 동구권 출신 학자 30여 명의 글을 엮은 『사회주의 인간론』은 스탈린을 비판하며 현대 휴머니즘 운동을 다뤘습니다. 그 밖의 책으로 『인간의 자유』, 『선禪과 정신분석』, 『인간의 승리를 찾아서』, 『의혹과 행동』, 『혁명적 인간』 등이 있습니다.

 에리히 프롬은 닷새 앞으로 다가온 80번째 생일을 기념해 티치노의 한 방송에 출연해 방송 진행자이자 제자인 귀도 페라리와 대담을 나누었습니다. 페라리는 프롬에게 인생을 살며 겪은 가장 중요한 사건을 하나 꼽으면 무엇이냐고 물었습니다. 프롬은 자신의 인생을 뒤흔든 사건으로 1차 세계대전을 들며 열네 살부터 자신의 머릿속을 떠나지 않던 번민을 꺼내죠.

"어찌해서 집단으로서의 인간은 그토록 말도 안 되는 짓을 서슴지 않으며, 어쩜 그렇게도 쉽사리 유혹에 빠지는 것일까요?"

에리히 프롬은 유대적 전통이 충실한 가정에서 자라며『구약성서』의 '예언서'에 깊은 감화를 받아 평화주의적 사상이 싹텄다고 고백한 적이 있을 정도였기에 인간이 저지른 전쟁은 큰 충격일 수밖에 없었습니다.

그런데 참혹한 전쟁은 1차 세계대전에서 끝나지 않고 2차 세계대전까지 일어납니다. 당시 작가는 파시즘의 선풍에 대중이 말려들어 가는 모습을 목격하죠. 그런 모습을 보면서 자연스럽게 인간의 삶과 운명이 어떻게 사회와 역사와 관련되는지 관심을 갖게 됩니다. 정신분석학과 심리학, 사회학 등의 학문에 이끌려 연구를 하면서 인간 개개인과 사회가 다 같이 선한 방향으로 삶을 이끌기 위해 어떤 인식을 갖고 어떻게 실천해야 하는지를 설파해요.

건강한 사랑을 위한 노력이 필요

에리히 프롬 이전의 심리학은 주로 인간을 생물학적인 존재로 보며 고립된 개인으로 보는 경향이 많았습니다. 그래서 심리 치유의 방법론에도 본능적으로 타고난 것으로 치부하거나 개인이 잘하면 된다는 식의 처방이 많았죠. 그에 비해 에리히 프롬은 인간은 사회에 영향받는 존재이므로 건강한 사회가 인간 정신에도 영향을 끼친다고 보았습니다.

당시 사회는 두 번의 세계대전이 끝나고 대부분이 자본주의 사회였죠. 에리히 프롬이 보기에 그런 사회는 건강하지 않은 사회였어요. 삶의 핵심인 사랑 또한 자본주의의 영향을 받아 변질되었다며 사랑에 대한 오해를 풀고 건강한 사랑을 위해 노력해야 한다고 말합니다. 그것에 대해 쓴 책이 『사랑의 기술』입니다.

『사랑의 기술』은 인류의 파국을 막기 위해 '인간은 왜 사랑을 상실한 채 악을 행하게 되는가' 하는 근원적인 문제를 제기합니다. 인간이 어떤 태도로 사랑을 하며 삶을 밀고 나가야 하는지 제시하죠.

이 책은 사랑이 "우연한 기회에 경험하게 되는, 행운만 있으면 누구나 '겪게 되는' 즐거운 감정"이기보다는 하나의 '기술'이라는 견해를 바탕으로 이야기를 전개합니다. 사랑은 '창조적 기술'이기 때문에 사랑을 잘하기 위해서는 사랑의 본질을 파악해야 하고, 이에 걸맞은 훈련을 해야 한다며 이렇게 말합니다. "사랑처럼 엄청난 희망과 기대 속에서 시작됐다가 반드시 실패로 끝나고 마는 활동이나 사업은 찾아보기 어려울 것이다."

본질 파악과 훈련을 통해서 '사랑의 기술'을 쌓는다

어느 날, 한 젊은이가 프란치스코 교황에게 물었습니다.
"교황님, 저는 어떻게 사랑을 하는지 모르겠어요."

그러자 교황은 이렇게 대답했습니다.

"그 누구도 사랑하는 법을 모릅니다. 우리 각자는 매일 배워 나가는 겁니다."

이 책은 "사랑이 기술인가요?"라는 질문으로 시작합니다. 프롬은 이렇게 대답합니다.

"당연히 그렇습니다."

'사랑의 기술the art of loving'이라는 말에서 '아트art'는 예술, 미술, 인문학, 기술 등 다양한 뜻이 담겨 있고 '사랑'도 명사love가 아니라 동사형loving 입니다. '기술art'이라고 해서 사랑에 대한 '기술skill' 안내서 정도로 생각하고 이 책을 읽었다가는 낭패를 보기 쉽습니다. 여기서 '기술'은 예술로 승화될 정도로 갈고 닦은 그 무엇입니다.

에리히 프롬은 봉건 사회 이후 근대로 넘어오면서 인간 실존의 핵심적인 본질은 자기 자신이나 동료, 자연으로부터의 '소외'라고 봤습니다. 인간 실존의 과제는 소외를 극복하고 어떤 대상과 '일치'를 이루는 것인데, 그것은 '사랑'을 통해 가능하다고 강조했죠. 그러면서 '사랑은 정서적 감정이나 느낌이 아니라 의지와 노력의 산물인 기술이다'라고 전제합니다. 사랑의 문제를 사회학, 인간학, 정신분석학의 입장에서 분석하며 사랑의 이론과 함께 실천방안을 일러 줍니다.

1장에서는 우리가 흔히 오해하는 사랑의 속성에 대해 언급하며 사랑이 기술일 수밖에 없는 이유를 말합니다. 예를 들면, 한 여자와 한 남자가 사랑에 빠졌을 때 여자는 몸매를 가꾸고 명랑한 태도로 자신을 사랑스럽게 만들기 위해 애를 쓰고, 남자는 돈을 벌고 사회적 지위를 얻기 위해 애를 씁니다. 그러나 어느 날 둘은 헤어지며 이렇게 말합니다. "내가 사랑받기에 부족했나?"

또 다른 한 여자와 한 남자는 첫눈에 반합니다. 둘은 날마다 열정적으로 연락을 주고받으며 많은 시간을 함께 보내죠. 그러나 점점 싫증을 느끼게 되면서 이별을 선택합니다. "사랑이 변했다"라고 하면서요.

에리히 프롬이 예를 든 이 두 사연의 공통점은 무엇일까요? 작가는 사랑을 오해한 결과라고 말합니다. 흔히 우리는 사랑이 자연발생적 감정이고, 대상만 생기면 저절로 사랑할 수 있다고 여기죠. 사랑은 노력 없이도 저절로 '빠져들 수 있는' 것이지 '노력하거나 배울 것이 없다'라는 착각을 합니다. 또한 대부분의 사람이 내가 누군가를 '사랑할 수 있는 능력'을 살피기보다는 '사랑받는 대상인 나'에 몰두한다고 지적합니다. 그러다 보니 내가 하는 사랑의 문제를 깨닫지 못하고 상대가 내게 하지 못하는 사랑의 행태에 실망하게 된다는 것이죠.

하지만 사랑은 내가 얼마나 어떻게 사랑할 수 있는가 하는 '능력'의 문제이지 상대가 잘났고 못났고 하는 '대상'의 문제가 아니라고 말합니다. 그러다 보니 지금까지 남남이었던 두 사람에게 사랑의 경험은 기적과도 같은 경험일 테지만, 사랑에 대한 오해를 갖고 만나는 한 친밀감은 점점 적대감이나 실망감 또는 상호 권태감으로 변한다고 지적합니다.

사랑에 대해 배울 게 없다고 하는 이들은 사랑에 저절로 '빠지는' 첫 번째 경험과 노력이 필요한 사랑을 하고 '있는' 지속적인 상태, 혹은 '머물고 있는' 상태를 혼동하는 데에 있다고 말합니다. 누군가와 서로 사랑에 미쳐 있는 것은 사랑의 열정이라기보다 그들이 서로 만나기 전에 외로웠던 정도를 입증해 보이는 데 불과하다면서요.

사랑의 실패를 극복하는 적절한 방법은 다른 삶의 기술과 마찬가지로 실패의 원인을 가려내고 사랑의 의미와 기술을 배우는 일입니다.

빈센트 반 고흐Vincent Van Gogh, 〈첫걸음〉(1890), 뉴욕 메트로 폴리탄 미술관. 고흐는 가족을 꾸리지 못했는데 작품에는 부모 자녀 간의 사랑이 넘치는 순간을 담았다.

인간은 고독의 감옥에 갇힌 죄수이며 결합하고자 하는 갈망을 사랑으로 충족시키고자 하는 숙명적인 존재이기 때문에 닫힌 사랑에서 열린 사랑으로, 미숙한 사랑에서 성숙한 사랑으로, 환상의 사랑에서 현실의 사랑으로 나아가기 위해 부단히 기술을 갈고 닦아야 한다고 강조합니다. "어떻게 사랑해야 하는가를 배우고 싶다면 음악이나 그림 또는 의학이나 공학 기술을 배우려고 할 때 거치는 것과 동일한 과정을 거쳐야 한다"라고 말하죠. 사랑은 누구나 쉽게 탐닉할 수 있는 감상이나 수

동적인 감정이 아니라 가장 능동적으로 자신의 인격 전체를 발달시켜 생산적인 방향으로 나가야 하는 구체적인 활동이기 때문이에요.

사랑은 능동적인 활동이다

2장은 사랑의 이론으로 이 책에서 가장 많은 내용을 차지합니다. 사랑은 수동적 감정이 아니라 하나의 능동적인 활동으로 '참여하는 것'이며 '반하는 것'이 아닙니다. '주는 것'이지 '받는 것'이 아닙니다. 여기서 '준다는 것'은 물질적인 것을 주는 것을 의미하지 않고 특별히 인간적인 범주에 있는 무엇을 주는 것을 의미합니다. 어떤 사람이 타인에게 무엇인가를 줄 때에는 그가 가진 것 중에 가장 소중한 것을, 그의 삶을 준다고 말하죠.

이 과정에서 공통적인 요소는 '보호, 책임, 존경, 지식'입니다. 먼저, 보호는 우리가 사랑하는 것의 생명과 성장에 대한 적극적인 관심이에요. 예를 들면, 어떤 이가 꽃을 사랑한다면서 물 주는 것을 잊는다면 그가 꽃을 사랑한다고 믿을 수 없겠죠. 꽃의 생명과 성장에 관심이 있어야 물과 양분을 주기 위해 노력할 거예요.

책임은 다른 존재의 요구에 내가 반응하는 것이며, 상대의 요구에 응답할 수 있고 응답할 준비가 되어 있음을 의미합니다. 누군가에게 책임을 느끼는 것은 사랑하는 이에 대한 응답으로 그의 삶은 그의 일일 뿐만 아니라 내 일이기도 해요. 부모 자식 사이나 연인 사이 모두 사랑하는 관계에는 책임이 뒤따릅니다.

이러한 책임은 존경이 없다면 쉽게 지배와 소유로 타락할 거예요. 그러므로 사람을 있는 그대로 존중하고 그가 있는 그대로 성장하기를

산드로 보티첼리Sandro Botticelli, 〈비너스의 탄생〉(1486), 피렌체 우피치 미술관. 에른스트 곰브리치는 보티첼리의 비너스 누드는 신플라톤주의의 신성한 사랑을 재현한 것이라고 해석했다.

바라는 마음이 필요합니다. 그것은 상대가 나에게 봉사하기 위해서가 아니라 자기 나름의 방법으로 성장하고 발달하기를 바라는 마음, 내게 필요한 그와의 일체감이 아니라 있는 그대로의 그와 일체감을 느끼기를 바라는 것, 상대를 지배하거나 착취하고 소유하려고 하지 않는 마음입니다. 그것은 '내'가 독립할 때에만 가능합니다. 그 독립은 자유가 있어야 해요. 프랑스 옛 노래가 말하듯 사랑은 지배의 소산이 아니라 '자유'의 소산입니다.

또한 상대를 알아야 존경할 수 있기에 상대를 알기 위해 우리는 상대의 입장에서 타인을 볼 수 있어야 할 거예요. '보호, 책임, 존경, 지식'은 서로 영향을 주고 받으며 성숙한 정신을 지닌 자가 능동적으로 사랑을 주는 사람이 보이는 태도입니다.

사랑의 네 가지 종류

에리히 프롬은 사랑의 종류를 형제애, 모성애, 이성애, 자기애, 신을 향한 사랑으로 구분합니다. 이 모든 사랑이 위협받고 있는데, 형제애는 사랑을 물질적인 거래나 교환으로 변질시키는 인간의 상품화가 위협한다고 지적합니다. 모성애는 자신에게 향하는 사랑에만 집중하는 나르시시즘이나 상대가 내 것이라는 소유욕이 위협하고요. 꼭 우리 둘이어야만 한다는 배타성과 나만이 차지해야 한다는 독점성은 이성애의 기반을 흔들기도 합니다. 이기적인 사람은 타인을 사랑하지 못할 뿐만 아니라 사실 자신도 사랑하지 못하죠. 신을 우상화하는 것도 신을 향한 사랑을 위협하고요. 그 위협은 '사랑'을 모르거나 오해하는 데서 비롯되므로 '사랑'을 공부해야 합니다. 사랑은 감정만이 아니라 '의지'가 포함된 행위이기 때문입니다.

에리히 프롬은 사랑의 이론을 펼치며 다른 사람에게 사랑을 주는 것은 반드시 남을 위해 자신을 희생한다는 뜻이 아니며, 자신의 기쁨, 관심, 이해, 유머, 슬픔, 자신이 가진 것 중 가장 소중한 것 등을 주는 것이라고 말합니다.

자본주의 사회가 해치는 현대인의 사랑

3장에서는 자본주의 사회의 시장 원리가 사랑의 행태에 미친 영향을 설명합니다. 우리는 우리를 둘러싼 문화에 영향을 받을 수밖에 없기에 자본주의 사회에서 '네가 준 만큼 나도 준다'라는 자본주의의 윤리는 사랑도 비켜 가지 못하죠. 대부분의 현대인에게 사랑은 감정이나 조건, 매력의 거래로 왜곡됩니다.

서로의 이해타산이 맞아 관계 맺는 이기주의를 사랑과 친밀감으로 착각하는 것, 부모에게 고착된 감정을 연인에게 전이시키며 사랑받는 데만 도취되는 것, 상대를 우상화해 우러르며 자신은 소외시키는 관계를 맺는 것, 환상 속에서만 경험할 수 있는 감상적인 사랑을 하는 것 등이 모두 왜곡된 사랑의 형태라고 지적합니다. 이러한 문화는 인간이 극복하고자 하는 삶의 문제에 근본적 해결책이 되지 못하기 때문에 자신이 진정으로 살아 있음을 경험해야 하는 것이죠. 자기 자신을 경험하며 서로 대화를 나눌 때 진정한 사랑이 가능하다고 말합니다.

그렇다면 이 사랑의 조건은 무엇일까요? 작가는 자아도취를 극복하는 것을 중요한 전제로 삼아요. 자신의 모습에 푹 빠져 있는 사람은 자신뿐만 아니라 상대를 있는 그대로 보지 못합니다. 객관성에서 멀어져 자신의 욕망을 투사하거나 왜곡시킨 상으로 보게 됩니다. 결국 자아도취를 극복한다는 것은 전지전능을 꿈꾸는 어린아이의 몽상에서 벗어나 겸허하게 이성을 사용한다는 말이에요. 이러한 사랑은 '겸손, 객관성, 이성'의 발달을 요구한다고 할 수 있습니다.

어떻게 실천할까?

자기 이익을 추구하는 게 일반화된 현대사회에서 사랑을 실천하는 일은 가능할까요? 4장에서는 사랑을 실천하기 위한 네 가지 방법을 제시합니다. 먼저, 사랑하기 위한 '훈련'이 필요합니다. 사랑은 주는 것을 아는 능력이며 특정한 대상만을 사랑하는 것이 아니라 대상을 통해 이기심을 극복하는 과정입니다. 닫힌 사랑에서 열린 사랑으로, 미숙한

구스타프 클림트Gustav Klimt, 〈키스〉(1909), 비엔나 오스트리아 미술관. 클림트는 오스트리아를 대표하는 상징주의 유파 화가로 금박을 세공해 캔버스를 수놓는 독특한 양식을 이루어냈다.

사랑에서 성숙한 사랑으로, 환상 속의 사랑에서 현실 속의 사랑으로 나아가기 위해서는 사랑의 기술을 부단히 갈고닦아야 합니다.

두 번째는 '정신 집중'이에요. 이것은 곧 '혼자 있는 것'을 뜻합니다. 혼자 있는 것은 자신에게 민감해지고 자신의 호흡에 집중하고, 타인에게 집착하지 않으며 과거나 미래에 지배당하지 않고, 현재에 살고 있다는 것을 의미합니다. 타인과의 관계에서 정신을 집중한다는 것은 타인에게 귀 기울일 수 있다는 것을 말합니다. 그러기 위한 구체적 방법으로 명상·독서·음악 감상·산책 등을 제안하죠. 소비적 오락을 줄이고 과식·과음도 자제하라고 권고합니다. 이렇게 의도적으로 노력하면 우리는 정신적 감수성을 체험하고 건강한 정신력을 기르며, 비로소 사랑할 줄 아는 바탕을 갖출 수 있다고 강조합니다.

세 번째는 '인내'입니다. 어떤 기술이든 급히 결과를 바란다면 결코 그 기술을 익힐 수 없을 거예요. 인내는 괴로움이나 어려움 따위를 참고 견디는 능력이에요. 현대사회의 산업체계는 끊임없이 신속성을 추구하기 때문에 현대인에게 어려운 게 '인내'이기도 합니다. 경제적 가치가 곧 인간의 가치가 되는 논리가 우리의 성격에도 영향을 미쳤기 때문이에요.

마지막으로 기술을 습득하려는 '최고의 관심'이 필요합니다. 어떤 기술을 배울 때 배우려는 것에 대한 관심과 애정이 있을 때 더 잘 배울 수 있겠죠. 운전이나 요리를 배운다고 한다면 그것에 대해 관심이 있어야 할 거예요. 사랑도 마찬가지로 다른 기술처럼 사랑에 관심이 있는 것은 물론이고, 사랑이라는 가치가 자신에게 가장 중요하고 자신이 좋아하는 것이 될 때 더 잘 배울 수 있겠죠. 좋아하지 않으면 훈련은 물론이고 집중이나 인내도 불가능할 테니까요.

'인간의 죽음'을 해결하기 위한 '사랑'의 재조명

사랑한다는 것은 아무런 보증 없이 자신을 사랑의 상태에 맡기고 나의 사랑이 상대에게서 사랑을 불러일으킬 것이라는 희망 속에 하는 것이라면, 자본주의 사회의 원칙과 사랑의 원칙은 함께하기 힘들어 보이기도 합니다. 자본주의 세상에서 살아가면서 우리는 자신도 모르는 사

폴 고갱Paul Gauguin, 〈타 마테테 시장, 우리는 오늘 시장에 가지 않을 거야〉(1892), 프랑스 바젤 미술관. 실제로 제목의 뜻은 '오늘은 매춘을 하지 않겠다'라는 원주민 여인들의 마음을 담고 있다. 서구 문화에 의해 파괴된 타히티의 문화와 원주민을 주제로 한 작품이다.

이에 사랑할 줄 모르는 존재가 된 것도 같습니다.

에리히 프롬도 기본적으로 자본주의 사회와 사랑의 본질이 어울리지 않는다는 데 동의합니다. 그렇다고 사랑하는 일이 테레사 수녀 같은 사람만이 할 수 있다고 생각하는 건 냉소와 도덕적 허무일 뿐이라는 조언도 잊지 않아요. 오히려 사랑을 실천하기 위해 개인과 사회가 함께 노력해야 한다는 것을 강조합니다. 물질 교환이 우선이고 받은 만큼 준다는 자본주의적 생활양식에 저항하며 능동적으로 사랑을 실천하라고 합니다.

자본주의 사회야말로 인간을 소외로 몰고 가는 근본적인 틀임을 거듭 밝히며 이를 넘어서라고 합니다. 삶을 깊이 통찰하고 애정, 사랑이 가능할 것이라는 믿음으로 타인을 사랑하면서도 스스로 독립적일 수 있는 것, 그것이 가능할 때 우리의 내면은 자유로워지고 사회구조가 달라질 것이라고 주장합니다.

인터넷의 가상 공간에서만 연결된 채 각자 사랑을 한다는 이들, 헤어짐이 두려워 사랑을 포기하는 이들, 사랑했다가 이별을 하게 되어 상처를 입었을 때 대처할 보험이 없어 단편적인 관계만을 유지하려는 이들, 이해타산이 맞지 않으면 가차 없이 이별을 선택하는 이들에게 에리히 프롬의 조언은 사랑의 본질이 무엇인지 진지하게 탐구하게 합니다. 삶의 실재적인 문제를 생각하게 합니다. 작가가 말하는 사랑은 지속적인 노력이 필요한 배움이고 노동이며 실천이 따르는 능동적인 활동이기 때문입니다.

7. 메워질 수 없는 고요함

『바다의 침묵』__베르코르

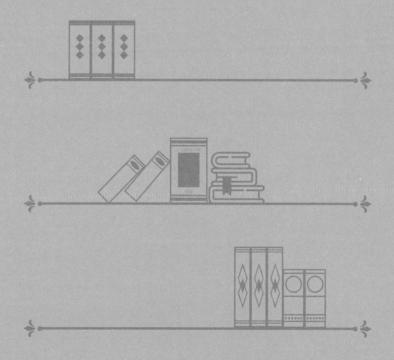

베르코르.

베르코르Vercors(1902~91)는 프랑스의 레지스탕스 문학을 대표하는 소설가로 본명은 장 마르셀 드 브륄레르Jean Marcel de Brullers입니다. 파리에서 태어나 에콜 알자시엔과 파리 대학에서 공부했으며, 엔지니어와 삽화가 등으로도 일했습니다. 필명 베르코르는 그가 머물던 요양원에서 보이던 산 이름에서 따왔습니다. 『바다의 침묵』은 삽화가 장 마르셀 드 브륄레르가 아닌, 베르코르라는 필명으로 발표했습니다.

삽화가로 명성이 있었던 베르코르는 1940년에 독일군이 프랑스를 점령하자 화필을 버리고 1941년경 저항문학의 모체가 된 '심야총서'를 창간했습니다. '심야총서'는 2차 세계대전 중 독일 점령하에서 친구와 함께 만든 비합법 출판물로, 1944년에 프랑스 파리가 해방되기까지 40권을 발행하며 레지스탕스 운동의 중심이 됐습니다.

이 총서의 목적은 독일에 저항하는 반파시즘 활동뿐만이 아니라 인간 정신의 순수성을 지켜내는 데 있었습니다. 비합법적인 지하출판을 통해서 프랑스 국민에게 투쟁에 가담해 달라고 호소하고 용기를 북돋아 주었으며, 역사의 증언이 될 수도 있는 역할을 해 나갔죠. 점령당한 곳에서 벌이는 비합법적 출판이었기 때문에 소설은 시보다도 더 인쇄하기가 어려웠습니다. 총서의 제1권이 바로 1942년에 출간된 베르코르의『바다의 침묵Le Silence de la mer』입니다.

『바다의 침묵』은 독일 점령기 초기에 나치 친위대에 의해 가족이 학살되는 불운을 겪고 그 얼마 뒤에 역시 죽음을 맞은 시인 생폴 루Sanit-Pol Roux에게 헌정됐습니다. 이 작품이 출판된 경위와 작품의 헌정 대상 때문에 이 작품은 즉시 침략자에게 선언한 저항으로 받아들여졌습니다.

또 다른 작품인『별을 향한 행진』과『밤의 무기』는 나치스와 페탱 정부의 비인간성을 희생자의 입장에서 묘사한 1인칭 소설입니다. 그 밖의 '심야총서' 소설로『꿈』,『북』,『눈과 빛』,『많든 적든 인간』등이 있습니다. 수필로『우리 나라의 고통』,『우정의 초상』과 스스로『동물원』이라는 제목으로 극화해 1964년에 초연한『인수재판』등이 있습니다. 이러한 작품을 통해 작가는 당 시대를 밀착하여 보여 줌과 동시에 줄곧 인간의 조건을 검증했습니다.

"노동이 그대를 자유롭게 하리라Arbeit macht frei."

폴란드 오시비엥침(독일 말로 읽으면 '아우슈비츠')에 있는 아우슈비츠 1, 2 수용소 입구에는 이런 글귀가 걸려 있습니다. 이 표어는 2차 세계대전 당시 많은 나치 강제 수용소 입구에 내걸려 있었습니다. 나치는 이곳에 들어온 사람들에게 노동을 하면 곧 자유를 줄 것처럼 말했죠.

그러나 현실은 그들의 달콤한 표어와는 달리 상상할 수 없을 만큼 매우 끔찍했습니다. 강제로 끌려온 사람들이든, 거짓말에 속아 전 재산을 처분한 뒤 가족의 손을 이끌고 스스로 온 사람들이든 이 문에 들어선 수많은 이들이 다시는 이 문을 나서지 못했죠. 유럽과 러시아 등 각지에서 끌려온 많은 유대인과 집시, 나치에 반대한 사람들은 고문과 가스실, 생체 실험, 처형 등으로 죽음을 맞이해야 했어요.

1942년 7월, 프랑스에서도 사람들을 충격과 절망에 빠트린 사건이 일어납니다. 프랑스 경찰이 프랑스 국적을 가진 유대인 1만 3천 명을 체포한 뒤 벨디브 자전거 경기장에 억류한 사건이에요. 그중 4천 명은 어린이였습니다. 이들은 이송 도중 사망하거나 아우슈비츠 독가스실에서 최후를 맞았어요. 프랑스에 살던 유대인을 축출하는 데 앞장선 것이 독일인뿐만 아니라 프랑스인들이었고, 끌려간 사람 대부분이 죽임을 당했다는 사실에 베르코르는 큰 충격을 받았습니다. 얼마 전까지 다정하게 지내던 이웃이 하루아침에 적으로 돌변했거든요. 이에 베르코르는 그러한 시대의 분노와 슬픔을 소설로 되살려 내기 위해 『바다의 침묵』을 집필했습니다.

저항심을 레지스탕스 문학으로

프랑스는 20세기에 여러 차례 전쟁을 겪었습니다. 1차 세계대전의 상처가 채 가시기도 전인 1939년에 나치 독일이 침공해서 10만 명 가까이 전사하고 2백만 명에 이르는 사람들이 포로로 잡히는 등 참담한 패배를 겪죠. 1940년부터 1944년까지 5년 남짓한 기간 동안 나치 독일에 국토가 점령당하는 굴욕을 겪기도 했어요. 두 차례 세계대전 중에서도 특히 2차 세계대전은 프랑스인들에게 상대적으로 커다란 상처를 남겼습니다. 전쟁의 폭력에 더해 국수주의적·권위주의적·반공주의적인 정치적 색채인 파시즘의 그림자가 짙게 드리워졌고요. 이때 많은 레지스탕스 문학이 나타나게 돼요.

레지스탕스resistance는 '저항'이라는 뜻으로, 레지스탕스 문학은 한 나라가 다른 나라에 의해 침략을 받아 지배를 받을 때, 그런 상황에 저항해 자유와 해방을 염원하는 내용을 담은 문학을 말합니다. 일본군이 강제 침략했던 한국과 중국에서 일어난 '항일 문학'도 레지스탕스 문학이라 할 수 있어요. 『바다의 침묵』도 나치의 만행이 벌어지던 시기에 쓰인 대표적인 레지스탕스 문학 작품입니다.

베르코르는 『바다의 침묵』 외에도 『베르됭 인쇄소』, 『밤의 무기』, 『별을 향한 행진』, 『그날』 등의 작품에서 전쟁의 참화 속에서 볼 수 있는 다양한 인간의 모습을 그렸습니다. 독일의 정책에 순응하는 사람, 처음에는 순응하다가 이건 아니라는 생각에 저항하려는 사람, 처음부터 독일의 지배를 반대하던 사람, 적극적으로 저항하는 사람, 소극적으로 반감을 표시하는 사람 등을 통해 분노와 절망과 혼란, 상실감을 경험하는 사람들의 희생을 보여 주죠. 그러면서 그 희생을 담보로 하

아우슈비츠 수용소 입구에 걸려 있는 글귀, "노동이 그대를 자유롭게 하리라Arbeit macht frei".

는 역사에 대해 고발합니다.

그중 『바다의 침묵』은 프랑스인 농가에 숙박하게 된 독일군 장교가 주인들의 완강한 침묵에 부딪히고, 결국은 그 자신의 선의가 비현실적임을 깨닫게 된다는 내용을 담고 있습니다.

이 작품은 독일군 장교를 미화했다는 이유로 비판받기도 했어요. 이후 진정성을 인정받으며 프랑스 파리 센 강에 있는 다리 중 가장 오래된 다리인 '퐁 뇌프pont neuf(새로운 다리)' 초입에 베르코르의 이름과 『바다의 침묵』이 새겨졌죠.

『바다의 침묵』은 프랑스의 영화감독 장 피에르 멜빌(1917~73)의 첫 번째 장편영화로도 만들어졌습니다. 작품은 대부분 베르코르의 고향 마을에서 촬영됐는데, 주로 세 인물이 등장하는 실내 장면으로만 구성되어 있습니다. 단순한 구성과 저예산 영화라는 한계에도 불구하고 강한 반전 의지가 불가사의할 정도로 극명하게 드러난 감동적인 작품으로 평가받았습니다.

바다가 '침묵'하는 이유

소설의 첫 문장은 "대규모의 병기 시위가 앞서 지나갔다"로 시작합니다. 이어 노인과 그의 조카딸이 사는 집 2층에 독일군 장교인 베르네르 폰 에브레나크가 입주합니다. 베르네르는 작곡을 공부한 음악가로, 프랑스를 사랑하는 마음이 각별하고 정중하고 교양도 있는 인물이죠. 그는 저녁마다 1층으로 내려와 사람들에게 이야기를 건네지만, 노인과 그의 조카딸은 대답은커녕 침묵으로 일관합니다. 그들이 입을 다물어도 베르네르는 한 달도 넘게 날마다 비슷하게 날씨나 다른 화제로 이야기를 건넵니다.

> 장교는 언제나 작은 입구에서 약간 머뭇거렸다. 자기 주위를 둘러보고 느끼는 듯한 즐거움을 극히 가벼운 미소로 표시하곤 했다. 매일 한결같이 주위를 둘러보고 똑같은 기쁨을 느끼고 있었다. 그의 시선은, 언제나 엄숙하고 무관심한 질녀의 고개를 숙인 옆모습에 한동안 머물렀다. 그리고 그녀로부터 시선을 돌렸을 때 그의 눈에는 일종의 흐뭇해하는 미소를 나는 확실히 읽을 수 있었다.✦(21쪽)

노인과 그의 조카딸은 대답도 안 하고 입을 다물었지만 베르네르의 표정 하나까지도 세심하게 살핍니다. 그러면서 적대감과 호감을 동시에 느끼며 혼란스러워하죠. 그 이유는 독일군 장교의 이중적인 정체성 때문이에요. 그는 점령군인 독일군이면서 프랑스에 호의적이고 예술

✦ 베르코르, 조규철·이정림 옮김, 『바다의 침묵』, 범우사, 2005.

을 사랑하는 젊은이이며, 강자와 약자,
야수와 신사의 경계를 넘나드는 인물
입니다.

진눈깨비가 내리던 어느 날, 베르네
르는 야수의 탈인 군복만 벗으면 자신
도 노인이나 그의 조카딸과 똑같은 인
간이라는 듯 처음으로 사복을 입고 부
엌으로 내려옵니다. 그러고는 자신의
이야기를 꺼내 놓습니다. 자신은 프랑
스를 사랑하며, 아버지의 주장처럼 독
일과 프랑스가 어울려 유럽의 태양으

『바다의 침묵』 초판 표지.

로 떠올라야 한다고요. 이번 전쟁이 독
일이나 프랑스를 위해 좋은 일이 될 것이라고도 말하죠.

> "아버지 때문입니다. 아버지는 대단한 애국자였습니다. 패전은 극심한 고통
> 이었습니다. 그렇지만 아버지는 프랑스를 사랑했습니다. 브리앙을 좋아했습니
> 다······ 아버지는 '우리는 부부처럼 뭉쳐야 한다'고 말했습니다. 그는 태양이 곧
> 유럽에 떠오를 것이라고 생각하고 있었습니다."(25~26쪽)

이어서 베르네르의 긴 독백이 이어집니다. 그 내용은 순수한 인간의
마음에서 나오는 말로 예술을 사랑하고 인간을 믿는 마음을 고백하는
이야기들입니다. 옛이야기 「미녀와 야수」의 내용처럼 프랑스인에게
자신들이 벌인 행위의 정당성과 친근함을 보여 주려 했죠. 전쟁의 긍
정적인 결말을 예상하면서요.

"…… 발자크, 바레스, 보들레르, 보마르셰, 브왈로, 뷔퐁…… 샤토브리앙, 코르네유, 데카르트, 페늘롱, 플로베르…… 라 퐁텐, 프랑스, 고티에, 위고…… 굉장한 작가들이군요!"

"나는 여기서 훌륭한 노신사 한 분을 만나 뵙게 되어 기쁘게 생각합니다. 그리고 말없이 있는 아가씨도. 이 침묵을 극복하지 않으면 안 될 겁니다. 이 프랑스의 침묵을 극복해야 합니다. 그렇게 되기를 바랍니다."

"…… 두 나라에서 제목이 같은지 모르겠습니다. 우리나라에서는 「야수와 미녀」라고 합니다.…… 그 야수는 하루에도 몇 번씩 그 참을 수 없는 끔찍한 모양을 하고 미녀 앞에 나타나 그녀를 괴롭혔습니다. 미녀는 긍지를 갖고 품위를 잃지 않습니다.…… 하지만 야수는 겉보기보다는 좋은 놈이었습니다.…… 항상 승화를 열망하는 영혼이 있었습니다. 단지 미녀가 원한다면 말입니다. 정이 들기에는 상당한 시간이 걸렸습니다. 그러나 미녀는 차차 그 미운 옥지기의 끔찍한 눈속에서 한 가닥의 빛을 발견했습니다. 그것은 사랑과 호소의 빛이었습니다.…… 그 책은 나를 슬프게 했습니다. 나는 특히 그 야수가 좋았습니다. 그놈의 괴로움을 잘 알기 때문입니다. 지금도 그렇습니다. 그 이야기를 하면 나는 감동합니다."(30~35쪽)

베르네르가 하는 독백은 독일과 프랑스의 연대가 가져다줄 시너지에 대한 확신이며, 진심으로 프랑스를 존중하고 조국인 독일을 신뢰하는 고백이었죠. 그러면서 지금의 상황을 연상시키는 「미녀와 야수」 전설을 빗대어 자신의 심정을 전합니다. '야수'는 난폭하지만 승화되기를 열망하는 영혼이 있고, 야수의 포로가 된 '미녀'의 마음에서 증오는

사라질 거라고요. 마치 독일과 프랑스의 관계를 비유하는 듯한 이야기
는 대화가 아닌 베르네르의 독백으로 그치게 됩니다.

노인과 그의 조카딸이 여전히 침묵으로 일관하기 때문이에요. 또한
베르네르의 순수한 공존의식과 다르게 전쟁은 정복이고 착취이고 지
배이며 프랑스를 파괴하기 때문이었죠. 다정한 독일 병사조차도 혐오
스러운 이데올로기의 공범이거나 그에 속는 사람이기에 노인과 그의
조카딸은 침묵으로써 독일군 장교와 타협할 수 없다는 뜻을 분명히 나
타냅니다. 침묵은 나치를 경멸하는 마음과 자신들의 명예를 지키고자
하는 의지를 표현하는 수단이었죠.

처음이자 마지막 건넨 말은 "안녕히 가세요"

2주일간의 파리 휴가를 다녀온 베르네르는 어쩐 일인지 부엌에 나
타나지 않습니다. 며칠이 지난 뒤 비가 내리던 저녁에 그가 문을 두드
려요. 노인은 처음으로 "들어오십시오, 선생"이라고 말합니다. 베르네
르는 2주간의 휴가 동안 파리에서 만난 독일군 동료들에게 받은 모욕
과 비판에 대해 말합니다. 그러면서 지금까지 자신이 했던 모든 이야
기는 잊어버리라고 말해요. 베르네르는 파리에서 만난 동료들과 나눈
대화에서 동료들의 천박함과 경멸, 지배 욕구를 보고 크게 좌절했기
때문이죠. 히틀러의 침략 의도는 베르네르의 공존의식과는 너무나 달
랐죠. 베르네르는 자신이 정치 선전에 속아 참전했으며 나치즘에 속았
다는 것을 깨달았던 거예요.

그런데도 베르네르는 동족의 편에서 싸워야 한다는 의무감을 포기
하지 못합니다. 러시아 전선으로 자원했다며 다음 날 떠날 거라고 말

하죠. 그는 분노로 절규하고 부끄러움으로 고개를 들지 못하지만, 이 고백으로 그는 자신이 그토록 간절히 바라던 것을 얻습니다.

> "안녕히 계십시오."
>
> 그는 몸을 움직이지 않았다. 꼼짝하지 않고 있었다.…… 마침내 그녀가 입술을 움직일 때까지 계속됐다. 베르네르의 눈이 빛났다.
>
> "안녕히 가세요."
>
> 이 말을 들으려면 귀를 기울여야 했지만 나는 들었다. 봉 베르네르에게도 그 말이 들렸던 것이다. 그러자 그는 몸을 일으켰다. 얼굴도 몸도 기분 좋은 목욕을 한 것처럼 스르르 풀리는 듯했다. 그리고 그는 미소 지었다. 그러므로 그가 나에게 남긴 마지막 인상은 미소 짓는 모습이었다.(69쪽)

베르네르가 모든 것을 체념하고 죽음의 전선으로 떠나려는 순간, 노인의 조카딸이 침묵을 깨고 한 말은 "안녕히 가세요"였어요. 마침내 그의 얼굴에도 인간적인 미소가 피어오릅니다. 침묵을 깨고 마음의 문을 열고 하는 첫 말이 헤어지는 인사말이라니, 아이러니합니다.

작은 집이라는 폐쇄된 공간에서 자신의 적에게 느끼는 반감과 다정한 남자에게 느끼는 매력 사이에서 갈등하는 조카딸, 모든 상황을 관찰하는 화자인 노인, 끝까지 자신의 선의를 놓지 않고 호의와 갈등을 보여 주는 독일군 장교 베르네르의 미세한 심리변화는 극도의 간결하고 압축된 묘사로 긴장의 끈을 놓지 못하게 합니다. 그러면서 작품 전편에 흐르는 베르네르와 조카딸 사이의 미묘한 감정의 변화는 서로에게 호감이 있어도 가까이 갈 수 없는 안타까움을 주며 전쟁이 무엇을 파괴하고 있는지 잘 보여 줍니다.

작가는 자신이 레지스탕스 활동을 한 것과 별개로 독일군 장교 베르네르를 '신사'이며 '예술가'로 묘사했습니다. 그 역시 전쟁의 피해자였음을, 전쟁에 의해 영혼이 기만당한 사람이었음을 고발한 것이죠. '야수와 신사' 사이의 묘한 경계에 선 독일군 장교의 입을 빌려 나치 이데올로기의 기만성을 고발하면서도, 독일을 일방적인 악으로 내몰지는 않고 양심적인 독일인들 역시 그 이데올로기의 희생자라는 사실을 알린 거예요.

작가가 보여 주려고 했던 것은 지극히 인간적이고 순수한 개인들입니다. 전쟁이라는 상황에서 개인의 인간적인 모습은 지워지고 국가의 이데올로기에 따라 어쩔 수 없이 적이 되는 상황을 다루면서 인간이 끝까지 지켜야 할 것이 무엇인지 독자에게 질문합니다.

작가의 위험은 사회 전체에 미친다

프랑스는 전쟁이 끝난 뒤 지식인들의 부역 행위에 대해 윤리적 책임을 물었습니다. 당시 많은 지식인은 자신의 저작물에 책임의식을 가져야 한다는 주장에 동조했습니다. 베르코르도 독일에 협력한 프랑스인을 처벌한 1944년의 대숙청에 가담했죠. 당시 프랑스의 대표적 반유대주의 파시스트 지식인이었던 로베르 브라지야크라는 사람이 총살로 처형되고 나서 한편에서는 이렇게 묻기도 했어요. "왜 돈으로 부역한 기업가들보다 말과 글로 부역한 자들이 더 큰 벌을 받아야 하는가?"

이 질문에 작가 베르코르는 단호하게 답합니다. "기업가를 작가와 비교하는 것은 카인을 악마와 비교하는 것과 마찬가지다. 카인의 죄악은 아벨로 그치지만 악마의 위험은 무한하기 때문이다. 작가의 작품은

아우슈비츠 브리케나우 수용소 입구의 모습(2007).

독자의 사상에 영향을 끼치므로 작가는 자신의 사상이나 저작물에 대해 목숨을 바칠 정도로 큰 책임이 있다."그러면서 "작가의 명예란 치러야 할 대가와 글을 씀으로써 겪은 위험을 인지하는 것"이라고 지적합니다.

카인과 아벨은 성경에 등장하는 최초의 인류인 아담과 하와의 아들들이에요. 카인이 맏아들이고 아벨이 둘째 아들이죠. 카인은 곡식단을 야훼신에게 바치고 아벨은 양을 제물로 바쳤는데, 신은 평소 신앙심이 깊던 아벨이 바친 제물은 받아주었으나 신앙적인 삶이 수반되지 않은 카인이 바친 제물은 받지 않았어요. 그러자 이것을 질투한 카인은 아우인 아벨을 살해합니다. 인류 최초의 살인자로 묘사되는 카인은 이후 인류 역사에서 살인마의 대명사처럼 사용되고 있습니다.

'카인의 죄악은 아벨로 그치지만'이라는 것은 '카인의 죄악은 아벨 한 사람을 살해한 것에 그치지만'으로 이해할 수 있고, '악마의 위험은 무한하다'라고 하는 것은 '악마는 한 사람을 살해하는 것 이상의 위험이 있다'라는 뜻으로 이해할 수 있어요. 결국 이 문장은 '기업의 죄는 몇몇 사람에게 국한되지만 작가의 위험은 사회 전체에 미칠 수 있다' 라는 뜻으로 이해할 수 있습니다. '작가'가 감당해야 할 책무의 막중함을 드러낸 말이죠.

우리나라도 35년간 일제에게 국권을 빼앗긴 치욕스러운 역사가 있었습니다. 그러나 일제 식민지 잔재는 전혀 청산되지 못했습니다. 프랑스는 독일에 '점령'당한 역사를 경험했지만 이후 그 역사를 청산할 때는 우리나라와 다른 길을 걸었습니다. 그런 면에서 이 작품은 개인이 역사에 희생되는 모습을 통해 우리가 굳건히 지켜야 할 것들을 생각하게 합니다. 작가의 책무와 역사를 적극적으로 책임지려는 실천 의지의 중요성을 생각하게 합니다.

인류 역사상 가장 큰 전쟁, 2차 세계대전

2차 세계대전은 영국, 프랑스, 미국, 소련 등의 연합국과 독일, 이탈리아, 일본 등의 추축국이 1939~45년에 벌인 전쟁이다. 1939년 9월, 독일의 폴란드 침공으로 시작되어 1941년 12월, 태평양 전쟁 개시와 함께 세계 전쟁으로 발전했다. 1차 세계대전과 마찬가지로 제국주의 전쟁으로 시작됐는데, 1945년 5월에 독일이, 같은 해 8월에 일본이 무조건 항복함으로써 종결됐다.

한편으로는 파시즘과 민주주의의 전쟁, 식민지·종속국의 민족 독립 투쟁이기도 했다. 1차 세계대전보다 훨씬 더한 총력전으로서, 항공 전력, 기갑사단, 레이더 등 전투 기술이 사용됐고, 게릴라전을 주축으로 하는 레지스탕스가 반파시즘, 민족 해방 투쟁을 전개했다.

1차 세계대전에서 패배한 뒤 1930년대에 독일 정권을 장악한 히틀러는 자신의 정당 나치스만 빼고 다른 정당들을 모두 없앴다. 히틀러의 나치스 정당이 주장하는 사상을 나치즘이라고 하는데, 나치즘은 파시즘과 인종주의를 조합한 사상으로 국가를 위해 개인의 자유를 무시하고 국가를 위해서라면 폭력도 사용할 수 있다고 믿는 전체주의 사상의 일부이다.

이탈리아도 전체주의 국가였다. 이탈리아에서는 1922년에 베니토 무솔리니가 파시스트당이라는 전체주의 정당을 이끌었다. 아시아의 대표적인 전체주의 국가는 일본이었다. 일본은 군인들이 권력을 잡고 군사력을 키워 국가 발전을 이루려는 군국주의를 좇았다. 독일, 이탈리아, 일본과 같은 전체주의 국가들은 다른 나라를 식민지로 삼으려고

했다. 이 국가들은 자신들이 국제
관계의 중심축이라는 뜻으로 스스
로 '추축국'이라고 불렀다.

2차 세계대전이 시작되고 이틀
뒤 영국과 프랑스가 연합군을 이뤄
싸웠지만, 독일은 덴마크와 노르웨
이를 점령했고 네덜란드와 벨기에,
프랑스까지 함락시켰다. 그러나 영
국을 공격하는 데는 실패하자 히틀
러는 1941년 6월에 사회주의 국가
인 소련 침공 명령을 내렸다. 독일
이 전쟁을 계속하려면 소련의 곡창

히로시마에 원자폭탄이 떨어진 뒤 피어
오르는 버섯구름.

지대와 석유가 필요했기 때문이다. 당시 독일과 소련은 서로 침략하지
않는다는 '독소불가침 조약'을 맺고 있었으나 히틀러가 이 약속을 깬
것이다. 독일군은 우크라이나를 점령하고 소련의 모스크바 근처까지
갔지만, 소련군의 반격이 거세져 소련 정복을 포기했다.

한편, 일본은 프랑스의 식민지였던 인두차이나 반도를 점령했다. 그
러자 프랑스는 미국에 도움을 요청했고, 미국은 영국, 중국, 네덜란드
와 손잡고 일본에 석유 등이 수입되지 못하게 막았다. 화가 난 일본은
1941년 12월에 하와이 진주만에 있는 미국의 해군 기지를 공격했는데,
이를 계기로 미국이 2차 세계대전에 참여하게 됐다.

이듬해 여름, 미국은 태평양에서 일본 함대를 침몰시켰다. 미국과
영국이 중심이 된 연합군은 아프리카에서 독일군에 승리했다. 곧이어

이탈리아의 항복을 받아 내고 독일의 베를린을 함락시켰다. 히틀러는 연합군에 붙잡히기 전에 권총으로 자살했다. 이탈리아와 독일이 항복한 뒤에도 일본은 전쟁을 계속하다 1945년 8월에 미국이 일본 히로시마와 나가사키에 원자폭탄을 떨어뜨리고 나서야 항복했다. 1945년 8월 15일, 2차 세계대전이 막을 내렸고 우리나라도 일본의 식민 지배에서 벗어났다.

  2차 세계대전은 인류 역사상 가장 끔찍한 피해를 남긴 전쟁으로 기록됐다. 유럽은 폐허가 됐고 무려 5천만 명이 넘는 사람들이 목숨을 잃었다. 전쟁이 끝나자 세계는 무력을 쓰지 않고 경제나 외교 등을 이용해 싸우는 냉전 시대를 맞게 됐다.

8. 인본주의자의 눈으로 그린 욕망의 변주곡

『비곗덩어리·목걸이』__기 드 모파상

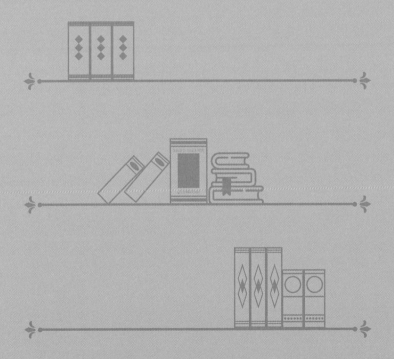

기 드 모파상.

기 드 모파상Guy de Maupassant(1850~1893)은 노르망디의 미로메닐에서 태어났습니다. 모파상이 열두 살 때 부모가 헤어진 뒤에는 어머니, 동생과 함께 노르망디의 에트르타에서 자랐습니다. 1868년, 루앙에 있는 고등학교에 들어갔고요. 외삼촌이 소설가 플로베르(1821~1880)의 아주 친한 친구였는데, 이런 인연으로 모파상은 플로베르에게 가르침을 받았습니다.

1870년에 프로이센-프랑스 전쟁(보불전쟁, 1870~1871)이 일어나자 학업을 중단하고 군에 입대했습니다. 제대한 뒤, 1872년에 아버지의 도움을 받아 해군성, 문부성에 취직했습니다. 모파상은 전쟁을 겪으며 전쟁을 싫어하는 생각에 사로잡혔고, 이것이 문학에 지망하게 되는 결정적인 동기가 됐습니다.

1874년에 플로베르의 소개로 에밀 졸라를 알게 되었습니다. 그 뒤로 파리 교외에 있는 졸라의 저택에서 젊은 문학가들과 사귀며 문학을 논했습니다. 1875년에 지역신문에 자신의 첫 단편인 『박제된 손』을 발표했습니다.

보불전쟁이 프랑스의 참패로 끝나고 나서 10여 년이 흐른 뒤인 1880년, 에밀 졸라, 조리스-카를 위스망스, 레옹 에니크 등 여섯 작가는 파리 교외 메당에 있던 졸라 집에 모여서 보불전쟁을 주제로 쓴 소설집 『메당의 저녁』을 펴냈습니다. 『비곗덩어리 La Boule de suif』는 그 소설집에 실린 모파상의 소설입니다. 모파상의 스승이었던 플로베르는 소설집에서 『비곗덩어리』가 가장 훌륭하다고 극찬했습니다.

모파상은 스물일곱 살 무렵부터 신경질환을 앓았습니다. 이런 고통을 겪으면서도 작품 활동을 한 10여 년 동안 『목걸이 La Parure』를 비롯한 단편 소설 300여 편, 기행문 3권, 시집 1권, 희곡 몇 편 그리고 『죽음처럼 강하다』, 『우리들의 마음』, 『벨아미』 등의 장편 소설을 썼습니다. 1883년에 발표한 장편 소설 『여자의 일생』은 선량한 한 여자가 겪는 환멸의 일생을 염세주의적 필치로 그려 낸 작품으로 플로베르의 『보바리 부인』과 함께 프랑스 사실주의 문학이 낳은 걸작으로 평가받습니다.

모파상은 다작하느라 쌓인 피로와 복잡한 여자관계 때문에 지병인 신경질환이 악화되었고, 1892년 1월 2일 니스에서 자살을 시도하기도 했습니다. 그 뒤 파리 교외의 정신병원에 수용되었다가 정신 발작을 일으켜 1893년 7월 6일, 마흔세 살로 삶을 마쳤습니다.

 단편 소설은 한 주제를 짧은 분량으로 밀도 있게 표현한 소설입니다. 장편 소설처럼 인생의 전면이 아니라 단면을 표현하는데, 보통 200자 원고지 70매 내외의 분량이기 때문에 사건이나 주제, 구성 등이 단일하고 압축적으로 표현되죠.

『비곗덩어리』와 『목걸이』도 모파상의 대표적인 단편 소설입니다. 이 두 작품은 사실주의 문학의 걸작으로 평가되는데, 사실주의 문학이 나오게 된 데에는 당시의 시대상이 큰 역할을 했습니다.

모파상이 살던 시대는 인간의 자유와 평등을 추구하기보다는 인간을 국가와 자본을 위한 소모품이라고 여기는 인식이 강했습니다. 당시의 사회 분위기를 보여 주는 대표적인 사건이 '드레퓌스 사건(1894)'입니다. 프랑스에서 유대인 대위 드레퓌스가 간첩 혐의로 종신형을 선고받았다가 풀려난 사건이죠.

드레퓌스는 독일대사관에 군사정보를 팔았다는 혐의로 체포되었지만, 독일대사관에서 몰래 빼낸 서류의 필적이 드레퓌스의 필적과 비슷하다는 것 이외에는 별다른 증거가 없었죠. 그러나 그가 유대인이라는 편견 때문에 반역죄로 체포됩니다. 그는 '더러운 유대인'이라는 군중의 야유를 받으며 악마의 섬으로 유배되었다. 그 후 군부에서는 진범이 드레퓌스가 아니라 다른 사람이라는 확증을 얻었는데도 진상 발표를 거부하고 사건을 은폐하려 했고요. 프랑스인들은 전쟁에서 독일에 패배한 충격에 빠져 내부의 적이 필요했고 드레퓌스가 그 먹잇감이 된 것이죠.

드레퓌스는 1899년에 사면을 받고 나서도 무죄 확인을 위한 법정투쟁을 계속한 끝에 1906년에 최고재판소로부터 무죄판결을 받고 복

드레퓌스 사건의 시발점이 된 편지.

직한 뒤 승진도 했습니다. '정의·진실·인권 옹호'를 부르짖는 드레퓌스파('재심파'라고도 부름)의 승리로 끝난 이 사건은 개인의 석방 문제가 정치적 쟁점으로 확대되면서 프랑스 공화정의 기반을 다지고 좌파 세력의 결속을 촉진하는 계기가 됐어요.

인간을 인간으로 본 작가의 시선

당시는 어디를 가나 인간이 인간 취급을 제대로 받지 못하던 시절이었습니다. 강력한 군사력으로 세계를 지배하려는 패권주의와 다른 민족이나 국가를 지배하려는 제국주의, 개인은 전체 속에서 존재가치를 갖는다는 전체주의 등이 널리 퍼졌죠. 그러다 보니 개인의 사상이나 자유 등은 억압과 통제를 당했습니다.

이런 시대에 에밀 졸라를 비롯한 문학가들은 글로써 사회를 있는 그대로 표현했습니다. 국가나 신이 아니라 사람을 우선하는 글을 썼죠. 주로 냉혹하고 부조리한 세계 속에서 연민을 자아내는 인물이나 인간 본성의 추악함을 드러내는 이들을 주인공으로 삼았습니다.

이들의 대표 작가가 모파상이었고 그의 많은 작품 중 최고의 역작은 『비곗덩어리』입니다. 모파상은 당시의 세상에 불만이 많았고 그런 세상에서 희생된 여자들을 동정했습니다. 『여자의 일생』에서는 주인공 잔의 일생을 다루는데, 독자는 잔이 불쌍해서 울게 됩니다. 정치적 상황과는 전혀 상관없는 잔이 수도원을 떠나 죽음을 맞이하기까지의 일생은 파란만장합니다. 환멸을 느끼게 하는 남편, 유산과 조산, 자식의 타락, 부모의 죽음과 고독, 가난 등을 겪는 잔에게 독자들은 연민의 정을 품게 되죠. 한 여성이 세계로부터 착취당하고 불행한 삶을 경험한다는 점에서 『여자의 일생』은 3일 동안의 일을 쓴 『비곗덩어리』를 한 평생으로 확장해 다룬 소설이라고도 할 수 있습니다.

모파상은 인본주의자였습니다. 세상은 인간을 인간으로 보지 않았지만 모파상은 등장인물을 동정하지 않고 냉정한 현실을 보여 주면서 한 인간을 부각해 보여 주었죠. 등장인물들과 철저하게 거리를 유지하며 글을 쓸수록 독자는 등장인물을 미워하면서도 사랑하게 되고 비판하면서도 연민을 느끼게 됩니다.

그러면서 19세기 말의 프랑스 사회는 구체적으로 그렸습니다. 전쟁에 대한 염증, 종교심과 애국주의로 치장한 귀족과 부르주아 계급의 위선에 대한 고발, 지배층의 이익을 위해 복무하는 종교에 대한 비판 등을 사실적으로 그렸죠.

모파상이 『비곗덩어리』를 쓰기 시작했을 때는 보불전쟁이 이미 멀

에밀 졸라(1902, 왼쪽)와 외젠 지로가 그린 플로베르 초상화(1856년경).

어져 간 시기였으나 그 전쟁의 상처는 프랑스 사람의 가슴에 많이 남아 있던 시기였습니다. 모파상도 참전해 직접 전투에도 참여했는데, 그 경험이 소설의 도입부에 세밀히 묘사되죠.

모파상은 사실주의의 거장인 플로베르의 제자였습니다. 플로베르는 모파상에게 '생각하는 것'보다도 '보는 것'을 가르쳐 주었죠. 관찰이야말로 자연주의 문학의 가장 큰 무기였거든요. 관찰은 나를 둘러싼 세계로도 인간의 내면(안)으로도 돌릴 수 있는데, 모파상은 인물의 내면을 분석하기보다 주로 겉모습을 묘사했습니다. 겉모습 묘사를 통해 인간의 내면 풍경을 드러내려고 했어요.

작가는 플로베르의 가르침을 따르면서 자연주의의 거장인 에밀 졸라를 추종했는데, 이 작품은 세밀하고 정확한 묘사와 객관적인 서술로 자연주의적인 소설로 평가됩니다. 그러나 작가 자신은 사실주의나 자연주의 어떤 유파에도 속하는 걸 원하지 않았어요. 낭만주의 소설에서 흔히 보이는 자기표현의 과잉이나 과장된 표현을 멀리하고 허구성이 많은 소설을 좋아하지 않았죠. 예술적 문체를 선호하지도 않았고요. 그 대신 냉혹·비참·우열·해학·외설 등 한마디로 절망적인 인생을 그리는 걸 선호했습니다.

노르망디 호텔에 모인 사람들

1870년 프랑스 루앙, 프러시아 군에 패한 프랑스 군인들이 후퇴하고 프랑스는 포위된 상황에서 누구도 다음날을 예측할 수 없었습니다. 이 상황이 불안한 열 사람은 루앙을 떠나서 르아브르를 거쳐 영국으로 가려 합니다. 사람들은 노르망디 호텔에 모여서 마차 한 대에 올라탑니다. 저마다 이유는 다르지만, 함께 여행에 나선 이들은 한 공간에서 부대낄 수밖에 없었어요. 작가는 한정된 공간과 시간에 인물들을 몰아넣은 뒤 갈등 상황을 조성합니다.

마차에 탄 사람들은 부부 세 쌍과 코르뉘데라는 공화주의자, 수녀 두 명 그리고 '비곗덩어리'라고 불리는 매춘부 엘리자베스 루세예요. 포도주 상점 점원 출신인 루아조 부부, 제사製絲공장 사장이자 지역 정치가인 카레 라마동 부부, 유서 깊은 귀족 가문을 대표하는 드 브레빌 백작과 부인 등은 모두 '비곗덩어리'를 품행이 좋지 못한 반도덕적인 사람이라며 경멸에 찬 눈으로 쳐다보고 무시합니다.

작가는 작품 도입에 등장인물의 신체 특징과 성격, 출신 성분, 계급적 배경 등을 상세하게 소개합니다. 루아조 부부, 카레 라마동 부부, 드 브레빌 백작 부부는 교양 있는 신사 계층을 대표하는 인물이에요. 두 수녀는 부르주아 사회를 떠받치는 정신적 지주인 종교계(가톨릭)를 대표하며, 코르뉘데는 사회 지배층에게는 위협적일 수 있는 민주투사로 그려집니다.

작가는 이 인물들을 자세하게 소개한 뒤 맨 마지막에 비곗덩어리를 소개해요. 자리의 위치도 남자들이 앉은 좌석의 맨 끄트머리에 고립된 섬처럼 앉혀 놓죠. 마치 비곗덩어리에게 불가촉천민의 지위를 부여하는 듯합니다.

> 여자는, 세상이 매춘부라고 부르는 종류인 이 여자는, 아직 그럴 나이도 아니건만 살이 올라 동그래졌고 또 그걸로 유명해져서 '불 드 쉬프(비곗덩어리)'란 별명까지 얻게 됐다. 조그만 여자인데 어느 부분이나 온통 동그랗게 비계가 생기도록 살이 쪘고, 토실토실한 손가락은 마디마디 우물이 패어서 마치 짤막짤막한 소시지를 끼워 놓은 산적과도 같아 보였다.✝ (23쪽)

'비곗덩어리'는 온몸이 뚱뚱해 동글동글한 모습입니다. 풍만한 가슴, 소시지 같은 손가락, 촉촉한 입술, 붉은 사과 같은 얼굴 등 주로 음식과 비유한 표현이 많은 것은 음식처럼 언제든지 소비될 수 있는 몸이라는 것을 예고합니다. 하지만 가장 천민인 듯한 '비곗덩어리'만이 가장 귀한 것을 다른 이들과 나눌 줄 알고, 다른 이들을 위해 희생할 줄 알죠. 신앙심이 깊고 애국심이 있을 뿐 아니라 정치적 견해도 분명하고요. 그는 전쟁 중 인질이 되어 적에게 수치와 공포를 느끼는 민중을 대변하는 인물입니다.

✦ 모파상, 방곤 옮김, 『목걸이·달빛·비곗덩어리 외』, 하서, 2009.

부르주아의 위선에 던져진 비곗덩어리

매서운 추위에 눈까지 내려서 예정보다 여행이 길어지고, 사람들은 배가 고프기까지 합니다. 그런데 마차에 탄 사람들 중 유일하게 음식을 준비한 '비곗덩어리'는 그 귀한 음식 바구니를 사람들에게 기꺼이 풀어 놓죠. 사람들은 음식을 얻어먹으며 비곗덩어리에게 호의를 보입니다. 그러나 그녀에게 호의적이던 분위기는 하룻밤만 묵어가면 될 줄 알았던 토트의 여인숙에서 점령군인 프러시아 장교에 의해 발이 묶이면서 달라집니다.

장교는 '비곗덩어리'가 자신과 하룻밤을 자면 출발을 허가하겠다고 말하며 마차를 떠나지 못하게 한 것이죠. 처음에 '비곗덩어리'와 함께 분노하던 사람들은 장교가 자신들을 보내 주지 않는 데다가 비곗덩어리가 자신의 정조 때문이 아니라 애국심 때문에 장교의 제안을 거부하자 태도를 바꿉니다. 사람들은 갖은 노력을 다해 '비곗덩어리'를 설득하려 합니다.

루아조는 비곗덩어리를 꽁꽁 묶어서 적에게 주자고 하지만 백작은 여자가 스스로 결정하게 하자며 루아조를 제지합니다. 그러나 백작도 결국 비곗덩어리에게 그녀의 행동이 많은 사람에게 해를 입힐 수 있음을 경고하죠.

> 그 생각은 잘못입니다, 부인. 왜냐하면 그와 같은 거절은 비단 부인 한 분뿐만 아니라 부인의 동행인들에게도 적지 않은 재난을 가져오게 될는지도 모르는 일이니까요. 나보다 강한 사람들에게는 절대로 반항해선 안 됩니다.(23쪽)

『비곗덩어리』(1907)의 표지 그림.

백작의 말은 일행들의 마음을 대변해 준다고 할 수 있습니다. 코르뉘데는 "여러분이 한 일은 마땅히 수치를 느껴야 할 일이오"라고 말하며 자신들에게 피해가 올까 봐 비곗덩어리에게 장교의 요구를 들어주라고 권한 일행을 비판합니다. 즉 다수를 위해 소수를 희생시키는 것에 일침을 가하죠. 그러나 그 경고는 무시당합니다.

비곗덩어리는 하룻밤 잠자리를 요구하는 프러시아 장교와 일행의 요구를 들어주고 싶지 않습니다. 요구를 거부하는 창녀의 자존심과 애국심 그리고 허울뿐인 애국심을 내던지고 개인의 잇속을 따지는 주변 인물들의 위선으로 갈등은 절정으로 치닫습니다.

나이 많은 수녀는 '목적을 위한 것이라면 수단은 어떤 것이든 정당한 것이 된다'라는 내용의 설교를 하며, 수녀는 자신을 포함한 여러 사람의 안전을 보장할 수 있다면 비곗덩어리의 어떠한 행동도 정당화될 수 있다고 말하죠. 어떠한 인간도 자신의 이익을 위해 다른 사람을 도구화할 수는 없는데, 수녀의 말에는 인간의 가치에 대한 편협함이 노골적으로 드러납니다. 이는 곧 한 인간을 다른 인간을 위한 도구적 수단으로 여기며, 인간 존엄의 문제를 거스르는 위선자의 말입니다.

백작 부인이 수녀에게, "그렇다면 수녀님, 동기만 정결하다면 하느님은 어떤 수단이라도 받아들여 그 행위를 용서해 주신다고 생각하시나요?" 하고 물었다.

"거기에 대해서 누가 의심을 하겠습니까, 부인? 그것만으로는 비난을 받을 만한 행위도 그 행위로 이끌어 준 생각 때문에 번번이 칭송할 만한 것이 되는 수도 많답니다."(56쪽)

백작 부인과 수녀의 대화에는 비곗덩어리를 프러시아 장교에게 보내기 위한 교묘함이 노골적으로 담겨 있습니다. 부인들은 프러시아 장교는 멋진 사람이라고 칭찬하기도 하고, 역사적 사건에서 여성이 자신의 정조를 팔아 적에게 해를 끼친 일의 훌륭함을 이야기해요. 르아브르의 군병원을 지원하기 위해 가던 수녀는 동기가 순수하면 어떤 행동이라도 하느님의 심판을 받지 않는다고 설교하고요. 자신에게 피해가 올까 두려워 태도나 가치를 번복하죠.

비곗덩어리는 이들의 태도에 격분해 거부하지만 결국 다른 이들을 구하기 위해 적군 장교의 제안을 받아들이고 말아요.

비곗덩어리의 역설

'비곗덩어리'는 '쓸모없는 잉여의 것'을 뜻합니다. 그러나 이 작품에서 '비곗덩어리'는 모두가 경멸하는 인물이자, 일행에게 없어서는 안 될 존재예요. 비곗덩어리와 같은 미천한 신분의 사람들이 이 사회의 비곗덩어리가 아니라 겉으로는 고상한 척하지만 실제로는 이기적이고 위선적인 사회의 상류 계층, 부유층들을 비곗덩어리라고 말하는 듯하죠. 작가는 상류 계층이 식욕과 성욕을 탐하는 것을 소설의 처음부터 끝까지 보여 주며 당시 프랑스 부르주아의 위선을 비판합니다.

식사 장면은 두 번 등장합니다. 식욕이라는 본능에 굴복하며 실리를 챙기는 상류 계층의 모습은 그들을 둘러싼 고귀한 윤리의식과 위선이 종이 한 장 차이라는 것을 풍자적으로 보여 주죠.

첫날 식사 장면에서 부르주아들은 정숙함과 윤리의식을 내세우며 비곗덩어리를 없는 존재 취급하다가 배고픔을 참을 수 없게 되자 자신들이 천하게 여기던 비곗덩어리의 음식을 나눠 먹습니다. 식사 장면은 마지막 부분에서 한 번 더 나옵니다. 비곗덩어리가 주변 사람들의 요청을 못 이기고 마지못해 장교의 청을 들어주고 돌아왔을 때 부르주아들은 비곗덩어리의 울음소리를 모른 척하고 자기들끼리 음식을 먹어요. 상류층 사람들은 그녀의 희생 덕분에 다시 출발하게 됐음에도 비곗덩어리를 더러운 물건 대하듯 하며 음식도 나눠 주지 않습니다.

> 아무도 그녀를 바라보려고도, 그녀를 생각해 주려고도 하지 않았다. 그녀는 자신이 이 겉보기에 점잖아 보이는 몰염치한 이들의 경멸 속에 빠져 헤어날 수 없음을 깨달았다. 처음에는 그녀를 희생물로 바쳐 놓고 나중에는 마치 더러운 물건, 무용지물처럼 내던져 버린 몰염치한들.(65쪽)

코르뉘데가 흥얼거리는 〈라 마르세예즈〉 가락은 가장 애국자인 척했던 그들의 위선을 역설적으로 비웃습니다. '비곗덩어리' 눈에서 흐르는 눈물은 멈출 줄 모릅니다. 비곗덩어리가 프러시아 장교의 요구를 들어주고 모든 문제가 해결되었을 때의 묘사는 부르주아의 비정함과 위선을 신랄하게 고발하죠. 이를 통해 작가는 지배 계급을 위해 복무하는 교회와 종교 단체들을 준열히 비판하고 있습니다. 그들의 추접스러운 욕망과 위선을『비곗덩어리』를 통해 까발립니다.

『비곗덩어리』와 달리『목걸이』에서는 허영심으로 비롯된 삶의 불행을 그립니다.

『목걸이』에 나타난 인간의 욕망

『목걸이』는 1870~90년 프랑스 어느 작은 마을에서 일어난 일을 그린 소설로 충격적인 반전이 인상적입니다.

미모가 빼어나고 매력이 넘치는 마틸드는 가난한 집에서 태어나 가난한 교육부 직원과 결혼을 합니다. 그녀는 값비싼 옷과 보석을 좋아하지만 이렇다 할 옷도 보석도 없었죠. 마틸드는 가난한 살림이 불만스러웠어요. 외모만 아름답고 매력적이라면 신분이나 가문에 상관없이 귀부인들과 어깨를 나란히 할 수 있다고 생각하죠. 자기가 사는 작은 집과 낡은 의자, 칙칙한 커튼을 보면서 늘 화려한 삶을 꿈꾸지만, 하급 공무원인 남편은 이런 마틸드의 허영심을 채워 줄 수 없었어요.

마틸드는 종종 고급스러운 벽지를 바르고 높다란 청동 촛대로 불을 밝힌 우아한 대기실과 난방이 잘 되어 큼직한 안락의자에 기대어 잠을 자는 걸 상상합니다. 짧은 바지를 입은 하인들이 시중을 들고 비단이 깔린 화려한 응접실과 값을 매길 수 없을 만큼 진귀한 골동품들이 놓여 있는 값비싼 가구들을 떠올리기도 하고요. 그러다 보니 마틸드의 삶은 늘 괴로움에서 벗어날 수 없었어요.

그러던 어느 날, 마틸드는 남편과 함께 장관 부부가 주최하는 무도회에 초대받아요. 쾌락과 사치를 동경하는 그녀는 무도회에 가고 싶었으나 그에 걸맞은 보석이 없어 좌절하지요. 남편은 그런 아내를 위해

엽총을 사려고 모아 둔 500프랑을 주며 새 옷을 사라고 합니다. 보석은 부유한 친구에게 빌리라고 하고요. 마틸드는 결국 무도회에 가기 위해 친구 잔에게 다이아몬드 목걸이를 빌립니다. 목걸이 덕분에 마틸드는 무도회에서 즐겁게 시간을 보내고 집으로 돌아옵니다. 그런데 집에 와서 보니 다이아몬드 목걸이가 사라지고 없었어요. 잃어버렸던 거죠.

잃어버린 목걸이와 바꾼 10년

잔에게 빌린 것과 비슷한 목걸이를 찾으러 보석가게를 뒤지고, 마틸드와 루아젤은 목걸이를 찾으려고 온 동네를 샅샅이 훑었어요. 그러나 결국 목걸이를 찾지 못합니다. 임시방편으로 잔에게 목걸이 고리가 고장이 나서 고치는 중이라는 내용을 담은 편지를 써 보냅니다. 마틸드와 루아젤은 동네 보석가게를 다 뒤져 잔에게 빌린 것과 비슷한 목걸이를 파는 보석가게를 찾아냅니다. 부부의 딱한 사정을 들은 보석가게 주인은 부부가 목걸이 살 돈을 모아 올 때까지 아무에게도 목걸이를 팔지 않기로 약속하고요.

마틸드는 주변 사람들에게 돈을 빌리고 아버지가 남기고 간 유산까지 보탭니다. 루아젤의 노력까지 더해 마침내 잔에게 빌린 것과 비슷한 목걸이를 사서 잔에게 돌려줍니다. 그러나 부부는 다이아몬드 목걸이를 사기 위해 빌렸던 돈을 갚느라 예전보다 더 어렵고 궁핍하게 생활합니다. 무려 10년이나 갖은 고생을 다 한 끝에 드디어 빚을 다 갚게 되지만, 그 사이 마틸드는 외모도 빛을 잃고 성격도 우악스럽게 변했습니다. 고단한 삶에 찌들다 보니 나이보다 늙고 억척스러운 아줌마로 변해 버린 거죠.

그러던 어느 일요일, 고된 일상에서 벗어나 샹젤리제 거리를 산책하던 마틸드는 여전히 젊고 아름다운 옛 친구 잔을 만납니다. 마틸드는 이미 지난 일이니 괜찮다고 생각하며 그간의 일을 털어놓습니다. 마틸드의 이야기를 가만히 듣던 잔은 갑자기 마틸드의 손을 꼭 잡습니다. 그러고는 사실 자신이 마틸드에게 빌려준 다이아몬드 목걸이는 몇백 프랑도 되지 않는 값싼 물건이었다고 말합니다.

> 포레스티에 부인은 발길을 멈췄다.
> "그래, 잃어버린 목걸이 대신 새 걸 사 왔단 말이야?"
> "그럼, 아직껏 그것도 모르고 있었구나. 하긴 모양이 똑같았으니까."
> 그녀는 약간 으스대는 듯한 순진한 웃음을 지어 보였다.
> "아이, 불쌍해라! 마틸드, 사실 그 목걸이는 가짜였어. 기껏해야 오백 프랑밖에 되지 않는……."(123~124쪽)

마틸드의 반응은 어땠을까요? 소설은 마틸드의 반응을 보여 주지 않고 목걸이가 가짜였다는 포레스티에 부인의 말로 끝납니다. 극적인 끝맺음은 마틸드가 어떤 반응을 보였을지 상상하게 만들면서 독자에게 충격을 줍니다.

충격적인 반전, 자신의 욕망에 묶인 삶

프랑스에서는 예전부터 무도회가 많이 열렸습니다. 귀족이라면 특히 무도회의 에티켓과 문화를 익혀야 했어요. 춤은 균형 잡힌 모습으로 우아하게 춰야 했죠. 춤을 출 때는 특히 남성과 여성의 위치, 바른 자세와 동작, 적절한 시선 교환 등 하나하나가 모두 중요했습니다.

무도회에서 지킬 에티켓도 있었어요. 특정한 파트너 한 사람을 독점하면 안 되고 동성끼리 춤을 추면 안 됐죠. 또한 춤은 무조건 남자가 여자에게 신청해야 했어요. 만약 춤 신청을 거절했다면 그 뒤에는 다른 남성의 춤 신청을 받지 않는 것도 에티켓이었어요. 이러한 무도회에 참석해 우아한 귀족 생활을 맛보고 싶었던 마틸드의 욕망은 서민이라면 누구나 꿈꿔 봤을 생활이기도 합니다. 하지만 잠깐 누릴 욕망 때문에 마틸드는 평생 고달픈 삶을 살아야 하는 대가를 치릅니다. 또한 그 목걸이가 진짜인지 가짜인지 알아보지 않은 채 목걸이를 사다 바친 게 실수였습니다.

> "좀 일찍 돌려줘야지. 내게도 필요한 일이 생길지 모르잖아?"
> 포레스티에 부인은 목걸이 상자를 열어 보지는 않았다. 루아젤 부인은 친구가 상자를 열어 볼까 봐 은근히 걱정했다. 물건이 바뀐 것을 알면 어떻게 생각할까? 뭐라고 했을까? 자기를 도둑으로 여기지 않았을까?(121쪽)

포레스티에 부인의 태도도 마틸드의 불행에 빌미를 제공했다고 볼 수 있습니다. 만약 목걸이를 빌려 주었을 때 그 목걸이가 가짜라고 말을 해 주거나 목걸이를 되돌려 받았을 때 상자를 열어 보았다면 어떻게 되었을까요? 아마도 그 목걸이가 500프랑짜리 보석 목걸이였음이 밝혀졌겠죠. 그러면 루아젤 부부는 보석상에 목걸이를 돌려주고 3만 4천 프랑을 받아와 2천 5백 프랑의 손해만 감수하면 되었을 거예요. 10년에 걸쳐 고생할 필요가 없었겠죠. 하지만 포레스티에 부인이 상자를 열지 않음으로써 소설은 반전의 효과가 극대화될 수 있었습니다.

여자란 신분이나 가문보다는 우아하고 아름답고 매력만 있으면 얼마든지 훌륭한 가문을 대신할 수 있는 것이다. 천성이 우아하고 마음씨가 착하면 그것으로 능히 특권 계급이 될 수도 있는 것이다.(112쪽)

신문에 실린 『목걸이』의 삽화.

당시 여성의 가치는 어디에 있었을까요? 이 작품에서는 여성의 가치를 아름다움과 마음씨로 평가하고 있습니다. 그러한 가치를 통해 당시 여성은 상류 계층의 남성과 결혼해 신분 상승이 가능했음을 짐작할 수 있죠.

마틸드는 좋은 집과 옷, 목걸이 같은 것이 자신의 가치를 높여 준다고 생각했습니다. 그러나 이러한 허영심 때문에 그녀의 삶은 완전히 망가졌습니다. 자기 처지는 생각하지 않고 겉으로 보이는 모습에 치중하고 무리하게 부자들을 따라 하다가 10년이나 되는 긴 세월을 고생하며 보냈습니다.

이 작품의 충격적이고 놀라운 반전은 우리에게 인생의 참된 가치가 무엇인지를 생각하게 합니다. 어리석은 허영심이 빚어 낸 한 여인의 고단한 삶을 통해 사람들이 헛된 것에 집착하다 보면 결국은 불행해진다는 것을 보여 줍니다.

마틸드가 보지 못한 것

마틸드는 소설의 인물일 뿐일까요? 그렇지 않습니다. 많은 사람은 마틸드처럼 행복이 재산이나 지위, 혹은 외모처럼 겉으로 보이는 것에 달렸다고 생각합니다. 더 아름다운 외모를 만들기 위해 운동만 하는 것이 아니라 성형수술도 합니다. SNS에 사진 한 장 올리기 위해 해외여행을 하고 맛집을 찾아다니며 쇼핑을 하며 자기를 과시합니다. 실생활은 초라할지 몰라도 SNS에서 보여지는 모습은 화려합니다. 진짜 모습을 드러내는 것이 아니라 남에게 보이고 싶은 모습을 드러냅니다. 당장의 즐거움을 위해 흥청망청 살거나 영혼까지 끌어 모아 대출을 받아 과소비를 하는 등 남에게 인정받고 잘 보이기 위해 치중하다 보니 허영이 넘칩니다.

물론 겉모습은 한 사람의 정체성을 드러내기도 하며 성격이나 생활습관, 환경이나 문화 등을 가늠하는 지표가 되기도 합니다. 자신의 개성을 드러내는 중요한 수단입니다. 다른 사람의 좋은 평가에서 오는 만족과 즐거움, 성취감도 분명히 있습니다. 남이 아니라 자신의 만족을 위한 가꿈이 많은 것도 사실입니다.

그러나 내면의 만족보다 타인의 부러움을 얻으려 겉모습에 치중하다 보면 정작 중요한 걸 못 볼 가능성이 커집니다. 마틸드는 미모도 빼어나고 매력도 넘쳤고 그녀를 행복하게 해 주고자 애쓰는 든든한 남편도 있었습니다. 남편은 마틸드가 목걸이를 잃어버렸을 때도 그녀를 원망하지 않고 돈을 갚기 위해 묵묵히 일했죠. 만약 마틸드가 자신의 장점과 남편과의 관계에서 행복을 느꼈다면 겉치레에 신경 쓰느라 아까운 세월을 허비하는 일은 없었을 겁니다.

행복하기 위해 우리는 무엇을 중요하게 여겨야 할까요? 행복의 본질에 대해 꾸준히 연구해 온 고대 그리스 철학자 에피쿠로스는 쾌락과 고통을 비교해 장단점을 잘 살펴보라고 권하며 세 가지 조건을 말합니다. 첫째는 마음 맞는 친구들과의 우정이며, 둘째는 독립된 인간으로서의 자유, 셋째는 자신과 친구가 되는 사색을 꼽습니다.

행복 지수가 높은 나라 중엔 부탄이나 코스타리카처럼 경제적으로 부유하지 않은 나라도 있습니다. 이들 나라 사람은 자신이 가진 것에 감사하고 평화롭고 여유로운 삶을 즐기며 건강하게 살아간다는 공통점이 있었습니다.

요즘처럼 물질에의 욕망이 넘치는 세상에서 삶에서 진정 소중하고 나를 행복하게 하는 것이 무엇인지, 다른 사람의 시선보다 자신의 진짜 마음에 집중하면서 마틸드처럼 미처 보지 못한 것이 무엇인지 살펴야겠습니다.

9. 자연 앞에 선 인간의 숭고한 의지

『나무를 심은 사람』__장 지오노

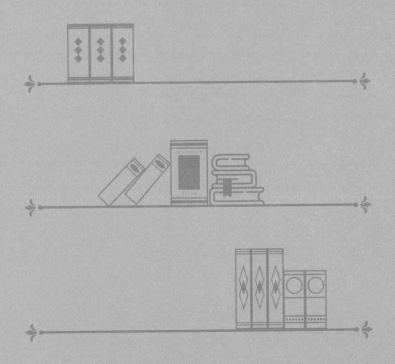

장 지오노.

장 지오노Jean Giono(1895~1970)는 프랑스의 소설가입니다. 『나무를 심은 사람L'Homme Qui Plantait des Arbres』의 배경이 되는 프랑스 남부 오트 프로방스의 작은 도시 마노스크에서 태어났습니다. 구두를 수선하는 아버지와 세탁소에서 다림질하는 어머니 아래서 프랑스 남부 특유의 광활한 자연을 벗 삼아 성장했습니다. 집이 가난해 정규적인 학교 교육은 받지 못했습니다. 그러나 열여섯 살 때부터 은행에서 일하면서도 호메로스, 베르길리우스 등의 고전문학을 읽었습니다.

1차 세계대전 때에는 보병대에서 사병으로 복무하며 5년간 전투에 참여했습니다. 전쟁이 끝난 뒤 은행으로 돌아와 일하며 결혼해 두 아이의 아빠가 됐습니다. 은행원으로 1911년부터 1929년까지 일하다가 1930년에는 전업 작가가 되기 위해 은행을 그만두었습니다.

1929년에 첫 작품 『언덕』을 발표하면서 역량 있는 신예 작가로 주목을 받았습니다. 그는 초기에는 자연 상태의 생활에서 대지와 인간이 하나가 되는 평화로운 생활을 다룬 작품을 많이 썼습니다. 전쟁을 두 번 겪으면서 그의 작품은 자연의 질서와 평화를 해치는 인간의 모습과 국가주의, 전체주의, 도시 문명 등을 비판하는 경향을 보였습니다.

장 지오노가 특히 애착을 갖던 초기 작품들로는 '목신의 3부작'인 『언덕』, 『보뮈뉴에서 온 사람』, 『소생』과 『영원한 기쁨』 등이 있습니다. 이 시기의 작품을 통해 그는 인간과 세계의 조화를 일관되게 주장하고 있습니다. 그의 범신론적이고 신화적인 우주관은 문단의 큰 호응을 얻어 한때 '지오니즘'이라는 풍조를 낳기도 했습니다.

1953년에는 프랑스 작가 중 가장 탁월한 작품집에 수여하는 모나코 상을 받았고, 국가에 공헌한 이에게 수여하는 레지옹 도뇌르 훈장을 받았습니다. 또한 프랑스 문학계에 미친 공로를 인정받아 공쿠르 문학상 종신 심사위원으로 위촉됐습니다. 말년에는 주로 여행기를 쓰며 영화 제작에도 참여하고, 칸 영화제 심사위원을 지내기도 했습니다. 1970년 75살에 자신의 집에서 자다가 심장 이상으로 세상을 떠났습니다.

비평가들은 그를 '반도시적·반근대문명적 작가, 시대의 대세를 거스르는 자연사상가'라고 부릅니다. 앙드레 말로는 지오노를 20세기 프랑스를 대표하는 작가 세 명 중 한 명으로 꼽았고, 앙드레 지드는 "이 시대에 새로운 베르길리우스가 나왔다"라며 극찬했습니다.

주요 작품으로는 '목신의 3부작'을 비롯해 수필 『진정한 부』, 『농부들에게 편지』, 『삶의 승리』, 『지붕 위의 경기병』 등과 희곡 『씨앗 뿌리는 사람들』, 『길의 끝』 등이 있습니다. 지오노의 맏딸 알린 지오노가 글을 쓰고 둘째 딸 실비 지오노가 삽화를 그려 넣은 『장 지오노, 나의 아빠』에서는 가족과 남에게 선물하기를 좋아하던 다정한 지오노의 모습과 아버지로서의 자상한 면모를 살펴볼 수 있습니다.

작가가 살았던 시기는 대혼란의 시기였어요. 세계대전이 일어나고 세계 경제공황이 발생했으며 전체주의 국가가 등장했죠. 프랑스는 국내 분열이 심했어요. 그런 시대에 장 지오노는 1915년에 1차 세계대전에 징집되어 1919년까지 참전했습니다. 1939년에는 2차 세계대전에 징집을 거부해 투옥되기도 했고요.

이러한 경험은 작가로 하여금 참혹한 전쟁을 통해 드러난 서구 문명의 야만성을 비판하고 반전평화주의자로서의 철학을 갖게 했어요. 그러한 철학으로 자연계의 모든 것을 살아 있는 생명으로 보는 범신론적 관점에서 글을 썼죠. 작품 대부분이 전쟁 반대, 무절제한 도시 문명에 대한 비판, 참된 행복의 추구, 자연과의 조화 등을 주제로 삼고 있는데, 『나무를 심은 사람』에도 그러한 주제 의식이 선명하게 드러나고 있습니다.

한 사람에게 헌정된 작품

모든 문학 작품은 '어떤 사람'을 이야기하는 것이라고 해도 과언이 아닙니다. 그 사람은 평소에 우리가 무심코 지나치거나 관심을 기울이지 않았던 이일 수도 있고 때로는 내 안의 또 다른 나일 수도 있어요. 현자나 영웅일 수도 있죠. 작품에서 등장인물 간에 갈등이 생기고 배경이 달라지며 사건이 일어나는 것도 다 작가가 그 '어떤 사람'을 선명하게 드러내려는 문학적 장치입니다.

한 사람이 참으로 보기 드문 인격을 갖고 있는가를 알기 위해서는 여러 해 동안 그의 행동을 관찰할 수 있는 행운을 가져야만 한다. 그 사람의 행동이 온갖 이기주의에서 벗어나 있고, 그 행동을 이끌어 나가는 생각이 더없이 고결하며 어떤 보상도 바라지 않고, 그런데도 이 세상에 뚜렷한 흔적을 남겼다면 우리는 틀림없이 잊을 수 없는 한 인격을 만났다고 할 수 있다.✝(9쪽)

이 책의 서문은 이 작품이 한 인물에게 헌정된 것임을 짐작하게 해 줍니다. 그 인물은 아무런 보상을 바라지 않고 묵묵히 황무지에 나무 심기를 실천한 양치기 노인이에요. 그는 화자인 '나'가 1913년 프랑스 남부를 여행하던 중 베르공이라는 마을을 지나다 만난 노인, 엘제아르 부피에죠.

이 작품은 '나'가 1900년대 초반부터 약 40년간 묵묵히 떡갈나무를 심은 부피에를 만나 겪은 일을 그리고 있습니다. 부피에의 노력으로 프로방스의 황무지가 새로운 숲으로 탄생하고, 희망과 행복이 되살아 나는 과정을 그렸죠. 간단해 보이는 이야기지만 작가는 20여 년에 걸쳐 글을 다듬고 고쳐 완성했습니다.

한 인물이 이루어 낸 기적

이야기는 한 젊은이가 알프스산맥이 프로방스 지방으로 뻗어 내린 고산지대로 도보여행을 떠나며 시작합니다. 그곳은 여행자에게는 잘 알려지지 않은 황무지였죠. 그는 마실 물을 찾아 폐허가 된 마을을 헤매다 양치기 노인 엘제아르 부피에를 만나게 됩니다.

✦ 장 지오노, 김경온 옮김, 『나무를 심은 사람』, 두레, 2016.

그는 물병을 나에게 건네주었다. 그리고 잠시 후 고원에서 우묵한 곳에 있는 양의 우리로 나를 데리고 갔다. 그는 간단한 도르래로 깊은 천연의 우물에서 아주 좋은 물을 길어 올렸다. 그 사람은 말이 거의 없었는데, 그것은 고독하게 살아가는 사람들의 특징이었다. 하지만 그는 자신에 차 있고 확신과 자부심을 갖고 있는 사람으로 느껴졌다.(16~17쪽)

젊은이는 노인이 고독하지만 자기의 일에 자부심과 확신이 있는 사람이라고 느낍니다. 그 노인은 하나밖에 없는 아들이 죽고 나서 아내마저 세상을 뜨자 고독 속에서 양들과 개와 지내며 죽어가는 땅을 바꾸고 있었죠.

그는 떡갈나무를 심고 있었다. 나는 그곳이 그의 땅이냐고 물었다. 그는 아니라고 했다. 그러면 누구의 땅인지 알고 있는 것일까? 그는 모르고 있었다. 그저 그곳이 공유지이거나 아니면 그런 것에 대해서는 생각하지도 않는 사람들의 것이 아니겠느냐고 했다. 그는 그 땅이 누구의 것인지 관심조차 없었다. 그는 아주 정성스럽게 도토리 100개를 심었다.(27~29쪽)

그는 3년 전부터 이 황무지에 홀로 나무를 심었습니다. 하루 100개씩 3년간 황무지에 도토리 10만 개를 심었는데, 거기에서 2만 그루의 싹이 나왔죠. 비록 자신의 땅은 아니지만, 노인은 곳곳에 너도밤나무, 떡갈나무, 자작나무 등을 심어 가꾸면서 살아갑니다.

그 뒤 젊은이는 1차 세계대전에 보병으로 참전해 5년 동안 전쟁터에서 싸웁니다. 전쟁이 끝난 뒤에는 맑은 공기를 마시겠다는 생각으로 그 황무지를 다시 찾아오죠. 전쟁터에서 사람 죽는 모습을 많이 봤기

1차 세계대전(1914~18)의 참혹한 모습.

에 알제아르 부피에도 죽었을 거라고 생각하면서요. 그러나 엘제아르 부피에는 여전히 숲을 지키고 있었습니다. 어린나무를 해치는 양들은 네 마리만 남기고, 그 대신 벌을 치고 있었죠. 전쟁과 상관없이 계속 나무를 심으면서요.

젊은이는 그동안 노인이 심은 나무들이 우람한 나무로 성장해 있는 것을 봅니다. 1910년에 심은 떡갈나무는 열 살이 되어 울창한 숲을 이루고 있었죠. 너도밤나무와 자작나무들도 멋진 숲을 이루고 있었고요. 한 사람의 노력으로 황폐했던 땅이 아름다운 삶의 터전으로 변한 거예요.

그 뒤로 젊은이는 1년에 한 번씩 엘제아르 부피에를 찾아갑니다. 그때마다 젊은이는 철저한 고독 속에서도 나무 심기를 멈추지 않는 한 숭고한 인물에 경외감을 느낍니다.

그동안 나는 그가 실의에 빠지거나 자신이 하는 일에 대해 의심을 품는 것을 전혀 본 적이 없다……. 그러나 그와 같은 성공을 거두기 위해서는 많은 어려움을 이겨 내야 했을 것이고 그러한 열정이 확실한 승리를 거두기 위해서는 절망과 싸워야 했으리라는 것을 쉽게 상상할 수 있다.

…… 하지만 이런 뛰어난 인격을 가진 사람을 더 깊이 이해하려면 우리는 그가 홀로 철저한 고독 속에서 일했다는 것을 잊어서는 안 된다. 그는 너무나도 외롭게 살았기 때문에 말년에는 말하는 습관을 잃어버리기까지 했다. 아니, 어쩌면 말할 필요를 느끼지 못했던 것이 아닐까?(48~52쪽)

1935년에 산림청의 고위관리와 전문가들은 노인이 가꾼 숲에 산림 감시원을 파견해 숲을 보호하기로 합니다. 1939년에 2차 세계대전이 벌어지자 자동차 연료로 쓰기 위해 엘제아르 부피에가 심은 떡갈나무를 베기도 했지만 엘제아르 부피에는 자기 일만 묵묵히 합니다. 1914년의 전쟁에 마음을 쓰지 않았던 것처럼 1939년의 전쟁에도 마음을 쓰지 않았죠. 단지 나무를 심고 가꾸는 일만 할 뿐이었어요.

나무 심기라는 평화롭고 규칙적인 일, 고산지대의 살아 있는 공기, 소박한 음식과 마음의 평화는 노인에게 건강을 가져다주었습니다. 숲 가꾸기는 엘제아르 부피에가 1947년 여든아홉 살의 나이로 바농 요양원에서 평화롭게 눈을 감기 직전까지 이어집니다.

인간의 이기심과 탐욕이 불러일으킨 자연파괴와 전쟁, 그리고 그런 와중에서도 묵묵히 나무를 심는 엘제아르 부피에의 모습은 서로 대조를 이룹니다. 이기심과 탐욕은 삶을 파괴했지만, 엘제아르 부피에의 노력은 치유와 희망을 가져왔죠.

그 예로 1913년에는 베르공 마을에 단 세 명의 주민이 희망 없이 살고 있었지만 부피에의 노력으로 마을은 조금씩 되살아났어요. 어느새 1만 명이 넘는 사람이 이주해 왔고, 황무지였던 마을에는 물소리가 끊이지 않았습니다. 채소밭에 채소가 가득했고, 숲은 울창해졌고요. 새들과 짐승들도 다시 숲으로 돌아왔어요. 마을에는 희망이 되살아났습니다. 한 사람의 끊임없는 숭고한 노력이 황무지에서 기적을 일구어 낸 것이죠.

엘제아르 부피에가 우리에게 심은 것은 '희망'과 '치유'

엘제아르 부피에는 큰돈이나 명예, 권력을 갖고 있거나 남보다 많이 배운 사람이 아니었습니다. 나무를 편하게 심을 수 있는 장비가 갖춰 진 것도 아니었죠. 그러나 아무런 보상도 바라지 않고 나무 심기를 꾸 준히 실천한 결과 세상은 바뀌었습니다. 자신의 꿈을 이루는 과정에서 자신뿐만 아니라 이웃에게도 희망을 심어 주었고, 삶을 치유하는 가능 성을 보여 주었죠. 그 가능성은 엘제아르 부피에처럼 묵묵히 선한 행 동을 꾸준히 할 때 펼쳐진다는 것을 보여 주었어요.

이 작품은 실화를 바탕으로 작가의 이상을 표현한 소설입니다. 작가 는 기계화와 물질문명으로 대표되는 도시문화보다 자연과 조화롭게 살아가는 삶을 꿈꾸었는데, 그러한 이상향이 이 작품에 잘 드러나 있 죠. 자연 위에 군림하는 인간이 아니라 자연 속의 인간으로 살 때 생명 을 얻을 수 있다는 사실을 말합니다. 자연 속에서 인간성을 회복하고 순박한 평화를 추구하라고 강조합니다.

환경과 생태 자료로서의 문학

프로방스는 프랑스 남동부의 일대로 론강 하류에서 알프스산맥에 이르는 지방을 말합니다. 알프스 산간은 고대 로마 제국 시대의 주거 흔적이 곳곳에 남아 있는 등 아름답고 수려하기로 유명합니다. 작가는

빈센트 반 고흐, 〈프로방스의 시골길 야경〉(1890), 네덜란드 오텔로 크뢸러 뮐러 미술관.

많은 작품에서 자신이 태어나 자란 프로방스 지방의 자연에서 얻은 영감을 서정적으로 펼쳐 보였습니다.

양치기와 목동은 대개의 작품에서 자연과 침묵, 인내에 익숙한 이들로 묘사했죠. 또한 물질문명에 저항하고 자연예찬의 사상에 동조하는 사람들이 모여 '콩타두르'라는 모임을 열었는데, 독서와 토론 등을 했던 이 모임은 훗날 평화주의 반전운동의 성격을 띤 모임으로 발전하

장 지오노 기념 우표.

고, 작품에도 영향을 미쳤습니다.

장 지오노는 이 작품을 발표하면서 "나는 사람들로 하여금 나무를 사랑하게 하기 위해, 더 정확히 말하면 나무 심는 것을 장려하기 위해 이 글을 썼다"라고 말했습니다. 자신의 작품이 "설교가 되기를 바라지 않고 각자가 자기 스스로 깨우치기를 바란다"라고도 했죠.

작가의 뜻대로 이 작품은 문학으로서뿐만 아니라 환경, 생태 교육 자료로도 많이 읽힙니다. 화가 프레데릭 백이 5년 반 동안에 2만 장의 그림을 그리고 캐나다 국영방송이 제작한 애니메이션 〈나무를 심은 사람〉은 많은 상을 받으며 환경보호 운동과 청소년의 교육 자료로 널리 사용되고 있고요. 어린이를 위한 그림책으로도 출간되어 있습니다. 유엔환경계획UNEP은 이 소설에서 모티브를 얻어 2007년에는 10억 그루 심기 운동을 펼치고, 1년 만에 그 목표를 달성할 정도로 호응이 좋자 캠페인을 확대해 펼치고 있죠. 미국의 임업협회에서는 '장 지오노 상'을 만들어 해마다 녹화 사업에 공헌한 사람에게 상을 수여하고 있습니다.

몸과 마음을 치유하는 자연의 힘

전 세계에서 나무가 자랄 수 있는 지역은 육지의 30%밖에 안 됩니다. 열대지역을 제외하고 국토의 반 이상이 산림인 나라는 우리나라와 일본, 북유럽의 몇몇 국가뿐이고요. 이런 상황에서 지구 생태계의 위기는 전 세계에 영향을 미치고 있습니다.

지구 생태계의 위기는 자연의 무분별한 훼손이 근본적인 문제입니다. 이 위기를 극복하는 방법 중 가장 기본적이며 효과적인 것은 나무 심기겠죠. 나무는 지구 온난화의 원인 중 하나인 탄소를 흡수하고 산소를 내보내 지구 온난화를 늦추는 데 도움을 주기 때문이에요.

자신이 평생 배출한 가스를 다시 흡수하려면 각자 600여 그루의 나무를 심어야 하고, 50년 자란 나무 한 그루는 3,400만 원어치의 산소를 생산한다는 연구 결과도 있습니다. 하루에 8시간 광합성 작용을 하는 큰 느티나무 한 그루가 1년 동안 내뿜는 산소는 성인 7명이 1년 동안 쓰는 산소량입니다. 더운 여름에 나무가 많은 곳에 가면 시원함을 느낄 수 있는데, 실제로 나무 한 그루는 에어컨 6대, 선풍기 800대의 냉방 효과가 있습니다. 숲은 스펀지처럼 물을 보관했다가 천천히 내보내기 때문에 홍수나 산사태를 막아 줄 뿐만 아니라 사람에게 정신적·육체적 안정을 느끼게 해 줍니다.

실제로 작품에서 나무가 인간의 욕망으로 인해 과도하게 벌목됐을 때 인간은 다투고 욕하고 이기적으로 행동하는 등 정서적으로 황폐한 모습을 보였습니다. 엘제아르 부피에가 숲을 만들자 사람들은 평화롭고 행복한 생활을 되찾을 수 있었어요. 이렇듯 숲은 단순히 환경만을 낫게 하는 것이 아니라 우리의 몸과 마음까지도 치유해 줍니다. 자연,

그 자체가 지친 심신의 휴식처인 것이죠.

지구는 어디로 가고 있을까

《통계교육원 통계의 창》2020년 겨울호에 실린 환경부의 발표에 따르면 국내 온실가스 배출량은 지난 1990년 이후 26년 동안 약 2.37배가 증가했습니다. 이산화탄소 배출량이 증가해 지구의 평균 기온은 높아졌고, 전 세계가 코로나 19 사태로 고통을 겪고 있는 가운데 산불과 폭우, 태풍 등의 자연재해도 끊이지 않았죠.

전 세계에서 동시다발적으로 일어나고 있는 자연재해의 원인에 대해 많은 전문가는 '기후변화'를 주범으로 보고 있습니다. 기후변화의 원인은 여러 가지가 있겠지만 그중 하나가 빠르게 진행되는 산업화로 인해 대기 중의 이산화탄소 농도가 급속히 증가했기 때문이라고 지적하죠. 한편 세계 온실가스 배출량의 45%가 우리가 날마다 쓰는 물건을 생산하면서 배출됩니다. 이런 이유로 세계기상기구WMO와 국제연합환경계획은 이산화탄소를 지구 온난화의 주범이라고 공식적으로 선언한 상황입니다.

미세먼지의 피해 또한 날로 증가하고 있습니다. 미세먼지는 세계보건기구WHO 산하 국제암연구소IARC에서 정한 1등급 발암물질입니다. WHO는 미세먼지가 폐암, 급성 호흡기질환, 허혈성 심장질환, 뇌졸중 등으로 인한 사망 증가에 결정적 역할을 하고 있음을 경고했습니다. 소량이라도 지속적으로 미세먼지에 노출되면 DNA 손상을 통해 암까지 유발될 수 있다는 것이죠. 성장기의 영유아·청소년·질환자 등에게는 특히 심각한 영향을 미칠 수 있고요.

그런데 경제협력개발기구OECD가 발간한 『2020 삶의 질How's Life』보고서에 따르면, 한국 인구 55.1%는 세계보건기구에서 권고한 수준의 2배가 넘는 초미세먼지(PM-2.5)에 노출된 것으로 나타났습니다. 이는 OECD 회원국 중 가장 높은 수치였습니다. 2위인 칠레(42.5%)와 비교해서도 10% 포인트 이상 높았죠.

우리나라 통계청에서 발간한 『국민 삶의 질 2021』보고서에 따르면 우리나라의 미세먼지 농도는 지역에 따라 편차가 있지만 평균적으로 2019년에 비해 2020년에 조금 감소했습니다. 코로나 19로 인한 사업장의 가동률 감소 등이 영향을 미쳤을 거라고 보고했는데요. 이러한 감소로는 우리의 건강을 지키는 데에 역부족으로 OECD는 한국이 40년 뒤 대기오염에 의한 조기 사망률이 가장 높을 것으로 예측하는 보고서를 발표했습니다.

이 예측이 현실이 되지 않으려면 자연과 생명을 회복시키기 위한 우리의 노력을 더 적극적으로 이어 나가야 합니다. 이런 상황에 대응하기 위해 친환경 제조공법을 활용한 산업, 전기차 및 수소차 같은 친환경 자동차의 개발, 소비습관의 변화, 꾸준한 나무 심기 운동 등 각 분야에서 노력을 하고 있지만, 오염된 지구를 회복시키기에는 갈 길이 까마득해 보입니다. 그 길이 환하게 보이고, 우리가 좀 더 안전한 환경에서 살아갈 수 있도록 개인이나 사회, 국가, 전 세계가 지속적이고 더 적극적이고 구체적으로 노력해야 할 것입니다.

프레데릭 백의 〈나무를 심은 사람〉

프레데릭 백Frédéric Back(1928~2013)은 독일에서 태어나 프랑스에서 미술을 전공하고 1948년에 캐나다로 이주해 활동한 애니메이션 감독이자 일러스트레이터이다. 장 지오노의 소설 『나무를 심은 사람』의 원작을 그대로 살려 애니메이션으로 만들었는데, 애니메이션이 보여 주는 우거진 나무와 풍성한 물 등의 후반부 정경은 원작의 느낌을 완벽하게 승화시켰다.

프레데릭 백은 『나무를 심은 사람』의 주인공 엘제아르 부피에처럼 말수는 적고 자연과 생명의 중요성을 믿으며 행동으로 실천한 사람이었다. 프랑스에서 캐나다로 건너와 라디오 캐나다 방송국에서 일하며 쉰 살에 가까울 때 대표작을 만들었다. 고독에 싸여 일에 몰두하느라 부피에가 말을 잃은 것처럼 한 작품에 몇 년의 시간을 바치다 한쪽 눈의 시력을 상실했다. 자신이 실제로 거대한 숲을 가꾼 실천가로 '자연과 생명'의 중요성을 담은 여러 작품을 만들었다.

주요 작품으로는 안시 애니메이션영화제 그랑프리, 미국 아카데미 단편 애니메이션 상을 수상한 〈나무를 심은 사람〉 말고도 자연과 인간의 관계를 기록한 〈크랙!〉과 몬트리올시의 세인트로렌스강을 소재로 자연을 정복했다고 믿는 인간을 비판한 〈위대한 강〉 등이 있다.

10. 중세인의 이상세계를 그려 삶의 지향성을 묻다

『구운몽』__김만중

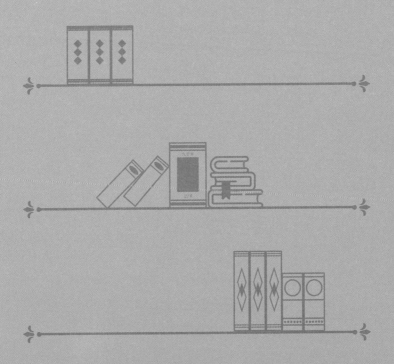

서포 김만중의 초상화.

김만중金萬重(1637~1692)은 조선 후기의 문신이자 소설가입니다. 가사의 정철, 시조의 윤선도와 함께 조선 3대 고전 문학가로 꼽힙니다. 아버지는 충렬공 김익겸이고, 어머니는 이조참판 윤지의 딸인 해평 윤씨이며, 형은 김만기입니다. 김만중의 호는 서포입니다.

그의 아버지 김익겸은 일찍이 병자호란 때 강화도에서 순절했습니다. 이 때문에 만기와 만중 형제는 어머니 윤 씨의 남다른 가정교육을 받으며 성장했습니다. 김만중은 열네 살인 1650년(효종 1)에 진사 초시에 합격하고, 이어 열여섯 살에 진사에 1등으로 합격했습니다. 그 뒤 1665년(현종 6)에 정시 문과에 급제해 벼슬길에 나섰습니다. 집안이 정치적으로는 전형적인 서인에 속했습니다. 서인은 조선 시대 붕당의 한 학파로 대부분 전통적으로 중앙 정계에서 활약해 온 명문 가문 출신과 기호 지방 사림 출신들로 이루어졌습니다. 경기도·충청도·전라도와 황해도 지역에 든든한 기반을 보유하고 있었습니다.

1671년에 암행어사가 되어 경기도, 충청도, 경상도, 전라도의 행정을 조사했고, 이듬해 겸문학(조선 중기·후기에, 세자시강원에서 왕세자에게 글을 가르치는 일을 맡아 보던 정5품 벼슬)과 헌납(사간원에 둔 정5품 벼슬로, 임금의 잘못을 지적하여 고치게 하는 일을 함)을 지내고 동부승지가 되었습니다. 그러나 1675년(숙종 1)에 인선대비의 상복 문제로 서인이 권력을 잃자 관직을 삭탈당했습니다. 복상 문제는 조선 후기에 차남(장남은 소현세자)으로 왕위에 오른 효종의 정통성과 관련해 효종이 승하하던 해(1659)와 효종비 인선왕후가 승하하던 해(1674)에 두 차례 일어났습니다. 이때 인조의 계비인 자의대비의 복제가 쟁점이 된 사건입니다.

그 뒤 서인이 다시 정권을 잡자 김만중도 다시 등용되어 1679년에 예조참의, 1683년에 공조판서를 지낸 뒤 대사헌이 됐으나 조지겸 등의 탄핵으로 대사헌에서 물러나야 했습니다. 1686년에는 대제학이 됐으나 1687년에 장숙의 일가를 둘러싼 사건에 연루되어 선천으로 유배됐다가 1688년에 풀려났습니다. 1689년 2월, 박진규·이윤수 등의 탄핵으로 다시 남해 노도에 유배됐습니다. 어머니 윤 씨는 이런 아들을 걱정하다가 끝내 병으로 죽었습니다. 효성이 지극했던 김만중은 어머니 장례에도 참석하지 못한 채 유배지인 남해 노도에서 1692년에 쉰여섯 살을 일기로 숨을 거두었습니다. 그는 죽었으나 1698년에 관직이 복구되고 1706년에는 그의 효행에 대해 칭찬하고 널리 알렸습니다.

『구운몽九雲夢』은 청나라에서는 19세기에 '구운루'라는 제목으로, 일본에서는 메이지 시대에 '몽환'이라는 제목으로 번역되어 소개되는 등 최초로 국제적 인기를 누린 한글 소설입니다. 김만중의 또 다른 작품으로 한글 소설인『사씨남정기』, 비평문을 모은『서포만필』, 시문집인『서포집』과『고시선』등이 있습니다.

김만중의 아버지는 김만중이 태어난 해에 돌아가셨습니다. 그래서 어머니는 아비 없이 자라는 자식들을 항상 걱정하면서 자식들을 남부럽지 않게 키우기 위해 갖은 정성을 다 쏟았죠. 궁색한 살림에도 자식들에게 필요한 서책을 살 때는 값을 따지지 않았고, 이웃에 사는 홍문관 서리에게 부탁해서 책을 빌린 뒤 직접 교본을 만들어 자식들에게 주기도 했어요. 한문 수준이 높았던 어머니가 자식들에게 직접 『소학』과 『사략』, 『당률』 등을 가르치기도 했고요.

이는 훗날 김만중의 삶과 사상에 적지 않은 영향을 끼칩니다. 자식이 어머니에게 갖는 마음이 각별하지 않은 이가 없겠지만, 어머니를 생각하는 김만중의 마음은 좀 더 특별했어요.

어머니를 위로하기 위해 유배지에서 쓴 소설

어머니의 정성에 보답하듯 김만중은 열네 살에 진사 초시에 합격한 뒤 승승장구합니다. 말년에는 불운한 유배 생활로 일생을 끝마치지만, 생애의 전반부와 중반부는 대사헌, 대제학까지 오르며 영화를 누릴 만큼 누렸어요. 본디 총명한 재능을 타고나기도 했지만, 학문에 출중한 가문의 전통을 이어받아 학문의 성취도 상당한 경지에 이르렀죠.

『구운몽』의 저작 시기는 김만중이 평안북도 선천에 유배되었던 시기(1687~1688)라는 설과 경상남도 남해에 유배되었던 시기(1689~1692)라는 설 두 가지가 있습니다. 정확한 근거가 없던 터라 이 두 주장을 두고 논쟁이 벌어지기도 했어요. 그러던 중 서울대학교 김병국 교수가 일

『구운몽』의 표지(서울대 규장각 소장본).

본 덴리天理 대학에서『서포연보』(1756~1776년에 김만중의 어느 후손에 의해 지어진 책)를 발굴하면서 논쟁은 마무리됐죠. 이 책에 따르면『구운몽』은 김만중이 평안북도 선천에 유배되었던 1687년 9월부터 1688년 11월 사이에 지어졌다고 합니다.

김만중은 자주 유배길에 올랐는데, 그 이유는 그의 집안이 서인이라서 치열한 당쟁을 피할 수 없었기 때문이에요. 그러다 보니 어머니와 자주 먼 곳에 떨어져 지내야 했습니다.

김만중은 홀로 계신 어머니의 생일을 맞아 생이별의 눈물을 흘린다는 시를 남길 정도로 효심이 깊었어요.『구운몽』도 어머니를 위로하고, 유배당한 자신의 복잡한 마음을 달래기 위해 썼다고 전해집니다. 이 작품은 유교적인 덕목인 입신양명을 이룬 양소유와 욕망을 이룬 뒤의 무상함에서 불교의 깨달음을 얻은 성진을 내세워 당시 사대부의 이상 세계를 그렸죠.

이런 주제 의식을 그린 이유는 아마도 작가가 영원히 지속되지 않는 입신양명에 삶의 허무함을 느꼈기 때문이 아니었을까 싶어요. 실제 삶에서 많은 걸 성취했지만 당파 싸움 때문에 자주 유배당하면서 어떻게 살아야 할지를 늘 고민했겠죠. 그런 고민을 이 작품에서는『금강경』의 '공空' 사상으로 극복합니다. 훗날 영조는 정치 문제로 골치가 아플 적

마다 『구운몽』을 즐겨 읽었다고 하는데, 오늘날 식으로 말하면 힐링을
주는 작품인 셈입니다.

현실과 꿈을 넘나들며 풀어낸 인간의 욕망과 이상

『구운몽』은 성진이라는 승려가 꾼 하룻밤 꿈의 이야기입니다. 꿈의
내용은 입신양명을 이룬 양소유의 삶을 다룬 이야기고요. 그런데 꿈으
로 설정된 양소유의 삶은 지극히 현실적이고, 현실로 설정된 성진의
삶은 환상적입니다. 둘은 한 사람으로 성진과 양소유의 꿈과 현실, 욕
망과 이상이 섞여 있는 소설이죠.

작품의 배경은 당나라 때 형산 연화봉의 한 초암입니다. 남악 형산
연화도량은 현실계보다도 초월적인 세계이고요. 남악 위부인이라는
여신령의 공간과 연결되어 있고 용궁과도 통합니다. 그곳에는 중국에
불교를 전하기 위해 인도에서 건너온 고승 육관대사와 제자 성진이 살
고 있습니다.

어느 날, 육관대사의 제자 성진은 스승의 명을 받들어 동정용궁에
심부름을 갔다 돌아옵니다. 돌아오는 길에 백옥교에서 팔선녀를 만나
죠. 팔선녀의 아름다움에 혹한 성진은 속세에 뜻을 두었다가 육관대사
에 의해 인간 세상으로 추방되고 말아요. 초월계의 존재였던 성진이
환생해 현실계인 인간 세상의 양소유로 태어나는 거예요.

이후 여덟 여인과 인연을 맺고 토번(티베트)과 벌인 전쟁에서 공을 세
워 2처 6첩을 모두 맞아들이며 부귀공명을 누립니다. 그러나 문득 인
생무상을 느껴 여덟 부인에게 작별을 고하자 본래 성진의 모습으로 돌
아와 암자에 앉아 있게 돼요. 그 순간 꿈을 꾸었다는 사실을 깨닫고는

불도에 귀의합니다. 그 뒤 성진은 많은 이들을 교화시키고 팔선녀와 함께 극락세계로 갑니다.

양소유가 만난 여인들

양소유는 개성 있는 여인 여덟 명과 호사스럽고 자유분방한 연애를 합니다. 일찍 홀로 된 어머니를 생각하며 어머니가 이루지 못한 연애를 마음껏 펼쳐 보인 것 같습니다. 양소유의 삶을 통해 당시 사대부의 욕망을 실현시킨 것 같기도 하고요.

양소유가 처음 만나는 여인은 진채봉입니다. 진 어사의 딸로 양소유가 첫 번째 과거 보러 가는 길에서 만난 여인이죠. 진채봉은 양소유를 보고 반해 양소유와 혼약을 하고, 나중에 양소유의 세 번째 부인이 됩니다. 계섬월은 자유분방한 성격으로 시문이 뛰어난 낙양의 유명한 기생입니다. 양소유의 다섯 번째 부인이 되는 인물로, 두 번째 과거를 보러 가던 중에 낙양에서 만났죠.

정경패는 거문고 때문에 인연이 되어 만나는 인물로 정 사도의 딸이에요. 후에 황태후의 양녀가 되면서 영양공주가 되어 양소유의 첫 번째 정실부인이 됩니다. 가춘운은 정경패의 몸종인데, 양소유의 네 번째 부인이 되죠. 적경홍은 계섬월과 같은 낙양의 기생으로 양소유의 여섯 번째 부인이 됩니다. 양소유가 오랑캐에게 항복을 받아 오는 사신으로 갔다가 돌아오는 길에 만난 여인입니다.

이소화는 황제의 여동생인 난양공주로 양소유의 두 번째 정실부인이 됩니다. 양소유가 한림원을 지키며 들은 퉁소 소리에 반하게 되는 인연이 결혼까지 이어지죠. 심요연은 토번의 자객으로 이국적인 여인입니다. 양소유를 베러 왔다가 인연을 맺고 양소유의 일곱 번째 부인이 됩니다. 백능파는 동정 용왕의 막내딸로 양소유의 여덟 번째 부인이에요. 오랑캐를 물리칠 계책을 고민하다 잠이 들었을 때 꿈속에 나타난 용왕의 딸입니다.

김만중은 윤리적으로 가장 모범이 되는 여성인 정경패(영양공주)와 이소화(난양공주)를 아내로 낙점하고 나머지 여인들은 모두 첩으로 설정했습니다. 이들은 질투와 시기 없이 한뜻으로 남편을 받들 뿐만 아니라 자녀들도 훌륭하게 키웁니다. 양소유가 여덟 명의 부인과 인간 세계의 즐거움을 20년이 넘도록 누린 뒤 불가에 귀의할 때는 팔선녀도 그 뜻을 따르고요.

양소유의 화려한 애정 행각 이면에는 여성에게는 억압적으로 작용했던 가부장제 이념이 자리하고 있습니다. 당시의 윤리에 가장 모범이 되는 두 명을 아내로 들이고 나머지는 첩으로 들인 것이나, 여덟 명의 부인이 남편을 따라 불교에 귀의하게 되는 것 모두 당시의 이념이 반영된 설정이죠. 가부장제의 한복판에서 상층 사대부의 삶을 살았던 남성의 욕망이 노골적으로 드러난 장면입니다.

그러나 주인공 양소유의 여성 편력이 작품에서 차지하는 비중이 크다고 해서 그것이 이 작품의 주제는 아닙니다.

"욕망에 얽매이지 마라"

김만중이 말하고 싶었던 주제를 이해하기 위해서는 육관대사와 성진의 대사를 유념해 읽을 필요가 있습니다. 육관대사는 성진에게 "마음이 정결하지 못하면 비록 산중에 있다 해도 도를 깨닫지 못하며, 근본을 잊지 않으면 비록 열 길 티끌 세상 속에 떨어진다 해도 반드시 돌아올 날이 있을 것이다"라며 성진이 돌아오고 싶어 하면 친히 데려올 것이라며 염려 말고 떠나라고 말합니다.

성진에게 출문을 명하는 이 말은 '모든 것이 자신의 마음에 따라 결정되는 것이기 때문에 이미 세속의 부귀공명을 꿈꾸는 성진이 갈 곳은 세속적인 쾌락을 추구하는 곳'이라는 뜻이에요. 그 결과 성진은 죄의 벌로 쫓겨나 양소유로 환생하지만 아이러니하게도 그 세계는 성진이 욕망한 삶이었습니다. 그러나 그런 욕망은 김만중이 유배지에서 쓸쓸히 죽어갔듯이 한낱 꿈일 뿐이죠.

꿈에서 깨어난 성진이 육관대사에게 인간 세상에 윤회하는 꿈을 꾸었다며 "스승께서 하룻밤 꿈을 꾸게 해 성진의 마음을 깨닫게" 하셨다고 말하니, 육관대사는 장자의 '호접몽'과 『금강경』의 설법을 비유로 성진을 날카롭게 지적합니다. '꿈과 현실이 둘로 나누어진다'라는 성진의 말이 아직도 꿈에서 깨지 못한 말이라며, 옛날에 장자가 꿈에 나비가 되었다 나비가 장자가 되었다 할 때 어느 것이 거짓이고 어느 것이 참인 줄을 분별하지 못했는데, 성진과 소유 중 어느 것이 현실인 참이고 어느 것이 거짓인 꿈이냐며 호통을 치죠.

육관대사가 성진을 양소유가 되게 했던 궁극적인 목적이 "네 욕망을 성취해 즐겁게 지내라"도 "욕망 성취 후에 무상감이 있으니 추구하지 마라"도 아닌 "그런 욕망 자체에 얽매이지 마라"인데, 성진은 그러지 못했던 것이죠. 욕망이란 것은 성취했다고 생각하는 순간 이미 욕망이 아니고 성취한 순간 또 다른 욕망을 생기게 하기 때문에 이런 상태에서 완전히 벗어나라는 것이죠. 아무런 선입견 없이 보아야 참모습이 드러나는데, 현실과 꿈을 분별하려는 마음 자체가 이미 무상의 대상에 대한 집착이라는 거죠. 무엇을 분별하려는 마음 모두 그릇된 집착에서 나오는 것이므로 진정한 깨달음은 그러한 얽매임의 상까지 극복할 때 이루어진다는 말입니다.

성진(양소유)은 욕망과 이상을 한껏 펼친 뒤 도달한 무상함에서 그리고 육관대사와 나눈 대화에서 드디어 새로운 깨달음을 얻게 됩니다.

꿈에서 이룬 현실, 현실에서 꾼 꿈

성진이 양소유가 되어 현실적인 욕망을 성취하고 양소유가 성진이 되어 깨달음을 얻기까지의 과정은 '현실—꿈—현실'의 구조 속에 전개됩니다. 그런데 다른 몽중계 소설과 다르게 꿈꾸기 전과 꿈을 깬 이후의 성진의 삶은 비현실적이고, 꿈꾸는 중인 양소유의 삶은 현실적입니다. 현실의 배경은 천상세계인 연화봉이고, 꿈의 배경은 인간 세계인 당나라죠. 이러한 구조는 장자의 꿈에서 '장자가 곧 나비'인 것처럼 '성진이 곧 양소유'이며 '꿈이 곧 현실이며 현실이 곧 꿈'이라는 주제 의식과 연결됩니다.

이러한 전개는 성진이 꿈을 꾼다는 사실을 독자에게 알려 주지 않고 진행됩니다. 꿈을 꾼다는 사실을 미리 알 경우 독자는 이야기보다 우위에서 서사를 따라갈 수밖에 없겠죠. 그러나 그 사실을 모른 채 읽기 때문에 성진이 겪는 현실적인 욕망의 성취와 허망함 등을 함께 경험하게 됩니다. 결국 독자는 성진의 욕망을 따라가며 경험한 모든 것이 한낱 꿈이라는 것을 알게 됐을 때 성진처럼 충격을 받게 됩니다.

작가의 의도는 『구운몽』의 뜻과 주인공의 이름에서도 엿볼 수 있습니다. 『구운몽』의 '구九'는 성진과 팔선녀를 가리키고, '운雲'은 나타났

『구운몽』의 내용을 그린 민화.

다 사라지는 구름 같은 인간 삶을 뜻합니다. 구름은 형체가 있는 듯하지만 가까이 가 보면 수증기 덩어리일 뿐이죠. 쉽게 모였다가 흩어지거나 사라지기도 하고요. 손에 잡힐 듯하지만 결코 손에 잡히지 않아요. '몽夢'은 꿈을 뜻하니, 『구운몽』은 '아홉 구름의 꿈', '아홉 사람에 의해 만들어진 구름과 같은 꿈(삶)'이라는 의미예요. 천상세계에 있는 성진의 이름 뜻이 '참된 성품'이고, 인간 세계에 있는 양소유의 이름 뜻은 '잠깐 노닐다'인 걸 생각해 보면, 이 소설의 많은 분량을 차지하는 양소유의 한평생은 '잠깐 노니는' 인간 세상의 삶일 뿐이에요.

이런 점에서 이 작품은 표면적으로는 삶을 부정하는 데 있는 것 같아요. 그러나 스물한 살에 홀로 되어 평생을 아들에게 헌신한 어머니를 위해 김만중이 "온갖 삶의 부귀영화와 입신양명은 한갓 꿈같은 것"이라고 위로했을까요? 그럴 리 없을 거예요. 김만중이 말하고 싶었던 것은 성진의 깨달음인 『금강경』의 '공空' 사상으로 보는 것이 좀 더 옳을 듯합니다. '공' 사상은 삶이 허무하다는 것이 아니라 삶을 역설적으로 수용하는 것이라고 생각할 때, 『구운몽』은 삶의 무상감을 극복하기 위한, 작가 자신을 포함한 당시 중세인의 이상적인 세계를 그렸다고 볼 수 있습니다. 작품 곳곳에 유·불·선 사상이 나타나지만 궁극적으로는 불교에 귀의하는 것을 이상적으로 본 것이에요.

사상적 배경이 된 유교·불교·도교

『구운몽』에서 눈에 띄는 것은 유교적 가치관입니다. 성진은 세속의 가치를 추구해 어릴 때는 공자와 맹자의 글을 읽고 자라서는 성주를 섬기며, 나가면 삼군의 장수가 되고 돌아오면 백관의 어른이 되어 사회적으로 인정받고 유명해지기를 원했죠. 그 뜻을 안 육관대사는 성진을 지상으로 쫓아냅니다. 그 이유는 공명과 부귀를 탐하고 음탕한 마음을 먹는 것이 불교에서는 죄가 되기 때문이에요.

성진이 벌을 받아 지상으로 쫓겨나 양소유로 산 삶은 과거에도 합격하고, 홀로 계신 어머니에게도 효도하며, 나라에 공도 세운 충신의 삶이었죠. 양소유가 사는 현실의 윤리 규범대로 유교의 가치에 충실한 입신양명의 삶이에요. 그것은 유배당하기 전 김만중의 삶과 비슷하기도 합니다.

꿈의 인간 세계에서 유교적 가치를 추구하며 사는 양소유는 유가와 선술과 불교적 가치관을 비교하며 불교적 가치관에 힘을 실어 줍니다. 유가는 유교 사상으로 윤리의 기강을 충효로 보죠. 당시 사대부라면 입신양명하고 출세하는 것이 당연한 가치였습니다. 그러한 유가는 이름을 후세에 전할 따름이라고 깎아내립니다.

도교 사상인 선술은 거짓되고 미덥지 않다고 말하죠. 이 작품의 비현실적인 부분은 도교의 영향을 받았습니다. 소설 앞부분에 나오는 성진과 희롱하는 팔선녀와 용왕, 위부인 등 모두 도교적인 인물이죠. 선

소설의 구조와 내용

	현실 1	꿈	현실 2
배경	천상 세계 (연화봉)	인간 세계 (당나라)	천상 세계 (연화봉)
특징이 드러난 삼교	도교, 불교	유교	불교
주인공의 이름	성진	양소유	성진
주인공의 삶	계율을 어겨 쫓겨남	입신양명의 삶	깨달음을 얻음

녀 위부인이 도를 터득해 하늘의 벼슬을 해 선관과 선녀들을 거느리고
형산을 진정시켜 그를 '남악 위부인'이라고 하거나 양소유의 아버지가
옥황상제의 명을 받아 신선이 되는 것, 양소유가 태어난 뒤 선계로 돌
아가거나 육관대사가 '장자'의 일화를 인용하는 대목 등에서는 도교적
인 특징이 잘 나타납니다.

그러나 작가는 양소유의 말을 통해 불교적인 가치관을 내세우고 있
습니다. 유교의 가치에 충실한 삶을 보여 주는 것도, 여러 황제가 지금
은 사라지고 없다는 것을 상기시키는 것도, 모든 게 부질없다는 사실
을 깨닫게 하는 과정인 거죠. 궁극적으로는 불교에 정진해야 한다는
것을 말합니다.

우리에게 하는 질문은

성진은 양소유의 화려한 삶을 통해 삶이 덧없다는 깨달음을 얻었습

니다. 그러나 성진과 양소유가 둘이자 하나이듯 현실과 꿈은 다른 듯하면서 다르지 않았어요. 성진이 꾸는 꿈은 인간 세계인 현실이고 현실이 꿈을 나타냈죠. 이런 이중구조는 우리로 하여금 현실에서 꿈으로 나아가게 함과 동시에 꿈에서 현실을 돌아보게 합니다.

우리는 현실의 문제를 해결하기 위해 꿈으로 나아가고 꿈꾸며 현실의 팍팍함을 헤쳐 나갈 힘을 얻기도 합니다. 인간은 욕망의 존재일 수밖에 없어 그 욕망을 추구하다 좌절에 부딪히기도 하고 깨달음을 얻기도 합니다. 그래서 우리가 성진과 양소유의 삶을 대비해 성찰할 것은 삶이 허무하다는 것이 아니라, 허무를 극복하기 위한 근원인 '어떤 삶을 추구할 것인가'이며 그 삶의 욕망을 '어떻게 잘 다스리고 풀어낼 것인가' 하는 문제일 것입니다.

문화에 대한 자부심으로 쓴 한글 소설

김만중은 '국문 가사 예찬론'을 폈다. 우리말을 버리고 다른 나라 말인 한문으로 시문을 짓는다면 이는 앵무새가 사람의 말을 하는 것과 같다고 하며 한글로 쓴 문학이라야 진정한 국문학이라고 주장했다. 당시 조선시대 상황에서 이러한 발언은 상당히 진보적인 의견이다. 김만중이 살던 시대는 중세의 봉건질서가 붕괴된 시대는 아니었던 만큼 국민문학이라는 용어도 성립할 수 없었을 것이다. 최소한 '국민문학론'이 제창되는 것은 조선 왕조가 끝나고도 한참 뒤에나 가능하기 때문이다.

그는 우리말과 우리글에 자부심을 갖고 서민과 여성을 중심으로 확산하던 국어로 『구운몽』, 『사씨남정기』 같은 소설을 썼다. 『서포만필』에서는 '나무하는 아이나 물 긷는 아낙네들이 서로 주고받는 말이 비록 상스럽다 하지만, 그 참값을 논한다면 사대부들의 시부보다 낫다'라고 하며 '국민문학'의 중요성을 역설하기도 했다.

『춘향전』, 『흥부전』 등 조선 후기 민간에 유행하던 한글 소설 대부분이 무명의 작자가 쓴 것임을 고려한다면 김만중과 같이 고위직에 있던 인사가 한글로 소설을 쓴 것은 무척이나 이

한글로 쓴 『구운몽』의 본문(서울대 규장각 소장본).

례적인 일이다. 김만중은『홍길동전』의 허균과 함께 조선 후기 한글 문학의 선구자가 됐고, 조선 후기 실학파 문학에 영향을 주었다.

장자와 호접몽

'호접몽'은『장자』의 '제물편'에 나오는 이야기로 어느 날 장자가 제자를 불러 들려준 꿈 이야기다.

"내가 지난밤 꿈에 나비가 됐구나. 날개를 펄럭이며 꽃 사이를 즐겁게 날아다녔는데 너무 기분이 좋아서 내가 나인지도 몰랐느니라. 그러다 꿈에서 깨었더니 나는 나비가 아니고 내가 아닌가? 그래서 생각하기를, 아까 꿈에서 나비가 됐을 때는 내가 나인지도 몰랐는데 꿈에서 깨어 보니 분명 나였던 것이로다. 그렇다면 지금의 나는 진정한 나인가? 아니면 나비가 꿈에서 내가 된 것인가? 내가 나비가 되는 꿈을 꾼 것인가? 나비가 내가 되는 꿈을 꾸고 있는 것인가?"

알쏭달쏭한 스승의 이야기를 들은 제자가 이렇게 말했다.

"스승님, 스승님의 이야기는 실로 그럴듯하지만 너무나 크고 황당해 현실 세계에서는 쓸모가 없습니다."

그러자 장자가 말했다.

"너는 쓸모 있음과 없음을 구분하는구나. 그러면 네가 서 있는 땅을 한번 내려다보아라. 너에게 쓸모 있는 땅은 지금 네 발이 딛고 서 있는 발바닥 크기만큼의 땅이다. 그것을 제외한 나머지 땅은 너에게 쓸모가 없다. 그러나 만약 네가 딛고 선 그 부분을 뺀 나머지 땅을 없애 버린다면 과연 네가 얼마나 오랫동안 그 작은 땅 위에 서 있을 수 있겠느냐?"

제자가 아무 말도 못 하고 발끝만 내려다보고 있자 장자는 힘주어 말했다.

"너에게 정말 필요한 땅은 네가 디디고 있는 그 땅이 아니라 너를 떠받쳐 주고 있는, 바로 네가 쓸모없다고 여기는 나머지 부분이다."

장자는 장자와 나비는 별개인 것이 확실하지만, 그 구별이 애매한 것은 사물이 변화하기 때문이라고 본다. 꿈인지 현실인지에 대한 구분의 무의미함은 더 나아가 크고 작음, 아름답고 추함, 선하고 악함, 옳고 그름을 구분하려는 욕망 역시 덧없는 것일 뿐이라는 인식으로까지 나아간다.

11. 부패한 권력과 어리석은 대중에 희생된 사랑

『노트르담의 꼽추』__ 빅토르 위고

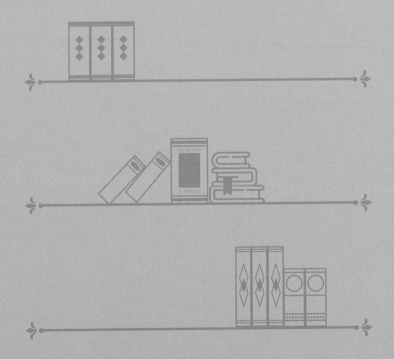

빅토르 위고.

빅토르 위고Victor Marie Hugo(1802~1885)는 프랑스 브장송에서 태어난 시인이며 소설가, 극작가입니다. 아버지는 나폴레옹 부대의 장군이었고 어머니는 왕당파 집안 출신이었습니다. 위고는 나폴레옹 아래에서 장군까지 진급한 아버지를 따라 어린 시절부터 프랑스, 이탈리아, 스페인 등지로 이사 다니며 살았어요. 그러다가 부모 사이가 멀어지면서 1812년부터는 어머니와 함께 파리에 정착했습니다.

빅토르 위고는 대학에 진학해서 법학을 공부하면서도 문학도의 꿈을 키웠습니다. 열네 살 때인 1816년 7월 10일 일기에 "샤토브리앙(당대의 저명한 작가이자 정치가)처럼 되고 싶다. 그렇게 되지 못한다면 어느 누구도 닮고 싶지 않다"라고 적을 정도로 문학가의 꿈이 컸습니다. 1817년 아카데미 프랑세즈의 콩쿠르, 1819년 툴루즈의 아카데미 콩쿠르에서 시가 입상하며 작품 활동을 시작했습니다. 고전주의 문학을 비판하고 낭만주의 문학을 지지하며, 형 아베르와 함께 잡지 《르 콩세르바퇴르

리테레르》를 창간했습니다. 1830년 7월 혁명이 일어날 무렵부터는 인도주의와 자유주의로 기울어 활동했습니다.

1822년, 어릴 적 친구였던 아델 푸세와 결혼하고, 같은 해에『송가와 다른 시들』을 발표했습니다. 이 작품으로 연금을 받게 됐고 스물세 살 때는 프랑스 왕실로부터 작가의 공로를 인정받아 프랑스 최고의 영예인 레지옹 도뇌르 훈장을 받았습니다. 소설『노트르담의 꼽추Notre-Dame de Paris』(1831)는 소설가로서 위고의 명성을 확고히 해 주었습니다.

1841년에 위고는 아카데미 프랑세즈의 회원으로 선출되었으나 1843년에 딸 레오포르딘이 센강에서 익사하는 사건으로 큰 충격을 받았습니다. 이후 우울증에 시달려 약 10년간 집필 활동을 중단하고 정치에 관심을 쏟았습니다. 1848년 2월 혁명 이후는 공화주의에 기울어 1851년에 나폴레옹 3세가 쿠데타로 제정을 수립하려고 하자 이를 반대해 19년 동안 망명 생활을 했습니다. 벨기에, 영국해협의 저지섬과 건지섬, 간디섬 등에서 생활하며 많은 작품을 썼습니다. 파리로 돌아온 뒤에 1878년에 뇌출혈로 쓰러지기 전까지 좌파 성향의 정치 활동을 했습니다. 1885년에 폐렴으로 죽은 뒤 국민적인 대시인으로 추앙되어 국장으로 장례가 치러진 뒤 시신은 팡테옹에 묻혔습니다.

그의 작품은 시집으로『오드와 발라드』,『동방시집』,『징벌시집』,『정관시집』등이 있고, 희곡으로『크롬웰』,『에르나니』, 소설로『아이슬란드의 한』,『레 미제라블』,『웃는 남자』등이 있습니다.

어느 날, 빅토르 위고가 출판사에 다음과 같이 적은 편지를 보냅니다. "?" 편지지에는 달랑 물음표 하나만 적은 편지였어요. 자기 책의 반응이 어떤지 궁금해서 "내 책이 잘 팔립니까?"라고 물어본 거였죠. 그러자 출판사는 위고에게 이렇게 재치 있는 답장을 보내죠. "!" 출판사의 대답은 "잘 팔립니다!"였어요. 위고가 궁금해했던 이 에피소드의 책은 『레 미제라블』입니다. 그런데 이때 위고가 쓴 편지는 훗날 기네스북에 등재됩니다. 세상에서 가장 짧은 편지로 말이죠.

『레 미제라블』은 위고가 1845년부터 본격적으로 쓰기 시작해서 16년 만에 망명지인 건지섬에서 탈고한 작품입니다. 작가는 "단테가 시에서 지옥을 그려 냈다면 나는 현실을 가지고 지옥을 만들어 내려 했다"라고 작품의 의도를 밝힐 만큼 압박받는 사람들의 비참한 모습을 생생하게 묘사했죠. 『레 미제라블』은 원작뿐만 아니라 영화나 뮤지컬 등으로 각색되어 널리 알려졌는데, 『노트르담의 꼽추』 또한 다른 예술 장르로 자주 각색되는 작품입니다.

『노트르담의 꼽추』는 영어판The Hunchback of Notre-Dame을 번역한 제목으로 원제는 『노트르딤 드 파리Notre-dame de Paris』에요. 번역하면 '파리의 노트르담'이죠. 'Notre'는 '우리'를 나타내는 프랑스어의 소유격이고 'Dame'은 여자, 어머니, 즉 성모 마리아의 존칭입니다. 그러니까 '노트르담'은 우리 말로 '우리들의 귀부인'이라는 뜻이죠. 프랑스에는 성모 마리아를 숭배하기 위한 순례지나 성당 등에 이러한 이름이 많은데, 이 작품의 제목 '노트르담 드 파리'의 '노트르담'도 그 한 예입니다.

그레브 광장에서 일어난 일

이 작품은 15세기 프랑스를 배경으로, 어렸을 때 버려진 노트르담 대성당의 종지기 카지모도와 집시 여인 에스메랄다, 카지모도의 보호자이며 주교인 클로드 프롤로가 벌이는 일을 다룬 비극입니다.

이야기는 1482년 1월 6일에 시작합니다. 그레브 광장에서는 불꽃놀이가, 브라크 예배당에서는 예배가, 파리 최고재판소에서는 연극 공연이 있었죠. 파리 시민들은 이른 시간부터 이 세 곳에 모여들었어요. 사람들이 가장 많이 모인 곳은 파리 최고재판소의 대공연장이었어요.

공연장에서의 연극은 시인 피에르 그랭구아르의 극본으로 하게 되었는데 하필 연극이 상영될 때 추기경과 플랑드르 사신들이 방문해 관객석은 어수선해집니다. 게다가 연극을 보던 사람들의 작은 소동까지 벌어지죠. 그중에는 우스꽝스러운 교황 뽑기도 있었습니다. 가장 추악하게 얼굴을 찡그리거나 흉측하게 생긴 사람을 교황으로 뽑는 것이죠. 당시 시민들은 신학자나 의사, 소송 대리인이나 총장 같은 권력자들을 불신했고, 특히 종교를 많이 불신했습니다. 그러한 배경으로 종교의 수장인 교황을 조롱하며 축제를 벌인 것이죠.

옷 장수 코프놀의 제안으로 시작된 교황 뽑기는 군중들의 열렬한 환호를 받습니다. 드디어 사람들의 만장일치로 카지모도가 교황으로 뽑힙니다. 카지모도는 노트르담의 종지기로, 클로드 부주교가 양자로 삼아 말하고 쓰는 것을 가르친 인물이죠.

> 사면체의 코, 말발굽 같은 입, 덥수룩한 붉은 눈썹 밑으로 가려진 작은 왼쪽 눈, 반면에 커다란 사마귀에 눌려서 완전히 없어져 버린 오른쪽 눈, 요새의 총안

흉벽처럼 여기저기 뻗어 나온 이빨, 두 갈래로 갈라진 턱, 그리고 무엇보다도 그 모든 것 위에 퍼져 있는 표정, 다시 말해서 악의와 놀라움과 슬픔이 한데 어우러 진 얼굴이었다.✝(24쪽)

카지모도의 모습은 이처럼 흉측하고 기괴합니다. 다른 사람들은 일부러 얼굴을 찡그려 대회에 출전했지만 카지모도는 일부러 얼굴을 찡그릴 필요가 전혀 없었어요. 원래 얼굴이 그러했기 때문입니다. 그런데 비단 얼굴뿐만 아니라 온몸이 기형적으로 뒤틀려 있었어요. 흉측한 외모 탓에 늘 사람들의 놀림거리가 되었으나 그날만큼은 그 외모 때문에 교황으로 뽑히죠.

카지모도는 외모 때문에 비난과 손가락질을 받다가 환호를 받게 되자 기분이 좋아집니다. 흥이 나서 가짜 교황을 장식하는 금빛 나무 지팡이를 짚고 행진까지 하죠. 그 근처에는 열여섯 살의 집시 에스메랄다가 있었어요. 에스메랄다는 열정적으로 춤을 추며 애완 염소인 잘리와 탬버린으로 재주를 부렸고, 군중들은 에스메랄다에게 마음을 빼앗깁니다. 군중 속에서는 연극을 망친 그랭구아르와 클로드 부주교가 그 광경을 지켜보고 있었고요.

부주교는 광장에서 일어나는 소동을 시켜보다 행진하는 카지모도의 지팡이를 부러뜨리고 교황관을 벗기고는 쩔쩔매는 카지모도를 데리고 골목으로 사라집니다. 클로드는 카지모도가 자신의 권위를 우스꽝스럽게 만드는 소동의 주인공이 된 게 못마땅해 카지모도를 끌고 간 것이었어요.

✝ 빅토르 위고, 원혜영 옮김, 『노트르담의 꼽추』, 반석, 2011.

위기에 빠진 에스메랄다의 운명은

그랭구아르는 자신의 스승인 클로드가 카지모도를 끌고 사라지는 모습을 지켜보다가 에스메랄다를 따라갑니다. 그러던 중 갑자기 에스메랄다의 비명소리를 듣습니다. 놀랍게도 에스메랄다를 납치하려는 이는 카지모도와 클로드 부주교였죠. 그것을 본 그랭구아르는 도움을 요청하고, 카지모도는 그랭구아르를 기절시킵니다. 그러고는 에스메랄다를 들쳐업고 가다가 헌병대에 잡힙니다. 클로드 부주교는 도망가 버리고요.

그랭구아르는 클로드 신부가 왜 에스메랄다를 납치하려고 했는지 생각하다가 거지들의 소굴에 잘못 들어가게 됩니다. 그곳에서 거지들의 법으로 교수형에 처해질 위험에 빠지죠. 거지들은 그랭구아르에게 결혼하겠다는 이가 있으면 살려주겠다고 할 때 에스메랄다가 나타납니다. 자신이 그랭구아르를 살리기 위해 결혼하겠다고 하면서요. 그랭구아르가 이상형은 아니었지만 자신의 위험을 알려 자신이 구출되는 데 도움을 준 사람이었기 때문이죠.

에스메랄다 덕분에 그랭구아르는 풀려나지만 에스메랄다가 진짜 좋아하던 사람은 자신이 납치되었을 때 구해 준 헌병 대장인 페뷔스였습니다. 페뷔스는 잘생기고 멋진 군인이지만 에스메랄다를 대하는 마음은 진실하지 않았죠. 에스메랄다가 하는 사랑의 고백도 마녀의 주술처럼 여겼습니다. 그러나 페뷔스를 향한 에스메랄다의 사랑은 멈추지 않았습니다.

카지모도와 에스메랄다의 재판

축제가 끝난 다음 날 카지모도의 재판이 열립니다. 에스메랄다의 납치범으로 잡혀 온 것이죠. 재판 결과 카지모도는 한 시간 동안 채찍질을 받게 되고, 클로드 신부는 그 모습을 보고도 모른 척합니다. 그것을 본 카지모도는 슬픔에 빠지죠. 에스메랄다를 납치하라고 시킨 이가 바로 클로드 신부였으니까요.

목이 말랐던 카지모도가 물을 찾지만 어느 누구도 물을 주지 않습니다. 사람들은 동정심을 보이기는커녕 조롱을 하고 야유를 보내요. 그때 에스메랄다가 카지모도에게 물통을 건넵니다.

> 카지모도의 눈이 번뜩였다. 그것은 전날 밤에 납치하려고 시도했던 집시 아가씨였다. 그는 의심의 여지 없이 그녀가 복수하러 왔다고 믿었다. 그녀는 한마디 말도 하지 않고 죄인에게 다가가 허리에서 물통을 풀어서 그 비참한 남자의 바짝 마른 입술에 부드럽게 가져갔다.(70쪽)

카지모도는 벌을 다 받은 뒤 풀려나게 됩니다. 그랭구아르는 에스메랄다를 따라다니며 광대 짓을 하고요. 그 모습을 보고 의문을 제기하는 클로드 신부에게 그랭구아르는 극본을 써서 굶어 죽는 것보다 광대 짓이 낫다며 에스메랄다 덕분에 목숨을 구한 일을 이야기합니다.

클로드 신부는 에스메랄다를 사랑하지만 그 표현은 왜곡됩니다. 집시 여자는 영혼을 타락시키는 악마라며 험담을 하죠. 에스메랄다를 보기 전까지 클로드는 학문에 탐닉하는 것만이 행복이었는데, 열여섯 살의 집시 에스메랄다를 보고 정열을 느끼고 납치까지 하려 한 것은 마

녀에 홀렸기 때문이라고 생각해요. 그런데도 에스메랄다를 향한 욕망
은 사라지지 않아요. 에스메랄다가 헌병 대장인 페뷔스를 사랑한다는
것을 알고는 페뷔스를 질투하는 마음에 페뷔스를 칼로 찔러 죽이기까
지 합니다.

자신이 사랑하던 페뷔스가 죽자 에스메랄다는 큰 충격에 빠집니다.
그러나 에스메랄다에게 더 큰 일은 그가 헌병 대장을 죽인 마녀라는 소
문이었죠. 그녀가 신부 차림의 악마와 공모를 하고, 금화가 나뭇잎으로
변하고 몸에서 작은 칼이 나왔으며, 염소가 시간을 맞추는 재주를 부리
는 일 등이 그녀가 악마라는 사실을 증명하는 표시라는 것이죠.

에스메랄다는 심문을 견디지 못하고 죄를 인정하고 말아요. 결국 재
판에서 교수형을 선고받습니다.

> "당신을 알기 전까지 난 행복했어. 나에겐 학문이 전부였지. 어느 날 난 독방
> 창문에 기대어 있었는데 탬버린과 음악 소리가 들렸어. 공상에 잠겨 있다가 방
> 해받은 난 화가 나서 광장을 내려다봤지. 내가 본 것은 춤추고 있는 한 여자였
> 어…… 나는 도망치려 했어. 하지만 불가능했어. 나는 모든 구제책을 사용했어.
> 수도원, 재단, 연구, 책까지, 참 바보 같은 짓이었지! 오, 머리에 정열이 가득 찬 절
> 망적인 사람이 학문에 부딪힐 때 학문이란 얼마나 무의미한 것인지!"(122~123쪽)

죽을 날만을 기다리는 에스메랄다에게 클로드 신부는 감정이 격해
진 채 자신의 마음을 고백합니다. 신과 학문밖에 모르던 자신이 에스
메랄다를 본 이후로 엉망이 되었다며 자신의 사랑을 받아 달라고 하소
연하죠. 그녀만이 세상의 전부라고 느끼면서 수도원이나 재단, 연구나
학문 모두 공허해져 방황한 자신의 마음을 고백해요. 그러나 에스메랄

뤼크 올리비에 메르송이 그린 『노르트담의 꼽추』 삽화(1881).

다에게 클로드 신부는 자신이 사랑하는 이를 죽인 살인범이고 자신을 곤경에 처하게 한 원수일 뿐이었죠.

　교수형을 받기 위해 에스메랄다가 노트르담 성당 앞으로 끌려 나온 날에도 클로드 신부는 자신의 사랑을 받아 주면 살려 주겠다고 속삭입니다. 그러나 여전히 에스메랄다는 신부를 악마라며 그의 제안을 거절합니다.

> "날 가지겠느냐? 난 아직도 널 살릴 수 있다!"
> 그녀는 그를 빤히 쳐다보았다.
> "썩 물러가라, 악마야. 그렇지 않으면 널 고발하겠다!"(134쪽)

　교수형이 이루어지려는 순간, 카지모도가 나타나 에스메랄다를 구출

합니다. 카지모도는 에스메랄다가 억울하게 누명을 썼으며 실제 범인은 클로드 신부라는 사실을 알고 있었죠. 자신의 양아버지에게 받은 은혜 때문에 에스메랄다를 납치까지 했지만 자신에게 물을 건넨 에스메랄다의 친절함을 잊지 않았어요. 카지모도는 에스메랄다를 보호하기 위해 신성불가침의 영역인 대성당 내의 작은 방에서만 지내게 합니다.

클로드 신부는 에스메랄다가 교수형에 처해지면 자신에게 걸린 마녀의 주술도 풀려 혼란스럽지 않을 거라고 기대합니다. 그러나 에스메랄다가 카지모도에게 구출되었다는 사실에 충격을 받고 화를 참지 못한 클로드 신부는 거지 떼를 이용해 에스메랄다를 성당 밖으로 유인하죠. 그러고는 순찰대를 부릅니다. 결국 에스메랄다는 다시 체포되어 교수형에 처해집니다.

카지모도는 클로드 신부에게 분노와 절망을 느끼며 클로드 신부를 난간 아래로 밀어 버립니다. 그 뒤 카지모도를 본 사람은 아무도 없었어요. 이 사건이 일어난 지 1년 반쯤인가 2년 뒤에 사람들이 납골당에 갔을 때 두 남녀가 껴안은 해골이 발견되었을 뿐이죠. 여자는 목뼈가 부러져 있었고 남자는 등뼈와 다리뼈가 굽어 있었어요. 목의 추골이 안 부러져 있는 걸 봐서는 그 시신의 주인은 교수형으로 죽은 것이 아니라 여기로 와서 죽은 듯했죠. 사람들이 두 해골을 떼어 놓으려고 하자 남자의 뼈는 한 줌의 먼지로 변해 버립니다.

권력층의 부패와 타락이 빚은 비극

중세에서 근대로 넘어오던 르네상스 시대에는 중세의 봉건 제도와 그리스도교적 세계관이 무너지며 사회가 혼란스러웠습니다. 종교를

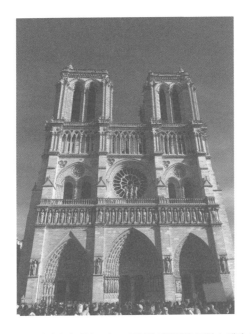

파리에 있는 노트르담 대성당의 외부 모습. 노트르담 대성당은 프랑스 센강 시테섬에 있는 성당으로 프랑스의 모든 대관식이 거행되는 장소이자 두 번의 세계대전에서 살아남은 성당이다. 19세기 초에 대성당은 황폐한 상태여서 철거까지 고려했었다. 빅토르 위고는 이 대성당에 적힌 "숙명(태어날 때부터 정해진 피할 수 없는 운명)"이라는 글귀를 발견하고 『노트르담의 꼽추』를 썼다고 한다. 이 소설이 계기가 되어 노트르담 대성당을 보호하기 위한 기금을 모으는 운동이 이어졌고 결국 1845년에 복원이 됐다. 1991년에 세계문화유산 목록에 등재됐다. 2019년에 화재로 성당의 일부가 불에 타고 말았다.

믿는 마음도 예전 같지 않았죠. 지배층은 대중에게 이러한 사회의 혼란을 설명하고 해결책을 제시하기 위해 전통적인 가치관과 다른 이를 '이단'이나 '마녀'로 몰아 처벌했어요. 15세기 프랑스 사회는 악마와 마법이 존재한다는 믿음이 컸고, 특히 약자인 여성 중에 남다른 재주가 있는 여성이나 과부 등을 마녀사냥했습니다.

15세기 프랑스는 평등하지도 법이 잘 지켜지지도 않아서 귀족이나 성직자는 죄를 지어도 벌을 받지 않았어요. 오히려 민중은 죄를 뒤집어쓰고 처형을 당했습니다. 기득권이 사회적 혼란의 책임을 회피하고 약한 이들을 희생양 삼아 자신의 권력을 유지하고자 했거든요.

이러한 사회 분위기는 클로드 신부의 행태를 통해 노골적으로 드러납니다. 타락한 성직자가 사회적 약자에게 누명을 씌워 희생양을 만드는 일은 15세기 프랑스의 분위기를 반영했다고 볼 수 있어요. 교권이 실추된 상황에서 교회에는 물론 사회에서도 종교의 대척점에 있던 절대 악인 마녀를 공개적으로 처형하는 쇼를 벌여서 흔들리던 교권의 권위를 지키려 했던 몸부림이었죠. 결국 에스메랄다의 죽음은 로마 가톨릭교회와 지배층의 위선을 대표하는 클로드 신부의 부패와 어리석은 군중의 악습과 편견이 빚어낸 비극이었던 셈입니다.

그걸 인정하듯 이 작품이 출간된 뒤 로마 가톨릭교회는 빅토르 위고의 모든 작품을 금서 목록에 올려놓습니다. 그 정도로 이 작품은 당시 로마 가톨릭교회의 치부를 정곡으로 찌르며 교회를 불편하게 했습니다.

클로드 VS 카지모도, 인간답다는 것

카지모도는 클로드 신부와 가장 대비되는 인물입니다. 클로드 앞에서는 굽신거리던 사람들이 카지모도 앞에서는 카지모도에게 손가락질하며 악마라는 둥, 원숭이가 되다가 만 것이라는 둥 저주스러운 말을 퍼붓습니다. 심지어 카지모도 때문에 자신의 아이가 이상하게 태어났다고도 하죠. 추한 외모 때문에 카지모도 자신도 인간이 아닌 짐승으로 태어났어야 한다며 괴로워하고요. 자신의 몸을 혐오하고 경멸합니다. 아름다운 에스메랄다와 대비되는 자신의 모습은 더 고통스럽죠.

그러나 카지모도는 클로드나 에스메랄다가 베푼 은혜를 알고 자신의 목숨을 걸고 에르메랄다를 구하려 합니다.

당시 사람들은 지위나 외모, 돈과 명예를 기준으로 사람을 판단하고 평가했습니다. 평생 놀림을 받고 손가락질당하던 카지모도의 선택은 작가가 말하고자 하는 의도를 드러냅니다. 작가는 인간을 외모나 지위 등으로 평가하는 것을 비판하며 소외된 이들이 억울한 아픔을 겪지 않도록 차별과 희생이 없는 공평한 사회를 꿈꾸었던 것이죠.

빅토르 위고의 유언과 휴머니즘

가난하고 소외된 이들을 생각하는 작가의 마음은 그의 유언에서도 잘 드러납니다. 1881년 8월 31일에 쓴 유언장에 위고는 다음과 같이 적습니다.

"신과 영혼, 책임감, 이 세 가지 사상만 있으면 충분하다. 적어도 내겐 충분했다. 그것이 진정한 종교이다. 나는 그 속에서 살아왔고 그 속에서 죽을 것이다. 진리와 광명, 정의, 양심, 그것이 바로 신이다. 가난한 사람들 앞으로 4만 프랑의 돈을 남긴다. 극빈자들의 관 만드는 재료를 사는 데 쓰이길 바란다.…… 내 육신의 눈은 감길 것이나 영혼의 눈은 언제까지나 열려 있을 것이다. 교회의 기도를 거부한다. 바라는 것은 영혼으로부터 나오는 단 한 사람의 기도이다."

위고는 2년 뒤에 이 유언장을 더욱 짧게 고쳐 씁니다. "가난한 사람들에게 5만 프랑을 전한다. 그들의 관 만드는 값으로 사용되길 바란다. 교회의 추도식은 거부한다. 영혼으로부터의 기도를 요구한다. 신을 믿는다."

개선문을 지나는 위고의 영구. 국장으로 치러진 위고의 장례식에는 200만 명의 인파가 거리로 나와 거장의 마지막 길을 배웅했다.

위고는 문학뿐만 아니라 정치적, 사회적으로도 19세기 프랑스에 큰 발자취를 남겼습니다. 1881년 2월 26일, 위고의 여든 살 생일은 임시 공휴일로 지정될 정도였죠. 정치가로서 젊은 시절에는 열혈 왕당파로 왕실과의 친분을 자랑했지만, 1848년 혁명과 프랑스로 몰려든 각지의 망명객들과 교류하며 반대편으로 기울었어요.

루이 나폴레옹이 쿠데타를 일으키고 황제가 될 당시 직접 무기를 들고 대항하고, 유배에서 돌아온 사람들을 비호해 주며 그들의 사회 재정착을 돕기도 했습니다. 미국의 일에도 관여해 노예 해방론자 존 브라운의 사형을 반대하는 등 좌파의 거두로 활약했습니다.

위고의 신조는 휴머니즘이었기 때문에 정치 성향도 자주 달라졌습니다. 인간을 향한 애정과 연민 때문에라도 위고는 왕당파나 공화파나 극좌파에 전적으로 동조할 수는 없었고, 종종 상황에 따라 자신의 입장을 바꿨죠. 그가 평생의 삶으로 보여 준 휴머니즘과 약하고 정의로운 이들을 생각하는 연민과 부패한 권력에 가하는 비판은 이 작품에서도 잘 드러납니다.

나와 너, 우리의 인권

이 작품이 발표된 지 200년 가까이 되었습니다. 지금은 15세기보다 평등하고 법을 잘 지키는 사회가 되었습니다. 그렇다고 외모나 성, 지위나 능력 등으로 차별을 하고, 잘못된 군중 심리로 누군가를 마녀사냥을 하는 일이 사라진 건 아닙니다. 시대는 달라졌는데 에스메랄다가 살던 시대와 비슷한 일은 여전히 벌어집니다. 무엇이 문제일까요?

여러 가지 원인이 있겠지만 그중 한 가지는 '인권'에 대한 의식의 부족이 아닐까 합니다. '인권'은 가난하거나 부유하거나, 장애가 있거나 없거나, 또 성별과 상관없이 인간이 누리는 기본적인 권리입니다. 1948년 국제연합 총회에서 통과한 세계 인권 선언문은 자유로울 권리, 차별받지 않을 권리, 일할 권리, 안심하고 살아갈 권리 등을 기본 권리로 명시했습니다.

우리나라의 만 열아홉 살 미만인 청소년의 기본적인 권리는 생존권, 보호권, 발달권, 참여권입니다. 적절한 생활 수준을 누리며 충분한 영양을 섭취하고, 기본적인 보건 서비스를 받을 수 있어야 하며, 모든 형태의 학대와 방임, 차별, 폭력, 부당한 형사 처벌, 과도한 노동, 약물과 성폭력 등의 유해한 것으로부터 보호받을 권리가 있습니다. 교육을 받고 여가를 즐기며 문화생활을 하고 정보를 얻을 권리가 있죠. 생각과 양심, 종교의 자유를 누릴 권리와 국가와 지역사회 활동에 적극적으로 참가할 수 있는 권리가 있습니다. 자신의 의견을 표현하고 자신의 삶에 영향을 주는 문제들에 대해 발언하며 단체에 가입하거나 평화적인 모임에 참여할 수 있는 권리 등이 있습니다.

딜레마와 차별 뒤에 숨은 인권

그런데 과연 '모든' 사람에게 적용되는 인권이 정말로 '모든' 사람에게 적용될까요? 모든 사람에게 공평하게 적용이 되면 좋겠지만 실제로 그렇지 않은 경우가 많습니다. 왜냐하면 '인권'은 누구에게나 보장된다고 하지만 누구나가 자신의 인권을 주장하다 보면 충돌이 있기 때문이에요. 때로는 하나의 인권을 추구하다가 다른 인권을 침해하기도 합니다.

예를 들면, 내가 자유를 누리겠다고 수업을 빼먹고 놀러 다닌다면 자유권을 추구하는 것 같지만, 교육권이나 보호받을 권리 등은 침해받게 되겠죠. 범죄자의 신분을 노출하는 것은 사생활 침해로 금지하고 있지만, 한편에서는 심각하게 인권의 침해를 받은 피해자가 있음에도 범죄자의 인권을 보호해야 하는지 반론을 제기하기도 합니다. 그런데 이런 문제들은 명백하게 한쪽은 옳고 한쪽은 그르다고 판단하기 어려운 경우가 많습니다. 모든 사람의 인권을 보호하려고 하는 것이 때로는 다른 사람의 인권을 침해하는 경우가 많기 때문이에요. 한쪽의 인권만 강조하다 보면 인권이 서로 충돌하여 딜레마에 빠지게 되기 때문이죠.

따라서 내 인권을 최대한 존중하는 동시에 자신의 행동에는 책임이 따른다는 것을 알고 행동해야 합니다. 이 말은 '나의 인권'뿐만 아니라 '너의 인권'을 생각하고 '우리의 인권'을 생각해야 하며 그에 따른 책임도 나에게 있다는 것을 의미해요. 모든 사람의 인권을 보장해야 하는 이유와 함께 그에 따라 생기는 문제점을 생각해야 하죠.

이때 모든 사람이 최소한의 권리를 누리기 위한 필요한 대전제는

'차별금지'입니다. 부당한 이유로 차별받지 않을 권리는 개인의 삶이 행복하기 위한 가장 기본적인 조건입니다.

세계 인권 선언문의 제1조는 "우리는 모두 형제자매다. 즉, 우리는 모두 태어날 때부터 자유롭고 존엄성과 권리에서 평등하다는 뜻이다" 이며, 제2조는 "차별은 안 된다. 피부색, 성별, 종교, 언어, 국적, 의견 등이 다를지라도 우리는 모두 평등하다"입니다.

그런데 우리는 나도 모르는 사이에 차별하기도 하고 차별을 당하기도 합니다. 공부를 못한다고 무시하거나 못생겼다고 친구를 놀리는 것도 차별이며 특정한 색을 '살색'이라고 표현하는 것도 인종차별적인 표현입니다. 건물이나 도로 등이 장애인이 이용하기에 불편하게 만들어진 경우도 차별적인 모습입니다. 다른 이용자의 편의를 목적으로 어린아이의 입장을 제한하는 '노키즈 존'은 아이들에 대한 차별이며, 신용카드로만 결제가 되는 시스템은 신용카드가 없는 이들에게는 차별적인 제도입니다. 이러한 차별에는 위로부터 아래로의 '혐오'가 들어 있습니다.

이러한 문제는 한순간에 해결이 되기보다는 오랜 시간 많은 사람의 노력으로 나아지게 할 수 있습니다. 권력자는 사회적 지위에 상응하는 윤리성을 보여야 할 것이고, 시민들은 잘못된 희생자를 만드는 악습을 버려야 할 것입니다. 인권과 관련된 법률 제정을 위해 목소리를 내어야 하고, 성, 인종, 종교, 외모, 민족, 장애, 가족의 형태 등으로 사람의 가치를 가르는 편견을 버려야 합니다. 그럴 때 카지모도나 에스메랄다 같은 희생자가 나오지 않는, 좀 더 평등하고 누구나 살 만한 삶이 보장될 것입니다.

프랑스 국기를 따라 삼색기가 많아진 까닭은?

인권 개념을 실정법으로 선언한 프랑스 혁명

세계 역사에서 3대 시민혁명으로 불리는 혁명은 영국의 명예혁명 (1688~1689), 미국의 독립혁명(1776~1783), 프랑스 혁명(1789~1794)이다.

명예혁명은 국왕 제임스 2세가 전제정치를 강화하고 가톨릭교회를 부활시키려 하자 의회 지도자들이 제임스 2세를 추방하고 네덜란드 총독 윌리엄과 메리 부처를 새로운 왕으로 추대하여 권리장전을 승인 하게 한 혁명이다. 이처럼 피를 흘리지 않고 성취된 혁명이어서 명예 혁명 또는 무혈혁명이라 한다.

미국의 독립혁명은 영국이 미국 13개의 자치 식민지에 여러 세금을 부과하자 화난 시민들이 보스턴 항구에 정박 중인 영국 배에 실려 있 는 차(茶)들을 바다에 모두 던져 버린 사건(보스턴 차 사건)이 계기가 됐다. 이후 영국의 식민지 탄압에 저항하여 13개의 식민지 대표들은 워싱턴 을 총사령관으로 하고 프랑스의 도움을 받아 독립하게 된다. 그 과정 에서 정치적으로는 세계 최초의 민주공화국을 수립하게 된다. 사회적 으로는 봉건제와 절대주의를 철폐함으로써 단순한 독립전쟁이 아닌 혁명이 됐다. 미국 독립혁명은 이후 프랑스, 라틴아메리카 등 전 세계 의 혁명에 커다란 영향을 끼쳤다.

프랑스 혁명은 봉건 체제의 유럽 사회에 자유와 평등 사상을 전파하 는 계기가 된 혁명이다. 프랑스 혁명에서 채택이 된 '인간과 시민의 권 리 선언' 중 '인간의 권리 선언'은 자연법상의 인권 개념을 실정법으로 선언한 것이다. 즉, 인권 선언에서는 "인간의 자연적이고 양도 불가능

외젠 들라크루아Eugéne Delacroix, 〈민중을 이끄는 자유의 여신〉(1830), 파리 루브르 박물관.

하고 신성불가침한 제 권리를 엄숙히 선언"하면서 "인간은 권리로서 자유롭고 평등하게 태어나며 생존한다"(제1조), "인권보장과 권력분립이 되어 있지 아니한 나라는 헌법을 가졌다고 할 수 없다"(제16조)라고 천명하고 있다.

'자유, 평등, 박애'의 빛깔은 '자유, 평등, 소유권'으로

프랑스 혁명 때 제3의 신분인 시민 계급은 똘똘 뭉쳐 절대적인 권력을 누리던 왕과 귀족에 맞서 싸웠고 결국 그들을 내쫓았다. 시민 계급

은 왕과 귀족을 내쫓는 데 그치지 않고 불평등하고 불합리한 제도를 하나씩 없애기 시작했다. 혁명의 구호로 내걸었던 '자유, 평등, 박애'의 이념은 이후에 다른 나라에까지 전파되었고, 사람들은 어떻게 하면 자유롭고 평등한 시민 중심의 사회를 만들 수 있을까 고민하기 시작했다. 프랑스 혁명 덕분에 여러 나라가 새로운 사회로 변화하는 길이 열린 셈이다.

프랑스는 프랑스 혁명의 의미를 살려 파란색(자유), 흰색(평등), 빨간색(박애)의 삼색기를 국기로 정했는데, 이후 삼색기를 국기로 정한 나라가 많아졌다. 그만큼 프랑스 혁명은 전 세계적으로 영향을 미쳤다고 볼 수 있다.

처음에 '자유, 평등, 박애'로 알려진 내용은 실제로는 '자유, 평등, 권리(소유권)'이다. 유일하게 '박애'를 강조한 기록은 1793년 파리시 집정관 회의이며, 1789년 8월 26일에 발표한 인권선언문에도 박애는 거론하지 않았다. 오히려 소유권을 "신성하고 거룩한 권리"라고 강조했다. 선언문 제2항에서 "자유와 소유권, 안전 그리고 억압에 대한 저항"이라고 밝혀 자유와 소유권, 안전(생존권), 저항권을 천명했다. 1793년에 제정한 프랑스 헌법에도 자유와 평등, 안전, 소유권만을 말했다. 특히 제8조는 안전과 인격, 권리 그리고 재산만을 거론했다. 1799년 12월 15일 통령정부 선언문에서도 "소유권, 평등 그리고 자유라는 거룩한 권리"를 인용했을 뿐 박애에 대해서는 아무런 말이 없었다. 그 밖에 1794년 방토즈 법령 시행규칙에 대한 생쥐스트의 기록이나 1795년 총재정부 헌법도 소유권을 강조하고 있다.

1964년에 공공시설의 인종차별을 금지하는 법을
탄생시킨 몽고메리 버스 보이콧

흑백차별 철폐 운동은 1955년 12월 1일 흑인 여성 로자 파크스가 시내버스의 백인 좌석에 앉았다가 '시내버스에서 흑백 분리'를 규정한 몽고메리 시법을 위반했다는 죄목으로 체포되면서 비롯됐다. 파크스가 체포된 뒤 전미유색인종지위향상협의회NACCP 의장인 닉슨E. D. Nixon 의 지도 아래 이 지역의 흑인들은 집단 파업과 버스 승차 거부 운동을 전개하기 시작했다. 이어 흑인 교회의 목사들과 다른 승차 거부 운동을 벌이던 지도자들을 중심으로 몽고메리진보연합MIA을 구성한 뒤, 마틴 루터 킹 목사를 의장으로 추대하고 본격적인 보이콧에 들어갔다.

5만여 명의 흑인들은 간디의 비폭력 정신과 그리스도교 교리에 의거해 폭력 없는 시위를 전개했다. 그러나 시 당국이 흑인들의 요구를 거절하면서 시위는 장기전으로 돌입했다. 이후 흑인들은 직장을 잃거나 해고 위협을 받았고 카풀제를 자원한 운전자들은 면허증이 말소되거나 보험이 취소되는 등 갖은 불이익을 받았다.

다음 해에 킹 목사가 구속되면서 보이콧은 더욱 활기를 띠기 시작했고, 결국 1956년 6월 연방지방법원에 이어 같은 해 12월 대법원에서도 시 당국의 행위가 위헌이라는 판결이 나자 보이콧은 종결됐다.

우리나라 인권 성장의 역사

하늘 아래 같은 존재를 외친 동학농민혁명

동학농민혁명은 1894년 전라도 고부의 동학 접주 전봉준 등을 지도자로 하여 동학교도와 농민들이 합세하여 일으킨 농민 운동으로 1년여에 걸쳐 전개됐다. 양반사회와 관료의 부패, 외국의 침략에 대항하여 일어난 우리 역사 최초의 민족운동이다. 대내적으로는 위정자의 반성과 각성을 촉구했고, 대외적으로는 청일전쟁의 직접적인 계기가 됐다. 동학 농민군은 뒤에 항일 의병항쟁의 핵심 세력이 되었고, 그 맥락은 3·1 운동으로 계승됐다. 우리나라는 동학농민혁명의 영향으로 1894년에 양반 제도와 노비 제도가 폐지되었고 평등사상이 확산되어 1948년 정부수립과 함께 국민에게 평등권을 보장했다.

민주화 운동의 전개

4·19 혁명은 1960년 4월 19일에 절정을 이룬 한국 학생의 일련의 반부정反不正·반정부反政府 항쟁이다. 이는 5·18 민주화 운동으로 이어졌다. 민주화 운동은 1980년 5월 18일에서 27일까지 전라남도 및 광주 시민들이 계엄령 철폐와 전두환 퇴진, 김대중 석방 등을 요구하며 벌였다. 이는 6월 민주항쟁으로 이어져 1987년 6월 10일~6월 29일까지 전국적으로 반독재, 민주화 운동으로 전개됐다.

우리나라 노동인권을 위해 분신한 전태일

전태일(1948~70)은 대구에서 태어나 가난을 벗어나기 위해 부모와 동생 셋과 함께 서울로 이사 왔다. 쌍문동 산꼭대기에 6평짜리 단칸 판잣집을 지어 여섯 식구가 막노동을 하면서 겨우 먹고살았다.

전태일은 열 살을 넘어서면서부터 동대문시장과 서울역 등에서 온갖 힘든 일을 했으며, 그 대가로 푼돈을 받았다. 1965년, 재단기술을 배워 서울 청계천 평화시장의 재단사로 들어갔다. 1970년 11월 13일 청계천 6가의 평화시장 구름다리 앞에서 500여 명의 노동자가 '우리는 기계가 아니다'라는 플래카드를 들고 거리 시위를 벌였다. 이때 스물두 살이던 전태일은 근로기준법 책을 안고 "근로기준법을 준수하라" "일요일은 쉬게 하라" "노동자들을 혹사시키지 말라"라고 노동자들의 근로조건 개선을 요구하며 분신자살했다.

이 사건은 당시 사람들에게 고도성장의 그늘에 가려진 노동자들의 어두운 현실을 바라보게 하는 계기가 됐다. 전태일의 죽음으로 시작된 노동운동이 조금씩 싹을 틔우기 시작했고, 1970년대 청계피복노동조합의 활동을 비롯해 민주노동운동 발달의 근원이 됐다. 또한 지식인들이 노동운동에 관심을 가지며 민중의 삶과 투쟁이 역사의 전면으로 나섰다. 노동운동은 민주주의를 앞당기는 역사적 사건이 됐다.

전태일은 하루 14시간이 넘는 고된 노동 속에서도 독서와 일기 쓰기를 꾸준히 했다. 그가 쓴 일기는 많이 파손되고 유실되었지만 1967년 평화시장에서 일하면서 쓴 일기는 상당 부분 남아 있다. 그가 쓴 글과 삶은 훗날 조영래 변호사에 의해 『어느 청년노동자의 삶과 죽음: 전태일 평전』이라는 제목으로 출간되었다가 다시 『전태일 평전』으로 출간됐다. 1995년에는 국민모금 방식으로 영화 〈아름다운 청년 전태일〉(박광수 감독)이 만들어졌다. 이 영화는 제32회 백상예술대상 시나리오상을 비롯한 총 3개 부문, 제6회 춘사영화예술상 최우수작품상을 비롯한 총 5개 부문, 제16회 청룡영화상 최우수 작품상을 비롯한 총 3개 부문을 수상하고, 제46회 베를린국제영화제 경쟁 부문에 진출했다.

2005년, 전태일이 자신의 몸을 불태웠던 청계천 6가의 '버들다리' 위에는 그의 정신을 기리는 반신 부조가 설치됐다. 전태일은 정부의 민주화 운동 보상법에 따라 2001년에 민주화 운동 관련자로 공식 인정됐다.

12. 과거에서 찾는 미래

『오래된 미래』__헬레나 노르베리-호지

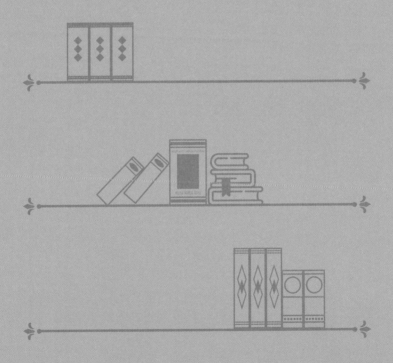

헬레나 노르베리-호지.

헬레나 노르베리-호지 Helena Norberg Hodge(1946~)는 생태환경운동가이자 언어학자이며 자연과 여성의 해방을 주장하는 에코페미니스트입니다. 1946년, 미국 뉴욕주 맨해튼에서 스웨덴인 아버지와 독일인 어머니 사이에서 태어났습니다. 어려서 스웨덴으로 건너가 스톡홀름 교외에서 어린 시절을 보낸 뒤 오스트리아와 독일의 대학교에서 철학·심리학·미술사를 공부했습니다. 이어 이탈리아와 프랑스, 멕시코 등지를 여행하는가 하면, 스물다섯 살 때까지 여섯 개 언어를 익혔습니다.

스웨덴과 영국의 런던 대학교에서 언어학을 공부하던 중 1975년에 언어를 연구하기 위해 인도 잠무카슈미르주의 히말라야산맥 북서단부와 라다크산맥 사이에 있는 라다크 지역을 방문했습니다. 1977년에 미국의 세계적인 언어학자 촘스키에게 언어학을 공부한 뒤 이듬해 다시 라다크로 가 영국인 변호사와 결혼했습니다.

이때부터 작가는 16년 동안 '작은 티베트'로 불리는 라다크에 머물면서 라다크 사람들과 함께 생활했습니다. 그는 논문을 위해 꾸준히 라다크를 드나드는 과정에서 라다크의 문화와 철학에 매료됐습니다. 그러나 서구 문명의 유입 과정에서 라다크의 전통문화와 가치관이 붕괴되는 것을 목격하고, 현대 산업사회를 비판하는 강연 활동을 펼치며 실천적 생태환경운동가로 변신했습니다. 1980년부터는 '라다크 프로젝트'라는 국제조직을 결성해 라다크인을 돕는 데 전념했습니다. 1992년에는 라다크에서 겪은 실제 체험을 바탕으로『오래된 미래: 라다크로부터 배운다Ancient Futures: Learning from Ladakh』를 출간했습니다.

노르베리-호지는 지금도 영국과 독일, 미국에 사무실을 둔 '에콜로지와 문화를 위한 국제협회ISEC' 대표로, 반세계화·반개발·탈중심화를 위한 국제연대 운동을 펼치고 있습니다. ISEC의 자매단체인 라다크 프로젝트The Ladakh Project의 책임자이며, 라다크 환경개발그룹·여성연맹 등의 일에도 참여하고 있습니다. 그 공로로 1986년에 제2의 노벨상이자 대체 노벨상이라 불리는 스웨덴 바른생활재단의 바른생활상을 받았습니다.

2011년에는 티베트 망명정부 총리 삼동 린포체, 인도의 세계적 핵물리학자이자 환경운동가 반다나 시바, '350 캠페인'을 이끄는 미국의 환경운동가 빌 매키번, 일본 슬로라이프 운동의 선두주자 쓰지 신이치 등 6개 대륙의 환경운동가들과 함께『행복한 경제학』이라는 다큐멘터리 영화를 제작했습니다. 그가 쓴 책으로『모든 것은 땅으로부터』,『허울 뿐인 세계화』,『진보의 미래』등이 있습니다.

여러분이 농부이고 주인이 따로 없는 공동 방목장이 눈앞에 펼쳐져 있다면 어떻게 하겠습니까? 미국의 생물학자 가렛 하딘은 1968년 《사이언스》에 실린 그의 논문 「공유지의 비극Tragedy of the Commons」에서 공유지의 희귀한 공유 자원은 어떤 공동의 강제적 규칙이 없다면 많은 이들의 무임승차 때문에 결국 파괴된다는 사실을 지적합니다. 이것을 '공유지의 비극 이론'이라 하는데, 무책임한 이기주의를 비판하거나 공동체적 가치를 역설할 때에 자주 사용되는 개념이죠.

하딘은 "파멸은 모든 인간이 달려가는 최종 목적지다. 공유 자원은 자유롭게 이용해야 한다고 믿는 사회에서 각 개인이 자신의 최대 이익만을 추구할 때 도달하는 곳이 바로 이 파멸이다. 이처럼 공유 자원에서 보장되는 자유는 모두를 파멸의 길로 이끈다"라고 말합니다. 농부들이 개인의 이익을 챙기기 위해 경쟁적으로 가능한 한 많은 소 떼들을 공동의 초지에 풀어놓게 되면 그 결과 방목장은 황폐화되고, 그 피해는 결국 각 개인에게도 돌아간다는 걸 경고합니다.

이런 공유지의 비극은 초지뿐 아니라 어장에서도 자주 발생합니다. 우리나라 서해에서는 공유 해역이 아닌 곳까지 중국 어선들이 들어와 마음대로 조업을 하곤 해요. 이렇게 마음대로 남획을 하면 나중에 물고기는 씨가 마르게 되고, 결과적으로 모두가 피해를 입는 상황이 벌어지겠죠. 개인의 편익을 위해 공유 자원인 공기나 하천, 늪, 바다, 자연 자원, 도로 등의 자원을 남용하다 보면 결국 개인뿐만 아니라 사회 전체에 불이익이 된다는 이야기입니다. 최근 지구 온난화 때문에 벌어지는 기상 이변은 국제적 차원에서의 공유지의 비극을 보여 주는 대표적인 사례입니다. 이와 비슷한 비극을 서구 문명이 휩쓸고 간 뒤 라다크에 찾아온 변화에서도 찾을 수 있습니다.

서구 문명 확산이 진보라고?

라다크는 히말라야산맥 북서부에 있는 지역입니다. 라다크Ladākh는 티베트어 '라 다그스La Dags'에서 파생된 이름으로 '산길의 땅, 고갯길의 땅'이라는 뜻이에요. 언어뿐만 아니라 예술과 건축, 의술, 음악에 이르기까지 거의 모든 분야에서 티베트의 영향을 받고 있어서 '리틀 티베트'라고 불리기도 하죠. 영하 20도를 넘는 겨울이 8개월 이상 계속되는 척박한 환경이고, 어느 쪽을 둘러봐도 거친 산봉우리와 고도 3천 미터가 넘는 광활한 고원뿐인 땅이에요. 현재 인도의 잠무카슈미르주에 속하며 주민은 대부분 인도 북부의 몽족과 파키스탄 길기트의 다드족, 그리고 티베트에서 이주한 몽골족의 후손들입니다.

『오래된 미래』는 헬레나 노르베리-호지의 관점에서 인도 북부에 자리한 라다크 전통을 소개하며, 라다크가 파괴되는 과정, 다시 회복하기 위한 가능성과 방법 등을 차례로 들려줍니다.

> 나는 라다크에서 낭비도 오염도 없는 사회, 범죄는 사실상 존재하지 않고 공동체는 건강하고 튼튼하며 십 대 소년이 너무나 자연스럽게 어머니나 할머니에게 유순하고 다정하게 대하는 사회를 알게 되었다.✝(24~25쪽)

✦ 헬레나 노르베리-호지, 김종철 옮김, 『오래된 미래』, 녹색평론사, 2003.

1부 '전통'에서는 라다크의 오래된 공동체와 자급자족, 함께 살아가는 문화, 여성의 높은 지위, 전통 종교인 불교, 그리고 안정적인 정서 등을 다룹니다. 라다크 사람들은 혹독한 자연환경에서도 제한된 자원을 조심스럽게 쓰고, 재순환하도록 하며 서로 배려하고 관용 베푸는 것을 큰 가치로 여기며 살아가죠. 라다크 사람들의 삶은 속도가 느리고 법은 유연하고 경제적 불평등이 심하지 않으며, 경쟁보다는 화합을 중시합니다. 서로 돕는 공동체적인 삶이 중요한 가치입니다.

> 산업 단일문화의 확산은 다차원적인 비극이다. 한 문화가 파괴될 때마다 여러 세기 동안 누적된 지식이 말살되고, 다양한 인종집단들이 자신의 정체성을 위협받는다고 느낌에 따라 거의 불가피하게 갈등과 사회 붕괴가 뒤따른다.(23쪽)

그러나 2부 '변화'에서는 세계화의 바람으로 라다크의 전통문화가 파괴되는 과정을 보여 줍니다. 1962년부터 파키스탄과 중국이 라다크를 침략해 왔는데, 이런 침략으로부터 라다크를 보호하기 위해 인도 군대가 주둔하게 되면서 큰 변화를 겪죠.

라다크의 수도 레Leh는 무분별하게 개발되고, 인도 정부는 1974년부터 이 지역을 관광객에게 본격적으로 개방합니다. 라다크는 점차 물질문화로 뒤덮이고 인구는 빠르게 증가합니다. 작은 공동체는 점점 무너지고요. 서구의 모습을 보면서 자신들의 문화에 열등감을 느끼게 되고 '돈'을 알게 되고, 돈을 갖고 싶은 욕구가 커지면서 자신들이 가난하다고 생각하며 '탐욕'이 생깁니다. 빈부격차도 점점 커지고 중앙이나 도시로 진출하기 위해 경쟁하게 되죠. 경쟁에서 소외된 이들은 그동안은 몰랐던 소외감과 결핍을 경험하고요. 분노와 원한이 생기면서 '배려'

를 강조하던 라다크 문화에서는 없었던 폭력이 많이 생겨납니다. 서구 문물이 결국 라다크 사람들의 생활과 마음에 폭넓고 파괴적으로 영향을 미친 결과였죠.

3부 '라다크에서 배운다'에서는 16년간 라다크에 머물면서 라다크의 변화를 지켜본 노르베리-호지가 대안을 제시합니다. 라다크 전통문화를 회복하기 위해 설립한 '라다크 프로젝트'와 '에콜로지 및 문화를 위한 국제협회'라는 국제기구의 구체적인 활동 상황을 소개해요. 좀 더 나은 미래의 모델은 기술 개발이 아니라 라다크 사람들의 전통문화에서 힌트를 얻을 수 있다고 말합니다. 그것은 생태 친화적이면서 공동체적 삶에 기반을 둔 문화입니다.

라다크의 전통 VS 변화

라다크에서 '검약'이라는 말은 풍요의 기본입니다. 한정된 자원을 아껴 쓰는 것은 인색한 게 아니라 검약의 본래 의미죠. 사람이 먹을 수 없는 것이라면 동물의 먹이로 쓰고, 연료로 쓸 수 없는 것은 비료로 씁니다. 그러나 현재의 라다크는 음식 쓰레기부터 플라스틱, 유리, 종이, 포장재, 고무와 비닐 등 현대 도시에서 흔히 볼 수 있는 온갖 종류의 쓰레기가 쌓여 가고 있어요. 전통적인 가치를 인정받던 자원은 쓸모없게 됐어요. 더 이상 인간의 배설물은 비료로 사용하지 않고 오히려 처리 문제로 골칫거리가 됩니다.

살생을 하더라도 더 많은 이들이 먹을 수 있는 동물을 선택하고, 신에게 용서를 구한 뒤에 동물을 죽이던 풍습은 인간이 다른 생명체 위에 군림할 수 있다는 세계관으로 바뀝니다. 전통사회에서 가장 존경받는 이는 라마 승려였지만, 현대화된 도시에서 존경을 받는 사람은 엔지니어였어요.

> 시간은 느슨하게 측정된다. 분을 셀 필요는 절대로 없다. 그들은 "내일 한낮에 만나러 올게, 저녁 전에"라는 식으로 몇 시간이나 여유를 두고 말한다. 라다크 사람들에게는 시간을 나타내는 많은 아름다운 말들이 있다. '어두워진 다음 잘 때까지'라는 뜻의 '공그로트', '해가 산꼭대기에'라는 뜻의 '니체', 해뜨기 전 새들이 노래하는 아침 시간을 나타내는 '치페-치리트(새노래)' 등 모두 너그러운 말들이다.(57쪽)

과거에 라다크 사람들은 느긋한 속도로 일하고 많은 여가를 즐겼습니다. 전통적인 경제 체제에서 시간은 풍부했고, 계절이 바뀌는 경우에만 제한을 받았죠. 그러나 현대 경제 체제에서는 시간이 곧 돈이고 상품이에요. 생활의 속도는 빨라졌고 예전처럼 이웃과 한가한 시간을 보낼 수 없게 됐으며, 자연의 변화에도 예전만큼 민감하게 반응하지 않습니다.

전통적인 라다크 사람들은 남녀노소 모두가 건강해서 의사가 깜짝 놀랄 정도였어요. 척박한 환경이지만 맑은 공기와 적은 스트레스, 충분한 운동과 자연을 거스르지 않은 음식 등이 건강의 비결이었죠. 그러나 현대화된 도시에 사는 사람들에게는 예전에는 알려지지 않았던 암, 뇌졸중, 당뇨병 같은 문명병이 일상적인 것이 되었습니다. 운동 부족과 과도한 스트레스, 가공식품의 섭취 등은 라다크 사람들에게 비만과 병을 불러왔습니다.

종교의 벽 없이 불교를 믿는 사람이나 이슬람과 기독교를 믿는 사람이나 모두 서로의 종교를 깊이 존중하고 인간적으로도 서로 너그럽게 대했었는데, 라다크가 개발된 뒤로 다른 종교 집단 사이의 갈등과 폭력이 심해졌습니다. 1989년에는 불교도와 이슬람교도 사이의 갈등이 최고조로 증폭되어 계엄령이 선포될 정도였어요.

> 만일 라다크 사람들에게 "레에 가고 싶으십니까? 아니면 마을에 머물러 있는 것이 더 좋으시겠어요?"라고 물으면 대답은 필경 "레에 가면 좋죠. 그리고 가지 않아도 역시 좋습니다"일 것이다. 이쪽이든 저쪽이든 정말로 별로 문제가 되지 않는다. ……
>
> 만족감은 자신이 삶의 흐름의 일부임을 느끼고 이해하면서 긴장을 풀고 그 흐름과 함께 움직이는 데서 온다. 당신이 먼 길을 막 떠나려 하는데 비가 쏟아진다고 해서 비참한 기분이 될 게 뭐 있는가? 아마도 더 좋을 것은 없겠지만 라다크 사람들의 태도는 그렇다고 해서 "불행할 게 뭐냐?"이다.(111~112쪽)

라다크 사람들에게 중요한 것은 공존과 협동이었죠. 이웃과 좋은 관계를 유지하는 것이 돈을 버는 것보다 중요했습니다. 긴밀하게 짜인 공동체 기반에서 대부분의 일을 스스로 결정하고 개인의 이익과 공동의 이익이 서로 충돌하지 않도록 스스로 조정하고 통제했습니다. 남을 돕는 것은 자기에게도 이익이라고 여겼죠. 그러나 중앙으로 편향된 사회 구조 속에서 일자리와 권력을 얻기 위한 경쟁이 치열해지면서 관용과 협동보다는 분열과 적대감이 생겨났습니다.

서구 관광객들이 라다크를 찾기 시작하면서 풍요롭던 마을은 갑자기 가난해지고 빈곤한 마을이 되었어요. 관광객들은 라다크의 한 가족이 1년 동안 쓸 수 있는 돈을 며칠 동안 모두 쓰고 떠났고, 이런 모습을

라다크의 헤미스 불교사원의 1870년대 모습.

보며 라다크 사람들은 자신들의 모습을 부끄럽게 여겼죠. 불과 몇 년 전까지만 해도 이곳에 가난이란 없다고 말하던 사람들이 이제는 "우린 너무 가난하니 우리를 도와주세요"라고 말하는 지경에까지 이르게 되었습니다. 사람의 가치보다 돈의 가치가 우위에 서게 되고 라다크 사람들은 자신들이 지켜 오던 고유문화에 열등의식을 느끼기 시작합니다. 또한 이웃과 함께 살아가기보다 자신들의 이익을 챙기기에 더 급급해졌습니다.

　노르베리-호지는 라다크 사람들의 이러한 변화는 그들의 욕심과 무지가 아니라 거대 기업과 세계화에 눈먼 강대국들의 이기심에서 비롯된 것이라고 지적합니다. 라다크의 문화를 이해하지 못한 채 오직 이윤 추구만을 목표로 하는 개발 정책도 문제라고 비판하죠. 그러면서 라다크 사람들의 전통적 삶의 방식이야말로 우리가 추구해야 할 방향이라고 강조합니다.

라다크에서 찾는 미래

노르베리-호지는 라다크 사람들의 전통적 삶의 방식과 내용이 우리 모두에게 지속 가능한 미래를 만들어 가기 위한 대안이 된다고 봅니다. 공동체 문화의 친밀한 유대 관계에서 얻어지는 만족감은 어려운 처지에서 버틸 수 있는 힘을 주고 다시 균형을 회복하게 하는 저력이 되어 줄 거라고 확신하죠. 과거의 라다크 사람들은 경작할 수 있는 만큼만 땅을 소유해 경작하고, 자연과 유대 관계를 맺으며, 서로 협력하고 공생하며 살아갔습니다. 그 속에서 성숙하고 균형 잡힌 개인이 만들어지고, 건강한 삶의 방식이 탄생했죠. 그처럼 결국 서로를 연결해 주는 힘이 우리와 사회, 지구를 치유할 수 있다고 말합니다.

그러나 이미 서구 현대 문화가 유입된 이상 라다크가 예전 사회로 돌아가기란 어려워 보입니다. 그렇다면 개발이라는 것이 꼭 파괴를 전제로 해야만 하는 것인가 하는 의문이 생깁니다. 그 의문에 대해 노르베리-호지는 먼저, 과학과 기술을 무조건 믿는 풍조와 잘못된 서구 이미지가 '개발 속임수'라고 지적합니다. 라다크인들이 그러한 개발 속임수에 넘어가지 않도록 서구 문명의 잠재적 위험과 산업 문화에 대한 올바른 정보를 라다크인들에게 알리는 게 중요하다고 말하죠. 그러면서 지역공동체 운동을 부각시킵니다. 기업 중심의 경제 개발은 필연적으로 물질에 대한 맹목적인 추구, 노동력 착취, 상대적 빈곤감, 계층 간 갈등, 생태계 파괴, 환경오염과 같은 문제를 불러오기 때문이죠.

이런 문제로부터 자유로워지려면 지역 중심의 공동체를 기반으로 한 자연친화적 경제를 재건해야 합니다. 가능하면 자기가 사는 지역에서 생산되는 물건을 구매하고, 재생 가능한 에너지를 사용하며, 물건을 재사용하고 쓰레기는 최대한 줄이거나 재활용해야 하죠. 공동 육아를 하며, 지역 협동조합을 만드는 것 등이 대안이 될 수 있습니다. 건강한 가족공동체의 유대 관계를 복원하는 일이 건강한 미래를 위해 중요하며, 농업적 자립과 농업공동체를 복원하는 일은 건강한 먹을거리를 위해 중요합니다. 물론 그에 따른 혜택은 농민에게 돌아가도록 해야 하고요. 이 모든 활동의 목표는 농촌과 도시, 남성과 여성, 문화와 자연의 균형을 이루는 것입니다.

세계화의 함정

라다크 사람들이 서로 간의 깊고 오래 지속되는 관계에서 비롯하는 안정감과 정체감을 잃게 되자 그들 자신이 누구인지 스스로 의심하기 시작하고 있다. 동시에 대중매체와 관광업은 그들이 어떤 사람이 되어야 할 것인가에 대한 새로운 이미지를 제시하고 있다. 그들은 본질적으로 서구적 생활양식—식탁에서 식사를 하고 자동차를 운전하고 세탁기를 사용하는—을 영위해야 된다는 것이다. 모든 소비상품이 문명사회의 선행조건으로 떠받들어지고 있고 현대적인 부엌과 욕실이 중요한 신분상징이 됐다.(153쪽)

자유무역은 외국으로부터 물자나 서비스를 수입하는 데 제한을 두지 않고 자유롭게 거래하는 것을 말합니다. 영국이 산업혁명기에 우월한 생산력을 무기로 내세운 통상 정책이었죠. 2차 세계대전 이후에는 미국을 중심으로 한 IMF(국제통화기금), GATT(관체 및 무역에 관한 일반 협정) 체제에서 자유무역을 기본으로 하는 무역 관계가 구축되었습니다.

경제적 교류와 확대로 국가와 국가 사이의 무역이 증대된 상황에서 경쟁력을 갖추지 못한 약소국은 경쟁에서 밀릴 수밖에 없습니다. 개발도상국들은 처음에는 자유무역으로 물자가 풍족해지고 무역이 활성화되는 듯 보였지만 시간이 흐르면서 결국에는 강대국에 휘둘리는 상황을 맞았죠. 선진 공업국은 경제가 점점 더 고도로 성장하는 반면 이를 따라가지 못한 나라는 실업 등의 불황을 겪게 되는 결과를 가져왔습니다.

자유무역은 다양한 문화를 접할 수 있다는 긍정적인 측면도 있으나 안보나 환경, 경제, 정치 등에도 많은 문제를 일으킵니다. 문화 간 소통이 충분하지 않으면 충돌이나 편견, 적대감이 커지고 미국을 중심으로 한 강대국의 문화가 전 세계의 지배적인 문화가 되기 쉽습니다.

노르베리-호지가 목격한 라다크의 변화는 안타깝게도 서구 산업 문화가 가져온 폐해였습니다. 무분별한 개발로 라다크는 서구의 획일적이고 단일한 문화에 편입되고, 수백 년 동안 쌓여 온 라다크의 문화는 수십 년 만에 자취를 감추고 말았습니다. 라다크 사람들은 시간이 지날수록 자신들의 전통을 잊어버리고 오로지 경쟁에 몰입하며, 탐욕스럽고 자기중심적으로 변해 갔죠. 라다크의 개방으로 라다크의 사람들은 전통적인 삶을 잃어버리고 삶 자체를 망가뜨리게 됐습니다.

행복한 경제학은?

노르베리-호지는 2014년 6월에 한국을 방문했을 때 한 강연에서 이렇게 강조했습니다. "전통 경제는 인간적인 규모에 맞춰 사회 및 산업 구조가 형성돼 조절 가능한 규모로 형성되었으나 현대 경제는 속도와 규모 면에서 굉장히 빠르고 크게 이루어져 더 이상 다수를 위해 작동하지 않고 있다.…… 신자유주의적 시각에 입각한 세계화 모델이 이제는 새롭게 구축돼야 하고, 자립적 지역 공동체들이 많이 생성돼야 하며, 이러한 공동체들이 네트워크를 구축해야 한다."

자연과 인간이 조화를 이루고 공존하기 위해서는 "작은 규모라도 먼저 단체를 만드는 것으로 공감하고 서로 격려하며 지역 경제와 행복이라는 의식을 점차 늘리는 것이 중요하다"라면서, "빠른 경제에 대해서는 '아니오'라고 대답하고 다양성과 환경 친화적인 경제에 대해서는 '예'라고 대답할 수 있어야 하며 국제적 네트워크에 함께해야 한다"라고 대안을 제시했습니다.

라다크 사람들의 환한 웃음으로 시작하고 끝나는 영화 〈행복한 경제학〉에서는 세계화로 대규모화된 경제활동을 지역경제로 바꾸자는 메시지를 강조합니다. 각 지역에서 자연을 지키고 전통을 유지하며 살아가는 사람들을 보여 주면서 지구를 치유하고 진정한 행복의 의미를 되찾을 기회는 아직 남아 있다고 말해요. 쇼윈도의 예쁜 옷, 상품이 가득 진열된 대형 마트, 산더미 같은 쓰레기가 처리되는 곳, 병원에서 혼자 요양하고 있는 노인 등 서구를 견학하는 라다크 사람의 눈빛은 결코 부러움의 눈빛이 아닙니다.

영화는 공동체를 통한 연대감 속에서 희망과 안정감을 가질 수 있다는 메시지를 전합니다. 우리가 맞닥뜨린 여러 문제를 해결할 수 있는 대책은 세계화가 아니라 지역화라고 거듭 말하죠. 세계화는 우리에게 불안감, 천연자원 낭비, 자기 정체성의 부정 등을 남겼기 때문이에요.

그것을 해결하는 열쇠는 소비자와 생산자 사이의 거리를 좁히는 지역 단위의 경제구조로 변화하는 것이라고 강조합니다.

'오래된 미래'의 역설

최근에 '슬로 푸드 운동'이나 '슬로 시티 운동', '슬로 리딩' 등 '슬로slow' '느리게'를 주제로 하는 삶의 태도나 내용을 강조하는 운동이 많아졌습니다.

'슬로 시티slow city'는 '유유자적한 도시, 풍요로운 마을'이라는 뜻의 이탈리아어 치타슬로cittaslow의 영어식 표현이에요. 2002년 이탈리아의 작은 도시 그레베의 파울로 사투르니니 시장이 패스트푸드의 상징인 맥도널드 상륙에 반발해 '느리게 살자'라고 호소하며 시작된 운동이 유럽 곳곳으로 퍼졌죠. 속도 지향 사회에 반대하고 아름다운 자연환경 속에서 전통 생활 방식으로 느리게 생활하는 삶을 추구하자는 뜻을 담고 있습니다.

거창한 일을 벌이자는 게 아니라 나무 심기, 대중교통 이용하기, 자전거 타기, 물건 재활용하기 등 우리가 일상에서 실천할 수 있는 일들부터 하자는 거죠. 태양열 등 친환경 에너지를 사용하고 전기와 수소차를 이용하는 등의 친환경적인 생활 방식도 이런 운동에 포함된다고 할 수 있습니다.

라다크 사회에 불어온 산업화나 기계화 바람은 라다크 사람들에게 편리함과 효율성 등의 안락함을 가져다줬습니다. 그러나 무분별한 개발과 세계화 광풍은 물질을 맹목적으로 신봉하도록 만들고 비인간성과 상대적 빈곤감, 불안과 우울, 소외, 갈등과 적대 등 수많은 사회적

부작용을 불러일으켰죠. 게다가 물질적 가치를 소비하기 위해 더 많은 자연을 파괴해 환경 문제를 일으켰습니다.

그리스의 한 식당에 걸려 있는 슬로 푸드 표시.

『오래된 미래』의 역설은 여기에 있습니다. 건전한 삶의 기초를 회복하기 위해서는 '개발'이라는 개념을 극복해 다른 길을 마련해야 하죠. 이는 무조건 기술문명을 거부하고 전통사회로 회귀하자는 게 아니에요. 오래된 라다크의 문화 속에 우리 인류가 지향해야 할 미래의 모습이 있다는 뜻이에요. 우리가 라다크의 전통사회로부터 배워야 하는 것은 자립과 검약 정신, 개인과 공동체의 조화, 자연환경의 지속성, 내면적인 풍요로움 같은 것들입니다.

우리나라의 향약이나 두레 같은 공동체 문화, 퇴비와 거름 등을 사용하는 친환경 농법, 전통 놀이나 친환경적인 전통 가옥 등도 라다크의 전통문화와 많은 부분 맞닿아 있습니다. 우리 사회도 다양한 방법으로 좀 더 인간적이고 친환경적인 삶을 회복하려는 움직임이 곳곳에서 일어나고 있는데, 이 책이 그 삶을 회복하려는 시도에 하나의 창이 될 수 있을 것입니다.

슬로 푸드와 슬로 리딩

슬로 푸드slow food 운동은 맛의 표준화와 전 지구적 미각의 동질화를 지양하고 지역 특성에 맞는 전통적이고 다양한 식생활 문화를 추구하는 국제운동이다. 패스트 푸드를 반대하며 대량생산·규격화·산업화·기계화를 통한 맛의 표준화와 전 지구의 미각의 동질화를 지양한다. 그 대신 지역의 전통적인 식생활 문화나 식재료로 만든 음식 소비를 권장하는 사회 운동이다. 나라별·지역별 특성에 맞는 전통적이고 다양한 음식·식생활 문화를 계승·발전시킬 목적으로 1986년부터 이탈리아의 작은 마을에서 시작된 식생활 운동이다. 우리나라의 대표적인 슬로 푸드로는 된장(메주), 김치, 두부, 고추장, 떡, 된장 등 장류와 젓갈, 비빔밥, 발효 과정을 거친 술 등이 있다.

2000년부터는 슬로 푸드 이념을 실천하는 사람을 발굴하고 그들의 공적을 널리 알리기 위해 '슬로 푸드 시상대회'를 개최해 5개 분야의 수상자를 선정·시상하고 있다. 본부는 이탈리아에 있으며, 상징은 느림을 상징하는 달팽이다.

슬로 리딩slow reading은 짧은 시간에 많은 양의 책을 빠르게 읽는 속독법과 정반대의 개념인 독서법이다. 이는 정독과도 또 다른 방법으로 단어 그대로 한 권의 책을 천천히, 비판적으로 읽는 독서법이다. 한 아이의 성장일기를 담은 소설 『은수저』(나카 간스케, 1913)를 학생들과 함께 3년간 읽어 평범한 중학교를 일본 최고의 명문고로 만들었던 '하시모토 다케시' 선생님의 독서법이 그 시초다. 최근 우리나라의 중고등학교에서 실시하고 있는 한 학기 한 권 읽기가 슬로 리딩에 해당한다.

13. 부조리한 세상에 던져진 인간의 모습

『이방인』__ 알베르 카뮈

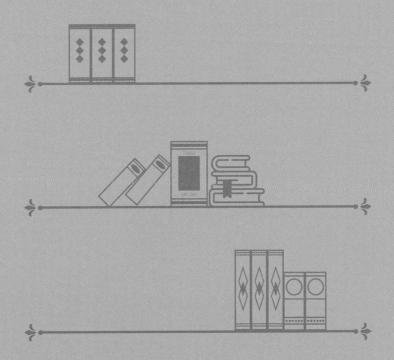

알베르 카뮈.

　알베르 카뮈Albert Camus(1913~60)는 프랑스의 저널리스트이자 철학자이며 소설가입니다. 북아프리카의 알제리에서 9남매 중 둘째로 태어났습니다. 프랑스계 알제리 이민자인 아버지는 1차 세계대전에 참전했다가 전사했습니다. 스페인인으로 청각장애가 있던 어머니는 두 아들(카뮈와 형 뤼시앵)을 데리고 알제리의 빈민촌으로 이사해 가정부로 일했습니다. 카뮈가 처음 발표한 수필집 『표리』(1937)에 가난했던 당시 모습이 잘 묘사되어 있습니다.

　카뮈는 알제리 대학(철학과)에서 평생의 스승이 되는 장 그르니에(1898~1971)를 만났습니다. 또 운동을 좋아했고, 연극에 흥미가 있어 직접 배우로 출연한 적도 있습니다. 1930년에 폐결핵으로 교수가 될 것을 단념하고는 1935년에 플로티누스에 관한 논문으로 철학 학사학위 과정을 끝마친 뒤 진보 성향의 신문사에서 기자로 일했습니다.

　시몬 이에와 결혼했으나 이혼하고, 수학자이자 피아니스트인 프랑신 포르와 재혼했습니다. 그러나 결혼생활은 평탄하지 못했습니다.

2차 세계대전 때는 레지스탕스 저널 《콩바》의 편집장으로 일하며 프랑스 레지스탕스 활동을 했습니다. 사형제도를 반대했고 인권 운동도 활발히 했습니다. 카뮈는 독일의 파시즘이나 스탈린주의 같은 전체주의의 다양한 형태에 대해서도 수많은 반대성명을 발표하고 반대행동을 했습니다.

1942년에 소설 『이방인 L'Etranger』을 발표해 이름을 알렸습니다. 『반항하는 인간』(1951)은 실존주의 철학의 형이상학적 세계로의 비약도, 그리스도교의 신의 구원도, 코뮤니즘의 철저한 합리주의도 반대하며 쓴 평론집입니다. 그 당시 실존주의의 대표적인 철학자 장 폴 사르트르와 우정을 나눴지만 사르트르와 다르게 공산주의에 반대입장을 보였습니다. 1947년에 7년여를 매달린 끝에 탈고한 『페스트』를 출간해 선풍적인 인기를 불러오며 '비평가상'을 수상했습니다. 1957년, 한림원은 "우리 시대 인간의 정의를 탁월한 통찰과 진지함으로 밝힌 작가"라고 밝히며 노벨 문학상을 수여했습니다. 프랑스인으로는 아홉 번째였고 최연소 수상자였습니다.

마흔네 살의 젊은 나이로 노벨 문학상을 받았지만 3년 뒤인 1960년에 미셸 갈리마르와 함께 여행지에서 파리로 돌아오다가 자동차 사고로 목숨을 잃었습니다. 살아생전 카뮈는 자동차 사고로 사망하는 것을 가장 '부조리한 죽음'이라고 말했는데, 그 자신이 부조리한 죽음을 맞았습니다.

그 밖의 그의 작품으로 소설 『전락』, 단편집 『적지와 왕국』 등이 있고, 논픽션으로 『시지프 신화』 등이 있습니다. 희곡으로 『계엄령』, 『칼리굴라』, 『정의의 사람들』, 에세이로 『독일 친구에게 보내는 편지』, 『단두대에 대한 성찰』, 『태양의 후예』 등이 있습니다.

프랑스 소설 『L'Etranger』는 미국에서는 『Stranger(낯선 사람)』, 영국에서는 『Outsider(외부인)』로 소개되는데, 우리나라에서는 『이방인』으로 번역되었습니다. '이방인'은 '낯선 사람'과 '외국인'의 의미를 동시에 갖는 단어로 소설의 주인공 뫼르소의 정체성을 보여 주는 단어입니다.

이 작품은 카뮈가 알제리에서부터 구상하기 시작해 1940년 6월에 집필을 완료했습니다. 그 후 우여곡절 끝에 1942년에 갈리마르 출판사에서 출간됐죠. 갈리마르 출판사는 2차 세계대전 때 프랑스를 점령한 독일이 "이 나라를 지배하는 두 정부는 프랑스 중앙은행과 갈리마르 출판사다"라고 말할 정도로 지성의 산실이며 영향력 있는 출판사예요.

이 출판사에서 프랑스 최대의 베스트셀러이며 스테디셀러 작가를 집계한 적이 있는데, 3위가 '장 폴 사르트르'이며 2위가 '생텍쥐페리', 1위가 바로 '알베르 카뮈'였습니다. 1999년에 프랑스의 권위지 《르몽드》가 투표로 지난 세기 최고의 작품을 선정했는데 『이방인』이 1위를 차지했죠.

'부정'의 소설, 이방인

1957년 말, 카뮈는 노벨 문학상을 받으며 자신의 문학적 포부를 크게 "부정, 긍정, 사랑" 세 가지로 얘기했습니다. 이 세 가지는 부조리할 수밖에 없는 우리 삶을 대하는 태도였어요. 『이방인』을 이 세 가지 포부에 빗댄다면 아마도 '부정'의 소설이 아닐까 합니다. 인간 실존의 부정적인 면을 극대화하여 그리고 있기 때문이죠.

작품은 전체 2부로 구성됐습니다. 1부에는 여섯 개의 장이, 2부에는 다섯 개의 장이 있습니다. '엄마'의 죽음을 알리면서 시작해 '나'의 살인을 거쳐 '나'의 사형 집행을 예고하며 끝나는, 어쩌면 죽음에 관한 소설입니다.

소설의 1부는 엄마의 장례식, 마리와의 연애, 살라마노 영감의 비극과 레이몽과 정부의 다툼 그리고 그것에 연루됨으로써 촉발된 '나'의 아랍인 살해에 이르기까지 제법 강렬한 사건으로 채워집니다. 반면 2부는 재판과정이 대부분으로 1부 사건에 대한 재판에서 각각의 인물이 진술하는 것으로 채워져 있습니다. 그 내용은 아이러니하게도 살인사건과는 무관한 어머니 장례식장에서 보인 뫼르소의 행동에 관한 이야기예요. 이야기는 약 1년에 걸쳐 진행되지만 1부와 2부 모두 여름이 주요 사건의 배경입니다.

소설의 첫 문장, "오늘 엄마가 죽었다"

소설의 첫 문장은 "오늘 엄마가 죽었다"입니다. 소설은 알제에 거주하는 젊은 사무원 뫼르소가 마랭고의 양로원으로부터 엄마의 죽음을 알리는 전보를 받고 양로원으로 가면서 시작하죠. 양로원에 도착해 원장과 대화를 나누며 엄마가 양로원에서 지낸 것이 넉넉하지 못한 아들과 지낸 것보다 행복했을 거라는 말에 공감을 합니다. 장례식을 마치고 알제로 돌아온 뒤 뫼르소는 해수욕을 하고, 그곳에서 마리 카르도나를 만나 그날 저녁 영화관에 가고 함께 밤을 보냅니다.

월요일에 뫼르소는 층계에서 같은 층에 사는 이웃 살라마노 영감을 만나고, 다른 이웃인 레이몽 생테스를 만나 레이몽과 친구가 되죠. 레이몽은 변심한 애인을 괴롭히려는 계획을 세우며 뫼르소에게 도움을 요청하고, 뫼르소는 레이몽을 대신해 그의 아랍인 여자 친구에게 편지를 써 줍니다.

어느 일요일, 레이몽은 한 친구의 조그만 별장에 뫼르소와 마리를 초대합니다. 알제 근처에 있던 별장에서 점심을 먹은 뒤 레이몽과 뫼르소는 주변의 해변을 산책하고요. 그러다 그들을 미행하던 레이몽의 아랍인 여자친구 오빠와 마주치고, 레이몽은 그들과 다툼을 벌여 약간 다칩니다.

소동은 그렇게 마무리되지만 뫼르소는 답답함을 느끼며 해변을 걷다가 우연히 그 아랍인들과 다시 마주칩니다. 그러다가 아랍인이 꺼내는 칼의 강렬한 빛에 자극을 받아 자신도 모르게 품에 있던 권총을 꺼내 아랍인을 향해 총을 쏩니다. 이후 쓰러진 이에게 네 발을 더 쏘고 살인죄로 구속됩니다.

아랍인을 무참히 살해한 것은 엄마의 죽음을 둘러싼, 한 단어로 정의할 수 없는 감정의 덩어리 때문이었을까요? 엄마의 장례식을 치르던 날과 똑같이 내리쬐는 햇빛에 그날처럼 머리가 아팠는데, 마침 아랍인의 칼날에 반사된 빛에 자극을 받아 방아쇠를 당겼던 것일까요? 뫼르소는 우연히 살인을 저지르고 체포되는데, 여기까지가 1부의 주요 내용입니다.

뫼르소의 '무관심'이 유죄

2부는 11개월 동안 진행되는 뫼르소의 재판 과정이 주요 내용입니다. 뫼르소는 처음에는 자신이 형무소에 있다는 걸 실감하지 못하지만, 마리의 방문 이후로 감방이 자신의 집이고 자신의 인생이 멈춰 버린 듯한 느낌을 받습니다. 여자에 대한 욕망, 담배, 시간을 때우는 일, 잠이 고통이었죠. 그 고통은 자유를 뺏기 위한 것임을 깨닫고 과거에 대한 회상을 하며 형무소 생활을 적응해 나갑니다. 감옥의 창을 통해 밤하늘의 별들을 바라보며 자연이 인간에게 무관심한 것이 자기가 인생에 대해 무관심한 것과 마찬가지라는 생각을 하며 의식적으로 세상을 향해 마음을 열려고 하죠.

그러나 주변 사람들은 뫼르소에게 분노만 일으킬 뿐이에요. 신부는 뫼르소를 하나님의 자비에 매달리게 하려 하고, 변호사는 뫼르소의 진실을 이해하지 못합니다. 변호사는 뫼르소에게 협력해 달라며 질문을 하지만 뫼르소는 자신의 솔직한 심정을 말합니다. 뫼르소는 어머니의 죽음 때문에 슬픈 감정에 휩싸이기보다는 장례식을 치르기 위해 사장에게 휴가를 받아야 하는 일에 더 신경을 썼죠. 어머니의 시신을 보지 않으며 밤을 새웠고, 어머니가 죽었음에도 피곤해 졸았습니다. 장례식장으로 가는 길은 더워서 괴롭기만 했습니다.

뫼르소는 어머니를 사랑했지만, 단지 "엄마가 죽지 않았으면 좋았을 것이라는 사실"만 확실히 말할 수 있다고 합니다. 변호사는 그것으로는 부족하다고 말하고요.

그들이 원하는 답은 어머니의 장례식에서는 단 하나뿐인 아들로서 눈물을 흘리고, 어머니 관 앞에서 담배를 피우는 불경한 행위를 일삼지 않는 것입니다. 어머니를 양로원이라는 시설에 보냈다는 것을 부끄럽고 안타깝게 여기며 사람을 죽였으니 마땅히 뉘우치고 죽기 전에 회개하는 것이죠.

그러나 뫼르소는 사람들이 원하는 답을 제시하지 않아요. 오히려 그렇게 요구하는 분위기를 지긋지긋하게 여기며 자신의 내면에 더 정직해지죠. 어머니를 잃은 슬픔을 눈물로 표현해 보이지 않고 자신의 심리상태를 솔직하고 정직하게 진술합니다.

다른 사람들의 이야기

양로원 원장은 뫼르소가 어머니의 나이를 모르더라며 냉정한 사람으로 몰아갑니다. 장례식장의 문지기는 뫼르소가 어머니를 보고 싶어 하지 않았고, 장례식장에서 담배를 피우며 잠을 자고, 밀크 커피를 마셨다고 진술하죠. 어머니의 오랜 친구인 토마 페레는 "아무것도 보지 못했다"라고 진술하지만, 법정에서는 아무런 영향을 주지 못합니다. 장례를 치른 뒤 뫼르소와 데이트한 마리의 이야기는 나약한 여성의 무의미한 진술로 취급되며 뫼르소의 몰인정을 강조하기만 하고요.

이 모든 것에 뫼르소는 무관심으로 일관합니다. 그 이유는 살인 사건과 직접 관련이 없는 이러한 진술들이 무의미하게 여겨지기 때문이죠. 레이몽은 살인 사건이 우연히 이루어졌다고 진술하지만 법정에서 레이몽의 진술은 무시됩니다.

살인 사건의 전말을 밝혀야 할 법정에서 어머니 장례식 이후 뫼르소의 행동에 집중됩니다. 검사는 뫼르소가 살인을 했기 때문에 범죄자가 되는 것이 아니라, 뫼르소의 행동이 비윤리적이고 비규범적이어서 충분히 살인을 저지를 만한 범죄자라는 논리를 전개하죠.

윤리적인 문제가 범죄가 된다면 레이몽을 속인 아랍 여자나 여자를 구타하는 레이몽, 피의자가 담뱃불을 끄지 않는다고 폭력을 행사하는 경찰, 사건 내용을 부풀리는 기자 등 다른 사람들도 대부분 자유롭지 못할 겁니다. 어머니의 장례를 치르며 뫼르소가 먹고 마시고 자고 싶은 생리적 욕구를 스스럼없이 한 것이 사실이지만, 그러한 이유로 사형을 받는다면 그것이야말로 윤리적이지 않은 판결이죠. 그럼에도 재판은 뫼르소의 평소 행동을 두고 심판합니다.

뫼르소는 보통사람들과 다르게 생각하고 행동하는 괴팍한 인물로 비쳐지기도 하지만, 어떤 면에서는 보통 사람과 마찬가지로 무난히 장례를 마쳤다고 할 수도 있습니다. 그러나 검사의 시각에서 보면 어머니의 죽음에 눈물을 흘리지 않는 인간은 이미 살인의 마음을 품은 것과 같은 범죄자입니다. 뫼르소가 어머니의 죽음에 보통 사람들과 다른 행동을 보였기에 사형을 받아 마땅하다고 여기죠.

뫼르소는 자신의 재판에 자신을 빼놓고 사건을 다루는 것 같다고 여기며, 자신의 의견은 궁금해하지도 않은 채 재판이 운명을 결정한다고 생각합니다. 공판을 보러 온 기자들이나 사람들이 이야기를 주고받는 것을 보면서 자신이 왠지 이방인이며 침입자 같다고 느낍니다. 거짓없이 자기를 드러냈지만, 주변 사람들은 그들의 기대와 달랐기에 뫼르소를 '이방인' 취급을 하는 것이죠.

검사는 뫼르소의 살인 행위보다 어머니의 죽음을 대하는 뫼르소의 도덕적인 행동에 더 비중을 두며, 뉘우치지 않는 뫼르소의 태도를 고발합니다. 재판은 뫼르소가 저지른 살인에 대한 재판이라기보다 도덕적이고 종교적인 가치관을 주장하기 위한 상황으로 전개됩니다.

검사는 뫼르소가 범죄를 사전에 계획했다는 것을 증명하기 위해 피고의 '냉담함'을 고발합니다. 검사의 추적에 따르면, 뫼르소는 엄마를 양로원에 보내 놓고 엄마의 나이도 잊을 만큼 무심한 아들입니다. 엄마의 죽음 앞에서 무덤덤한 데다가 입관한 엄마의 시신을 보려고도 하지 않고, 장례식에서도 눈물 한 방울 보이지 않은 채 담배를 피우고 커피를 마시더니 곧 잠들어 버린 인간이죠. 엄마의 장례를 치른 바로 다음 날 해수욕을 하고, 호감이 있던 여자와 사랑을 나누는 데 정신이 팔린 패륜아예요. 이런 자라면 능히 계획적인 범죄를 저지를 수 있는 인물이라는 결론이죠.

그러나 뫼르소에게 엄마의 존재는 일상 곳곳에 스며들어 있습니다. 아내가 죽은 뒤로 쭉 키워 온 늙은 개를 잃어버린 살라마노 영감이 침대가 삐걱거릴 만큼 격렬하게 울 때 뫼르소는 왠지 죽은 엄마를 생각하죠. 살인을 저지르기 직전에도 엄마를 떠올려요. 사형을 선고받은 뒤에도 엄마를 생각합니다.

뫼르소에게 '태양'의 의미

소설 전체를 관통하는 제재인 태양은 뫼르소가 감당하기 힘든 느낌이나 감정을 표현하기 위한 하나의 상징으로 나옵니다. 어두운 곳에 있다가 갑작스레 환한 빛에 직면하면 오히려 사물을 뚜렷하게 구분하거나 인식하기가 어렵죠. 사실 빛을 문제 삼지 않더라도 뫼르소는 사람들을 인식하고 어머니의 관 앞에 앉아 밤샘할 때, 새판장에 있는 빙청객 중에서 그가 아는 사람을 알아차리는 데에도 한참이 걸립니다.

그런 뫼르소에게 '태양'을 포함한 '빛'은 특별한 의미가 있습니다. 태양 때문에 살인을 저질렀다고 말할 정도로 빛은 "냉혹하고 가혹"하면서도 감옥에 비출 때는 "따뜻하고 우호적"입니다. 태양은 뫼르소의 감정과 내면을 상징화하는 매개체입니다.

진정한 자기로 사는 것

뫼르소가 이처럼 태양 때문에 아랍인을 죽였다고 말하자 몇몇 방청객은 웃음을 터트립니다. 배심원은 뫼르소에게 프랑스 국민의 이름으로 광장에서 참수형을 받을 것을 언도합니다. 사형을 앞둔 뫼르소는 참회를 요구하는 신부의 면회를 거절하면서 어머니가 들려준 아버지의 이야기를 떠올리죠. 그건 어느 살인범의 사형 집행에 관한 이야기였어요. 사형 집행을 보고 온 아버지가 구토를 하고 병이 날 정도로 충격을 받은 이야기였죠.

그 추억을 떠올리며 뫼르소는 사람들이 사형 집행에 얼마나 흥미를 갖는지 생각합니다. 자신이 다른 이들보다 빨리 죽지만 어차피 인생은 살 만한 가치가 없고 무의미하므로 서른 살에 죽든 예순 살에 죽든 큰 차이가 없다고 깨달아요. 지금이든 20년 뒤든 죽게 될 사람은 바로 자신이고 어차피 죽는 이상 어떤 식으로 죽든 중요하지 않다고 생각하죠. 죽음을 앞두고 뫼르소는 세상 모든 것의 무의미함과 인생의 부조리함을 느낍니다.

오히려 죽음 가까이에서 해방감과 모든 것을 다시 살아 볼 수 있을 것처럼 느끼죠. 마치 커다란 분노가 자신의 고통을 순화시켜 주고 희망으로부터도 벗어날 수 있게 해 주기라도 한 듯이, 세상을 형제처럼 여기며 처음으로 '세계의 정다운 무관심'에 마음을 열어 보입니다. 그러면서 생의 극치를 위해 자신이 덜 외롭다는 것을 느낄 수 있도록 그날 많은 구경꾼이 몰려들어 증오에 찬 소리로 자신을 맞아 주기를 희망합니다.

카뮈의 '부조리'와 세 명의 죽음, 자연사·살해·사형

부조리라는 말은 프랑스어로 'L'Absurde'이며 한자로 '부조리不條理'라고 표현합니다. 예를 들면, 멀쩡해 보였던 친구가 갑자기 죽었다는 소식을 들으면 우리 입에서 제일 먼저 나오는 말은 아마도 "말도 안 돼"일 것이에요. '부조리'는 불어 그 자체로는 "말도 안 돼"라는 의미입니다. '조리에 안 맞는다'라는 뜻으로, "내 이해를 초월해 나로서는 도저히 이해할 수 없는 일이 일어났다"라는 뜻이죠.

특히 알베르 카뮈는 부조리라는 개념을 철학적으로 의미화하는 데 크게 기여했는데, 철학에서는 '의미를 전혀 찾을 수 없는 것'을 뜻합니다. 인간은 아무리 애를 써도 자신을 둘러싼 세계를 완전히 알 수 없고, 모든 일을 완전히 해낼 수도 없으며, 반드시 죽기 마련이기에 '영원'에 대한 환상을 품는다거나 다가올 내일에 대해서 희망을 품는 것은 어리석은 일이라는 것이죠.

카뮈는 "인간이나 세계가 그 자체로서 부조리한 것은 아니다. 모순되는 두 대립항의 공존 상태, 즉 이성으로 모두 설명할 수 없는 상태가 바로 부조리한 상태이다. 코스모스가 카오스의 부분집합이듯 합리는 부조리의 부분집합이다. 부분이 전체를 다 설명힐 수 없는 까닭에 부조리의 합리적 추론이란 애당초 과욕이다. 요컨대 부조리란 논리로써 설명할 수 있는 것이 아니라 단지 감정으로써 느낄 수 있을 뿐이다"라고 부조리를 규정합니다. 그러면서 인간은 부조리한 세계에 대해 좌절을 각오하고 인간적인 노력을 거듭하여 삶의 가치를 복권해야 한다고 주장합니다.

이 작품은 카뮈가 정의한 '부조리'한 인간의 모습을 보여 주고 있습니다. 뫼르소를 둘러싼 이들은 신앙과 관습으로 마비된 눈으로 뫼르소를 바라보고, 뫼르소는 삶의 불합리에 끊임없이 반항하죠. '왜 사는가?'라고 질문하고 이 질문에 이해할 만한 대답을 끝내 얻을 수 없음을 확인한 '부조리한' 인간의 모습입니다.

그렇다고 뫼르소가 부조리의 감정이나 감각에 빠져 절망이나 자살에 이르는 허무주의를 긍정하는 건 아니에요. 그보다 오히려 인간과 세계, 의식과 현실의 긴장 속에서 치열하게 살아가는 '반항적 인간'의 길을 제시하고자 했습니다. 즉 뫼르소는 '부조리한 인간'이라기보다 '부조리를 의식하며 살아가는 인간', 혹은 '깨어 있는 의식을 가진 인간'입니다.

뫼르소는 자신에게 솔직한 인간으로, 결혼도 일도 '그런 건 아무래도 상관없다'라는 식의 무관심을 자주 표명하죠. 그런데 그 이면에는 사실만을 바라보고 느낀 그대로를 말하려는 강한 의지가 작용하고 있습니다. 자기의 진술이 남에게 이해받지 못하고, 그 결과 재판이 불리하게 전개된다는 점 같은 것은 생각하려고 하지도 않은 채, 살인의 동기를 "몸이 휘청거릴 정도로 심한 더위 속에서 태양의 적의를 느꼈기 때문"이라고 거리낌 없이 말해 버립니다.

이런 과정에서 보여 주는 어머니의 죽음, 아랍인의 죽음, 뫼르소에게 선고된 죽음은 자연사, 살해, 그리고 법에 의한 죽음의 선고입니다. 그리고 누구도 피할 수 없는 죽음이야말로 인간 실존에 대한 가장 무거운 질문입니다. 그 질문 앞에 선 뫼르소는 죽음을 피할 수 없음에 '삶의 부조리'를 느끼며 자신에게 내려진 사형을 환영합니다.

실존적이고 부조리한 인물, 뫼르소

2차 세계대전 후 상처를 받은 젊은이들은 기존의 모든 문화에 반발하게 되는데, 그때 나온 사조 중의 하나가 실존주의입니다. 카뮈 또한 실존주의 철학자이자 작가로 카뮈가 말한 실존주의를 이해하면 이 작품을 이해하는 게 쉬워집니다.

카뮈는 우리가 어떤 행동을 할 때 '내가 이걸 왜 해야 하지?' 하는 질문을 하고 스스로 이해하는 게 중요하다고 여겼습니다. 의례적인 것, 당연한 것들을 당연하게 여기는 것이 아니라 의문을 제기하며 가치폐기를 합니다. 자신을 명확히 이해하고 하는 행동이 사회적 관습에 의해 관성적으로 하는 행동보다 더 도덕적이라고 보았죠. 그러기 위해서는 주어진 모든 것에 본질적인 질문을 해야 한다고 말합니다.

뫼르소는 사회에서 요구하는 목소리에 끊임없이 의문을 제기하며 반항을 합니다. 그러면서 자신의 죽음을 적극적으로 선택한 '실존적'인 인물이라고 볼 수 있습니다. 왜냐하면 뫼르소는 뫼르소에게 요구하는 관습이나 보편적인 도덕률에 저항하며 스스로 자유로운 존재로 인식하며 죽음의 시간을 선택했기 때문이에요. 세계와 화합하지 못하고 이해받지 못하는 모순에 빠져 있는 '부조리'한 인물이죠.

삶의 모순을 직면한 작가, 카뮈

이러한 실존적이고 부조리한 인물이 탄생하게 된 데에는 카뮈의 삶이 많은 영향을 미쳤습니다. 카뮈는 어린 시절 가난과 병에 시달리며 끊임없이 삶과 죽음, 자신과 세계와의 모순에 괴로워했습니다. 1·2차 세계대전, 레지스탕트 활동, 다양한 인권 운동 등 극한 상황에서의 경험은 더욱더 세계의 부조리를 경험하게 했고요. 그러한 경험에서 카뮈는 인간성을 빼앗고 인간 존엄을 해치는 일에 반항적인 태도를 보이며 모순된 삶에 대한 명철한 인식을 지니게 됩니다.

카뮈의 '부조리'는 니힐리즘과는 다릅니다. 카뮈가 독일인 친구에게 보내는 편지(1943년 11월)에는 "만약 아무것도 의미를 가진 것이 없다 하더라도, 그것은 옳을 것이다. 그러나 어딘가에 여전히 의미를 가지는 것은 존재한다"라며, 세계는 부조리하고 인간은 피할 수 없는 숙명을 맞게 되지만 그 가치를 찾기 위한 노력은 계속해야 한다고 강조하고 있습니다. 그러면서 오히려 의식이 완전히 깨어나서 삶의 모호함이나 의미가 없는 자연의 질서, 불안정한 인간의 행동 등이 만든 부조리의 세계를 명확하게 인식할 때 비로소 인간다울 수 있다는 것을 강조하죠.

카뮈는 이 소설에 대해 "어머니의 장례식에서 울지 않았기 때문에 사형에 처해지는 위험을 겪게 된 어떤 젊은이가 술책을 쓰기를 거부하고 끝까지 자기 자신으로 남음으로써 결국 죽음에 이르는 이야기"라고 간결하게 말했습니다. 미국판 서문에서 카뮈는 거짓말에는 과장도 포함된다며 뫼르소의 죄는 '거짓말하지 않는 것'이라고 언급합니다. 카뮈의 말처럼 뫼르소의 행동에는 허위의 도덕을 강요하는 인간들을 거부하는 태도가 강하게 드러납니다. 사회적 관습이나 전통, 종교적 가치로부터 먼 존재로, 그런 태도 때문에 세계에서 철저하게 추방당합니다.

뫼르소는 마치 국가나 사회보다는 개인의 권리와 자유를 존중하는 개인주의가 강한 현대인의 모습 같기도 합니다. 부조리한 관습이나 가치에 얽매이고 싶지 않은 이라면 뫼르소가 나타내는 허위의 도덕에 대한 무관심이나 반항, 스스로 실존하고자 하는 선택에 공감하는 것은 어렵지 않을 듯합니다.

인간 실존을 긍정한 작품, 『페스트』

『페스트La Peste』(1947)는 1947년 프랑스 비평가상을 수상한 작품이다. 제목은 단순히 감염병의 이름일 뿐만 아니라 죽음과 질병, 가난, 인간의 악한 본성, 취약함, 전쟁, 전체주의 등 모든 종류의 악의 상징으로 볼 수 있다.

소설은 1940년대 알제리의 항구 오랑을 무대로 10개월 동안 도시 사람들이 페스트(흑사병)에 대항하며 겪는 사투를 르포르타주 형식으로 그렸다. 소설은 성실한 의사인 리외, 기자인 랑베르, 종교인인 파늘루, 이성을 믿는 여행객 타루, 시청의 비정규직 직원인 그랑 등의 인물을 중심으로 펼쳐진다. 각각의 인물은 서로 다른 입장과 생각에서 페스트에 맞서고 결국 페스트는 진정이 되며 소설은 끝난다.

사건은 인구 20만 명의 작은 해안 도시인 오랑에서 피를 토하며 죽은 쥐들이 발견되며 시작한다. 한 달 남짓한 기간 사이에 의문의 병으로 죽은 사망자가 속출하기 시작하고 오랑은 순식간에 공포의 도시로 변한다. 이 의문의 병은 쥐를 매개로 한 페스트균이 원인인 전염병 페스트였다.

도시는 곧바로 봉쇄됐으며, 도시가 봉쇄되자 여러 가지 헛소문이 돌고 사람들은 혼란에 빠진다. 리외는 요양원으로 보낸 아내와 연락이 끊어지고, 감염자 치료를 위해 분투하기 시작한다. 리외는 의사로서 공무원들과 함께 "각자의 직분을 수행하는 것이 최선의 방법"이라며 묵묵히 페스트균과 싸워 나간다. 뜻하지 않게 오랑에 갇힌 기자 랑베르는 죽음의 도시가 된 오랑과 자신은 아무 상관이 없다며 탈출 방법

니콜라 푸생Nicolas Poussin, 〈아슈도드에 번진 흑사병〉(1630), 파리 루브르 박물관. 흑사병(페스트)은 페스트균에 의해 발생하는 급성 열성 전염병으로 주로 설치류에 기생하는 벼룩에 의해 전염된다. 1300년대 초 중앙아시아의 평원지대에서 시작된 페스트가 유럽에 상륙하여 1351년까지 당시 유럽 전체 인구의 1/3을 몰살시켰다.

을 찾는다. 하지만 탈출 방법을 찾은 뒤에는 "혼자만 행복한 것은 부끄러운 일"이라며 도시를 빠져나갈 생각을 접는다. 파늘루 신부는 처음에는 "페스트는 신의 재앙"이라고 여겼지만, 점차 페스트에 능동적으로 대처한다. 여행객 타루는 리외의 분신처럼 행동하고, 감염된 도시의 이야기를 기록으로 남기며 '시민 보건대' 활동을 지휘한다. 그랑은 시민 보건대 일을 도우며 소설을 쓰기 시작한다.

이들은 모순과 부조리 속에서 현실을 직시하며 환상이나 낙관적인 기대에 매달리지 않고 묵묵히 부조리에 대결한다. 이들이 문제를 해결하는 방식은 다르지만 이들의 목표는 페스트로 인해 혼란과 절망에 빠진 현실을 타파하는 데 있었다.

이 과정에서 작가의 인간 실존에 대한 시각을 엿볼 수 있는데, 예를 들어 랑베르가 도시를 탈출하려고 할 때 리외는 그를 비난하지 않으며 그 선택을 존중한다. 서로 자신의 일에 동참하라고 강요하지 않는다. 서로를 존중하며 자신의 일을 해 나간다. 마치 부조리한 삶을 우리가 맞닥뜨리며 살아갈 수밖에 없는 것처럼, 페스트는 파늘루 신부의 말처럼 신이 준 벌이나 자연의 경고라기보다 실존주의 철학에서의 "실존의 개념"처럼 그냥 우리에게 주어진 것이기에 견뎌 내는 것이라고 말한다.

10개월이 지나 페스트의 기세도 약화하고 도시의 봉쇄도 풀린다. 결국 페스트는 퇴치되는데, 그것은 한 영웅에 의해서가 아니라 평범한 소시민의 노력과 투쟁의 결과이기도 했다. 카뮈는 재앙을 극복하는, 페스트와 싸우는 유일한 방법은 성실함이고 성실함은 자신의 직무를 완수하는 일이라고 말한다.

그러나 타루는 페스트에 걸려 세상을 떠나고, 요양원에 있던 리외의 아내도 죽음을 맞이한다. 리외를 비롯한 오랑의 살아남은 이들은 회한과 무력함을 느끼며 페스트가 자신의 삶에 남긴 상흔을 절감한다. 소설은 해피엔드 같지만 부조리의 세계는 끝나지 않는다.

이 작품은 카뮈가 알제리의 한 신문사에서 기자로 일하던 1938년부터 구상을 시작해 7년이라는 긴 시간 동안 집필한 작품이다. 카뮈가 소설의 무대인 오랑에서 지낼 당시 티푸스가 유행했던 사실과 카뮈가 지병인 폐결핵을 앓으며 요양 중 아내와 헤어졌던 경험 등이 작품에 반영됐다.

『페스트』는 2차 세계대전이 끝나고 발표되었기에 전쟁을 비유하는 소설이라는 해석도 있다. 폐쇄된 도시에서 자기도 모르는 사이에 감염되어 다른 사람에게 페스트를 전염시킬 수도 있는 상황은 모든 이가 가해자이자 피해자가 될 수 있는 보편적 폭력 상황의 상징으로도 본다. 어떤 해석이든 소설은 감염병이라는 절망적인 운명에 저항하며 공동 투쟁을 벌일 때 희망이 있다는 메시지를 준다. 현실은 부조리하지만 그것에 저항하고 헤쳐 나가려는 힘을 모을 때 부조리를 타개할 수 있다는 긍정을 담고 있다.

특히 이 작품은 2020년과 2021년 신종 코로나바이러스 감염증(코로나19)에 대처하는 전 세계인의 모습과 겹친다. 작품에서 페스트가 모든 사람의 삶에 대한 태도를 바꾸어 놓았듯이 코로나19도 사회적 거리두기, 마스크 착용과 재택근무, 모임의 축소, 무인기기나 인터넷을 통한 비대면 접촉 등 일상을 바꾸어 놓았다. 이러한 변화는 모든 이들의 연대를 필요로 하는데, 그 이유는 코로나19 또한 페스트처럼 보이지 않는 재앙이기 때문이다. 그 재앙을 물리치기 위해 적절한 정부의 대처, 치료에 헌신하는 의료진, 감염 예방 수칙을 지키는 시민 의식 등이 필요했다. 이러한 감염증이 완전히 사라지면 좋겠으나 새로운 바이러스가 나타날 가능성은 언제든지 있다. 따라서 이에 대한 예방과 대처를 위한 노력은 지속되어야 할 것이다.

14. 동양과 서양, 세상을 바라보는 다른 시선

『생각의 지도』__리처드 니스벳

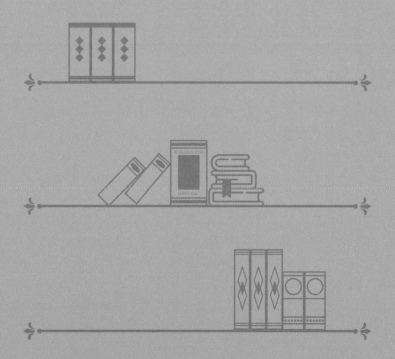

리처드 니스벳.

리처드 니스벳Richard E. Nisbett(1941~)은 미국의 사회문화 심리학자입니다. 1941년에 텍사스주 리틀필드에서 태어나 컬럼비아 대학교에서 사회심리학으로 박사학위를 받았습니다. 예일 대학교 심리학과 교수를 거쳐 미시간 대학교 심리학과 석좌교수로 있습니다. 2002년에 사회심리학자로는 처음으로 미국과학원 회원으로 선출됐습니다. 리처드 니스벳은 문화와 사고방식 연구로 세계 심리학계에서 독보적 위치를 인정받고 있습니다.

『아웃라이어』,『다윗과 골리앗』 등을 쓴 말콤 글래드웰은 리처드 니스벳을 두고 "내 인생의 가장 영향력 있는 사상가이자 내 세계관의 원천"이라고 찬사를 보냈습니다. 리처드 니스벳은 미국 양대 심리학회인 미국심리학회와 미국심리학협회에서 각각 공로상과 윌리엄 제임스 펠로 상을 받았습니다.

『생각의 지도The Geography of Thought』는 동서양의 차이를 과학적으로 입증한 비교심리학 분야의 책입니다. 동서양 사고의 차이에 주목해 미국,

한국, 중국, 일본인 등을 대상으로 한 심리 실험과 통찰, 다양한 경험을 통해 동서양의 사유방식의 차이를 밝혀내고, 그런 차이가 서로 다른 문화를 형성했다고 밝히고 있습니다.

리처드 니스벳의 또 다른 저서로 문화의 차이가 만들어 낸 지능 격차의 비밀을 밝힌 『무엇이 지능을 깨우는가』, 인간의 인지 과정에서 일어나는 불완전한 허점을 파헤치고 생각의 작동 원리를 심도 있게 밝힌 『마인드웨어』, 문화와 지능의 관계를 인종, 계층, 연령별 비교 사례를 통해 탐구한 문화심리 연구서인 『인텔리전스』 등이 있습니다.

미국 미시간주의 오크밸리라는 도시에서 우편배달부로 일하던 토마스 매킬베인은 직장에서 해고를 당하자 항의했으나 받아들여지지 않았고 결국 일자리를 잃고 말았다. 그해 11월 14일에 그는 자신이 일하던 우체국에 들어가서 자신의 상사와 동료, 그리고 고객들을 향해 총을 난사하고 스스로 목숨을 끊었다.✝(110쪽)

토마스 매킬베인이 이런 끔찍한 사고를 저지른 이유는 무엇일까요? 여러분은 어떻게 생각하나요?

이 같은 사건을 다루는 중국과 미국 신문의 초점은 달랐습니다. 중국 신문들은 매킬베인에게 영향을 주었을 법한 상황 요소를 중점적으로 다루었죠. "그는 해고당했다"나 "상사가 적대적이었다"처럼요. 미국 신문들은 이 사건을 다루면서 매킬베인의 개인적인 특성에 맞추었어요. "급한 성격이었다"나 "정신적으로 불안정했다"처럼요.

이런 예는 다른 사건을 다룬 신문기사에서도 비슷하게 나타났어요. 니스벳은 이러한 특징이 동서양의 사고의 차이에서 비롯되었다고 봤습니다. 동양은 사건 전후의 맥락과 관련지어 바라보지만, 서양은 범죄자나 피해자가 그런 행동을 하게 된 개인적인 특성에 주목해서 본다는 거예요. 그 생각의 기원은 공자와 아리스토텔레스 시대까지 거슬러 올라가고요.

한때 텔레비전에서는 다양한 국가 출신의 출연자들이 나와서 각 나라의 문화나 역사, 생각의 차이 등을 주제로 이야기하는 프로그램이

✦ 리처드 니스벳, 최인철 옮김, 『생각의 지도』, 김영사, 2008.

인기를 끌었습니다. 매번 바뀌는 주제에 따라 각 나라의 문화를 소개하고 의견을 말하는 것을 보면 '문화가 정말 다르구나' 하는 생각이 들었어요.

예를 들면, 우리는 인사를 할 때 주로 고개를 숙이지만 에스키모족은 서로의 뺨을 치고 친한 경우엔 서로 마주 보며 코를 비벼요. 티베트에서는 자신의 귀를 잡아당기며 상대방을 향해 혀를 길게 내밀어 친밀감을 표현하고요. 콜롬비아나 아르헨티나 등 중남미에서는 서로 껴안고 상대의 등을 문지릅니다. 여성과 악수할 때 손등에 입 맞추는 경우가 많고요. 프랑스에서는 가볍게 악수를 하기도 하지만 친근감이나 호감의 표시로 서로 상대방의 뺨을 양쪽으로 번갈아 맞대기도 합니다.

이렇게 인사법이 다른 이유는 문화가 다르기 때문이에요. 국어사전에는 '문화'란 "자연 상태에서 벗어나 일정한 목적 또는 생활 이상을 실현하고자 사회 구성원에 의해 습득, 공유, 전달되는 행동양식이나 생활양식의 과정 및 그 과정에서 이룩해 낸 물질적·정신적 소득을 통틀어 이르는 말로, 의식주를 비롯해 언어, 풍습, 종교, 학문, 예술, 제도 따위를 모두 포함한다"라고 정의되어 있어요. 즉, 우리가 누리는 삶의 모든 양식을 포함하는 거죠.

니스벳은 이러한 삶의 양식이 동양과 서양이 다르다는 사실에 주목합니다. 특정한 사회적 행위들이 특정한 세계관을 만들고, 그 세계관은 특정한 사고를 유발한다고 보기 때문이에요. 이 과정이 반복되면서 같은 문화에 있는 사람들의 사회적 행위와 세계관은 강화됩니다. 그렇기 때문에 변하지 않는 성질을 이해하는 것이 인간 사고의 본질을 이해하는 데 매우 중요하다고 강조하죠.

동서양의 자기 개념의 차이

책은 총 8장으로 되어 있습니다. 1장에서는 고대 중국과 고대 그리스의 차이를 밝히고, 2장에서는 동서양의 자기 개념을 서술하죠. 가장 핵심은 3장부터 6장이에요. 이 부분에서는 실험연구 결과를 토대로 동서양의 사고방식의 차이 때문에 벌어지는 현상을 서술합니다. 7장은 동서양 사고방식의 기원을 말하고, 마지막 8장에서는 현재를 살아가는 우리에게 동서양의 사고방식의 기원과 차이가 어떤 시사점을 주는지 다루고 있습니다. 동양과 서양의 교육, 사회, 경제, 생활, 의학, 언어 습관 등을 파헤치며, 두 문화권에서 발생한 철학의 내용이 어떻게 세계를 다르게 인식하게 했는지를 밝히죠. 그 탐구과정에서 보여 주는 것은 인간 사고는 사회화 방식에 의해 영향을 받는다는 사실입니다.

자, 그럼, 간단한 질문 몇 가지로 생각의 기원을 추적해 볼까요?

(질문 1) 당신 자신을 소개해 보세요.

(질문 2) '닭, 소, 풀', '원숭이, 판다, 바나나' 중 서로 가장 관련된 두 개를 고르세요.

이 두 질문에 답해 보세요. 대답을 다 적었으면 자신의 대답이 어떤 의미가 있는지 확인하며 읽어 보세요.

첫 번째 질문은 동양인과 서양인의 자기 개념을 묻습니다. 이 실험 결과 많은 동양인은 가족관계나 사회적 맥락 속의 자신을 소개하는 경우가 많았어요. 예를 들면, "가족은 다섯 명이고 3남매 중 막내다, 친구들과 노는 것을 좋아한다, 직장에서 고객 상담 업무를 맡아 열심히 일한다, 태어난 곳은 시골이지만 대부분 도시에서 자라서 사투리를 쓰지 않는다" 등으로 자신을 소개했습니다. 이에 비해 서양인은 주로 "나는 친절하다, 근면하다, 캠핑을 자주 한다, 자전거 타기를 좋아한다, 농구를 잘한다" 등 자신과 관련된 속성과 행동을 서술했어요.

또 다른 연구에 따르면, 자신을 설명할 때 다른 사람을 언급하는 경우가 일본인이 미국인보다 두 배가 높았어요. 예를 들면, "나는 동생과 자전거 타는 걸 좋아한다"처럼요. 우리나라의 "모난 돌이 정 맞는다"라는 속담은 개인의 개성보다 관계를 중시하는 사회 분위기를 잘 나타내 주는 속담으로 우리나라 문화의 한 면을 보여 줍니다.

> 인류학자인 에드워드 홀은 이러한 차이를 '저맥락' 사회와 '고맥락' 사회의 구분을 통해 설명했다. 저맥락 사회인 서양에서는 사람을 맥락에서 떼어내어서 이야기하는 것이 가능하므로 개인은 맥락에 속박되지 않은 독립적이고 자유로운 행위자로서 이 집단에서 저 집단으로 이 상황에서 저 상황으로 자유롭게 옮겨 다닐 수 있다. 그러나 고맥락 사회인 동양에서 인간이란 서로 긴밀하게 연결되어 있는 유동적인 존재로서 주변 맥락의 영향을 크게 받는다.(54~55쪽)

이러한 특징은 서양의 독립성과 동양의 상호의존성의 특징으로 나타납니다. 미국 아이들은 어려서부터 부모와 따로 자지만 동양에서 부모와 아이가 따로 자는 것은 매우 드문 일이죠. 독립적인 사회와 상호의존적인 사회의 특징에 따라 개인은 행동이나 관계 맺기 등에 영향을 받을 수밖에 없어요. 그러한 문화 속에서 자란 이는 그 사회에 맞는 사고를 할 가능성이 높아집니다.

여러분은 어떤 내용으로 자신을 소개했나요? 내가 한 대답을 바탕

으로 나의 사고가 독립적이고 자유로운 행위를 선호하는 쪽인지, 상호
의존적으로 관계를 중시하는 쪽인지 가늠해 보세요.

관계와 범주 중 무엇을 중시하는가는
언어 발달에도 영향

두 번째 질문은 관계와 범주 중 어느 것을 더 중시하는지 알아보는
실험이에요. 이 질문에 많은 동양인은 '소와 풀'을 하나로 묶었어요.
'소가 풀을 먹기 때문'이라는 관계에 주목하기 때문이죠. 이런 특징 때
문에 많은 동양인은 전체와 그 안의 사물들의 관계에 초점을 맞추고
개체 간의 유사성에 더 집중합니다.

반면에 서양인은 '닭과 소'를 하나로 묶었는데, 닭과 소가 같은 '동
물'이라는 범주에 더 주목했기 때문이에요. 이들은 동물이라는 비슷한
성질을 기준 삼아 하나의 종류나 부류로 묶은 것이에요. 서양인들은
어떤 사물을 구조로 나누어서 질서 있게 정리하는 것을 좋아하고 하나
하나의 구체적이고 특수한 사실을 종합해 그것으로부터 일반적인 원
리를 이끌어 내는 추론 방식을 선호한다는 걸 알 수 있습니다. '원숭이,
판다, 바나나'의 경우도 서양인들은 같은 포유류인 원숭이와 판다를
더 묶었고, 동양인은 원숭이와 바나나의 관계를 생각해서 둘을 묶는
경우가 많았습니다.

하나의 사물을 보여 주고 이 사물과 비슷한 것들을 고르는 실험에서
도 한국 학생들과 미국 학생들은 고르는 경향이 달랐어요. 한국 학생
들은 '외형이 비슷하다'라는 이유로, 미국 학생들은 '줄기가 직선'이라
는 동일한 규칙 때문에 서로 다른 집단을 선택했죠.

이런 결과는 동양인은 규칙과 무관한 '사물들 간의 유사성'에 영향을 받지만, 서양인이 사물 간의 유사성을 판단할 때 동일한 규칙에 의해 함께 묶을 수 있는지 여부에 영향을 받는다는 것을 보여 줍니다. 이런 특징들은 동양 아이들이 관계를 설명하는 동사를 개별성을 지닌 명사 못지않게 빨리 배우지만, 서양의 아이들은 상대적으로 명사를 빨리 배우는 특징으로 나타나기도 합니다.

문화의 차이가 생각에 영향

그렇다면 동양과 서양이 사고방식과 행동양식이 다른 이유는 무엇 때문일까요? 작가는 문화의 차이 때문이라고 말합니다. 고대 중국과 고대 그리스의 서로 다른 생태 환경이 경제적인 차이를 가져왔고, 경제적인 차이는 사회 구조와 규범, 육아방식을 결정했기 때문이죠. 서로의 관심이 다르기 때문에 우주의 본질에 대한 이해와 사고 과정도 달라졌다고 봤어요.

예를 들면, 고대 중국은 농업사회로 이웃과의 화합을 중시하고 중앙집권적 정치체제였지만, 그리스는 해양국가로 무역업이 발달하고 소작농보다는 자작농이 많은 사회였죠. 이로 인해 중국인들은 이웃이나 권력자의 눈치를 살피고 사회적 상황이나 관계에 관심을 두었어요. 하지만 고대 그리스인들은 개개인이 자율권을 가진 존재로 서로 논쟁을 즐기고 사람과 사물을 파악할 때 전체나 관계보다는 사람 자체, 사물 자체에 관심을 두었죠. 이러한 차이가 바로 생각의 차이를 가져왔다는 것이에요.

이러한 환경의 차이로 고대 중국에서는 조화로운 인간관계를 중시해 행복이란 화목한 인간관계를 맺고 평범하게 사는 것으로 여겼지만, 고대 그리스에서는 개인의 자율성을 강조해 행복이란 자신의 자질을 자유롭게 발휘하는 것으로 보았어요.

자연을 이해하는 방법도 동서양이 달랐어요. 고대 중국의 관점은 사물의 관계를 중시했죠. 도교는 인간과 자연의 융합을 강조하고, 유교는 인간들 사이의 화목을 중요하게 여기며, 불교 철학은 조화를 강조해요. 우주도 개별적인 사물들의 조합이 아니라 서로 연결된 하나의 거대한 물질로 보았어요. 이런 동양과 달리 고대 그리스에서는 사물의 본질을 중시했어요. 인간보다는 자연계에 관심이 더 많아서 사물의 속성을 분석하고 범주화해 규칙에 따라 사물의 특징과 행위의 원인을 설명하려고 했고요. 세상은 쉽게 변하지 않는 고정된 것으로 보았습니다.

과학과 수학 분야에서도 고대 중국에서는 자연계와 인간계를 구분하는 개념이 없었고, 우주나 사물을 전체 맥락에서 파악하려고 했어요. 하지만 고대 그리스에서는 자연계와 인간계를 구분해 개체를 범주화하고 공통의 규칙을 부여하는 사고가 발달했어요. 이런 특징은 각각 과학과 논리학의 발달로 이어졌습니다.

동양인들은 형식과 내용을 따로 떼어 놓고 생각하지 않는 편이에요. 따라서 서양인들이 형식논리에 얽매여서 범하는 실수를 좀처럼 하지 않아요. 또한 서양인들이 어떤 결과에 한 가지 원인만 생각하는 경향에 비해 동양인들은 여러 가지 원인이 있을 수 있다고 생각했어요. 여러 요소를 종합해서 판단하는 능력도 동양인이 서양인보다 앞선다고 볼 수 있습니다.

그러나 서양인들은 형식논리에 익숙해 모순을 더 잘 찾아내고, 개인주의적이고 자기표현이 강해 논쟁과 수사학에서 뛰어나다는 장점이 있어요. 너무 복잡하고 거시적으로 생각하는 동양인들과 달리 서양인들은 단순하게 생각하고 한 가지 요인만을 주시하는 편이기 때문이죠. 그러한 점은 어떤 분야에서 새로운 발견이나 혁신을 일으키기 쉽겠죠.

이러한 특성은 오늘날까지 이어져 동양은 종합적 사고가 발달하고 서양은 분석적 사고가 발달하는 데 영향을 미쳤습니다. 의술만 보더라도 19세기 전까지 동양에서 해부라는 개념은 생소했어요. 건강은 몸 안의 기들이 균형으로 유지되는 것으로 보았기 때문이죠. 수술로 개입하는 일은 최소화했어요. 서양에서 해부학이 발달하고 문제를 일으키는 신체 부위를 찾아내어 적극적으로 개입하는 것과는 달랐죠.

종교에서도 동양 종교는 순환과 윤회 사상이 특징으로 '둘 모두, 함께'를 지향해요. 타 종교에 관대하고 서로 교리를 흡수하는 특징이 있어요. 하지만 서양의 종교를 대표하는 기독교는 유일신 사상으로 '옳고 그름'의 구조를 지닙니다. 기독교의 교리가 아니면 옳은 것이 아닌 거예요.

옳고 그름의 판단이 아닌 소통과 이해가 중요

다양한 실험을 거쳐 니스벳은 "현대의 동양인들이 고대 동양인처럼 세상을 종합적으로 이해하고 전체 맥락에 주의를 기울이며 사건들 사이의 관계성을 파악하는 데 익숙하다"라고 분석합니다. 반면 "현대의 서양인들은 고대 그리스인들처럼 세상을 보다 분석적이고 원자론적인 시각으로 바라보고 사물을 독립적이고 개별적인 것으로 이해하는 경향이 많다"라고 설명해요. 공자와 아리스토텔레스 시대의 사고방식의 차이가 지금도 계승되고 있다고 말합니다.

이 책에서 동양과 서양의 사유방식 차이를 밝힌 것은 어느 쪽 생각이 더 우세하다고 주장하려는 것은 아닙니다. 이분법적으로 나누려는 것은 더더욱 아니고요. 오히려 문화 차이나 다른 사고방식은 동전의 양면 같아서 상호보완적 관계에 있다는 사실을 강조합니다. 동양인들이 앞선 부분도 있고 서양인들이 앞선 부분도 있으니까요. 상황에 따라 그 둘은 바뀌기도 하고요.

요즘처럼 동서양의 문화가 혼재하고 세계화가 급속하게 이루어지는 다문화 사회에서는 이런 이분법적인 접근이나 설명이 의아할 수도 있습니다. 또한 우리는 어떤 경우에는 동양인의 특징이 드러나는 사고와 행동을 하고 어떤 경우에는 서양인의 특징이 드러나는 사고와 행동을 하기도 해요.

마치 요리의 재료들이 각각의 속성은 그대로 지니면서 서로 어우러져 하나의 요리를 만들어 내듯이 두 문화는 섞여 있죠. 변화하는 외부 환경은 생물학적 기질 차이에 따라 달리 수용될 수도 있어요. 현대처럼 다른 문화와 소통이 활발하고 빠르게 변화하는 사회에는 동서양의 차이를 구분하는 것은 큰 의미가 없을 수도 있습니다.

그러나 분명한 것은 동서양은 생각의 기원이 달라서 우리 생활 전반에 영향을 미쳤고, 지금도 어느 부분에서는 그 영향을 받는다는 점이에요. 그러한 것은 옳고 그름의 문제예요. 그렇기에 우리에게 내제해 있는 사고방식과 심리구조를 이해하는 것은 나와 다른 사고를 이해하고, 이미 형성되어 있는 문화를 이해하는 데에 단초를 제공합니다. 나와 다른 사고를 수용하고 차이를 인정하여 서로 다른 문명의 공존을 가능하게 할 수 있습니다.

15. 숲속의 생활에서 찾은 간소한 삶의 방식

『월든』__헨리 데이비드 소로

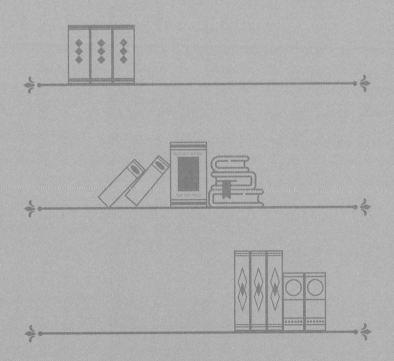

헨리 데이비드 소로.

헨리 데이비드 소로Henry David Thoreau (1817~1862)는 시인이자 사상가이며 수필가입니다. 미국 매사추세츠주 콩코드에서 2녀 2남 중 셋째로 태어났습니다. 부모는 허세 부리는 것을 좋아하지 않았고, 문학과 학식을 중히 여기는 분들이었습니다. 산책하면서 자연을 관찰하는 것을 좋아하며, 자신의 집을 노예폐지론자들의 모임 장소로 빌려주기도 했습니다. 이런 부모의 성격과 취미가 자식들에게 그대로 이어졌습니다.

1833년, 소로는 열여섯 살 때 하버드 대학에 입학한 뒤 기숙사에서 생활했습니다. 소로는 "나의 육신은 하버드 대학의 일원이었지만, 내 마음과 혼은 소년 시절의 정경으로 멀리 떠나 있었다. 공부하는 데 헌신해야 할 시간이 내 고향 마을의 숲을 찾아 헤매고 호수와 시내를 탐험하는 데 소비되었다"라고 말할 정도로 어릴 적 자연에서의 생활을 그리워했습니다.

하버드 대학을 졸업한 뒤, 형과 함께 사립학교를 열어 잠시 교사 생활을 했습니다. 이후 목공, 농업, 석공, 조경, 토지 측량, 강연에 이르기까지 여러 가지 일을 했습니다. 문필가이자 사상가인 랠프 월도 에머슨의 집에 머무르며 가정교사 생활도 하고, 잡지 《다이얼》에 글을 기고하기도 했습니다.

젊어서부터 걸핏하면 감기에 걸렸는데, 그가 턱수염을 길게 기른 것은 목을 따뜻하게 보호하기 위해서였습니다. 1845년 3월부터 월든 호숫가에 손수 오두막집을 지었습니다. 오두막이 완성되자 소로는 그해 7월부터 1847년 9월까지 2년 2개월 2일을 월든 호숫가에서 홀로 지냈습니다. 월든의 생활을 18편의 에세이로 쓰고 다듬어 1854년에 『월든, 또는 숲속의 생활Walden, or Life in the Woods』이라는 제목으로 펴냈습니다.

이 작품은 자연과 함께 산 그의 충실한 생활 기록입니다. 또한 "인간의 주요 목적은 무엇이고 인생을 살아가는 데 필요한 수단은 무엇인가"라는 근본적인 문제에 직면해 고뇌하는 독자를 위한 글입니다.

소로는 1859년에는 노예제도 폐지 운동가 존 브라운을 위해 의회에 탄원서를 제출하는 등 노예제 폐지 운동에 헌신했습니다. 단순하고 소박하며 자족적인 삶, 노동하되 노동의 노예가 되지 않는 삶을 추구하며 일생을 독신으로 지내다 1862년 5월 6일에 결핵으로 숨을 거두었습니다.

그의 저서로 『메인의 숲』, 『케이프 코드』, 『소풍』과, 젊어서 세상을 떠난 형과 배를 타고 여행한 이야기를 쓴 『콩코드강과 메리맥강에서 보낸 일주일』, 옳지 못한 국가 권력에 대해서는 시민이 불복종할 권리를 가진다는 비폭력 저항 운동에 도덕적 근거를 제시한 『시민 불복종』 등이 있습니다.

2018년 4월, 국립생태원은 충남 서천군 국립 생태원 용화실못 일대에 '소로 길'의 명명식을 했습니다. '제인 구달 길' '찰스 다윈-그랜트 부부 길'에 이어 국립생태원 내 세 번째 조성한 산책길이죠. '소로 길'은 소로가 1845년 미국 북동부의 콩코드 인근의 월든 호숫가에 집을 짓고 숲속 생활을 한 것에 대한 철학적 의미를 기리기 위해 만들어졌습니다.

소로는 자신이 살 집을 직접 지었어요. 3월부터 도끼질하고 돌을 나르고, 톱질하고 상량을 올렸죠. 소로가 직접 만든 집은 폭 3m, 길이 4.5m, 높이 2.5m짜리의 작은 오두막이었습니다. 이 집을 짓는 데 들어간 돈은 고작 28.12달러였죠. 당시 하버드 대학 기숙사의 1년 방세가 30달러 정도였으니까 1년 방세도 안 되는 돈으로 집을 지은 셈이죠. 오두막의 살림살이도 침대, 탁자, 책상, 의자 세 개, 냄비 몇 개 등이 전부였습니다.

소로는 7월 4일 미국 독립기념일에 월든 호숫가의 집으로 이사했는데, 여기에는 특별한 의미가 있었어요. 당시 노예제도를 부추기는 미국의 정치 상황에 비판적이었던 소로가 국가와 제도권에 저항한다는 의미에서 이 날짜에 이사했다고 볼 수 있기 때문입니다.

산업혁명의 물결은 월든 호숫가를 지나고

19세기 미국에서는 자연을 인간 삶을 발전시킬 수 있는 존재로 여겼습니다. 당시 미국은 독립한 지 70년 남짓 된 신생국으로서 자본주의 발전에 박차를 가했죠. 북동부를 중심으로 공장들이 생겨나고 도시가

소로가 살았던 오두
막을 재현한 모습.

형성되며, 도시를 연결하는 철로와 전신선이 울창한 숲을 뚫고 무서운
기세로 뻗어 나갔어요.

콩코드 주민들도 산업혁명의 여파를 피해 갈 수 없었어요. 월든 호수
옆을 지나 피츠버그로 가는 철도 공사가 시작된 거예요. 철도 건설은 당
시 미국 근대화의 대표적인 상징으로 이 책 곳곳에서도 언급이 됩니다.
소로는 철도 건설 자체를 비판했다기보다 산업의 발전으로 변해 가는 인
간성을 걱정했습니다. 부富를 축적하기 위해 노동자는 끝없는 노역에 시
달렸고, 남부에서는 농장주의 탐욕 탓에 흑인 노예들이 원치 않는 고역
에 시달렸죠. 사람들이 대부분 경제논리에 따라 집과 직장과 돈의 노예
생활을 했어요. 그것을 보며 소로는 인간성을 잃지 않기 위해서는 간소
한 삶의 자긍심과 철학이 필요하다고 생각했습니다.

소로는 인간도 자연의 일부이기에 자연을 소중히 여겨야 한다고 생
각했어요. 그래서 인간의 욕구에 따라 자연을 무분별하게 훼손하는 것

에 비판적이었죠. 목가적인 생활에서 벗어나 더 좋은 것, 더 비싼 것을 찾으며 그 비용을 대느라 이전보다 더 많이, 더 힘들게 일해야 하는 것도 마음에 들지 않았죠. 더 많은 부와 안락한 삶을 추구할수록 물질과 감각의 노예가 되어 간다고 생각했기 때문이에요.

소로가 보기에 물질주의에 찌든 삶은 인생의 본질을 외면한 "개미처럼 비천하게 사는 삶"이었어요. 물질에 얽매이지 않는 삶과 자기성찰을 하며 내적인 성장을 중요하게 여기는 소로의 철학과는 맞지 않는 삶이었죠.

자급자족하며 증명하고 싶었던 것

소로는 증명하고 싶었습니다. 사람들이 말하는 '성공'을 위해 거대한 집과 재산과 일의 노예로 사는 대신 조그만 집에서 자급자족하며 최소한의 소비를 하면서 여유 있게 살 수 있다는 것을요. 소로는 그것을 증명하기 위해 집을 짓고 농사를 지으며 물고기를 잡았습니다. 생존에 필요한 것을 자연에서 구하고 독서와 사색을 하고 산책을 하며 자연의 일부가 되어 사는 삶을 추구했어요. 그것은 인간의 가치를 물질에 두는 세태로부터 밀어지려는 노력이었습니다.

그렇게 2년 2개월 2일을 살고 나서 도시로 돌아왔을 때 사람들은 "대체 숲에서 혼자 어떻게 살았느냐"라며 꼬치꼬치 캐물었죠. 그 질문에 답을 주는 책이 바로 『월든』(원제는 '월든, 또는 숲속의 생활')입니다.

이 책에서 소로는 어떻게 먹고 자고 입는 문제를 해결했는지, 계절이 어떻게 바뀌며 호수와 숲은 어떤 모습인지, 그 속에 사는 동식물들의 모습은 어떠한지 등을 생생하게 묘사했습니다. 가장 현명한 사람들은 언제나 가난한 사람들보다도 더 소박하고 모자란 듯한 생활을 해왔고, 중국과 인도, 페르시아와 그리스의 철학자들은 외적으로는 가난했지만 내적으로는 부유한 사람들이었다며 단순하고 단순하게 그리고 또 단순하게 살아간 숲에서의 삶을 기록했죠.

간소한 삶의 철학

법정 스님(1932~2010)은 "내가 영향받은 것이 있다면 간디와 소로의 간소한 삶이다"라고 말했습니다. 법정 스님뿐만 아니라 많은 이들이 소로의 영향을 받았는데, 과연 소로의 '간소한 삶'은 어떤 삶일까요?

소로는 사치품과 편의용품은 대부분 인류의 존엄성을 높이는 데 방해가 된다고 말합니다. 그러면서 더 자그마한 것으로도 만족하는 법을 배우라고 강조하죠. 그러한 삶을 위해 소로는 최소한의 것 말고는 물건도 사지 않고 직접 만들고 체험하는 생활을 중시하며, 직접 씨앗을 뿌리고 수확했습니다. 옷을 지어 입고, 호밀과 옥수숫가루로 직접 빵을 구워 먹었죠. 설탕과 쌀은 콩과 맞바꾸어 해결했고요. 가끔 호수에서 물고기를 잡기도 했지만 채식 위주의 식생활을 선호했습니다. 피할 수 없는 경우가 아니라면 생명은 절대 죽이지 않겠다는 것이 그의 철학이었습니다.

소로는 소박하게 산다면 절도나 강도 같은 것은 모르고 지낼 거라고 확신하며 간소한 삶과 소박한 삶을 실천했어요. 그 실천을 통해 평생 생계유지의 고통에서 허덕이는 문명사회의 삶보다 간소한 삶이 훨씬 낫다는 것을 보여 주고자 했습니다.

소로가 소박한 생활만큼이나 중요하게 생각한 것은 독서와 사색 그리고 고독이었습니다. 독서는 자리에 가만히 앉아서도 정신세계의 이곳저곳을 돌아다닐 수 있다면서 동서양의 고전과 철학서, 농업이나 자연사, 여행기, 토착 인디언 부족의 기록 등 한 분야에 치우치지 않는 독서를 했습니다. 식물학자인 린네를 존경했으며, 제프리 초서, 에드먼드 스펜서, 오시안, 조지 허버트, 에이브러햄 카울리 등 영국의 고대와 중세 시인들과 존 밀턴을 좋아했죠. 고전에 대한 연구를 소홀히 하는 것은 오래되었다는 이유로 자연에 대한 연구를 소홀히 하는 것이나 다름이 없다며 고전을 예찬합니다.

『월든』 초판본 표제지(1854).

　종종 가족과 친구들과 함께 식사하고 친구와 이웃들이 그의 오두막을 방문했지만, 대부분은 혼자만의 시간에 사색하고 자연을 관찰하며 책을 읽었습니다. 그러면서 자신의 집에는 고독, 우정, 사교를 위한 의자가 세 개 있다고 말하죠.

　소로 집에 있는 의자 세 개는 아마도 소로가 인생에서 중요하게 여기는 순서이지 않을까 싶습니다. 소로는 자연에서 생활하며 결코 고독을 느낀 적이 없다고 말하며 고독을 위한 의자는 혼자만의 시간을 위한 의자이며, 혼자만의 시간에 즐기는 사색을 중요하게 여겼죠. 또 자연과의 우정과 소로를 찾아온 사람들과 자연 속에서 교우하는 것을 중요하게 여겼습니다.

초절주의 자연관에서 생태주의적 자연관으로

소로는 미국의 사상가 랠프 월도 에머슨(1803~1882)에게서 영향받아 초절주의적 자연관을 드러내다가 점점 생태주의적 사고로 발전합니다. 초절주의적 자연관은 자연을 추상적, 상징적으로 해석하며, 인간 정신의 상징으로 파악하는 사조를 말합니다.

생태주의적 자연관은 인간과 자연을 대립적 관계가 아닌 공존의 관계·유기적 관계로 파악하는 사조이고요. 소로는 자연에서 살며 대자연에 우애를 느끼고 경건함을 느꼈습니다. 바람에 물결이 일렁일 때면 태양 빛이나 하늘보다 더 짙은 푸른색으로 보이는 월든 호수, 숲과 월든 호수의 변화, 동물들과의 교감은 글 곳곳에 담겨 있습니다. 그러면서 인간의 왕이 되기보다 숲속의 학생이 되고 자연의 어린아이가 되고 싶다고 고백합니다.

소로가 자란 콩코드는 미국 독립전쟁이 일어난 곳입니다. 콩코드의 숲에는 새와 야생 식물과 나무와 야생화가 펼쳐졌고, 산책하기 좋은 날씨가 1년 내내 유지됐습니다. 자연은 소로에게 집이며 서재이며 집필 장소였습니다.

소로는 산업주의와 물질 숭배로 부패하는 사회 분위기에 환멸을 느끼며, 인간에 의해 훼손되는 생태계의 파괴가 불러올 위험을 경고합니다. 지구에서 살아가는 온갖 생명체 중 일부가 인간이라고 여겼죠. 인간은 자연과 분리된 존재가 아니기에 자연을 파괴하는 일은 결국 인간에게 재앙이 된다는 것을 지적합니다.

인간이 행하는 자연의 착취와 파괴를 경계하며, 상업적 목적을 지닌 농업이 궁극적으로 자연에 끼치는 폐해를 비판하죠. "한때 농사가 신

월든 호숫가에 세워진 푯말에는 "나는 삶의 본질에 대면해 내 뜻대로 살기 위해 숲으로 왔다. 만약 숲이 가르쳐 준 것을 깨닫지 못한다면 죽음을 맞이하는 순간 내 삶이 헛된 것임을 알게 될 것이다"라는 소로의 말이 적혀 있다.

성한 예술"이었지만 "지금은 대규모 농장과 대량 수확만을 목표로 삼은 나머지 성급하고 생각 없이 농사를 짓고 있음"을 개탄합니다. 플린트 농장으로 대표되는 상업주의적 농업을 비판하면서 환경 보호를 강조하고요. "풀에게 좋으면 내게도 좋은 것"이라는 소로의 말은 인간과 자연의 연계성에 대한 믿음의 표현입니다.

플린트 농장에 대한 소로의 비판은 단지 자연을 착취하고 궁극적으로 파괴하는 상업주의의 폐해만을 겨냥한 것은 아닙니다. 소로는 자기 이름을 따서 농장 옆의 호수를 플린트 호수라 이름 붙인 행위가 결국은 자연을 지배하려는 인간의 보편적 욕구, 즉 언어적 욕망과 맞물려 있음을 지적합니다. 작명 행위를 통해 자연이 탐욕스러운 인간의 소유물이 되고, 그 본래적 속성과 자율성을 상실하게 되며, 궁극적으로 파괴되어 버린다고 우려합니다.

언어에 관한 소로의 성찰은 한 걸음 더 나아가 '숲의 소리들' 서두에서 "은유 없이 말하는" 자연의 언어에 귀 기울일 것을 주문합니다. 은유를 사용 않고 말하는 언어란 여과를 거치지 않은 자연의 생생한 소리로 자연의 풍경, 소리, 냄새 등을 표현하는 실재의 언어를 가리킵니다. 우리가 자연을 생생하게 경험하는 것은 바로 이처럼 은유, 즉 임의적이고 추상적인 인간의 언어를 거치지 않을 때에만 가능한 일이기 때문이에요.

『월든』을 대표적인 생태주의 텍스트라 이름 붙여도 좋은 이유는 소로가 이 책을 1846년에 착수해 1854년에 출판하기까지 무려 일곱 차례의 개작 과정을 거치는 동안 자연에 대한 관심을 심화하면서 생태주의자로 거듭나는 과정을 분명하게 보여 주기 때문이에요. 특히 1850년 이후의 개정 원고들에서 세밀하고 구체적인 자연 묘사가 집중적으로 늘어난 것은 그 무렵부터 소로의 필생의 과업이 실체적인 자연에 대한 탐구였음을 입증한다고 볼 수 있습니다.

소로의 성장과 에머슨과의 만남

소로는 어려서부터 친구들에게 '판사'로 불릴 정도로 허투루 넘기는 게 없었지만, 운동과 놀이에는 관심이 적었습니다. 그는 또래와 어울리는 대신 혼자만의 시간을 보내길 좋아했죠. 떠들썩한 모임보다 혼자 숲속을 거니는 것을 좋아하고 통나무 위에 앉아 책 읽는 것을 좋아했습니다.

소로는 형과 성격이 달랐지만 둘은 사이가 좋았습니다. 하버드 대학을 졸업하고 난 뒤 형 존과 직접 학교를 세워 아이들을 가르치기도 했는데, 형이 병에 걸리는 바람에 1841년 학교 문을 닫아야 했어요. 그런데 그 이듬해 1월에 형이 세상을 떠나면서 소로는 슬픔을 달래려 더 많은 시간을 자연에서 보냈습니다.

1837년에 랠프 월도 에머슨과 만난 일은 소로의 일생에서 가장 중요한 사건이에요. 둘이 만나게 된 계기는 소로의 동생 덕분이었습니다. 소로의

랠프 월도 에머슨.

여동생 소피아가 에머슨의 처형 루시 브라운과 함께 에머슨의 강연을 들었는데, 강연 내용이 오빠가 쓴 글과 같았죠. 이에 소피아가 브라운 부인에게 그 글을 보여 주었고, 그 글이 에머슨에게까지 전해지며 소로와 에머슨은 평생 우정을 나누게 됩니다. 에머슨이 주도하는 초월주의 운동에 매료되어 1837년부터 3년간은 소로가 에머슨의 집에서 함께 살 정도였죠. 소로는 콩코드의 초월주의 그룹이 만드는 잡지 《다이얼》에 시와 산문을 싣기도 합니다.

소로는 대중보다는 개인을, 이성보다는 감성을, 인간보다는 자연을 중시했어요. 그런데 이러한 사상적 성격은 초월주의와 일치했어요. 이러한 사상은 산업주의의 폐해에 대한 비판의식을 불러오고, 숲에서 생활하면서 생태주의적 사고로 발전합니다. 소로는 자연 속에 살면서 글을 쓰는 데 관심을 두었습니다.

글쓰기의 원칙, 진실을 말하는 것

소로는 문학의 외형보다도 내적 정신을 중요하게 여겼습니다. 젊은 시절 소로의 정신세계에 방향을 잡아 준 초월주의에 가장 충실한 책이자 소로의 첫 작품인 『콩코드강과 메리맥강에서의 일주일』(국내 번역서 제목은 『소로우의 강』)에 그의 생각이 잘 드러납니다. 글에서 쓸데없는 다변과 감상을 없애는 가장 분명하고 효과적인 방법은 노동하는 것이라며, 한가롭게 공부만 하는 것을 수치스럽게 여기죠. 상상력은 뛰어나지만 게으른 공상에 불과한 글보다는 경험의 기록이 더욱 음악적이고 진실을 담고 있는 글이라고 말합니다. 그러면서 글쓰기의 단 한 가지 원칙은 진실을 이야기하는 것이라고 강조합니다.

글에 대한 소로의 생각은 이 작품에도 잘 나타납니다. 간결하고 생동감 넘치며 무엇보다도 자연에서의 삶이 잘 드러나 있어요. 예술 이전에 자연을 생각하며 문학 이전에 삶을 생각해 문학과 노동의 합일을 이루죠.

소로는 진정한 개혁이란 철저히 개인의 내면에 관한 일이라고 생각했습니다. 개인의 자율, 지적 성장, 영적 발전이야말로 그 수단이라고 보았기 때문에 친구들이 시도한 이상주의 공동체 실험에 참여하기를 거부했죠. 소로는 어떠한 개혁 프로그램도 제시하지 않았기 때문에 개혁가를 자처하는 이들은 소로를 의심에 찬 눈으로 바라보았습니다.

힌두교나 불교 철학에서 영향을 받았고 동양 고전을 즐겨 읽었는데, 그 때문인지 소로의 은둔과 집중의 방법은 아시아의 명상법과 통하는 부분이 있습니다. 그것은 흔히 얘기하는 '자연으로 돌아가자'라는 식의 단순한 구호가 아니라 상실돼 가는 인간성을 되찾기 위한 힘겨운 시도였어요. 무엇보다도 풍부한 시적 통찰력 은 문명에 의지하지 않는 '순결한 인간'의 삶 이 어떤 것인지를 탐색하게 합니다.

소로가 생각하는 인생의 가치와 의미는 '영적인 성장'이었어요. 영적인 성장을 위해 소로는 미국의 자본주의가 덩치를 키워 갈 때 물질에 대한 집착을 단호히 끊고 '자발적 빈곤'을 선택하고 간소한 삶을 실천했죠. 자 연과 어우러진 삶을 추구하며 그 삶에 닿아 있는 진실한 글을 썼습니다.

소로를 기리기 위해 제작된 우표(1967).

시민 불복종 선언

소로는 '전혀 다스리지 않는 정부가 가장 좋은 정부'라는 무정부주 의적 생각을 갖고 있었습니다. 월든 호수에서 생활한 지 1년쯤 지난 1846년 여름에 미국 정부의 노예 제도 그리고 멕시코와 벌이는 전쟁에 반대했죠. 세금 징수인이 인두세를 징수하기 위해 찾아왔을 때 소로는 "사람을 매매하는 데 쓰이는지, 사람을 죽이는 총을 사는 데 쓰이는지 알 수 없다"라는 이유로 세금 납부를 거절하여 결국 감옥에 갇혔다가 풀려납니다.

그때의 경험을 바탕으로 쓴 글이『시민 불복종』입니다. 이 글은 이 후 마하트마 간디의 인도 독립 운동 및 마틴 루터 킹의 흑인 민권 운동 에 영감을 주었어요. 이들뿐만 아니라 세계 각지의 수많은 혁명가와 인권운동가와 사상가들에게도 영향을 주었죠.

소로는 "우리는 먼저 인간이어야 하고 그다음에 국민이어야 한다고 나는 생각한다. 법에 대한 존경심보다는 먼저 정의에 대한 존경심을 기르는 것이 바람직하다. 내가 떠맡을 권리가 있는 나의 유일한 책무는 어떤 때이고 간에 내가 옳다고 생각하는 일을 행하는 것이다"라며 시민 불복종 및 평화적인 저항 정신을 표현했어요. 그러나 소로의 근본적인 저항은 『월든』에 가장 잘 나타나 있다고 볼 수 있습니다. 소로의 저항은 잘못된 제도에 대한 반발이기도 하지만 근본적으로는 모든 인간의 잘못된 사고방식과의 투쟁이었기 때문이죠.

참다운 인간의 길

소로 사후 100년이 넘도록 『월든』은 조명받지 못했습니다. 오히려 20세기에 인간과 자연의 가치에 대해 눈을 뜬 사람들이 『월든』을 찾기 시작했어요. 그가 살았던 19세기보다 물질만능주의가 더 널리 퍼지고 자연 파괴가 심각해졌으며 개인이나 국가 간의 경쟁은 더 큰 위기를 불러오리라는 예측이 가능하기 때문이에요. 그럴수록 사람들은 소로의 삶과 정신에서 더 많은 희망과 의미를 찾게 됐습니다.

소로는 "인간은 자신이 그대로 내버려 둘 수 있는 것들의 수와 비례한 만큼 부자"이며 "생활을 소박하게 만들수록 고독은 고독이 아니며 빈곤 역시 빈곤이 아니고 연약함도 연약함이 아니다"라고 했습니다. 또한 "사회에서 아주 당연하게 여기는 '성공'은 사실 허망한 것"이라며 '성공'보다는 '참다운 인간의 길'이 더 중요하다고 강조합니다.

'참다운 인간의 길'은 어떤 길일까요? 이 말은 인간중심주의의 길을 말하는 것이 아닙니다. 인간중심주의에서 벗어나 자연과 함께 어떻게 살 것인가를 고민하며 내적 진실에 충실한, 노동의 노예가 되지 않는 자족적인 삶을 추구하는 길을 말합니다.

이 말은 잠시라도 한눈팔면 뒤처지는 현대인에게는 시대착오적인 발언으로 들릴지 모릅니다. 그러나 물질문명의 세례 속에 사는 현대인에게 소로의 제안은 삶의 방식을 돌아보게 합니다. 과연 '참다운 인간의 길'이 무엇인지 생각하게 합니다.

16. 괴물의 탄생과 프로메테우스의 비극

『프랑켄슈타인』__메리 셸리

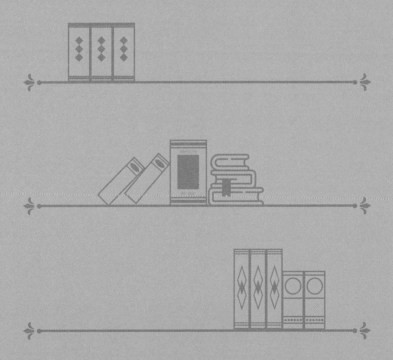

리처드 로스웰이 그린 메리 셸리의 초
상화(1840).

메리 셸리Mary Shelley(1797~1851)는 영국
의 소설가, 극작가, 수필가, 전기 작가
이자 여행 작가입니다. 그녀의 결혼
전 이름은 메리 울스턴크래프트 고드
윈Mary Wollstonecraft Godwin입니다. 최초의 아
나키스트이자 근대적 아나키즘을 이
론적으로 처음 체계화한 영국의 사상
가인 윌리엄 고드윈과 철학자이자 페
미니즘의 선구자인 여권운동가 메리
울스턴크래프트 부부의 딸입니다. 메

리는 태어난 지 11일 만에 어머니를 여의고 이복 언니인 패니 임레이
와 함께 자랐습니다.

　메리는 열일곱 살에 아버지의 정치적 추종자 중 한 사람인 낭만파
시인이자 유부남이었던 퍼시 비시 셸리와 사랑에 빠지게 되어 사랑의
도피 행각을 벌이게 됩니다. 두 사람은 1816년 말에 결혼했습니다.

　1816년, 셸리 부부는 바이런, 바이런의 주치의인 존 폴리도리와 함
께 스위스 제네바 근처에서 여름을 보내며 초자연적인 이야기를 하나
씩 짓기로 약속했습니다. 그때 메리 셸리가 썼던 괴담이 바로『프랑켄

슈타인 Frankenstein』(1818)입니다.

　당시 여성 작가에 대한 편견이 심한 것을 의식해서 초판을 익명으로 출간했습니다. 나중에 작가가 여성으로 드러나자 수많은 악평이 쏟아졌습니다. 그러나 연극으로 공연되는 등 대중의 호응을 얻으며 고전적 공포 소설로 자리를 잡았습니다.

　셸리 부부는 1818년에 영국을 떠나 이탈리아에서 자리 잡고 살았으나 딸과 아들을 잃는 고통을 겪었습니다. 그런데 1822년에는 남편이 탄 배가 침몰하면서 메리 셸리는 남편까지 잃게 됩니다. 1년 뒤 메리는 영국으로 돌아와 홀로 남은 아들을 키우고 전문 작가로서 활동하며 바쁘게 지냅니다.

　당시 여성은 남성의 소유물로 여겨졌을 뿐만 아니라 정치적·경제적 권리도 없었으나 아나키스트인 아버지와 페미니스트인 어머니의 영향을 받아서인지 메리 셸리는 그런 시대에 굴복하지 않았습니다. 자신의 능력을 사회에 펼치며 시민 사회의 발전에 여성의 자리를 당당하게 주장했습니다.

　1848년에는 뇌종양이 발병해 투병생활을 하게 됩니다. 그러다가 1851년에 쉰세 살의 나이로 부모와 함께 묻어 달라는 유언을 남긴 채 세상을 떠났습니다.

　그가 남긴 작품으로 소설『발퍼가』,『퍼킨 워벡의 행운』,『최후의 인간』,『로도어』,『포크너』등이 있습니다. 기행문『1840, 1842, 1843년 독일과 이탈리아 산책』과 다이어니셔스 라드너의 전기문인『잡동사니 백과사전』등은 메리의 급진주의적인 사상이 잘 드러난 작품입니다.

『프랑켄슈타인』은 19세기에 발표된 소설이지만, 소설보다는 영화나 뮤지컬로 더 많이 알려졌습니다. 이 책을 읽지 않은 사람도 '프랑케슈타인' 하면 거대한 몸집과 커다랗고 네모진 얼굴에 덕지덕지 꿰맨 듯한 피부, 나사가 박혀 있는 목등 몰골이 흉측한 괴물의 모습을 쉽게 떠올릴 수 있을 거예요. 그 이미지는 1931년 할리우드에서 처음 흑백영화로 만들어진 이미지입니다. 그 이후로 '프랑켄슈타인'은 영화나 연극, 드라마, 만화, 뮤지컬 등으로 계속 재생산되면서 '괴물'과 동의어가 되었습니다.

그러다 보니 흔히 '프랑켄슈타인'을 작품 속에 등장하는 괴물의 이름이라고 많이 오해합니다. 영화에서 괴물을 프랑켄슈타인이라고 잘못 부르는 일도 있었죠. 그러나 실제 소설을 읽어 보면 프랑켄슈타인은 괴물이 아니라 괴물을 탄생시킨 과학자의 이름입니다. 자신의 모든 과학적 지식을 동원해 생명의 비밀을 밝혀내고자 했지만, 괴물을 탄생시키고 후회와 두려움 속에서 고통스러운 삶을 산 과학자, 빅터 프랑켄슈타인이죠.

세 화자의 이야기로 완성된 액자 소설

『프랑켄슈타인』의 작품 속 화자는 모두 세 명입니다. 첫 번째는 북극을 향해 항해 중이던 월턴 선장이고, 두 번째는 자신이 만든 괴물의 뒤를 쫓아 북극까지 오게 된 젊은 과학자 빅터 프랑켄슈타인, 세 번째는 프랑켄슈타인에게 자신의 억울함을 호소하는 괴물이에요. 이야기는 이들이 들려주는 각각의 이야기가 모여 완성됩니다.

이야기 속에 또 다른 이야기가 들어 있는 소설을 액자소설이라고 하는데, 이 작품이 그러합니다. 월턴 선장의 이야기에 프랑켄슈타인의 이야기가 들어 있고, 프랑켄슈타인의 이야기에 괴물의 이야기가 들어 있죠. 이중으로 된 액자소설의 형식을 띠고 있습니다.

소설은 월턴 선장의 이야기로 시작합니다. 선장이 북극을 향해 항해해 가던 어느 날, 거인처럼 보이는 어떤 형체가 개들이 끄는 썰매를 타고 빙산 사이로 사라지는 모습을 보게 됩니다. 다음 날은 커다란 얼음 조각에 실려서 표류해 온 낯선 남자를 만나게 되는데, 그 낯선 남자가 바로 프랑켄슈타인입니다.

프랑켄슈타인은 자신이 어쩌다 괴물을 만들어 내게 되었고, 그 결과 어떤 고통을 겪고 있는지에 대해 이야기합니다. 화학과 물리학, 생물학 등을 두루 배우며 생명 구조에 특별한 관심이 있던 프랑켄슈타인은 무생물에 생명을 불어넣고자 했죠. 열정적으로 탐구한 끝에 해부실과 도살장에서 사체를 조합해 인간을 만드는 데 성공하고요. 죽은 자의 뼈로 신장 8피트(약 244cm)의 인형을 만들고, 시체 조각조각을 모아 새로운 생명체를 창조합니다. 그러나 그 생명체는 '괴물'의 모습이었죠.

> 피부 아래 근육과 동맥은 누런 피부에 거의 가려지지 않았다. 검은 머리칼은 빛나고 찰랑거렸다. 이빨은 진주처럼 희었다. 하지만 이런 화려한 외모는 허연 눈구멍만큼이나 침침해 보이는 눈과 주름진 피부 그리고 일직선의 검은 입술과 끔찍한 대조를 이룰 뿐이었다.✝(63쪽)

✦ 메리 셸리, 한애경 옮김, 『프랑켄슈타인』, 을유문화사, 2013.

프랑켄슈타인은 '괴물'이 숨을 쉬고 움직이기 시작하자 겁에 질려 방을 뛰쳐나갑니다. 그사이 괴물은 사라지고요. 가족과 약혼녀가 있는 제네바로 돌아가려던 프랑켄슈타인은 어린 동생인 제임스가 죽었다는 편지를 받고 동생을 죽인 범인이 자신이 창조한 괴물임을 직감합니다. 그리고 2년의 세월이 흘러 가족 여행을 떠난 알프스에서 괴물과 마주치게 되죠. 괴물은 그동안 자신의 흉측한 모습과 사람들의 냉대 때문에 고통받던 삶을 들려줍니다.

『프랑켄슈타인』의 원고.

　결과만 보면 괴물은 흉악범이지만 그렇게 되기까지의 이야기는 독자에게 연민을 자아냅니다. 괴물의 심리는 애잔하기까지 하죠. 이 괴물은 사람과 똑같이 느끼고 생각할 줄 아는 존재였어요. 괴물은 시골 외딴집에서 지켜본 가족들을 보며 그들과 어울리고 보호받고 싶다는 욕망은 커져 가지만 괴물의 끔찍한 외모는 사람들의 공격 대상이 될 뿐이었죠. 뛰어난 지능을 바탕으로 혼자 글을 깨치고 사유를 넓혀 가지만, 흉측한 몰골 때문에 다른 사람들과 어울릴 수 없었죠. 선한 의지로 인간의 언어를 배우고 예의를 갖추어 그들의 호의와 연민을 간청하지만, 그 누구도 괴물에게 정서적 유대감을 보이지 않죠.

　또 다른 '인간'인 괴물의 현실은 흉측한 외모 때문에 착한 일을 해도 오해받고 편견과 배척의 대상이 됩니다. 괴물의 지성과 따뜻함은 냉혹한 현실에서 점점 일그러집니다. 그러면서 자신을 이 세상에 태어나게 한 프랑켄슈타인에게 책임을 요구합니다.

> "누구나 끔찍한 괴물을 미워하지. 이 세상의 어떤 생물보다 비참한 나를 아주 증오하지. 하지만 나를 창조한 당신까지 나를 미워하고 냉대하다니. 우리 유대는 끈끈해서 둘 중 하나가 죽어야만 끊어지지. 날 죽이고 싶겠지. 어떻게 이런 식으로 생명을 갖고 감히 장난을 치는 거지? 당신 의무를 다해. 그러면 나도 당신과 다른 인간에게 의무를 다하지."(115~116쪽)

괴물은 자신을 구원해 줄 사람은 자신을 만든 프랑켄슈타인뿐이라며 도움을 요청하고, 자기와 함께 여생을 보낼 여자를 만들어 달라고 간청합니다. 괴물은 본래 따뜻한 연민과 애정을 지니고 있으며 상대에게서도 그러한 대우를 받고 싶어 해요. 여자 괴물과 동등한 위치에서 애정을 나누고 싶어 합니다. 자기와 같은 여자 괴물을 만들어 주면 둘이 함께 인간 세상을 떠나 숨어 살겠다고 말하죠.

프랑켄슈타인은 괴물의 요구에 다시 새로운 생명체를 만드는 일에 착수합니다. 그러나 이 일이 어떤 결과를 불러올지 상상하자 공포에 휩싸여 자신이 만든 여자를 찢어 버리고 말아요. 그러고는 자신이 만든 괴물을 혐오하며 없애려고 합니다. 그 모습을 본 괴물은 분노한 나머지 복수를 결심합니다.

괴물은 자신을 창조한 프랑켄슈타인이 자신의 존재를 부정하고 파괴하려 하자 분노하며 프랑켄슈타인의 가장 친한 친구인 클레르발과 신부 엘리자베스를 죽입니다. 이런 소식을 들은 프랑켄슈타인의 아버지는

그 충격으로 발작을 일으켜
며칠 만에 숨을 거두고요.
이어서 프랑켄슈타인이 사
랑하는 사람들의 죽음이 이
어집니다. 마치 메리 셸리
가 어린 자식들을 잃고 남편
도 잃은 것처럼요.

그럴수록 프랑켄슈타인
은 자신이 만든 피조물 때
문에 자신의 삶이 파괴되었
다는 생각에 괴로워합니다.
결국 자신의 손으로 만든
괴물을 없애기 위해 재산을
정리하고 제네바를 떠나 괴

테오도르 폰 홀스트가 그린 『프랑켄슈타인』의 삽화
(1831).

물을 쫓기 시작해요. 그래서 월든 선장 이야기의 처음인 북극까지 오
게 된 것이죠.

월턴 선장에게 구출된 프랑켄슈타인은 괴물을 쫓느라 몸이 많이 쇠
약해져 있습니다. 프랑켄슈타인은 자기 선택의 당위성과 그동안의
번뇌를 고백하고 배에서 죽음을 맞이합니다.

> "이 마지막 며칠 동안 과거 행동을 곰곰이 생각해 봤는데 잘못했다는 생각은
> 들지 않아요. 광기에 사로잡혀 이성적인 존재를 만들었고, 힘이 닿는 한 그 존재
> 의 행복과 복지를 보장하려고 했지요. 이게 제 의무였죠. 하지만 그보다 더 중요
> 한 게 있었어요. 인간에 대한 의무 말이에요. 그 의무에는 더 많은 사람의 행복과

불행이 달려 있었으니까요. 이런 관점에서 짝을 만들어 달라는 괴물의 청을 거절했고, 그건 옳았어요.……"(253~254쪽)

프랑켄슈타인의 죽음을 본 괴물은 자신이 그동안 고통과 양심의 가책을 느꼈다고 말합니다. 그러고는 자신의 존재를 완성하고 자기에게 주어진 일을 마치기 위해 스스로 죽음을 선택하겠다며 어둠 속으로 사라지며 이야기는 끝이 납니다.

근대의 프로메테우스가 의미하는 것

이 작품의 원제목은 『프랑켄슈타인 혹은 근대의 프로메테우스 Frankenstein or The Modern Prometheus』입니다. 작가는 왜 프랑켄슈타인과 프로메테우스를 같은 의미로 사용했을까요? 그 의미를 유추하면 작가가 말하고자 하는 의도에 좀 더 가까이 다가갈 수 있습니다.

프로메테우스는 그리스 신화에 나오는 이아페토스의 아들로 프로메테우스 신화는 두 가지 이야기가 있습니다. 하나는 프로메테우스가 신에게서 지식을 훔쳤다는 것이고, 다른 하나는 진흙으로 인간을 빚은 뒤 생명을 주는 불을 신에게서 훔쳐 진흙 인간에게 생명을 주었다는 이야기입니다.

어떤 이야기이든 프랑켄슈타인과 프로메테우스는 신의 영역을 침범했다는 공통점이 있습니다. 프로메테우스는 진흙으로 인간을 빚었고, 프랑켄슈타인은 시체 조각들을 이어 괴물을 만들었죠. 프로메테우스는 신들만이 가질 수 있는 불을 훔쳐 인간에게 가져다주었고, 프랑켄슈타인은 무생물에 생명을 창조함으로써 신의 영역을 침범했습니다.

토머스 콜Thomas Cole, 〈결박된 프로메테우스〉(1847), 샌프란시스코 미술관.

그 결과 프로메테우스는 제우스의 분노를 사 카우카수스산 절벽에 쇠사슬에 묶인 채 날마다 독수리에게 간을 쪼이는 형벌을 받아요. 하지만 간은 다시 자라나고 그 형벌은 3,000년이나 계속되죠. 프랑켄슈타인도 인간을 창조했으나 그 결과에 대한 책임을 회피함으로써 자신의 가족을 잃고 삶이 파멸되는 고통을 받습니다.

과학기술 발전의 경고

19세기에는 계몽주의 사상이 강조되었어요. 지적이고 도덕적인 인간을 길러 내는 교육이 중요했던 이데올로기는 프랑켄슈타인의 성격에 많이 반영됐습니다. 본래 선하게 태어난 인간이 사회적 환경 때문에 난폭하고 악하게 변한다는 루소의 자연주의 사상이나, 모든 인간이 깨끗한 석판 상태로 태어났으나 그 석판에 사회의 경험이 채워지면서 개인의 성격을 결정한다는 존 로크의 사상 등이 영향을 미쳤습니다.

이 작품은 읽는 이에 따라, 프랑켄슈타인이 신봉한 과학과 이성의 우월에 대한 비판, 창조는 되었지만 이름조차 얻지 못하고 살아가는 괴물의 정체성, 생명의 비밀을 정복하겠다는 과학자의 욕망, 사랑을 주고받으며 살고 싶은 본성, 진정한 행복이란 무엇인가 등 다양한 해석이 가능합니다.

특히 생명공학이 발달한 지금의 시점에서 이 작품은 과학의 발전이 인류에게 가져다주는 것과 과학자의 사회적 책임을 떠올리게 합니다. 그 책임이 중요한 것은 과학의 발전은 고통을 담보할 수도 있고, 우리 삶을 파멸로 이끌 수도 있기 때문이죠.

유전자 조작과 세포 복제에 의한 생명의 변형과 창조가 가능해진 오늘날, 과연 이것은 인류에게 축복일지 재앙일지는 알 수가 없습니다. 이런 논란을 둘러싼 논쟁은 과학과 생명공학이 발달하면 할수록 끊이지 않겠죠. 이런 상황일수록 과학적 결과물에 대한 과학자의 성찰과 책임감은 중요해질 수밖에 없을 겁니다. 이런 성찰과 책임감이 전제되지 않을 경우 인류가 직면할 수 있는 재앙은 이 소설에 드러난 것 이상일 테니까요. 메리 셸리가 19세기 초에 이미 경고한 것처럼 과학기술의 발전이 인류 전체의 불행이 될 수도 있는 것입니다.

과학자의 윤리적 책임감과 괴물의 정체성 사이

창조자는 자신이 창조한 생명체에 대해 어디까지 책임을 질 수 있을까요? 자신의 창조물이 마음에 들지 않아 이름조차 지어 주지 않고 버린 프랑켄슈타인의 행동은 어떻게 보아야 할까요? 그렇게 만들어지고 버림받은 괴물이 자신을 창조한 이를 위협하고 고통을 주는 행동은 또 어떻게 보아야 할까요?

이 작품을 읽다 보면 이와 같은 의문들이 생깁니다. 그에 대한 대답을 작품은 들려 주지 않아요. 프랑켄슈타인과 괴물의 사연에는 인공 생명체를 창조한 인간이 자신의 피조물을 어디까지 책임질 수 있을지에 대한 철학적인 고민이 담겨 있을 뿐이죠. 그 고민의 답은 우리가 스스로 찾아야 하고요.

메리 셸리는 1831년에 개정판을 내며 이 작품의 서문에서 "추악한 내 자식"이라고 했습니다. 소설의 제목은 '프랑켄슈타인'이지만 작가의 마음에서 이 소설의 주인공은 괴물이었던 것 같아요. 어쩌면 이 작품이 인간 사회를 날카롭게 비판한다는 점에서 인간 사회의 여러 현상 자체가 '추악한' 자식일지도 모릅니다. 어떤 이는 프랑켄슈타인이 신에게 도전하는 과학자의 야망을 드러내 줄 뿐만 아니라 무엇인가를 창조하는 예술가의 불안을 투영한 인물이라고 해석하기도 합니다.

'괴물'의 얼굴은 독자나 사회에 따라 다르게 읽힐 수도 있습니다. 외모에 따라 계급이 나뉘고, 인간이 정해 놓은 사회적 기준에 미치지 못하면 편견으로 대하는 사회일 수도 있고요. 편견으로 가득 찬 사회적 시선이 멀쩡한 누군가를 '괴물'로 볼 수도 있겠죠. 이 작품의 등장인물처럼 누군가의 내면이나 목소리에는 아무도 귀 기울이지 않고 단지 겉으로 보이는 모습에 집착해 괴물이라고 평가할 수도 있습니다.

작품에서 인간은 괴물을 차별하고 없애려고 하지만 괴물은 인간의 잔인함과 종차별을 거부하며 자신의 삶을 지키려 합니다. 이웃의 인간

메리 울스턴크래프트(1759~1797)의 초상. 영국의 여성운동가이자 작가이며 메리 셸리의 어머니. 메리 울스턴크래프트는 "나는 여성이 남성이 아니라 스스로를 지배하기를 바란다"라고 말하며 여성의 교육적·사회적 평등을 주장하며 기존 사회 관념에 도전했다.

과 잘 지내기 위해 노력을 하고 자신의 정체성을 찾고자 프랑켄슈타인 박사를 찾아가 소원을 간청하기도 하죠. 급기야 협박도 하지만 여의치 않게 됩니다. 그 결과로 범죄를 저지릅니다. 과연 이러한 괴물의 정체성은 어떻게 규정할 수 있을까요?

메리 셸리의 어머니이자 '여성주의의 어머니'인 울스턴크래프트는 이 작품이 나온 뒤에는 프랑켄슈타인의 할머니로 불리기도 합니다. 왜냐하면 일각에서는 『프랑켄슈타인』의 '괴물'을 '차별받는 소수자'로 읽으며 페미니즘적 해석을 하기 때문이에요.

여자 없이 후손을 만들고자 하는 남성들의 가부장적인 욕망은 프랑켄슈타인이 남자 괴물을 만드는 것으로 드러나며, 그 결과 남성들의 편견과 어리석음이 얼마나 끔찍한 종말을 맞는지 보여 준다고 해석합니다. 또한 소설 속 프랑켄슈타인 박사가 만든 괴물은 여성을 배제하는 사회를 빗대고 있다고도 볼 수 있습니다. 그런 의미에서 '차별받는 소수자'인 '괴물'은 사회에서 차별받는 모든 소수자를 대변한다고도 볼 수 있습니다. 이 소설은 이러한 윤리에 대한 근원적인 질문이 담겨 있습니다.

이 작품은 근현대의 많은 공상과학소설(SF)에 영향을 미쳤습니다. 과학을 맹신하는 자가 자신이 만든 생명체에 의해 파멸당하는 이야기는 『프랑켄슈타인』으로부터 시작됐기 때문이에요. 이런 다양한 해석이 가능한 파격적인 내용을 지극히 보수적이었던 19세기 초에 여성이, 더구나 열아홉 살 때 썼다는 사실은 놀라울 뿐입니다.

영화 〈그녀〉와 드라마 〈블랙 미러〉

프랑켄슈타인의 괴물은 사랑을 나누고 싶었지만 나누지 못했습니다. 그러나 2013년에 영화 〈그녀Her〉(2013)의 인공지능 사만다는 대필작가로 일하는 테오도르와 로맨스를 나눕니다. 하지만 둘의 관계는 어느 순간 좁힐 수 없게 되죠. 예를 들면, 사만다는 생산성과 효율성을 극대화하는 인공지능의 목적에 부합하게 641명과 동시에 사랑을 나누지만, 테오도르는 그러한 모습에 상처를 받습니다. 테오도르가 사만다에게 애착과 유대감을 느끼며 더 깊은 관계를 원할수록 사만다와의 관계에는 한계가 명백했고 결국 테오도르는 이별을 선택하게 되죠.

이 영화의 테오도르가 사만다를 만나면서 일시적으로 삶의 질이 좋아진 것처럼, 현대사회에서 인공지능은 인간이 해결하지 못하는 많은 문제를 해결해 주는 동반자가 되어 가고 있습니다. '딥러닝'을 이용하여 빅데이터를 분석해서 사용자 취향에 맞는 콘텐츠를 추천해 주며, 더 많은 정보를 더 빠르게 종합·분석하여 단순 노동에서부터 의료계 등의 전문적인 분야까지 활용되고 있죠. 미래에는 더 다양한 분야에

인공지능이 인간을 대체할 것이라고 합니다. 인간의 전유물로 여기던 감정이나 마음 등을 느끼는 인간화된 인공지능도 출현할 수 있겠죠. 미래 사회에는 이 영화에서처럼 더욱더 인간화가 된 인공지능과 함께 살아가는 시대가 될 수도 있습니다. 디지털 시대의 〈환상특급〉이라 불리는 영국의 드라마 〈블랙 미러Black Mirror〉(2011~19) 시리즈는 과학기술이 급격히 발전함에 따라 우리 사회에 미치는 악영향을 극단적으로 이야기하고 있습니다. 눈부시게 발전한 첨단 기술은 인간에게 편리함만 주는 것이 아니라 인간의 어두운 본능까지 건드리죠.

모든 기술이 그러하듯 양면의 가치가 있습니다. 인공지능 기술이 전쟁 무기가 될 수도 있고, 인간의 통제권을 벗어나 인류에게 큰 재앙을 일으킬 수도 있습니다. 인공지능의 특성이 '사유'나 '감성'이 아니라 '연산'이기에 기술을 맹신하다 보면 자칫 인간 존엄을 해칠 수도 있습니다. 그러므로 차를 운전할 때 사고 나지 않게 조심하며 운전하듯이 인공지능의 양면의 가치를 직시하고 부작용이 생기지 않도록 경계심을 늦추지 말아야 합니다.

이미 진행 중인 4차 산업혁명은 우리 삶의 패러다임에 큰 변화를 가져오고 있으며 앞으로 더 큰 변화를 불러올 것입니다. 그 변화를 인간 삶의 질 향상으로 이끌려면 무엇보다도 인공지능의 설계와 운용에 윤리의식을 가져야 하겠죠. 새롭게 요구되는 인간다움과 인간성을 검토하여 평화로운 공존을 위해 노력해야 합니다. 그것은 많은 SF에서 그린 로봇과 인공지능이 인간을 지배하는 섬뜩한 세상이 되지 않게 하기 위한 대처이기도 합니다.

현대의 프랑켄슈타인 신드롬과 유전자 변형 식품

이 작품의 영향으로 '프랑켄슈타인'이라는 이름은 충동적으로 난폭해지게 되는 괴물 인간 자체를 가리키는 말로 사용됐다. 또한 '프랑켄슈타인 신드롬'은 비유적으로 자기를 파멸시키는 물건을 만드는 사람, 자기가 만들어 낸 저주의 씨 등을 뜻한다. 유전자 변환 실험으로 엉뚱한 병원체가 나타날지도 모른다는 두려움을 뜻하기도 한다.

GMO(유전자 변형 식품)를 반대하는 전 세계의 환경단체들은 GMO를 공포소설의 주인공 프랑켄슈타인Frankenstein과 음식Food의 합성어인 프랑켄슈타인 푸드Frankenstein Food' 또는 '프랑켄푸드Franken Food'로 부른다.

유전자 변형 식품이란 기존 식품 종자의 유전자를 인위적으로 결합해 유전자 특성을 강화한 식품을 말한다. 유전자 변형은 식량 부족의 문제를 해결할 수 있으며, 경우에 따라 질병 치료나 건강 증진에 도움을 준다는 주장도 있다.

그러나 어떤 유전자의 기능이 사라지거나 불안정해질 수도 있고 새로운 독소가 생겨날 수 있는 위험도 있다. GMO 식품 중 상당수가 제초제나 해충 등에 저항성이 강한 유전자를 갖고 있어 결과적으로 생태계에 악영향을 끼칠 가능성도 크다. 인체에 대한 유해 가능성과 생물의 다양성 훼손이라는 측면에서 그 위험성을 제기하는 목소리가 끊이지 않고 있다.

200여 년 전에 발표된『프랑켄슈타인』은 현대에 와서 더 유효한, 아무도 윤리적 책임을 지려 하지 않는 과학 발전이나 기술 발전에 대한 섬뜩한 경고라 할 만하다.

17. 자본주의 정신은 무엇이었나?

『프로테스탄트 윤리와 자본주의 정신』__막스 베버

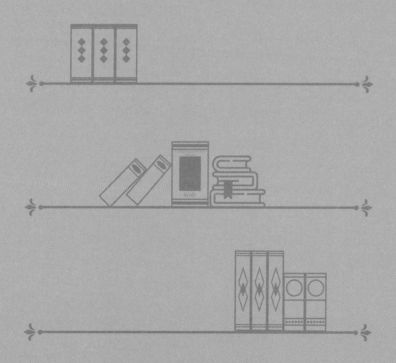

막스 베버.

막스 베버Max Weber(1864~1920)는 독일의 법률가, 정치가, 정치경제학자이며 사회과학자입니다. 독일 튀링겐주의 에르푸르트에서 일곱 자녀 가운데 장남으로 태어났습니다. 아버지는 전형적인 부르주아 정치가이자 법률가였고, 어머니는 절대적인 도덕 신념을 지닌 개신교도 칼뱅주의자였습니다. 베버는 어머니의 인생관에 강한 영향을 받았지만 스스로 종교적이라고 주장하지는 않았습니다.

베버는 여덟 살에 왕립 김나지움에 입학해 역사와 철학, 문학을 탐독했어요. 하이델베르크 대학교에서 법학을 전공했으나 경제학, 중세 역사, 철학, 신학 등에도 관심이 많았습니다. 1886년에 변호사에 해당하는 '참조인' 시험에 합격했고, 1888년에는 역사학파 쪽 독일 경제학자들의 모임인 '사회정책학회'에 가입해 활동했습니다. 1889년에 법학 박사 학위를 받았습니다.

베를린 대학교와 하이델베르크 대학교 등에서 역사경제학 교수를 지냈습니다. 베르사유 조약의 독일 제국 측 협상대표로 선임되고, 바이마르 헌법의 초안을 닦는 위원회의 일원으로 활동하는 등 당대 정치 분야에 상당한 영향력을 행사했습니다.

베버는 1893년에 여성주의 작가 마리안 슈니트거와 결혼했습니다. 베버는 아버지와 갈등이 많아 1897년에 크게 싸웠는데, 이후 화해를 못 한 채 부친이 사망하면서 심리적 타격을 받았습니다. 이후 신경쇠약으로 6년여를 요양하며 보냈습니다.

신경쇠약 이전의 베버는 역사경제학의 관점으로 글을 썼으나 1903년 이후부터는 사회학으로 옮겨 갔습니다. 「사회과학과 사회정책의 객관성」이라는 논문을 쓴 뒤 『프로테스탄트 윤리와 자본주의 정신Die protestantische Ethik und der Geist des Kapitalismus』을 저술했습니다. 베버는 이 책의 1부를 1904년에 발표한 뒤 미국으로 건너가 청교도와 자본주의의 관계 양상을 관찰한 뒤 1905년에 2부를 발표했습니다.

이후부터는 독일 사회학회의 창립을 도우며 사회과학의 가치중립성과 객관성의 중요성을 역설했습니다. 1914년 1차 세계대전이 벌어지자 자원입대해 하이델베르크의 야전 병원에서 근무하기도 했지만, 곧 돌아와 빌헬름 2세의 전쟁 방침에 반대하는 투쟁을 했습니다.

패전 뒤 베버는 빈 대학교와 뮌헨 대학교에서 교수를 지냈습니다. 1920년에 스페인 독감에 걸려 그해 여름 뮌헨에서 폐렴으로 세상을 떠났습니다. 평생의 동반자였던 마리안은 베버가 죽은 뒤 남편이 학술지에 실었던 논문들을 모아 책으로 출판하고, 남편의 전기인 『막스 베버의 생애』(1926)도 저술했습니다.

저서로는 『경제와 사회』, 『직업으로서의 정치』, 『직업으로서의 학문』 등이 있습니다.

현재 우리나라를 비롯해 전 세계의 나라가 대부분 자본주의 경제 제도를 택하고 있습니다. 그러나 자본주의가 태동한 것은 그리 오래되지 않았어요. 16세기 무렵 봉건제도에서 싹트기 시작해 18세기 중엽부터 영국과 프랑스 등을 중심으로 발달하며 지금에 이르렀죠.

'자본주의'는 경제 용어로 여러 가지 견해가 있습니다. 그러나 일반적으로 자본주의는 '이윤추구를 목적으로 하는 자본이 지배하는 경제체제'라고 정의합니다. 생산수단의 사유제 아래에서 상품생산이 행해지는 경제체제로 자본가가 자본을 투자해 최대 이윤 획득을 목표로 하는 경제 행위이죠.

'자본주의Capitalism'의 어원은 '자본capital'에서 파생됐습니다. 자본을 뜻하는 'capital'은 라틴어 'caput(사람의 머리)'에서 나왔는데, 'capitation'(인두세), 'per capita'(1인당) 등도 어원이 같습니다. 'capital'은 처음에는 '머리'나 '우두머리'의 의미로 사용되다가 12세기에서 13세기 즈음에 '돈'의 의미가 부여됐습니다. 17세기에 자본을 소유한 사람을 '자본가'라고 불렀고, 18세기 산업혁명 시기에 이르러 돈을 사용해 무엇을 추구한다는 개념으로서의 '생산'의 의미가 더해졌어요.

이런 '자본주의'를 주제로 쓴 고전들이 있는데, 하나는 카를 마르크스의 『자본론Das Kapital』이고, 다른 하나는 막스 베버의 『프로테스탄티즘의 윤리와 자본주의 정신』입니다. 그러나 공통의 주제와 달리 두 책의 내용은 다릅니다.

마르크스와 달리 베버는 '문화'와 '정신'의 영향을 강조

'자본'이나 '자본주의'의 의미를 정의한 사람은 카를 마르크스입니다. 마르크스는 『자본론』에서 '자본주의'를 "생산수단의 사적 소유에 기초한 경제 체계와 이를 토대로 성립하는 사회구성체"라고 정의했습니다. 자본주의 사회에서 생산수단은 자본가의 배타적 소유가 되며, 노동자는 생산물이나 생산과정에서 어떠한 권리 없이 노동의 대가만 받게 된다고 보았죠.

마르크스는 물질이 정신을 지배한다고 보았습니다. 다양한 형태의 경제적 관계는 지배와 갈등 관계를 형성하여 계급 관계가 된다고 보았죠. 사회도 물질적 기초인 경제가 문화, 사상, 법 등을 결정한다고 보았고요. 그래서 사회를 이해하기 위해서는 문화보다는 경제를 분석하는 게 중요하다고 했습니다. 이를 '유물론적 해석' 또는 '경제결정론적 해석'이라고 말합니다.

베버는 37년 전에 마르크스가 책 『자본론』을 펴내면서 '자본주의'를 설명했지만, 그것으로 충분하지 않다고 여겼어요. 특히 마르크스와 달리 베버는 사회 변화에 따른 사람들의 변화보다는 사람들의 가치관과 신념의 변화에 따라 달라지는 사회에 주목했습니다. 경제적인 측면보다 정신적인 측면에서 자본주의의 기원을 찾으려고 했습니다. 마르크스의 주장처럼 물질이 정신을 지배하는 면이 있기는 하지만, 정신이 그대로 물질로 환원된다고 보기보다 정신만의 자율성과 독자성이 있다고 본 것이에요.

마르크스가 주목한 경제뿐만 아니라 문화를 통해서도 사회를 이해할 필요가 있다고 보았습니다. 경제학에서 일반적으로 인간행동의 동

카를 마르크스와 그의 대표작 『자본론』의 표제지(1867).

기는 경제적 동기에 의해 작용한다고 보았지만, 베버는 인간행동의 동기에 문화적 요인이 크다고 보았죠. 즉 노동을 경제 행위이면서 문화적 행위로 해석한 것이죠.

베버는 집단주의적인 사회주의 경제가 인간을 해방시킨다고도 믿지 않았습니다. 모든 활동과 같이 경제도 그 수단에 의해 제한되기 때문이죠. 베버는 마르크스의 유물론적 해석에 정신을 독자적으로 이해하고자 하는 관념론적 해석이 필요하다고 판단하며 마르크스의 유물론과 다른 주장을 폈습니다.

『프로테스탄트 윤리와 자본주의 정신』은 문화를 통해서 사회를 분석한 결과물이에요. 단일한 사건으로 근대 자본주의가 탄생한 것이 아니라 여러 사건의 결합으로 서구의 근대 자본주의가 형성되었다고 주장합니다. 사회학뿐만 아니라 법, 경제, 철학, 종교, 역사 등을 공부하며 얻은 다양한 지식을 접목해 다원주의적 사고로 근대 자본주의의 정신을 밝히고 있습니다.

노동의 이유는 뭘까?

20세기의 성격을 규정하기 위해 그 이전 시기와 비교해 가장 큰 특징이 무엇이냐는 질문에 베버는 서구 사회가 만들어 낸 근대 자본주의 문화라고 대답합니다. 그러면서 근대 사회를 규정하는 몇 가지 특징이 왜 서양에서 먼저 등장했는지 궁금해하며 노동의 이유를 탐구하죠. 서양에 근대 자본주의가 먼저 등장한 이유에 근대 자본주의 정신의 뿌리가 있다고 본 것이에요.

베버는 산업혁명 이전에는 사람들이 맥주를 마시며 여가를 즐겼는데, 산업혁명 이후에는 온종일 기계처럼 일만 하며 자본주의에 적합한 인간으로 바뀌는 것에 의문을 가집니다. 그러면서 자본주의에 적응하기 위해 인간이 안간힘 쓰는 이유에 의심을 품어요. '자본주의야말로 인간이 만들어 낸 것은 아닐까, 이 현상은 오래전부터 준비되고 있던 것은 아닐까'라고 질문합니다.

고대 그리스인에게 노동은 노예의 몫이었으며 저주받은 행위로 여겨졌습니다. 고대 관습은 중세까지 이어져 프랑스의 경우 대혁명 이전의 노동자는 거의 1년의 절반이 휴가였죠. 전근대 사회에서의 노동은 자연과 밀접하게 관련이 있어서 해가 뜨면 일하고 해가 지면 집에 들어왔습니다. 봄이면 씨앗을 뿌리고 가을이면 추수를 하고 겨울이면 여가를 즐기는 삶이었죠. 자본주의 경제 체제가 우리 삶에 들어오기 전에는 자연에 맞추어 적당히 일했다고 할 수 있어요.

그러나 자본주의 경제 체제가 자리 잡기 시작하면서 노동시간은 연간 52주, 주당 70~80시간으로 늘어납니다. 언젠가부터 '노동'이 중요해지고 '근면'은 중요한 덕목이 되죠.

베버는 이러한 노동에 따른 삶의 변화에 의문을 가졌습니다. 사람은 환경에 적응하기만 하는 존재가 아니라 스스로 환경을 바꾸는 존재이기에 자본주의는 19세기에 갑자기 나타난 것이 아니라 훨씬 이전 시기로 거슬러 올라간다고 보았어요.

특히 자본주의 정신이 지닌 종교적인 성격에 관심을 가집니다. 마르틴 루터의 종교개혁을 중세 사회와 근대 사회의 기준을 가르는 신호탄으로 보며, 노동과 근면을 강조하는 프로테스탄트의 금욕주의에 주목합니다.

프로테스탄트의 직업 윤리와 칼뱅주의

베버는 근대 자본주의의 기원을 근대 산업혁명과 계몽주의와 합리주의가 아니라 16~17세기 영국과 미국에서 활동했던 칼뱅주의, 감리교, 침례교 등의 개신교가 지니고 있던 '프로테스탄트 윤리'에서 나왔다고 말합니다.

'프로테스탄트Protestant'란 16세기 마르틴 루터와 장 칼뱅 등이 주도한 종교개혁의 결과로 로마 가톨릭에서 분리해 성립된 기독교의 분파예요. '프로테스탄트'란 종교개혁의 주역인 루터가 로마 카톨릭 세력에 저항protest한 데서 유래한 말이에요. 루터가 주장한 종교개혁은 부패한 가톨릭에 저항하여 새로운 신앙 원리에 바탕을 둔 시도였고, 결과적으로 가톨릭교회를 분열시키고 프로테스탄트교회를 수립하는 계기가 되었어요. 루터의 해석은 사제를 통해 신과 만나는 것이 아니라 신과 직접 만나는 개인의 신앙이 유일하다는 것이었는데, 이 해석이 종교개혁의 출발점이 되었습니다.

종교개혁의 시작이 루터였다면 종교개혁을 꽃 피운 사람은 칼뱅입니다. 칼뱅주의의 핵심은 예정설인데, 인간의 노력으로 구원받는 것이 아니라 신의 의지로 선택된 인간이 구원받는다고 주장하죠. 이것은 가톨릭 교리와 정면으로 배치되는 것이었어요. 칼뱅에 의하면 아무리 착하게 살아도 구원받을 수 없으며, 인간의 운명은 오로지 신의 결정에 달려 있습니다.

또한 각자의 직업은 신이 부여하고 예정한 소명이기 때문에 직업에 충실하게 사는 것이 곧 신의 영광을 드러내며 신을 기쁘게 하는 길이라고 강조했습니다. 여기에서 소명은 "하나님은 천지창조 시 인간에게 노동(일)을 부여하셨다(창 1:27-28)"에 근거하여 노동은 신성하며 그에 따른 직업 역시 신성하다고 여겼습니다.

그런 맥락에서 종교개혁자 루터는 모든 직업은 하느님이 부여하신 소명calling임을 강조했고, 칼뱅 역시 그 어떤 직업도 하느님의 영광을 위한 봉사의 현장임을 역설했죠. 자기에게 맞는 직업을 가짐으로써 생계를 유지하고 재능과 기회를 선용하여 사회에 기여·헌신하는 것은 하느님의 사람으로서 마땅한 것이며, 궁극적으로는 하느님 나라 건설에 일익을 담당하는 일이라고 강조했습니다. 신의 은총을 확인하기 위해 열심히 일하고 부를 쌓아야 한다는 뜻이죠.

가톨릭이 지배하던 중세 교회는 부를 쌓거나 이윤 추구를 죄악시했지만, 개신교의 칼뱅은 개인이 재산을 쌓는 자세를 중요하게 여겼습니

마르틴 루터(왼쪽)와 장 칼뱅.

다. 그러면서 신도들 또한 수도사처럼 엄격한 금욕 생활을 해야 한다고 가르침으로써 신앙과 윤리를 결합했습니다. 직업 노동을 가장 좋은 금욕적 수단으로 삼게 하고 이를 통한 부의 획득은 신의 축복이자 구원의 증표가 되어 종교적인 입장에서 자본주의 정신을 합리화했죠. 베버는 이러한 금욕주의를 가톨릭의 금욕주의와 구별하기 위해 '세속적 금욕주의'라고 불렀습니다.

베버가 칼뱅주의에 주목한 이유

베버가 칼뱅주의에 주목한 이유는 내세와 관련된 예정설을 내세워 현세에서 어떻게 살아야 하는지에 대한 윤리 지침을 가장 체계적으로 만들었기 때문입니다. 베버는 근대 초에 등장한 신흥 상공인들이 개신교로 개종하면서 경제활동에 대한 종교적 굴레를 벗어나게 되었다는 점에 주목했죠. 개신교도들이 정치적, 종교적 박해를 받으면서도 유럽 각지에 자본주의적 상공업을 영위할 수 있었던 것은 종교적 신념과 충돌을 일으키지 않으며 사회적 입지를 넓혀 갈 수 있었기 때문이라고 보았습니다.

그 근거로 근대 자본주의 정신과 프로테스탄티즘의 윤리가 모두 일상과 노동과 직업에서 매우 통제된 생활을 강조하는 공통점이 있다는 점을 밝혀냅니다. 또한 근대 독일 사회에서 자본가, 경영자층, 숙련된 노동자층의 구성원 대부분이 프로테스탄트적 성격을 갖는다는 통계적 수치를 제시해요. 프로테스탄트적 환경에서 자란 학생들이 가톨릭 환경에서 자란 학생보다 유독 경제적 이윤을 추구한다는 사실도 발견하죠. 가톨릭교도들이 전통적인 수공업 방식을 지향한다면 프로테스탄트들은 근대적인 공장 제도를 선호한다는 것도 밝혀내고요.

베버는 이 지점에서 서양 역사의 방향이 달라졌고, 그 지점은 물질이나 경제적 동기 자체보다도 종교적인 교리에 입각한 정신적 동기, 즉 신앙의 믿음과 직업 윤리의 동기가 작용했다는 획기적인 주장을 합니다. 그에 대한 예로 당시 자본가들의 자본주의 행위를 돈을 벌기 위한 목적이 있는 동시에, 프로테스탄트적 윤리관에 입각해 금욕적인 생활을 한 것으로 설명했죠.

이는 노동과 경제력을 중시하는 근대적인 자본가와 노동자를 키워내게 했고, 이것이 자본주의 발달에 기여하게 되었다고 판단합니다. 이는 아이러니하게도 세속적인 가치관에 종교적인 윤리관이 매우 깊게 박혀 있는 현상이었죠.

합리성과 자본주의

베버는 여러 분석을 통해 근대 자본주의와 프로테스탄티즘 사이에서 '합리성'이라는 공통분모를 찾아냅니다. '합리성'은 전통사회와 근대 사회를 구분하는 중요한 기준으로, 주술이 지배하는 사회에서 벗어난다는 것을 의미해요.

서양의 과학은 이성을 수단으로 삼아 자연을 이해하고 정복하려고 했습니다. 서양 자본주의는 합리적 방법으로 노동과 생산을 조직하려는 시도였고요. 서양의 여러 국가는 합리적인 헌법과 제도, 관료제를 기반으로 성립됐죠. 이러한 일이 인도나 중국에서는 일어나지 않고 왜 서양에서만 발생했을까요?

베버는 이런 궁금증을 해결하기 위해 각 지역의 종교가 어떻게 지역 사람들에게 영향을 주고, 경제적 행위에 대한 태도를 키웠는지를 살폈습니다. 그 결과에 따르면 인도와 중국의 종교는 비합리적 정신을 고무시키지만, 서구 개신교는 합리적 생활 태도를 함양했다는 사실을 밝혀냅니다.

프로테스탄티즘의 금욕주의는 중세 수도원의 금욕 생활에 뿌리를 두고 내세적인 구원의 목표를 지향하지만, 객관적으로는 주목할 만한 현세적 업적을 중시했어요. 왜냐하면 프로테스탄티즘에서 구원은 직업과 노동이라는 극단적인 탈주술화의 수단으로 달성될 수 있기 때문입니다.

베버는 '합리성'이 자본주의라는 경제체제와 프로테스탄티즘이라는 종교체계를 서로 맞물리게 해 독특한 합리주의를 형성했다고 결론내립니다. 합리적 이윤 추구 행위와 노동을 중시하며 직업에 헌신할 것을 주장한 종교적 윤리를 자본주의 정신의 바탕으로 보았습니다.

자본주의 정신의 또 다른 이념형, 프랭클린

미국의 100달러짜리 지폐 속 인물은 신대륙 정신을 대표하는 벤저민 프랭클린(1706~1790)입니다. 우리가 흔히 알고 있는 "시간은 돈이다"라는 말을 한 사람이죠.

베버는 18세기 미국의 기업가였던 프랭클린을 주목했습니다. 프랭클린은 시간과 신용은 돈이며, 돈은 번식력과 증식력의 본성을 갖고 있음을 잊지 말고, 근면 성실하게 일하며 절제하는 생활을 하며 시간을 지킬 것 등을 강조하는 인생 철학을 설파했습니다. 돈을 모으는 구체적인 방법과 삶의 태도를 들려주는 프랭클린의 글은 단순한 처세술이 아니라 프로테스탄트의 관점과 계몽주의의 이상을 조합한 새로운 노동 윤리였습니다.

베버는 자신보다 한 세기 앞서서 살다 간 프랭클린에 관한 여러 자료를 보다가 근대 자본주의의 성장 배경에 대한 힌트를 얻었습니다. 프랭클린의 생활 윤리에서 프로테스탄트의 윤리가 세속화된 형태로 제시된 걸 찾아냈죠.

전통적인 노동자는 자신의 일상적인 욕구를 충족시키기 위해 얼마만큼 일해야 할지를 고려했지만, 프랭클린은 노동을 신성한 것으로 보며 일에 대한 책임과 부의 축적을 강조했습니다. 노동을 숭상하며 노동 이외에 소비되는 시간을 낭비로 취급했죠. 부자가 되기 위해서는 시간과 신용 모두 돈이라고 주장하며 개인의 행복이나 효용보다 이윤 추구를 더 신성시했어요. 이는 향락을 엄격하게 억제하면서 많은 돈을

조지프 뒤플레시스가 그린 밴저민 프랭
클린 초상화(1778).

얻기 위해 노력하는 것을 신앙생활의 목적으로 여긴 프로테스탄트의
윤리와도 맞는 지점이었습니다. 베버는 이러한 것을 근거로 돈의 축적
이 금욕적인 성격으로 바뀌면서 자본의 축적을 이끌었고, 그것이 결국
자본주의를 발전시킨 주요 원리로 작용하게 되었다고 지적합니다.

미국 여행에서 목격한 것

　베버는 3개월 동안 미국을 여행하면서 현대 자본주의 특징을 발견
합니다. 뉴욕의 초고층 빌딩을 보면서 미국에서 완전히 새로운 문화가
탄생하고 있음을 느끼죠. 핵가족 형태로 각자의 방에서 생활하는 모습
에서 개인주의를 발견하고 유럽에서 천대받았던 유대인이 막대한 재
력을 바탕으로 자리 잡은 것을 보고 다민족 사회를 발견해요. 해마다
400명 정도가 전차에 치여 죽거나 불구가 되지만 방지책을 마련하기

보다는 기업의 이윤이 우선인 이기심도 봅니다. 미국 대학 대부분은 프로테스탄티즘의 종교적 전통을 고수하면서 독일보다 훨씬 강도 높은 직업 교육을 하고 있었습니다.

프로테스탄티즘의 정신은 자본주의의 바탕이 되었고, 그것은 돈벌이에 최선을 다하는 것에 도덕적인 의무를 반드시 따르게 했지만, 이미 금욕주의는 사라지고 금전욕으로 변질되고 있었죠. 돈이 행복이 되는, 돈이 행복을 발명하는 현상이 드러나고 있었습니다. 자본주의는 금욕주의 정신이라는 버팀목이 더 이상 필요하지 않게 된 거예요.

세상에 뿌리내린 자본주의는 더 이상 종교적 교리가 필요하지 않았습니다. 재물욕은 왜 미덕이 되고, 왜 자신의 직업에 충실해야 하는지, 왜 끊임없이 부를 축적해야 하는지도 묻지 않았죠. 그런 점에서 프로테스탄트의 경우 이윤 추구를 하는 목적은 신의 구원을 확인하는 것과 달리, 현대사회에서 이윤을 추구하는 데 '정신'이 존재한다고 보기는 어려웠습니다.

베버는 노동과 부의 축적과 끊임없는 소비는 당연한 것이 되었다며 이것을 '강철 상자'라고 지칭합니다. 그 강철 상자 안에서 사는 현대인은 정신적 방황을 하게 될 거라고 우려합니다. 현대사회가 그 어느 때보다도 합리화되고 기술적으로 발전되었지만, 그 합리성이나 기술 자체가 의미 있는지조차도 증명해 낼 수 없다고 지적합니다. 모든 가치나 신념, 이상의 객관성을 확신할 수 없는 상태라며 절망합니다.

이러한 우려와 함께 베버는 인간에 대한 강한 믿음을 보여 줍니다. 인간은 빵만으로는 살 수 없는 존재이며, 근본적으로 자유로운 존재라고 믿었습니다. "자본주의의 한계에도 불구하고 그보다 더 바람직한 대안은 없다"라며, "진정한 자유인이란 스스로 가치 있는 것을 선택하고 그것을 위해 하루하루 성실하게 노력하는 사람"이라고 말합니다. 여기에서 말하는 자유는 무엇이든 마음대로 하는 자유가 아니라 선택의 자유입니다. 스스로 선택할 가치를 위해 하루하루 성실하게 사는 것이 진정한 자유라는 것이죠. 선택의 짐을 스스로 짊어질 때 인간은 무한한 가능성을 갖게 된다고 말합니다.

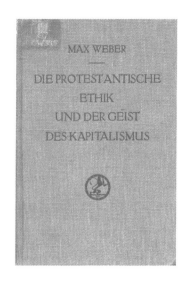

『프로테스탄트 윤리와 자본주의 정신』
의 표지(1934년 판).

베버는 글의 끝에서 단지 경제 발전과 정신적 추진력의 관계를 밝히려는 문제의식이 중요했다며, 자신의 논문 의미를 과대평가하지 말라고 신중하게 말합니다. 자신의 연구 한계를 알고, 종교적 금욕주의가 자본주의 정신의 형성과 발달에 영향을 미치고 있음을 증명하는 데 머무르고 있음을 인정하며 글을 마무리합니다.

복합적인 원인의 자본주의 정신

베버의 이론을 단순하게 도식화한다면 처음 종교개혁이 일어나고, 그에 대한 영향으로 프로테스탄티즘과 영국의 청교도주의가 발생하며, 칼뱅주의의 세속적 금욕주의가 나타납니다. 칼뱅주의는 직업에의 소명을 강조하며 자본주의 정신의 기초가 되었고, 이것이 합리적인 자본주의와 맞물려 근대 자본주의에 이르렀습니다. 그것이 오늘날의 자본주의로까지 연결된다고 볼 수 있어요. 그러나 베버가 단순한 원인과 결과를 거부했던 것처럼 이러한 도식에서 모든 이유를 찾는 것은 잘못입니다.

베버는 자본주의 정신이 프로테스탄티즘의 윤리에 영향을 받았다고 강조하지만, 그것이 유일한 원인이라고 주장하지는 않습니다. 다만 칼뱅주의처럼 종교개혁 이후 발달한 사상과 종교적 실천이 자본주의 정신의 토대가 된 윤리를 담고 있었고, 종교적 신앙과 자본주의 정신 사이에는 '선택적 친화력'이 작용해 사회 변동에 영향을 주었다고 보았어요. 한쪽이 원인이고 다른 한쪽이 결과가 아니라 서로 영향을 주고받으면서 자본주의의 역사적, 사회적 현상이 복합적으로 달라졌다고 지적합니다.

현대 자본주의는 어떻게 달라졌을까?

오늘날 자본주의 상황은 달라졌고 베버의 주장이 모두 옳은 것은 아닐 수 있습니다. 그동안 자본주의는 제국주의 시대를 거쳐 냉전체제를 지나 신자유주의 시대에 이르렀어요. 지금은 베버가 살았던 시대와 다릅니다.

하지만 분명한 건 베버가 자본주의 정신을 밝히는 과정에서 확인한 건 자본주의는 승리한 것 같지만 그 정신은 사라졌다는 거예요. 노동의 형태나 의미도 달라졌고요. 그러면서 베버가 제시한 자본주의 정신은 오늘날 자본주의 시대를 살아가는 우리에게 묻습니다.

내 노동의 이유는 무엇일까요? 내가 추구하는 가치는 무엇일까요? 나는 무엇을 위해 날마다 애를 쓰나요? 물질을 욕망하고 소비하기 위해 지나치게 많은 힘을 쏟고 있지는 않은가요? 이러한 상태에서 현대인이 진정한 자유인이라고 할 수 있을까요? 우리는 이 질문에 무엇이라고 대답할 수 있을까요?

베버가 우리에게 묻는 것은 아마도 이런 질문이 아닐까 합니다. 노동과 직업이 우리의 삶에 차지하는 비중을 생각한다면, 이 질문은 평생 동안 대답을 찾아야 하는 질문이 될 수 있을 것입니다.

프로테스탄티즘이 나오게 된 정치·경제·사회적 배경

1830년대부터 유럽은 개인의 자유와 평등, 민족의 해방과 독립을 요구하는 목소리가 높아졌다. 1848년 프랑스에서 2월혁명이 일어나자 3월 독일의 모든 연방 주에서는 자유주의 민족국가를 쟁취하고자 하는 민중 봉기가 일어났다. 마침내 그해 5월에 프랑크푸르트 연방회의가 열렸고 독일 각 주의 대표들은 독일 국민의 권리선언을 채택하며 통일독일의 헌법을 제정하고자 했다.

그러나 내용을 합의하지 못한 채 1862년에 비스마르크가 재상으로 임명된다. 비스마르크는 자유주의적 이상이 아니라 국가의 힘으로 당면한 문제를 해결해 나간다는 '철과 피' 정책(철혈정책)을 폈다. 그리고 마침내 1871년에 독일을 통일했다. 당시 독일은 군국주의, 권위주의, 전체주의적 체제가 자리 잡기 시작했다.

경제적으로 독일은 1850년 이후 경제가 꾸준히 성장해 1910년대에는 미국에 이어 세계 2위의 공업국이자 유럽 제1의 공업국이 됐다. 이 시기는 2차 산업혁명 시기로, 화학, 전기, 석유 및 철강 분야에서 기술혁신이 진행됐다. 식료품과 의류, 교통, 오락, 영화 등의 분야도 발전했다. 19세기 말 디젤 엔진의 발명도 산업의 효율성을 가져왔다. 1, 2차 산업혁명은 근본적으로 자본의 축적을 가능하게 했으며, 사회의 구조적인 변화를 불러왔다.

독일은 2차 산업혁명을 통해 경제가 발전함에 따라 성공적으로 자본을 축적한 새로운 시민 계급인 부르주아 계층이 성장하게 됐다. 독일의 부르주아들은 지배세력이나 귀족 계층으로 편입되지 못했기 때문에 자신의 정체성 확립을 위해 문화 운동을 적극적으로 벌였다. 정신적 자긍심으로 책과 교육, 지식이 바탕이 된 교양 문화를 실천하며 철학, 문학, 역사학을 강조했다.

베버가 살던 시대는 가치판단을 획일적으로 하여 가치가 혼란스러운 시대였다. 당시 독일 대학들에서 교수들은 대부분 황제를 찬양하는, 소위 어용교수들이었다. 강의 시간에도 황제를 찬양하고 자신의 주장과 견해만을 강조하는 식이었다. 자신의 의견과 다른 견해는 부정하고 비판했기 때문에 베버는 이러한 방식을 비판했다. 엄격한 학문주의적 입장에서 모든 학설을 공정하게 설명하는 가치 중립적 강의를 주장했다.

19세기 독일은 또한 전통적인 국교화 체제가 무너지며 변화를 맞이했다. 교회의 권한은 세속 군주들에게 양도되고 재산은 세속 영주에게 넘어갔다. 가톨릭은 물론 프로테스탄트 교회도 큰 영향을 받아서 이후 신교와 구교가 섞이게 되고, 각 교파의 신도들은 동등한 시민으로 함께 살게 됐다.

이러한 신앙생활의 변화는 자본주의 정신에도 영향을 미쳤다. 교회와 국가를 섬기던 독일인들은 국교회 붕괴 이후 교회로 향하던 신앙과 섬김의 방향을 개인과 사회로 변경하게 된다. 그 섬김은 일터로 옮겨질 수 있는 계기가 되었고, 무너진 국교회 체계를 대체할 거대한 기업이 나타나기 시작했다.

18. 당신은 정상인가요? 혹은 비정상인가요?

『아내를 모자로 착각한 남자』__올리브 색스

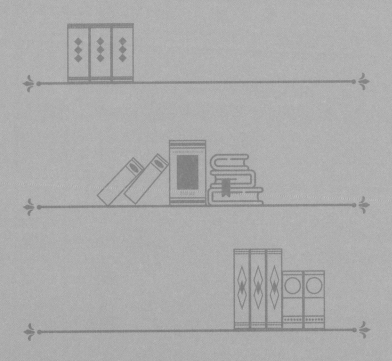

올리버 색스.

올리버 색스Oliver Sacks(1933~2015)는 런던에서 태어난 영국의 신경의학자이자 박물학자이며 작가입니다. 부모가 둘 다 신경과 전문의로 아버지는 90대가 넘어서까지 환자를 진료했고, 어머니는 여왕의 어머니인 황태후의 주치의였습니다. 세 형도 의사였습니다.

1954년에 옥스퍼드 대학교의 퀸스 칼리지에서 생리학 학사학위를 받았으며, 1960년에 미들섹스 병원에서 의학 박사학위를 받았습니다. 신경병학을 공부하기 위해 미국의 캘리포니이 대학교에 들어갔습니다. 캘리포니아에 있는 동안 캘리포니아주 역도 선수권대회에서 우승하고, 모터사이클 단체인 '지옥의 천사들'에 가입했습니다. 수영을 즐기고 양치식물과 무척추동물을 좋아했습니다.

1965년에 뉴욕 브롱크스 자치구에 있는 알베르트 아인슈타인 의과대학의 신경병학 교수가 되었습니다. 1년 뒤에는 베스 에이브러햄 병원의 신경과 전문의를 겸임하며 이 병원에서 수면병 환자들을 만났습니다. 이 환자들은 뇌염의 후유증으로 일종의 파킨슨병 증세를 보였습니다. 이 환자들의 극적인 치료 과정을 책으로 펴냈는데 『깨어남 Awakenings』(1973)이라는 책입니다. 이 책은 연극과 영화로도 만들어질 만큼 인기를 얻었습니다.

그가 돌보는 신경증 환자들은 규범과는 거리가 먼 사람들로 작가 자신도 틀에 얽매이는 걸 싫어했습니다. 자칭 괴짜인 올리버 색스는 수줍음이 많고 나서기를 싫어하는 성격으로 브롱크스 자치구에 있는 집에서 혼자 살았습니다. 환자와 일체감을 가질 수 있는 건 그러한 자신의 천성 덕분이라고 믿었습니다.

올리버 색스는 《뉴욕 타임스》가 "의학계의 계관시인"이라고 부를 정도로 의사로서뿐만 아니라 작가로도 인정을 받았습니다. 2002년에는 록펠러 대학에서 탁월한 문학적 성취를 이룬 과학자에게 수여하는 '루이스 토머스 상'을 받았습니다. 의사와 작가로 왕성하게 활동하다가 안구암이 간으로 전이돼 뉴욕의 자택에서 여든두 살의 나이로 세상을 떠났습니다.

그가 쓴 책으로 극단적인 신경질환을 겪는 환자들의 임상사례를 통해 인간 정신의 이면을 탐구한 『아내를 모자로 착각한 남자The Man Who Mistook His Wife for a Hat』(1985), 청각장애인들의 세계를 연구한 『나는 한 목소리를 보네』, 과학의 꿈을 키우던 어린 시절의 자전적 이야기 『엉클 텅스텐』, 멕시코 식물 탐사 여행기 『오악사카 저널』 등이 있습니다.

여러분은 인간의 존재를 가장 잘 드러낼 때는 언제라고 생각하나요?

가치관, 양심, 이상, 꿈, 사랑, 우정, 가족, 돈, 평범함 등 사람에 따라 다양한 대답을 할 테지만, 올리버 색스는 건강, 더 정확하게 말하면 '병'이라고 말합니다. 우리 몸이 건강할 때는 평범하고 아무런 문제도 없어 보이다가 몸에 이상이 생기면, 즉 고장이 나야 그 뒤에 숨은 어마어마한 복잡함에 대해 생각하기 때문이라는 거예요.

올리버 색스는 1994년 2월에 문학평론가이자 라디오 진행자인 엘리너 와크텔과 한 인터뷰에서, 병 앞에서 인간은 무력하거나 분노하거나 두려워하는 등 건강할 때는 드러나지 않던 어떤 모습을 드러내는데, 이런 '병'이야말로 인간의 존재를 가장 잘 드러내는 증상이라고 말했습니다.

마음은 뇌에 있다

오랫동안 사람들은 불안, 우울증 등의 질환은 마음에 있다고 여겼습니다. 그리고 마음은 심장에 있다고 생각했죠. 중세시대에는 정신질환자를 대상으로 개복수술을 할 정도였습니다. 그러나 최근의 정신의 문제는 많은 경우 '뇌'의 문제로 설명합니다. 뇌의 호르몬 분비 이상이나 뇌의 특정 부위의 문제에 따라 정신의 증상으로 나타난다고 보는 것이죠.

인간의 뇌는 많은 일을 하는데, 대뇌는 정신적·육체적 활동을 총괄하고, 후두엽은 시각, 측두엽은 후각, 기억, 감정을, 두정엽은 감각을 관장합니다. 전두엽은 생각과 판단, 계획을 관장하고요. 그런데 이러한 뇌의 어느 한 부분에 문제가 생기면 사람의 성격이나 마음의 상태에 변화를 일으키죠.

과거에는 정신질환의 문제를 마음의 병으로 보며 의지력 부족으로 탓하거나 개인이 극복할 수 있는 것을 극복하지 못하는 심리적인 문제로 여겼습니다. 하지만 뇌의 문제로 본다면 정신질환의 문제는 우리가 사고를 당하거나 감기에 걸린 것과 비슷합니다.

과거 한 드라마의 남자 주인공이 자신이 좋아하는 여성에게 "내 안에 너 있다"라며 자신의 가슴에 손을 대며 한 대사가 유명했는데, 엄밀히 말하면 머리에 손을 대야 정확한 표현이라고 할 수 있습니다. 뇌과학에서는 마음의 여러 가지 현상을 뇌의 작용으로 보기 때문이죠. 단지 우리가 심장 박동은 느낄 수 있어 몸의 상태를 파악하기 쉽지만, 뇌의 움직임은 느끼지 못해 뇌 활동을 느끼지 못할 뿐이죠. 실질적으로 뇌의 자극을 느끼는 두통은 뇌의 문제가 아니라 혈관의 문제입니다.

뇌신경질환의 스물네 가지 사례

1980년대 주류 신경학회에서는 "뇌에 손상을 입으면 인간 이하가 된다"라고 여겼습니다. 하지만 올리버 색스는 의학은 왜 결함에만 주목하는가라며 문제를 제기하고 환자의 정체성과 주체성, 질병에 대한 투쟁과 그 속에서의 삶을 전합니다. 그는 그들이 미치광이가 아니라 또 다른 형태의 삶을 살아가는 인간임을 보여 줘 뇌기능장애인에 대한 관점을 바꾸어 놓았습니다. 뇌기능의 문제로 장애를 겪는 많은 환자의 이야기를 단순히 '병'의 이야기가 아닌 '인간'의 이야기로 전합니다.

뇌과학자의 눈으로 본 인간의 경이로운 모습을 전하며, 환자 또한 주체성을 갖고 살아가는 인간임을 증명하죠. 의학 지식뿐만 아니라 인문학적인 감수성과 문학성을 더한 글, 프루스트·보르헤스·도스토옙스키 등의 이야기와 어우러진 글은 예술가들에게 많은 영감을 주기도 했습니다.

책은 작가가 만난, 신경장애를 앓고 있는 환자의 임상 사례 스물네 가지를 네 개의 큰 단락으로 나누어 담고 있습니다. 각각의 사례는 그 어느 소설보다도 더 극적이며, 이 이야기들에는 상상을 초월한 삶의 투쟁과 희로애락이 담겨 있습니다. 마치 충격과 감동을 주는 이야기가 담긴 단편 소설집 같기도 합니다.

1부는 몸의 기능을 상실한 이들의 사례, 2부는 특정 기능이 항진된 경우의 사례, 3부는 기억에 관한 사례, 4부는 지적장애인의 세계를 그리고 있습니다. 각 장은 신경학의 역사에서 다루려는 주제가 어떤 맥락이 있는지 살피고 그에 대한 문제 제기를 합니다. 그리고 나서 작가가 문제 제기한 내용을 뒷받침할 임상 사례를 제시하죠. 하지만 같은 병이라도 환자마다 다른 사례가 있기에 '뒷이야기'로 환자의 변화나 저자가 만난 '같은 증상 다른 환자'의 사례 등을 덧붙였습니다.

이 책에서 소개한 스물네 가지 사례는 모두 다르고 어느 것 하나 특별하지 않은 게 없습니다. 그러나 그 모두를 여기에서 들려줄 수는 없기에 그중 네 가지 사례를 살펴보며 올리버 색스가 우리에게 전하려 했던 이야기가 무엇인지 생각해 보겠습니다.

아내를 모자로 착각한 P 선생의 이야기

1부는 '상실'에 대한 이야기입니다. '상실'은 신경학에서 자주 사용되는 용어로 신경 기능의 장애나 불능을 가리키는 말입니다. 말소리, 언어, 기억, 시각, 인식 등 특정 기능의 결함을 가리키죠.

대표적인 환자는 이 책의 제목이기도 한 아내를 모자로 착각한 P 선생입니다. P 선생은 한때 뛰어난 성악가였고 음악 교사였습니다. 교양이 넘치고 상상력과 유머 감각도 풍부했죠. 그러나 어느 날부터 학생들을 알아보지 못하고, 소화기를 사람으로 착각합니다. 신발과 발을 구분하지 못하는데, 그 이유는 발과 구두의 모양이 비슷하기 때문이죠. 아인슈타인이나 처칠 등의 사람은 그 사람의 특징을 근거로 알아보았지만 가족 사진을 보고는 거의 아무도 알아보지 못했습니다. 아내의 머리카락이 모자인 줄 알고 머리에 쓰려고까지 합니다.

왜 그런 걸까요? P 선생은 후두엽에 장애가 있는 시각인식불능증 말기 환자로, 추상적이고 범주적인 것은 기억하지만 구체적이고 현실적인 것은 잃어버렸기 때문이었습니다. 사물 전체를 제대로 인식하지 못하고, 감각적이거나 상상, 혹은 정서적인 현실감각이 전혀 없었죠. 시각을 담당하는 뇌 부분의 장애는 외적인 문제일 뿐만 아니라 내적인 문제여서 시각적 기억력과 상상력에도 영향을 끼치고 있었던 거예요.

하지만 P 선생은 노래를 흥얼거리는 동안은 일상을 유지할 수 있었습니다. 세계에 대한 인식은 자주 끊어지고 전체를 파악하지 못했지만, 음악을 즐기는 동안은 너무나도 멀쩡했죠. 노래를 흥얼거리며 옷을 입고 물을 따라 마시고 목적을 갖고 행동을 했어요. 하지만 어떤 방해로 노래가 끊기게 되면 자신이 무엇을 하고 있었는지, 무엇을 하려고 했는지 잊었습니다. 그러한 점을 알아차린 색스는 "음악 속에 파묻혀 생활"하라는 처방을 내립니다. 지금까지 음악이 P 선생의 일부였다면 앞으로는 생활의 전부라고 생각하며 지내라고 권고하죠. 즉, 생활과 관련된 이야기를 노래로 만들어 부르며 생활하게 합니다.

올리버 색스는 P 선생이 추상성만 파악하는 것을 보여 주며 신경학이 어떤 것을 놓치고 있는지 문제를 제기합니다. 현재의 인지신경학이 P 선생처럼 구체적이고 현실적인 것을 제대로 보지 못하는 시각인식 불능증에 걸려 있다고 지적합니다. 인지신경학이 추상성을 고차적 사고기능으로 보며 좌뇌에 대한 연구를 강조하지만 P 선생의 사례에서 보듯이 구체성을 파악하는 능력이 중요하다며 구체성을 관장하는 우뇌의 복권을 강조합니다.

큐피드 병에 걸린 할머니 나타샤

P 선생처럼 뇌의 한 부분이 상실되어 인식불능증에 걸린 것과 반대 상태인 기능이 항진되어 과잉인 경우는 어떨까요? 2부에서 다루는 '과잉'은 주로 흥분성 장애나 상상력의 과잉, 충동 과잉, 기분이 들떠서 쉽게 흥분하는 증상이 일주일 이상 지속하는 조증, 기억과다증으로 심상의 돌출이나 과대망상 등 일종의 정신적 기형 상태의 환자를 소개합니다. 상실과 다르게 과잉 상태의 환자는 몸 상태가 지나치게 좋아져 문세가 됩니다.

예를 들면, 이 책에서 소개한 나타샤 할머니가 그러합니다. 아흔 살의 나타샤 할머니는 수줍음이 많고 내성적인 성격의 소유자였는데, 어느 날 갑자기 성격이 돌변합니다. 활력과 생동감이 넘치고 적극적으로 변한 것이죠. 무작정 행복한 상태가 1년 이상 지속되면서 몸과 마음이 젊어진 듯한 기분이고 새로운 인생을 사는 듯 기운이 넘칩니다.

병증의 상태는 기분을 좋게 하기에 할머니는 병을 치료하고 싶어 하지 않습니다. 큐피드병에 걸린 것 같다며 지금의 상태가 계속되기를 원하죠. 그 누구라도 병이 들어 20년 동안 느끼지 못했던 원기를 느끼고 기운까지 샘솟는다면 병을 고치고 싶지 않을 테지요.

이 증상의 원인은 신경매독과 관련된 스피로헤타균이 대뇌피질을 자극해서 생긴 것이었습니다. 나타샤가 70년 전 매춘부로 일할 당시 큐피드병(매독)에 걸렸는데, 70년이라는 긴 잠복기를 지나 다시 발병한 것이죠. 올리브 색스는 매독은 치료하되 들뜬 기분은 유지하고 싶어하는 환자의 희망에 따라 페니실린을 처방합니다. 페니실린은 스피로헤타균을 죽이지만 뇌의 변화를 되돌리지는 않아 할머니의 희망을 유지할 수 있기 때문이었죠.

이 대목은 우리의 상식이 뒤집히는 세계입니다. 작가는 이것이야말로 큐피드와 디오니소스의 세계라며, 병증의 상태가 행복한 상태이며 정상 상태가 곧 병리 상태의 세계라고 말합니다. 깨어 있는 상태가 아니라 몽롱하게 취해 있는 상태 속에 진실이 존재하는 세계입니다. 병증이 있음으로써 오히려 삶은 더 풍요로워지고 존재 이유가 확실해지기도 합니다. 역설적으로 일반적으로 생각하는 개인의 정체성이나 정상성은 허구이기도 합니다.

올리버 색스는 나타샤 할머니의 예를 들며 신경장애 환자들에 대한 편견에 반기를 듭니다. 뇌가 손상되어도 인간다운 삶을 살 수 있다고 말하며, 환자의 존엄성을 끊임없이 고민합니다.

때때로 기질적인 병으로 삶은 달라진다

3부의 '이행'은 기억에 문제를 겪는 이들의 사례가 나옵니다. 예를 들면, 음악가인 쇼스타코비치는 전투에 참여했다가 머리에 총상을 입어 수술을 했는데, 왼쪽 뇌의 관자뼈에 박힌 탄환 조각을 완전히 제거하지 못했습니다. 나중에는 파편이 남아 있다는 것을 알았지만 끝내 그것을 제거하지 않았습니다. 그 이유는 머리를 움직일 적마다 그 탄환의 파편이 관자엽의 음악 영역을 압박하여 음악 기능을 항진시키며 작곡 재능을 극대화시켰기 때문입니다.

관자엽과 번역계에 특이한 자극을 가한 결과 쇼스타코비치는 창작에 도움을 받았지만 살인을 저지른 사람도 있습니다. 도널드는 PCP를 복용하여 환각 상태에서 애인을 잔인하게 살인합니다. 살인 후 그는 자신의 행동을 전혀 기억하지 못했죠. 재판 당시 도널드는 관자엽 발작 시 자주 관찰되는 폭력 행위가 증거로 채택되었고, 그것은 도널드가 자신의 행위에 대한 기억이 없고, 폭력을 휘두를 의사가 없음으로 간주되어 감옥 대신 병원에 입원하게 됩니다.

그 뒤 도널드는 병원 생활을 잘하지만 자전거 사고로 악몽이 시작됩니다. 사고가 났을 때 뇌를 자극받으며 기억을 되찾게 된 것이죠. 도널드는 자신이 애인을 끔찍한 방법으로 죽인 장면이 놀랍도록 생생하게 떠오르며 일상을 지속할 수 없게 됩니다. 노력해도 지워지지 않는 기억 때문에 도널드는 자살 시도도 여러 번 합니다.

올리버 색스는 도널드를 치료하기 위해 관자엽 발작을 억제하는 약물을 처방하여 도널드가 자책을 줄이고 좀 더 원만하게 생활하도록 돕습니다. 정신적 안정을 되찾도록 한 것이죠. 그 결과 도널드는 안정을 찾아 가며 정원 가꾸는 일을 시작합니다.

많은 병이 치료해야 할 것이지만 병의 치료 과정에서 재능이 사라지기도 하고 고통이 커지기도 합니다. 도파민의 과한 분비로 지나치게 흥분해서 문제인 환자는 그 증상 때문에 드럼 연주를 매혹적으로 잘하게 되지만 치료를 하는 순간 재능이 사라집니다. 도널드는 기억을 잃는 병증을 앓을 때 오히려 평안했습니다.

그렇다면 병은 무조건 나쁘고 없애야 하는 걸까요? 올리버 색스는 병이 인간에게 고통만 주는 것이 아니라 인간의 능력을 극대화시키기도 하고 한편으로는 행복감을 주기도 한다고 역설합니다.

구체성은 현실을 살아 숨 쉬게 한다

4부에서 다루는 '단순함'은 지적장애인의 세계입니다. 신경학자들은 흔히 추상성을 파악하는 능력에 비해 구체성을 파악하는 능력을 열등한 가치로 보지만 올리버 색스는 그와 반대로 생각합니다. 구체성이야말로 현실을 생생하게 살아 숨 쉬게 하며 개인의 삶을 의미 있게 만든다고 말하죠. 구체성을 통해 감수성, 상상력, 내면의 세계로 들어갈 수 있는 반면, 구체성에 과도하게 사로잡히면 의미 없는 세세한 것에 집착하기도 합니다. 이러한 구체성을 잃으면 많은 것을 잃게 되는 것이죠. 아내를 모자로 착각한 P 선생도 그랬고, 이 장에서 소개한 지적장애인도 그렇습니다.

지적장애인의 경우 구체성이 증폭되기도 하고 장벽이 되기도 합니다. 예를 들면, 자폐증 환자는 추상적이고 범주적인 것에 흥미를 느끼지 못하는 대신 구체적인 것, 개별적인 것에 집착합니다. 사물을 일반화하는 능력이 결여되어 있거나 또는 일반화에 관심이 없는 대신 구체적이고 개별적인 사물들에 관심이 집중되어 있습니다.

예순한 살의 마틴은 파킨슨병에 걸렸고, 이미 어렸을 때 수막염에 걸린 장애인입니다. 충동적이고 발작·경련 증상도 있었죠. 지능이 낮아서 일상생활엔 문제가 많았지만, 음악에 대해서만큼은 놀라운 기억력을 자랑했습니다. 한 번 들은 것은 모조리 대뇌피질에 기억되었죠. 경련성 음성장애가 있어 노래를 잘 부르지 못하고 음악을 배운 적도 악보를 볼 줄도 몰랐지만, 오페라만 하더라도 2,000곡을 알고 있었습니다. 그는 수막염과 뇌장애에도 불구하고 오페라 가수였던 아버지에게 재능을 물려받았고, 탁월한 귀 덕분에 음악에 대한 기억력만큼은 천재였습니다.

마틴의 아버지는 성악가로, 아들을 많이 사랑해 마틴이 어린 시절부터 음악을 틀어 주고 노래도 불러 주었습니다. 아버지 본인이 불치병에 걸려 집에서 투병을 할 때는 6,000쪽의 음악가 사전을 날마다 읽어 주었습니다. 놀랍게도 마틴은 아버지가 돌아가신 뒤 아버지가 읽어 주던 음악가 사전을 통째로 외웁니다. 흔히 자폐증이나 지적 장애를 지닌 사람이 암산, 기억, 음악, 퍼즐 맞추기 등 특정 분야에서 매우 우수한 능력을 발휘하는 현상을 서번트 증후군이라고 하는데, 마틴의 경우가 그러했습니다. 마틴은 오페라 박사였고 백치천재였죠.

6,000쪽의 사전을 외울 수 있었던 또 다른 이유는 일반인이 보기에 그선 단순한 사진이지만 마틴에게는 유일하게 사랑을 준 아버지에 대한 기억이기 때문이죠. 사랑의 경험을 상징하는 매개체였던 것입니다.

부서진 삶에 대한 애정을 실천한 작가

의학이 발달했다고 해도 인간은 사고와 병에서 자유롭지 못합니다. 사고가 나거나 병에 걸릴 수많은 가능성에 우리는 노출되어 있죠. 지금은 건강해도 어느 순간 환자가 될지 알 수 없습니다. 환자가 되었을 때 치료 후 완치가 될 수도 있지만 그렇지 못할 가능성도 있습니다.

올리버 색스는 환자들의 이야기를 통해 병에 걸려 사는 삶이 이전 삶과 다르지만, 완치의 희망이 없어도 괜찮음을, 모두가 약점을 가지고 살아가지만 실존 자체에 희망과 인간 존엄이 있음을 보여 줍니다. 우리가 말하는 비정상이라는 개념이 실은 굉장한 허구일 수 있음을 말하며, 병이 어떤 경우에는 재능이 되고 좋은 점이 되기도 하는, 인간이 인간임을 알게 해 주는 요소라고 역설합니다.

작가 또한 2015년 2월 안구의 종양이 간으로 전이돼 시한부 판정을 받고 투병했습니다. 그해 7월에 죽음을 예감하고 마지막 에세이 「나의 주기율표」라는 글을 《뉴욕 타임스》에 공개했는데, 그는 이 글에서 "무엇보다도 이 아름다운 행성에서 나는 느끼는 존재이자 생각하는 동물로서 살아왔으며, 이는 그 자체로 크나큰 특권이자 모험이었다. 죽음이 두렵지 않다고는 할 수 없지만, 나는 사랑했고 사랑을 받았다. 또한 많은 것을 받았고 돌려주었다. 생각하는 존재인 인간으로서 이처럼 아름다운 행성에서 살 기회가 주어진 것으로도 엄청난 축복과 모험이었다"라고 밝혔습니다. 그는 마지막까지 인간에 대한 애정을 놓지 않으며 죽음을 받아들이고 숨을 거두었습니다.

우리에게 필요한 건 인간에 대한 깊은 이해

책에 소개된 환자들은 우리가 일반적으로 생각하는 정상적인 생활을 하지 못하는 이들이었습니다. 그러나 그들은 나름대로 병과 싸우거나 화해하면서 자신의 정체성을 찾으려고 애쓰고 있었습니다. 뇌의 기능은 정상으로 되돌릴 수 없었고 병도 낫지 않았습니다. 그렇다고 그들이 비정상일까요?

이 책에서 독자가 얻는 것은 병에 대한 의학적인 지식뿐만 아니라 올리버 색스가 환자를 대하는 태도와 환자를 있는 그대로 봐 주며 그들의 삶을 깊이 이해하는 마음입니다. 작가는 어려서 조현병에 걸렸던 형에 대한 경험이 있고, 노르웨이에서 등산을 하다가 다리를 크게 다쳤던 경험도 있었죠. 그러한 경험 덕분에 환자를 더 깊이 이해할 수 있게 됩니다.

그는 환자들이 결코 회복될 수 없는 뇌신경의 문제로 비록 이길 수 없는 싸움을 하고 있지만, 환자의 기이한 장애만이 아니라 그들의 특별한 능력도 엿봅니다. 지적장애인으로 취급받는 그들에게서도 특출난 천재적인 능력을 발견하는 것이죠. 그러면서 인간이자 의사의 한 사람으로서 환자들이 극도의 혼란 속에서도 무엇인가 깨달아 가고 자신의 병에 적응해 가며, 뇌에 이상이 있어 무너진 균형을 다른 감각을 통해 대체하는 고단한 노력 과정을 통해 배우게 된 점을 고백합니다.

혹시 당신은 '정상 증후군' 아닌가요?

미국의 대상관계 정신분석 이론가인 크리스토퍼 볼러스(1943~)는 겉으로는 정상처럼 보이지만 속으로는, 즉 정서적으로는 무감동하고 공감하기 어려워하는 이들을 '정상 증후군Normotic Illness'이라고 일컬었습니다. 흔히 정상 증후군은 비정상적으로 정상이 되고자 하는 상태를 말합니다. 많은 이들이 사회가 제시하고 기준으로 삼는 '정상적'인 생각과 행동을 받아들이며 살아가고 있는데, 이때에 자신의 주관적인 삶에 관심 없이 객관적으로 지각된 현실에만 관심을 두는 경우입니다. 마음의 주관성에 관심이 없다 보니 내면의 질감을 활성화하는 능력이 부족하고, 외적 대상에만 관심이 치중된 상태죠. 세상을 객관화하는 데 치중하다 보니 자신의 내면에는 관심을 두지 않으려는 특징이 있습니다. 사회 활동을 잘하고 친구가 많으나 의무적인 역할만 하여 속 깊은 이야기를 나누는 상호 교감의 능력은 없습니다. 스펙 좋고 가진 게 많지만 주관 세계가 빈곤한 경우죠. 사회적으로 검증되고 안전하다는 인상을 주지만 일상생활에서 주관적 요소는 부재합니다.

정상 증후군의 중요한 특징은 삶의 경험을 주관적 상태로 경험하여 내면화하거나 성찰하지 못하는 것입니다. 새로움을 창조하기보다 외부 세계의 기준에 치중하다 보니 외부 역할 기능은 활발하지만 주관성을 개발하지 못해 내적 삶의 소멸에서 오는 정신적 고통을 해소하지 못하고 공허감에 시달립니다.

영국의 정신분석가인 도널드 위니컷(1896~1971)은 개인이 삶을 살 만한 가치가 있다고 느끼게 만드는 것은 무엇보다 '창조적인 통각'이라고 말합니다. 객관적으로 지각된 현실에 너무 확고히 뿌리내리는 바람에 주관적 세계와 사실에 대한 창조적 접근을 못 하는 것, 지나치게 정상을 추구하는 것이 오히려 문제라고 지적합니다. '결점 없는' 행복을 추구하지만 이것은 외부적으로 보기에 그런 것일 뿐 진정한 자기가 없는 것 같아 정체성의 문제에 시달린다고 말합니다.

비정상이 아닌, 질서가 있고 자기다움이 드러나는 세계

이 책에 등장하는 많은 환자는 소위 비정상으로 보입니다. 하지만 환자 모두 자기가 편하게 느끼는 질서가 있었습니다. 누군가는 춤이나 음악에, 누군가는 연극이나 숫자에, 누군가는 식물 가꾸기나 시의 세계에서 가장 자기다운 모습을 발현시켰습니다. 우리가 이상하게 보는 세계가 당사자들에게는 고통만 주는 것이 아니라 한편으로는 편안하고 가장 자기다움이 드러나는 세계였습니다.

그렇다면 우리가 할 수 있는 일은 무엇일까요? 아마도 환자가 인간이라는 사실과 환자의 모습은 언제든지 가능한 우리 미래의 모습임을 잊지 않는 것입니다. 올리버 색스가 신경의학에서 환자를 실험대상으로 여기는 것에 분노하며 그들이 장애를 지니고 있지만 어디까지나 인간이었고 동시에 행복하기 위해 노력하는 평범한 사람임을 재차 강조한 것처럼 말이죠. 아무리 기묘하고 이상하게 여겨지더라도 그들의 세계를 비판하는 것이 아니라 그들의 세계를 방해하지 않고 같이 지내는 방법을 고민하는 일이야말로 우리가 취할 태도입니다.

19. 난 누구의 인형이 아니야

『인형의 집』__헨리크 입센

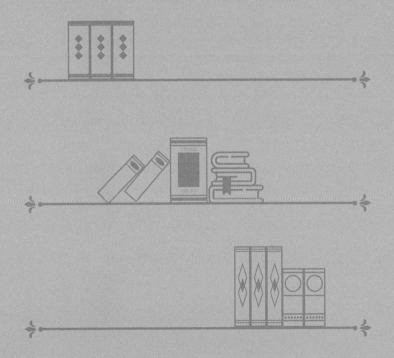

헨리크 입센.

헨리크 입센Henrik Ibsen(1828~1906)은 노르웨이의 시인이자 근대 사실주의 희극의 창시자입니다. 상인의 둘째 아들로 태어나 어린 시절을 부유하게 보냈으나 여덟 살 때 아버지가 파산하면서 가족들이 뿔뿔이 흩어졌습니다. 열다섯 살 때는 집을 떠나 약 6년간 약방의 도제로 일했습니다.

그런 상황에서 크리스티아니아(오늘날 오슬로) 의과대학에 진학하고자 밤에는 혼자 공부를 하고 간간이 신문에 풍자만화와 시를 기고했습니다.

1848년에 파리의 2월 혁명을 전해 듣고 감동받아 산문과 시를 썼습니다. 그중 한 편을 국왕에게 헌정했다가 각하되었습니다. 1850년에 로마 공화정 말기를 배경으로 혁명가가 주인공인 영웅적인 역사극인 첫 희곡 『카틸리나』를 자비로 출판했습니다.

스물두 살 때 대학 입학에 실패한 뒤 베르겐에 창설된 노르웨이 극장의 전속 작가 겸 무대감독이 되었습니다. 스물아홉 살에 노르웨이 극장 예술감독으로 취임했으나 극장은 경영난으로 얼마 뒤 문을 닫았습니다.

이 무렵에 소설가 막다린 토레센의 양녀인 수산나 토레센과 결혼해 아들 시구르(뒷날 노르웨이 초대 외무장관)를 낳았습니다. 여성해방운동가들과 교류하던 아내의 영향을 받아 입센은 여성 문제에 관심을 갖게 되고, 최초의 현대극으로 꼽히는 『사랑의 희극』을 집필했습니다. 여기에서 그는 양성평등 문제를 제기하고, 결혼은 사랑이 바탕이 된 자유연애에 기초해야 한다는 것을 강조했습니다.

그러나 이 작품을 제외하고 입센은 아이슬란드의 역사나 설화 등을 바탕으로 한 작품이나 과거 위대한 극작가들의 형식을 따른 작품을 썼을 뿐 독창적인 작품은 쓰지 못했습니다. 신진 작가들에게 밀리고, 경제적인 어려움과 대중의 무관심과 적대감으로 인한 절망감까지 더해져 자살까지 생각할 정도였습니다.

입센은 1864년부터 27년간 고국을 떠나 유럽 여러 나라를 전전하며 지냈습니다. 사회극인 『인형의 집 Et Dukkehjem』은 1879년에 발표해 많은 이들을 열광시키는 한편 논쟁의 도마 위에 올랐습니다. 노동단체에도 가입하고, 친구들과 사회주의 경향의 주간지 《사람》을 발행하는 등 정치·사회 개혁 운동도 활발히 했습니다. 이때 급진 세력으로 몰려 옥고를 치르기도 했습니다.

1891년에 고국으로 돌아가 크리스티아니아에 정착했습니다. 1900년에 뇌출혈이 발생했고, 1906년 5월 23일에 동맥경화와 전신마비로 사망했습니다. 장례식은 국장으로 치러졌습니다.

그의 작품으로는 『인형의 집』을 비롯해 『브란』, 『페르 귄트』, 『유령』, 『헤다 가블러』, 『바다에서 온 부인』, 『건축사 솔네스』, 『꼬마 에위올프』, 『요한 가브리엘 보르크만』 등이 있습니다.

 흔히 진보적인 여성을 지칭할 때 '노라'라고 표현합니다. '노라'와 대조적으로 봉건적이고 인습적인 여성, 혹은 주체적인 정체성이 없는 여성을 가리킬 때는 '인형'이라는 단어를 쓰고요. 이 표현들은 헨리크 입센의 『인형의 집』에 나오는 이름에서 따온 상투적인 유행어라고 할 수 있습니다. 남녀가 불평등한 인습에 반항하여 인간으로서 여성의 독립된 지위를 확립하려는 '주의'나 '운동'을 일컫는 '노라이즘Noraism'도 『인형의 집』에서 비롯됐습니다. 이 작품이 한 여성의 문제이기 이전에 인권 차원의 인격 문제를 제기했기 때문이에요.

실존 인물이 모델이 된 이야기

작가의 고국인 노르웨이는 사회보장제도가 그 어느 나라보다도 앞서 있습니다. 1980년대 중반 이래 국회의 정부 관료 중 40%가 여성일 만큼 양성평등이 이루어진 나라이기도 하고요. 이러한 양성평등이 이루어지기까지 여러 사람의 노력이 있었는데 입센도 그중의 한 사람입니다.

입센은 사회문제극을 여러 편 썼습니다. 대부분은 기존의 권위와 권력에 억눌린 개인의 삶과 인간으로서의 권리를 주장하는 내용입니다. 『인형의 집』도 노라라는 여성의 삶과 인간으로서의 권리를 다뤘죠. 그 내용은 '가출'로 끝맺음해 사회에 큰 충격을 주고, 노르웨이를 비롯해 유럽 전역에 논쟁을 불러일으켰습니다.

입센은 『인형의 집』을 발표하며 "순전히 남자들이 만든 법으로 남성

『인형의 집』의 원고 표제지.

판사와 남성 검사들이 남성의 관점에서 여성들의 행동을 판단하는, 남성의 사회만이 존재하는 현 사회에서 한 여성이 인간 자체이기는 불가능하다"라고 말했습니다. 이는 한 성이 다른 성을 억압하는 사회는 바람직하지 않은 사회이며, 그런 사회에서의 여성의 위치는 억압되고 인권은 보장받지 못하는 것을 지적한 발언입니다.

입센이 『인형의 집』을 창작하는 데 동기를 제공한 인물은 로라 키에르라는 여인입니다. 실존 인물인 로라는 남편의 폐렴을 치료하기 위해 돈이 필요해지자 친구에게 돈을 빌리고는 남편에게는 그 돈이 자신의 저서 인세라고 둘러댔죠. 그러다가 빚을 갚아야 할 날짜가 다가오자 로라는 서명을 위조하고 말아요. 결국 이를 알아차린 남편과 헤어지고, 로라는 이 일로 정신쇠약증에 걸려 정신병원에 입원하게 됩니다.

『인형의 집』의 내용은 이런 로라의 사연과 거의 똑같았어요. 작품이 유명세를 치르자 로라는 위조범으로 유명세를 치러야 했죠. 그 후 로라는 작품의 주인공과 자신이 지나치게 똑같고, 이야기 속에서 자신의 아버지를 부정적으로 묘사해 자신의 명예를 훼손했다고 입센을 비난하기도 했습니다. 입센은 로라가 겪은 사건을 통해 로라의 자유를 중요하게 여기고, 당시의 남성중심주의 문화를 비판하려는 의도가 컸는데, 아이러니하게도 로라에게는 크나큰 상처를 주었죠.

인형의 삶에 찾아온 위기

『인형의 집』은 3막으로 구성된 희곡입니다. 무대가 헬메르의 집에 한정되어 있고, 크리스마스를 전후한 3일간의 일을 다루고 있습니다. 1막과 2막이 '인형의 삶'을 보여 준다면 3막은 인격을 자각한 노라가 인형의 삶을 거부하고 스스로 삶을 찾아 나서는 내용입니다. 희곡의 뒷부분에 노라는 "자신에 대해, 그리고 주위 세계에 대해 제대로 알기 위해서는 완전히 나 혼자 서야 한다"라며 가정을 떠나겠다고 선언합니다. 남편을 떠나 홀로 설 때 자아를 찾을 수 있다고 생각하죠. 무엇이 그렇게 생각하게 했을까요? 그 사건의 발단과 문제 해결의 과정이 이 작품의 주요 내용입니다.

이 희곡은 산업화가 한창 진행되던 19세기 후반을 배경으로 하고 있습니다. 당시 경제활동은 전부 남자가 담당했고, 여자는 집안 살림을 도맡아 했죠. 노라와 남편 헬메르도 이런 환경에서 조금도 벗어나지 않게 살고 있었습니다. 결혼한 지 8년이 된 노라는 세 아이의 어머니이자 남편으로부터 귀여움을 받는 주부이고, 남편은 "아무리 어려워도 돈은 빌리지 않는다"라는 신념을 가진 성실한 노력가입니다.

노라에게는 도덕적 의무만 있지 경제적, 법적, 사회적 권리는 없었습니다. 당시 여자들은 직업이 없었고, 가정에서 경제권도 갖기 어려웠죠. 노라도 돈이 필요할 때마다 남편 헬메르에게 손을 벌리고, 남편은 노라를 지칭해 '놀고먹는 종달새'를 키우는 일에 돈이 많이 든다고 거드름을 피우며 돈을 건네죠. 그런 관계는 이미 구조화되어 있어서 남편 헬메르는 아내인 노라를 종달새나 다람쥐라고 부르고 로라는 귀엽고 사랑스러운 아내의 역할을 합니다.

크리스마스 이브에 노라는 남편이 주식은행의 은행장이 되면 월급이 많이 오를 것이기에 자녀 셋의 선물을 준비합니다. 이바르에게 줄 옷과 칼, 보브에게 줄 말과 트럼펫, 엠마에게 줄 인형과 침대, 그리고 하녀에게 줄 옷감과 손수건 등을 사 오죠. 선물을 나누며 행복한 크리스마스 이브를 보내던 때, 크로그스타가 노라를 찾아오면서 노라 가족의 일상은 금이 가기 시작합니다.

사건의 시작

크로그스타는 은행장이 된 헬메르가 자신을 해고하려 하자 노라에게 자신이 은행의 말단 자리에 계속 있게 해 달라고 부탁합니다. 노라가 이를 거절하자 노라의 비밀을 헬메르에게 말하겠다고 협박하죠. 그가 폭로하겠다고 한 비밀은 노라가 신혼 무렵에 남편이 병으로 요양을 갈 때 죽은 아버지의 서명을 위조해 고리대금업자인 크로그스타에게 돈을 빌린 일입니다.

그 일로 노라는 그동안 남편에게서 용돈을 많이 받아 그 돈을 아끼고 남편 몰래 바느질과 글을 써서 빚을 갚고 있었죠. 노라에게 그 일은 '즐거운 비밀'이자 '자랑'이었습니다. 모든 문제가 해결된 뒤 남편에게 자랑스럽게 이야기할 작정이었습니다.

그러나 노라는 크로그스타의 협박을 못 이기고 헬메르에게 크로그스타가 은행에 그대로 있게 해 달라고 부탁을 합니다. 이런 사실을 알 리 없는 헬메르는 린데 부인을 그 자리에 앉히려 한다며 노라의 부탁을 거절해요. 그러고는 바로 크로그스타에게 해고통지서를 보냅니다.

이 사실을 알게 된 크로그스타는 노라의 위조 서명 사실을 적은 편지를 헬메르에게 보냅니다. 그 바람에 헬메르는 노라가 위조 서명으로 자신 몰래 돈을 빌린 걸 알게 되고, 그 때문에 자신이 사회적으로 매장당할까 봐 두려워하죠. 노라의 경솔함 때문에 자신의 앞날이 엉망진창이 되고 크로그스타에게도 책잡혔다고 크게 화를 냅니다. 그러면서 노라에게 애들 교육도 맡기지 못하겠다고 말합니다.

헬메르 생각에 아내는 자신에게 순종하고 자신과 다른 의견을 가지면 안 됩니다. 여자는 남자의 일부분으로 자신이 돌봐야 하는 존재이며, 자신의 명예보다는 중요하지 않은 존재여야 했죠. 그러한 남편의 태도 때문에 노라는 궁지에 몰리고 갈등은 깊어집니다.

이런 상황은 노라의 옛 친구인 린데 부인의 노력으로 해결이 됩니다. 크로그스타가 차용 증서를 헬메르에게 보내게 한 것이죠. 헬메르는 차용 증서를 난로에 태워 버리며 노라를 용서하고 화해를 하려 합니다. 다시 노라의 너그러운 보호자가 되려고 합니다. 그러나 이미 남편의 이중성에 분노와 염증을 느낀 노라는 과거의 관계로 다시 돌아갈 생각이 없습니다. 지금까지 자신의 존재는 남편의 종달새나 인형에 불과했다는 걸 깨닫게 된 것이죠.

노라의 선언

과거에 노라는 아버지나 남편에 순종하는 것이 미덕이고 가족의 울타리 안에서 사회를 바라보며 아내와 엄마로서 맡은 의무와 책임이 전부라고 믿으며 살았습니다. 결혼 전에는 아버지의 뜻대로, 결혼 뒤에는 남편의 뜻대로 살아왔죠. '인간'이 아닌 누군가의 액세서리 같은 '인형'으로 살았습니다. 그런 삶은 노라가 헬메르의 의견에 맞추어 주었을 때는 큰 문제가 없었지만, 노라가 자신의 주장을 내세우게 되면서 흔들리기 시작합니다. 부부는 점점 파국으로 치닫게 됩니다.

노라는 어린 시절에는 아버지의 취향에 맞추어 살고, 결혼 뒤에는 남편의 취향에 맞추어 살아온 자신의 삶은 불행했다고 말합니다. 돌이켜 보면 날품팔이 같은 삶이었고, 아버지나 남편에게 재주를 부리며 얻어먹고 산 나날이었죠. 그 말에 헬메르는 말도 안 되는 소리라고 일축합니다. 오히려 고마워하지 않고 불행했다고 말하는 아내를 이해할 수 없습니다. 그렇기에 노라의 말에 공감하거나 노라가 받은 상처에 미안하다고 하지 않고, 남편과 자식에 대한 의무야말로 성스러운 의무라며 그것을 다하라고 호통을 칠 뿐입니다.

그 말에 노라는 뭐라고 했을까요? 노라는 진짜 성스러운 의무야말로 '나 자신에 대한 의무'라고 대답합니다. '나 자신에 대한 의무'는 무엇일까요? '인형'으로 살아가는 삶이 인격도 없이 주인이 원하는 역할만을 성실히 수행하는 삶이었다면 '나에 대한 의무'를 우선하겠다는 것은 자신의 욕망에 정직하고 자신의 정체성을 찾겠다는 뜻이죠. 사회적 존재로서의 진정한 자신의 모습, 무엇을 해야 하고 어떻게 살아야 하는지를 찾아가고 깨달아 가는 과정이라고 할 수 있습니다.

결국 노라는 결혼반지를 남편에게 돌려주고, 자식 셋을 집에 두고 집을 나섭니다. 남편의 인형을 벗어나 아내나 엄마가 아닌, 먼저 '인간'이 되겠다고 생각하며 자신과 세계에 대해 제대로 알기 위한 걸음을 내딛습니다.

'노라의 가출'은 때론 독자들에게 비난을 받았습니다. 아내 노릇은 둘째치고서라도 자식을 셋이나 둔 엄마로서 아이들을 두고 집을 나갈 수 있느냐는 것이죠. 하지만 노라의 가출은 아내나 부모의 역할을 무시한다기보다, 아내나 부모 이전에 독립적이고 주체적인 인격체로 서야 한다는 뜻이 담겨 있습니다. 즉, 진정한 자신의 모습이 없었던 노라가 자신의 정체성을 찾아가는 과정에 주목해야 합니다. 이는 다른 사람에게 보여 주기 식의 행복이 아니라 스스로가 독립된 인격체로 나아갈 때 인간으로

연극에서 노라가 크리스마스 트리를 장식하는 장면(베라 코미사르제프스카야, 1904).

서의 존엄이 유지되고 진정한 행복을 느낄 수 있다는 것을 말해 주기 때문입니다.

개인과 사회의 갈등을 넘어

정체성identity은 라틴어 'identitas'에서 유래했습니다. 'identitas'는 '전적으로 동일한 것', '그 사람에 틀림없는 본인', '그것의 자기 자신' 등이라는 뜻입니다. 즉, 정체성은 자기에 대한 주관적 경험의 '나'와 사회적 관계에서 타인에게 승인된 '나'가 있습니다. 그러다 보니 정체성은 '근

원적인 나'와 사회적 관계에서 지각되는 '나'입니다.

『인형의 집』에서 노라의 정체성은 남편의 아내이자 아이들의 엄마였습니다. 자신만의 노라는 없고 단지 사회에서 요구하는 역할에만 치중된, 누군가의 부속물로만 존재한 것이죠. 하지만 노라는 기존의 여성상을 거부하고 '아내이며 어머니'이기 전에 한 인간으로 살아가겠다는 선언을 합니다. 이는 곧 근원적인 자신의 정체성을 찾겠다는 선언입니다.

노라는 남편에게 의존적이고 관습에 젖은 여성의 모습에서 탈피해 독립적이고 주체적인 여성으로 달라지려고 합니다. 이런 노라의 모습은 파격적이었죠. 당시 관습적인 여성과는 다른 자의식을 가진 새로운 유형의 여인입니다. 그래서 이 작품은 페미니즘 작품이라는 평가를 받기도 합니다.

그러나 이 작품은 여성의 권리 운동에만 초점을 맞추어 해석하기보다는 개인과 사회의 갈등이라는 넓은 의미로 해석할 필요가 있습니다. 입센은 개인의 자유를 중요하게 생각했고, 개인의 자유를 억압하는 사회를 혐오했기 때문이죠. 그런 점에서 노라는 당시 남성 중심의 사회에서 요구되는 결혼생활이나 여성의 역할 등에 반항하며 가치관을 전복시킬 만큼 갈등이 심했던 여성입니다. 그러면서 개인의 인격과 자유를 추구하고자 하는 갈망이 큰 인물이라고 볼 수 있습니다.

『인형의 집』 이후의 노라

입센은 연극은 사회의 거울이자 시대의 감독관으로 기능해야 한다고 생각했습니다. "인생은 마음속에 있는 환영이다"라고 말하면서 늘 현실

세계의 문제를 고민했죠. 그러한 생각을 반영하듯『인형의 집』은 당대의 사회 문제를 사실적으로 드러냈습니다. 현대 사실주의 연극은 입센의『인형의 집』이 발표된 1879년 12월 4일에 시작되었다고 말할 정도죠.

남편의 위선을 깨닫고 자아를 찾기 위해 집을 나간 노라의 행동은 당시에는 충격적이었습니다. 당시 가부

에일리프 페테르센이 그린 헨리크 입센의 초상화 (1895).

장제 사회였던 유럽에서 이 작품은 결혼과 가정의 성스러움을 파괴한다며 비난을 많이 받았습니다. 이에 입센은 1881년에『유령』을 발표하며『인형의 집』의 주요 논란에 답을 합니다.

『유령』은 전작보다 더 사회의 인습과 도덕 관념에 도전한 문제작으로 평가받으며 각지에서 상연 금지 조치를 받기도 했는데, 이 작품은 '노라가 사회의 인습에 타협하고 다시 집으로 돌아온다면'이라는 전제에서 출발합니다.

『유령』에서 알빙 부인은 알빙 대위의 일탈을 모두 눈감아 주며 살아갑니다. 그러나 남편의 방탕했던 생활이 아들 오스왈드에게 유전되죠. 그로 인해서 오스왈드 집안은 망합니다. 남편의 방탕을 부인이라는 이름으로 인내했던 알빙 부인에게 돌아온 건 축복이 아니라 재앙이었어요. 그런 점에서 '유령'은 유전이나 잘못된 관습, 잘못된 사회적 시스템

을 가리키는 은유이기도 합니다.

이런 내용을 담은 『유령』 역시 비난에 휩싸였습니다. 그러자 입센은 사회의 집단이기주의를 그려 낸 『민중의 적』이라는 다소 노골적인 작품을 발표하죠. 이처럼 입센은 사회 문제에 글로써 자신의 비판의식을 적극적으로 표현했습니다. 당시에는 환영받지 못했지만 『인형의 집』과 『유령』 두 편은 이후 근대 사상과 여성 해방 운동에 큰 영향을 끼쳤습니다.

채만식의 작품 속 로라, 여성 해방의 전제 조건은 경제적인 자립

채만식의 첫 장편 소설인 『인형의 집을 나와서』(창작사, 1987)도 입센의 『인형의 집』을 모티프로 하여 쓴 소설입니다. 변호사 현석준과 결혼한 스물한 살의 임로라가 주인공으로, 전반부는 입센의 소설 내용과 거의 흡사하고 소설의 중반 이후는 로라가 집을 나간 뒤의 상황을 보여 줍니다.

로라는 집을 나와 여관과 친정, 전셋집을 전전하면서 사회생활을 시작합니다. 야학 교사를 하며 오병택과 옥순을 만나 영향을 받기도 하고, 친구 혜경의 도움으로 가정교사를 하기도 해요. 늑막염으로 병원에 입원하기도 하고, 화장품 외판원 일도 합니다. 돈을 많이 번다는 꾐에 빠져 카페 여급도 하지만 오히려 빚만 지죠. 봉건 도덕의 노예에서 탈출했지만 상품 경제의 노예가 됩니다. 그러다 카페에서 남자들의 인형이 된 로라는 정조를 잃자 투신자살을 시도합니다.

한강에서 구출된 로라는 인쇄소의 제본 노동자가 됩니다. 이후 오병택이 준 베벨의 『부인론』을 읽으며 이름도 로라에서 '임순이'로 개명합니다. 이후 공장에 감독을 온 석준과 재회하고 새로운 대결을 다짐하며 노동 일선에 뛰어듭니다.

이 소설에서 채만식은 여성 해방에 대한 염원과 그 전제 조건으로서 경제적인 자립이 관건임을 말합니다. 만약 이를 갖추지 못한 여성은 성의 상품화라는 위험에 노출될 수도 있다고 경고합니다. 그러면서 1930년대의 한 여성이 가정의 문제에만 분투하는 것이 아니라 자본의 횡포에도 맞서는 적극적인 노동자의 삶에 투신하는 과정을 그리고 있습니다. 그 과정은 자신의 정체성을 찾는 과정입니다.

아직도 수많은 노라를 위하여

여러분은 '유리 천장'이라는 말을 들어봤나요? '유리 천장'이라는 용어는 1970년대에 미국의 한 경제 일간지에서 미국 여성이 직장에서 승진하는 데 보이지 않는 차별을 당한다는 점을 강조하기 위해 처음으로 사용했습니다. 개인이 능력과 자격이 충분함에도 성차별이나 인종차별 등의 이유로 장벽에 부딪혀 사회적 성공이 좌절되는 현상을 비유적으로 표현한 말이죠.

해마다 나라별 '유리천장지수'를 조사합니다. 유리천장지수는 남성과 여성의 고등교육 이수율, 여성의 경제활동 참가율, 남녀 임금 격차, 관리자 중 여성 비율, 임금 대비 육아 비용 등 여성들의 고위직 진출을 가로막는 방해 요소 5개 항목을 조사해서 평가합니다.

우리나라의 유리천장지수는 어떨까요? 2022년 3월 8일 세계 여성의 날을 앞두고 경제협력기구OECD가 집계한 '유리천장지수'에서 우리

노르웨이 오슬로에 있는 입센 박물관.

나라는 OECD의 조사 대상 29개국 중 29위를 기록했습니다. 집계를 시작한 2013년부터 현재까지 연속 꼴찌를 기록하고 있죠. OECD에 따르면 우리나라는 유리천장지수가 100점 만점 중 20점대 초반에 불과했습니다. OECD 평균인 60점과 도 격차가 큽니다.

10개 성차별 항목 가운데 3개 부문에서 최하 점수를 받았는데, 성별 임금 격차 29위, 관리직 여성 비율 29위, 기업 내 여성 이사 비율 29위, 여성 노동 참여율 28위, 남녀 고등교육 격차 28위, 의회 여성 의석 비율 27위 등 대부분의 부문에서 저평가를 받았습니다. 상위권에는 스웨덴, 아이슬란드, 노르웨이, 핀란드 등 북유럽 국가들이 다수 차지했습니다.

2022년에 발표한 우리나라 통계청 자료에 따르면 여성의 사회 참여 확대로 여성 고용률이 증가세를 나타내고 있으나 OECD 38개국 중 31위로 낮은 편입니다. 통계 결과에서 보듯 한국 여성은 사회적 권한이 작고 노동시장에서 심각한 소득 불평등을 겪고 있죠.

『인형의 집』의 노라가 자신의 존엄과 정체성을 찾으려 가출을 선언한 건 1879년입니다. 그로부터 150년 가까이 지난 지금, 우리의 사정은 이렇습니다. 우리 사회는 양성평등 채용 목표제나 호주제 폐지, 출산휴가 보장 등 다양한 정책으로 양성평등을 실현하려고 노력했습니다. 그러나 남성 중심의 사회 구조는 견고해 현실은 생각보다 더디게 변하고 있습니다. 오랜 유교 문화의 가부장제와 성 역할의 고정관념도 쉽게 바뀌지 않습니다.

이러한 성차별은 국가 경쟁력에 심각한 손실을 가져옵니다. 무엇보다도 개인의 인권을 침해하고 억압합니다. 21세기 들어 세계 각국에서 성평등지수를 조사하여 발표하는 이유도 개인의 성별(젠더)에 따라 차별받지 않고 동등한 기회를 부여하는 게 인권 실현의 주요 근거이기 때문입니다. 모든 이가 삶의 기회와 가능성을 평등하게 향유하려면 성별 상관없이 모두가 함께 성장할 수 있는 제도와 정책이 마련되고, 성평등하다는 의식의 변화가 있어야 하며, 불평등을 강화시키고 유지시키는 제도가 폐지되어야 합니다. 그래서 150년 전의 노라가, 90년 전의 임순이가 지금은 인권을 침해받지 않고 평등한 삶의 조건에서 개인의 가능성을 펼쳐 나갈 수 있기를 바랍니다.

20. '연민'이라는 값싼 이름의 폭력

『타인의 고통』__수전 손택

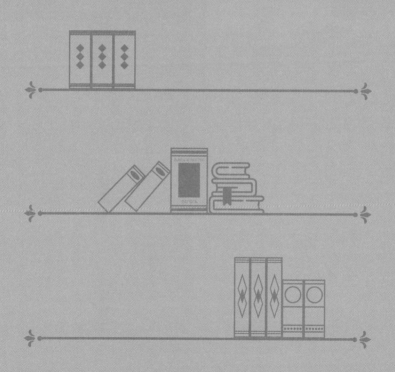

수전 손택.

수전 손택Susan Sontag(1933~2004)은 뉴욕에서 유대계 부모 사이에서 태어났습니다. 에세이 작가이자 소설가이며, 예술평론가, 극작가, 영화감독, 연극 연출가, 문화비평가, 사회운동가 등으로 끊임없이 변신해 '대중문화의 퍼스트 레이디', '새로운 감수성의 사제', '뉴욕 지성계의 여왕'이라는 별명과 명성을 얻었습니다.

그의 아버지 잭 로젠블랫이 폐결핵에 걸려 이른 나이에 사망한 뒤 어머니가 육군 대위인 네이슨 손택과 재혼하면서 손택이라는 성을 쓰게 됐습니다. 어린 시절에 아버지의 죽음과 가난, 잦은 이사 등으로 힘들어 했습니다. 그러나 독서와 음악 덕분에 자신이 처한 현실을 개의치 않는 사람들의 세계에서 살 수 있었다며 독서는 "자기 자신으로 있을 필요가 없는 승리"라고 고백할 정도로 책 읽기를 좋아했습니다.

손택은 열다섯 살 때 버클리 대학에 입학할 만큼 영특했습니다. 시카고 대학에서 문학과 역사, 철학을 배웠고 스물다섯 살에 하버드 대학에서 철학 박사학위를 받았습니다. 1959년부터 뉴욕 시립대학, 사라로런스 대학, 컬럼비아 대학 등에서 철학 강의를 맡았고, 각종 신문과 잡지에 활발하게 기고했습니다. 열일곱 살 때 시카고 대학 강사인 필립 리프와 결혼했다가 8년 뒤 이혼했습니다.

첫 소설 『은인』(1963)으로 문단과 학계의 주목을 받았고, 평론집 『해석에 반대한다』(1966)에서는 "해석은 지식인이 예술과 세계에 대해 가하는 복수다"라는 도발적인 문제 제기를 했습니다. "예술에서 고정된 의미를 찾으려고 하기보다는 예술을 예술 자체로서 경험해야 한다"라고 말하며 비평보다 더 중요한 것으로 심미적인 체험을 강조했습니다.

손택은 미국 펜클럽 회장(1987~89)을 맡는 동안 한국 정부에 구속 문인의 석방을 촉구했습니다. 1993년에는 전 세계인이 사라 예보 내전에 관심을 주기를 촉구하며 전쟁 중이던 사라예보에서 연극 〈고도를 기다리며〉를 공연했습니다. 2002년 9월, 미국의 9·11 테러 1주년에는 《뉴욕타임스》기고문을 통해 9·11 세계무역센터 폭파 사건을 대하는 미국 정부의 태도를 비판해 격렬한 찬반 논쟁을 일으켰습니다.

손택은 자신이 '예술에 온 정신이 팔린 심미가'이자 '열렬한 실천가'로 불리기를 원했습니다. 그가 원한 대로 그는 해박한 지식과 특유의 감수성을 지닌 심미가이자 인권과 사회 문제에도 거침없는 비판과 투쟁으로 맞서 행동하는 지식인의 면모를 보여 줬습니다. 손택은 골수성 백혈병으로 일흔한 살에 사망해 파리의 몽파르나스 공동묘지에 안장됐습니다.

그가 쓴 책으로 『은유로서의 질병』, 『타인의 고통Regarding the Pain of Others』, 『강조해야 할 것』 등과 전미도서비평가협회상 비평 부문 수상작 『사진에 관하여』, 전미도서상 소설 부문 수상작 『미국에서』 등이 있습니다.

현대사회는 누구나가 마음만 먹으면 인터넷이나 휴대전화로 다양한 영상과 이미지를 유통할 수 있습니다. 누구나 카메라가 잘 갖춰진 휴대전화를 갖게 되면서 다양하게 자신을 드러내거나 소통하기가 쉬워졌죠.

SNS에도 온갖 이미지들이 넘쳐납니다. 동물들의 귀여운 모습, 여행 사진, 춤추는 영상 같은 일상적인 모습부터 적군의 외신 기자를 참혹하게 사형하는 영상처럼 조직적이고 정치적인 목적을 띤 영상까지 올라옵니다. 불법 촬영한 영상과 사진들까지도 순식간에 공유되는 게 현실이죠. 점점 더 좋아지는 카메라 성능과 촬영 기법, SNS의 발달은 우리를 정보와 이미지의 홍수 속에 살게 합니다.

이미지의 재현 양식 중에서 대표적인 것이 '사진'입니다. 휴대전화를 쓰거나 수많은 SNS 중 한 가지라도 이용한다면 '사진'으로 내 의견을 대신하거나 나를 드러내며, 다른 이의 사진 이미지를 읽고 해석하는 것에서 누구도 자유롭지 못할 것입니다. 공공의 성격을 띤 뉴스를 보더라도 기사 내용에 맞는 영상이나 사진이 함께 있을 때 그 기사의 이해도는 높아지고 객관적 신뢰도 얻게 되죠. 그렇다면 이처럼 절대적인 권력을 갖게 된 '사진'은 어떤 의미이고 우리에게 어떤 영향을 미칠까요?

왜 '전쟁' 사진인가?

먼저, 수전 손택의 관점을 이해하려면 작가가 이러한 글을 쓴 배경을 이해할 필요가 있습니다. 2001년에 세계무역센터WTC가 무너진 이후 테러와 전쟁을 선포한 미국은 폭력의 선명한 이미지를 정치적인 도구로 이용하려 한 의심을 강하게 받습니다. 이전의 전쟁들도 폭력을 담은 전쟁 사진을 적절한 선전 도구로 활용했기 때문입니다. 9·11 이후 손택은 이러한 사진 매체의 오용을 강하게 비판하기 시작했습니다. 이미 손택은 열두 살 때 서점에서 우연히 본 유대인 수용소 사진에서 충격을 받은 적이 있기에 폭력적인 사진 이미지의 오용은 지나칠 수 없는 문제였죠.

"사진에 대해 글을 쓰는 작업에 흥미를 갖게 된 건 사진이 이 사회의 모든 복잡성과 모순과 모호성을 투영하는 중심적 활동이라는 걸 깨달았기 때문입니다. 이런 모호성이나 모순, 복잡성은 사진의 본질이며 또한 우리가 사유하는 방식이기도 하죠." 손택은 한 인터뷰에서 자신이 왜 사진을 각별하게 여기며 글을 쓰는지를 이렇게 말했습니다. 그 사유는 현대 사진의 사회적 의미를 밝힌 『사진에 대해』와 전쟁과 폭력을 담은 사진이 어떻게 소비되는지를 비판한 『타인의 고통Regarding the Pain of Others』(2003)에 담겼습니다.

특히 이 책에서는 고통마저도 월드컵을 보듯이 소비되는 현대사회의 세태를 분석합니다. 항상 전쟁으로 고통받는 사람이 있고, 전쟁을 보도하는 사진은 그 처참한 현장으로부터 멀리 떨어진 곳의 사람들에게 온갖 미디어를 통해 전달됩니다. 사람들은 안락한 의자에 앉아서, 전시관을 찾아, 또는 지하철을 타고 출퇴근하면서 타인의 고통이 담긴 사진을 쇼를 보듯 구경합니다.

손택은 이러한 세태를 꼬집으며 사진이 이전의 기록화와 다른 지점이 어디인지를 조목조목 밝힙니다. 사람들이 어떤 식으로 참여하게 되는지를 검토합니다. "타인의 고통이 담긴 폭력과 상처가 담긴 사진들

9·11 테러로 무너진 세계무역센터의 모습(2001).

을 어떻게 바라볼 것인가"라는 질문을 내내 던집니다. 주로 전쟁을 다루며 전쟁이 사진 이미지로 어떻게 소비되고 정치성을 띠게 되는지를 예로 듭니다. 르완다의 투치족 학살, 1·2차 세계대전의 전쟁 사진 및 홀로코스트와 9·11 테러에 이르기까지 전쟁이야말로 타인의 고통을 적나라하게 드러나는 무대이기 때문이죠.

사진은 객관적인가?

사람들은 그림과 사진을 어떻게 인식할까요? 우리는 종교화나 기록화에 담긴 고통의 이미지는 거북스럽지 않고 일종의 교훈을 담은 서사로 읽습니다. 그 이유는 작가가 그리고자 하는 의도와 주관성을 떠올리기 때문이죠. 피투성이가 되어 사지가 찢어진 장면을 사실적으로 표현한 것을 보며 그것이 사실이라고 인지하기보다는 작가의 주관적 표현으로 받아들입니다.

그러나 같은 장면을 사진으로 찍어 보여 준다면 어떨까요? 아마도 그 장면은 객관적이고 사실이라고 받아들일 가능성이 큽니다. 과연 사진은 객관적인 사실을 전달할까요? 손택은 전혀 그렇지 않다고 단언합니다.

사진은 홀로 찍히는 것이 아니라 피사체와 찍고자 하는 작가의 의도가 고스란히 녹아 있는 결과물이기 때문이죠. 사진을 찍는다는 것은 구도를 잡는 것이고, 구도를 잡는 것은 필연적으로 무언가를 배제하거나 포함하는 과정을 거치기 때문에 이미 사진을 찍는 이의 의도가 고스란히 반영될 수밖에 없기 때문입니다. 사진은 객관적이라는 공인을 받았으나 언제나 사진 찍는 이의 시점을 전제로 하기에 제한적인 범위의 사실을 '재현'하는 하나의 구성물인 셈입니다.

손택은 또한 다양한 이미지 형식 가운데 사진이 가장 자극적이며 단시간에 단순화된 형태로 기억될 수 있다며 그 위험성을 경고합니다. 동영상이 1초에 약 30프레임에 이르는 연속적인 이미지를 담지만 각각의 프레임에 고정된 기억의 가장 기본 단위는 단 하나의 장면이기 때문이죠.

그런데 아이러니하게도 사람들은 그 사진을 보며 작가의 의도를 읽는 게 아니라, 사실을 확인했다고 착각합니다. 사진이 모든 것을 담고 있지 않음에도, 작가의 주관적 선택임에도 객관적이라고 여기죠. 손택은 이러한 사진의 속성과 수용자의 태도를 지적하며 영원한 고통을 담은 사진에 사람들이 참여한다는 사실은 그 자체로 비윤리적이며 비도덕적인 행위라고 비판합니다.

특히 저널리즘 사진은 지독할 만큼 편견과 의도를 담고 정치적이면서도 대중적이라고 비판합니다. 대중에게 공개된 사진들 가운데 심하게 손상된 육체가 담긴 사진들은 아시아나 아프리카에서 찍힌 것들이 대부분입니다. 16세기부터 20세기 초에 이르기까지 아프리카인들과, 아시아 국가에 살던 식민지의 인종을 마치 동물원의 동물처럼 구경거리로 만들던 1백여 년 묵은 관행을 그대로 이어받았기 때문이죠.

이런 사진들에는 이중의 메시지가 있다고 지적합니다. 부당한 고통, 반드시 치유해야만 할 고통을 보여 주면서 동시에 가난하고 미개한 나라들에서 이런 비극이 일어난다는 믿음을 조장하는 것이죠.

사람들은 어떻게 이미지를 받아들이는가?

사진은 현실을 사실적으로 반영할 수도 있지만, 구도나 포착의 순간이나 연출 등을 통해 한층 더 자극적인 이미지를 만들어 냅니다. 사람들은 대부분 비참한 모습, 두려운 공포에 질린 모습, 끔찍한 모습 등에 시선을 뺏기게 마련입니다. 이런 사진을 보는 사람들의 마음과 생각은 어떨까요?

우리는 보통 타인의 감정에 공감할 수 있다고 믿거나 주장하지만, 과연 그럴까요? 손택은 그 말은 진실이 아니라고 말합니다. 타인의 고통을 내 방식대로 재해석하거나 유추해서 이해하는 건 가능해도 그 사람의 고통의 정도를 측정하거나 공유하는 것은 불가능하다고 단언하죠. 인간은 사진과 같은 잔혹한 고통의 표현을 보고 분노나 슬픔이나 연민을 느끼기도 하지만, 쾌락도 느낀다고 지적합니다. 그 쾌락은 자신은 저 사진처럼 고통 속에 있지 않다는 만족감일 수도 있고 가학적 쾌락일 수도 있습니다.

> 사람들은 으레 엄청나게 잔인한 사건들과 범죄들의 현장을 담고 있는 사진을 보고 싶어 할 수 있다. 그렇지만 오히려 우리는 이런 사진들을 본다는 것의 의미, 자신들이 본 것을 현실에서 그대로 따라 할 수 있는 사람들의 능력을 생각해 봐야 할 것이다. 이런 사진들을 본 뒤 사람들이 취하는 반응이 꼭 이성적이고 양심적인 것만은 아니다. 고문을 받거나 사지가 절단된 육체를 묘사해 놓은 이미지들은 대부분 음란하기 그지없는 흥미를 자아낸다.✦(144쪽)

예를 들면, 기아에 허덕이는 어린아이가 구걸하는 사진이나 5·18 민주화운동 당시 학생들에게 거침없이 총을 쏘는 사진을 보며 사람들은 자기 나름의 이야기를 만듭니다. 극적인 사진일수록 머릿속에 강렬한 영상으로 오래 남을 텐데, 그럴 때 사진은 '사실적 요소', '증거로서의 요소' 등 절대적이라고 부를 수 있는 지위를 상실하죠.

하지만 우리의 머릿속에서 사진의 이미지는 절대적인 기록으로 남게 됩니다. 같은 5·18 민주화운동 사진을 어떤 이는 폭동 장면이라 여기고 어떤 이는 민주화운동 장면이라고 말할 때 각자는 자신의 머릿속에 들어온 이미지와 메시지가 사실이고 객관적이라고 믿는다는 거죠. 그러면서 고통받고 있는 사람들에게 연민을 느끼며 자신은 그러한 고통에 연루되지 않음에 안도한다고 지적합니다.

✦ 수전 손택, 이재원 옮김, 『타인의 고통』, 이후, 2007.

특권을 누리는 우리와 고통을 받는 그들이 똑같은 지도상에 존재하고 있으며 우리의 특권이 우리가 상상하고 싶어 하지 않는 식으로, 가령 우리의 부가 타인의 궁핍을 수반하는 식으로 그들의 고통과 연결되어 있을지도 모른다는 사실을 숙고해 보는 것, 그래서 전쟁과 악랄한 정치에 둘러싸인 채 타인에게 연민만을 베풀기를 그만둔다는 것, 바로 이것이야말로 우리의 과제이다. 사람들의 마음을 휘저어 놓는 고통스러운 이미지들은 최초의 자극만을 제공할 뿐이니.(154쪽)

빈곤 포르노는 가난이나 비참함을 선정적으로 다루는 사진이나 영상물, 모금 방송 등을 이르는 말입니다. 바짝 마른 아이가 며칠을 굶어 웅크리고 있는 모습이나 마실 물이 없어 오염수를 먹는 빈곤국 아이들의 모습 등을 등장시킨 뒤 마지막에 '당신의 전화 한 통화가 이들을 살릴 수 있다'라는 자막을 넣는 모금 캠페인이 빈곤 포르노의 대표적인 사례입니다. 빈곤 포르노는 시청자의 감성을 최대한 자극해 상업적 효과를 얻으려 하기에 비극을 크게 부각시킵니다. 이 과정에서 왜곡과 조작이 발생하고 인권침해가 일어나기도 합니다.

연민은 수직적인 상하관계를 만듭니다. 사진의 대상을 구경거리로 만들고 사진의 사람들을 구경꾼으로 만듭니다. 내가 그들보다 나은 위치에 있다는 것에 대한 위안이자 '미덕'이라는 감정으로 포장되는 것이죠. 연민의 대상은 나보다 더 고통받고 열등한 존재가 되어 그들과 내가 같은 위치에 놓이는 것을 방해합니다.

흔히 사람들은 타인의 고통이 자신과 밀접히 연결되어 있다는 사실을 잘 받아들이지 못합니다. '이런 일은 나에게 일어나지 않는다, 나는 아프지 않다, 나는 아직 죽지 않는다, 나는 전쟁터에 있지 않다' 같은 사실을 알고 있다는 그럴싸한 만족감을 느끼며 사진 속 인물이나 사건을 소유할 수 있는 그 무엇으로 변형시켜 대상화하기 때문이죠. 또는 그 이미지들이 주는 두려움 때문에 폭력을 외면하거나 타인의 시련 등은 생각하지 않습니다. 그러면서 사진이 현실을 투명하게 보여 준다고 높이 평가합니다.

예를 들면, 소비되는 사진 속 인물 중에는 목숨을 구걸해야만 할 운명에 처한 탈레반 병사도 있겠죠. 그 병사에게는 가족도 있을 것이고, 언젠가는 그들 중 누군가가 자신의 남편이자 아버지이며 아들이자 형제인 병사가 살육되는 장면이 찍힌 사진을 보게 될지도 모를 일이라는 겁니다. 그것을 무시한 채 폭력적인 이미지를 소비하는 것이야말로 폭력적이고 비윤리적이라고 비판합니다.

손택은 사람들이 그들의 고통과 연결되어 있을지도 모른다는 사실을 숙고해 보는 것, 전쟁과 악랄한 정치에 둘러싸인 채 타인에게 연민만을 베풀기를 그만두는 것이야말로 우리의 과제라고 강조합니다. 그렇지 않다면 폭력적인 사진은 비윤리적이고 폭력적인 자극만을 제공할 테니까요.

과잉 이미지 시대에 우리의 감각은?

담뱃갑에는 담배를 피우면 생길 수 있는 병든 몸을 보여 주는 이미지가 인쇄되어 있습니다. 암에 걸린 폐나 썩어가고 구멍 난 몸, 손상된 심장이나 피가 흥건한 입 등 충격적인 이미지로 흡연의 해로운 영향을 알리는 경고성 그림입니다. 처음 그 이미지를 본 사람들은 충격을 받죠. 담배의 유해성은 알았지만, 담배로 인해 병들어 가는 몸의 이미지는 더 끔찍하게 다가오기 때문입니다.

그러나 시간이 흐른 뒤 그런 자극적인 사진들에 사람들은 얼마나 충격을 받을까요? 처음의 충격만큼 불편함과 끔찍함을 느낄까요? 아마도 처음 보았을 때의 충격은 옅어지고 익숙해질 것이라고 손택은 말합니다. 날마다 쏟아져 나오는 자극적이고 폭력적인 이미지들에 감각이 무뎌지고 무감각해지기 때문이에요.

참혹함을 드러낸 사진은 어떻게 소비되나?

전쟁의 참혹함을 드러낸 사진은 수많은 방식으로 이용당했습니다. 군대의 위엄을 알리기 위해서나 사람들에게 안정적인 환경에 있다는 편안함을 주기 위해서, 또는 처벌당해야 마땅한 이들을 향해 단죄하며 다른 이들을 향한 경고를 포함하면서요. 이런 사진들은 대부분 자본과 정치의 결합물에 가까웠죠.

예를 들면, AP 통신의 에디 애덤스 기자는 1968년 베트남 전쟁 당시의 모습을 담은 사진으로 퓰리처상까지 받았지만, 그 이면에는 인위적인 조작이 있었습니다. 퓰리처상을 받은 사진은 남부 베트남의 경찰국장인 응우옌응옥로안 장군이 베트콩 용의자를 현장에서 즉결처분하는 순간을 담아낸 사진이었죠. 이 사진은 응우옌응옥로안 장군에 의해 연출된 장면이었습니다. 기자들이 자신의 옆얼굴과 죄수의 얼굴이 잘 보이도록 자세를 취한 사진이었습니다. 그러나 이 단면적인 이미지를 보는 사람들은 그 이미지가 의도적으로 재현된 사실에는 크게 관심을 두지 않았습니다.

이 하나의 이미지는 미국 국민이 베트남 전쟁을 달리 바라보게 만들며 전쟁의 흐름까지 바꾸었습니다. 이 사진을 보며 사람들은 대부분

윤리와 보편타당한 가치가 뒤섞인 전쟁 상황에서 벌어지는 비인간적인 모습을 떠올렸죠. 그러나 이 사진에서 처형당하는 베트콩 용의자는 양민을 학살한 장본인이었어요. 응우옌응옥로안 장군의 부하 경찰을 살해했다는 혐의도 받았던 인물이죠.

에디 애덤스는 이 사진을 촬영하면서 양민학살의 주범이라는 극악무도한 인물을 처형하는 정의로운 응우옌응옥로안 장군의 모습을 기록하기 위해 셔터를 눌렀을지 모릅니다. 그러나 실제로 이 이미지는 법적인 절차를 생략한 채 개인의 판단으로 즉결 처분을 하는 비윤리성을 부각시켰고, 미국 사회는 분노했습니다.

그 결과 양민학살이라는 죄목으로 즉결 처형당하는 사진 속 인물은 오히려 잔혹한 전쟁의 희생자로 그려집니다. 에디 애덤스의 의도와는 정반대로 남베트남과 미군의 입장에서 범죄자였던 베트콩은 아이러니하게도 반전의 아이콘이 되어 반전 여론에 일조한 결과를 불러일으켰죠. 사람들이 의도적으로 재현된 한 장면을 진실로 믿고 여론을 흔든 겁니다.

2018년 월드 프레스 포토에서 대상 수상작인 로날도 슈미트 AFP 통신 기자가 찍은 사진인 '베네수엘라의 위기'는 2017년 5월 3일 베네수엘라 수도 카라카스에서 열린 반정부 시위에 참가한 한 시위자의 모습을 포착했습니다. 방독 마스크를 쓴 젊은 남자가 화염에 휩싸인 채 뛰어가는 사진이죠. 이 사진이 말하려는 것은 무엇일까요? 사진작가의 정확한 의도를 알 수는 없지만 아마도 작가는 베네수엘라 반정부 시위의 진상을 알리기 위하여 이와 같은 사진을 찍었을 겁니다.

이 사진을 본 많은 사람은 베네수엘라 정부에 대한 분노를 느낄 수 있겠죠. 수전 손택이 지적한 것처럼 불에 타고 있는 사람에 대한 연민과 더불어 나는 아니어서 다행이라는 안도감, 혹은 사진 속 인물의 고통과 절박함과 상관없이 영화 포스터 보듯 상품으로 소비할 수도 있습니다.

카메라가 보여 주는 언어

사진작가에게 카메라는 입이자 언어입니다. 사진작가는 분명 현실에 대해 하고 싶은 말이 있었기에 카메라를 들었을 겁니다. 하지만 사진작가의 의도와는 무관하게 사진이 전시된 뒤의 결과는 처참합니다.

미디어의 발달로 사진에 찍힌 대상은 모든 곳에 전시됩니다. 특히 디지털 사회에서는 고통을 담은 사진들이 무분별하게 복제되고, 검색 한 번으로 누구나 언제 어디서든지 볼 수 있습니다. 그렇기에 많은 사람의 감성에 호소하기 위하여 사진은 점점 더 극적 상황을 포착하려 하고 사진에 찍힌 불행은 상품화됩니다. 사진기의 플래시가 총의 총알이 되는 순간입니다.

사진기의 플래시를 총알로 만들지 않으려면 사진작가는 잔인하고 자극적인 사진으로 겉모습만 보이게 하고, 폭력적 잔상 뒤에 있는 본질을 가리는 것은 아닌지 스스로 반문해야 합니다.

그렇다면 타인의 고통을 찍는 사진작가만을 비난해야 할까요? 전쟁사진가 낙트웨이는 '사진만을 찍고 아무것도 하지 않는다'라는 비난을 받았지만, 적어도 그는 전쟁의 참상을 보았을 것입니다. 사진 속 대상들만큼은 아니더라도 함께 고통을 느꼈겠죠. 오히려 사진을 보는 우리가 진실을 외면하고 그들의 고통을 구경하는 것은 아닌지 돌아봐야 합니다.

'타인의 고통'을 어떻게 볼 것인가?

우리는 어떤 선택을 할 수 있을까요? 손택은 전쟁의 참혹함을 보여주지 말라고 주장하는 것이 아닙니다. 다만 이미지로써 전쟁을 보여주는 것은 너무나 쉽고 무책임하며 폭력적인 방법에 가깝다고 말하죠. 우리는 사진을 보며 진실이라고 생각하지만 사진도 누군가가 만들어내는 이미지이기 때문입니다. 이해하지 않고 받아들인 이미지는 그저 자극일 뿐이기에 사진의 두 가지 영향력을 생각하라고 합니다.

두 가지 영향력이란 대중들에게 타인의 고통으로부터 멀어지지 않고 계속해서 연결할 수 있는 중요한 고리가 될 수 있다는 것과, 그 반대로 잔혹하고 끔찍한 이미지들이 자주 노출되면 타인의 고통에 공감하는 능력을 잃게 한다는 것입니다. 특히 손택이 우려하는 것은 후자의 영향력입니다. 우리는 이미 수많은 이미지 홍수 속에 파묻혀 그 안의 사진들에 연민이나 고통에 공감할 만한 힘을 잃어버리고 있기 때문입니다.

현실을 반영하는 것의 패러다임을 전환시킨 혁신적인 발명품 '사진', 그러나 사진 한 장이 가지는 힘과 파급력을 깊이 고민하지 않고 소비되는 사진은 단순한 인쇄물에 지나지 않습니다. 세상을 이해하는 통찰력이 밑바탕에 없는 카메라는 사람 대신 정물화를 그려 주는 기계일 뿐입니다.

이 책은 고통을 지켜보는 우리와 타인을 구분하는 것이 과연 옳은지 묻습니다. 우리는 누구이며 타인은 누구일까요? 우리는 제1세계 사람들이고 타인은 제3세계 사람들일까요? '우리'에는 어떤 사람들이 포함되는 걸까요? 타인의 고통에 눈을 돌리는 것이 의미가 있으려면 더 이상 타인이 포함되지 않는 '우리'라는 말을 당연시해서는 안 될 것입니다. 타인의 고통을 느끼는 감수성 없이 사진의 속성을 이해하지 못한 채 전쟁의 잔인함이 그대로 노출된 사진을 보는 것은 비윤리적이기 때문입니다. 그렇다면 수전 손택이 남긴 질문에 어떻게 대답할 수 있을까요?

수지 린필드는 사진은 무엇을 의미하는가를 고찰하며 폭력적인 순간들을 찍은 전쟁 사진을 다룬 책『무정한 빛』에서 손택과 다른 의견을 제시합니다. 아마도 수전 손택의 문제 제기에 적절한 응답이 아닐까 합니다. 수지 린필드는 사진가의 창작윤리, 비평가의 비평윤리를 넘어 사람들의 '보는 윤리'를 요구합니다. 사진의 한계를 정확히 지적하면서도 사진을 본다는 행위는 전혀 새로운 관점의 윤리를 요청한다고 말하죠. 그것은 바로 사진에 담긴 사건의 전후를 이해하고 사진에 담긴 고통이 나의 모든 것, 행복, 재산, 불행, 세계 등과 무관한 것이 아니라는 점을 늘 곁에 두라는 점입니다.

타인의 고통을 보는 우리의 자화상

우리 사회에서도 5·18 민주화운동이나 세월호 사건 등을 대하는 일부 사람들의 망언과 만행은 끊이지 않습니다. 참상과 비극을 보여 주는 이미지들이 어떤 식으로 왜곡되는지를 떠올려 보면 우리 사회가 얼마나 공감 능력을 잃었는지를 알 수 있죠.

우리가 '타인의 고통'을 '쉽게' 말하는 것은 나도 너도 느낄 수 있었던 '고통'을 그저 나와 무관한 '타인의 고통'으로 대상화시킨 것에서 비롯됩니다. 현대사회에서 '사진'은 보편화되었고, 그 고통의 이미지를 우리는 안락한 의자에 앉아 영화를 감상하듯 구경하기 때문입니다. 그들의 고통과 나의 삶이 밀접하게 연관되어 있다면 사진 속의 그는 단순히 '타인의 고통'으로 치부하고 관람할 수 있는 것이 아니어야 합니다. 우리는 '타인의 고통'에 함께 공감하고 연대해 문제를 해결해 나가야 할 의무가 있으며, 그 의무로의 초대가 '타인의 고통'에 대한 사진입니다.

롤랑 바르트의 사진의 두 가지 개념

　'사진'의 본질을 변증법적으로 추론하는 과정을 정리하여 기록한 글 『밝은 방』에서 롤랑 바르트(1915~80)는 "사진은 사실을 포착하기도 하고 재구성하기도 한다"라고 말했다. 롤랑 바르트가 말한 '포착하기도 한다'의 의미는 사진의 '외연적denotative 의미'로 당시의 장면을 기록하는 기술적인 기능을 뜻한다.

　그러나 더욱 주목해야 할 단어는 바로 '재구성'이다. '재구성'을 바르트의 개념으로 설명하면 '내포적connotative 의미'이다. 이 내포적 의미는 문화적 맥락에서 좀 더 특별한 의미가 있다. 내포적 의미는 이미지의 문화적·역사적 배경에 따라 같은 사진이라도 다르게 해석될 수 있기 때문이다. 바르트는 다시 이 내포적 의미와 관련된 문화적 가치관이나 믿음에 대해 '신화myth'라는 단어를 사용하며 신화를 통해 이미지 속에 내포된 의미가 외연적으로 드러난다고 보았다.

참고문헌

1. 꿈을 위해 날아오른 갈매기, 조너선 리빙스턴 시걸

《뉴시스》, 2012년 9월 3일.

리처드 바크, 공경희 옮김, 『갈매기의 꿈』, 나무옆의자, 2020.

리처드 바크, 송은실 옮김, 『갈매기의 꿈』, 소담출판사, 2003.

'리처드 바크', 두산백과.

신운선, 「이 주의 책─갈매기의 꿈」, 《조선일보》, 2016년 9월 16일.

2. 밀실과 광장의 경계선에 선 자유주의자 청년의 여정

게오르크 루카치, 김경식 옮김, 『소설의 이론』, 문예출판사, 2014.

권영민, 『한국현대문학대사전』, 서울대학교출판부, 2004.

김양명, 『한국전쟁사』, 일신사, 1981.

신운선, 「서울대 추천도서 100선─읽어라, 청춘(13) 광장」, 《서울신문》, 2014년
5월 13일.

최인훈, 『광장/구운몽』, 문학과지성사, 2014.

'최인훈', '광장', 다음백과, 두산백과.

한림학사, 『통합논술 개념어 사전』, 청서출판, 2007.

3. 이상한 나라의 모든 일들이 꿈이라고?

김나연, 「『이상한 나라의 앨리스』 일러스트레이션 사례 연구」, 숙명여자대학교
디자인 대학원 석사학위논문, 2006.

루이스 캐럴, 앤서니 브라운 그림, 김서정 옮김, 『이상한 나라의 앨리스』, 살림

어린이, 2009.

루이스 캐럴, 애나 본드 그림, 고정아 옮김, 『이상한 나라의 앨리스』, 월북, 2020.

루이스 캐럴, 『Alice's Adventures in Wonderland(영어 원서)』, 부크크bookk, 2020.

신윤선, 「이 주의 책—이상한 나라의 앨리스」, 《조선일보》, 2016년 11월 18일.

양윤정, 「루이스 캐럴의 『이상한 나라의 앨리스』: 동화형식에 담긴 삶의 비평」, 《현대영미어문학》, 제25권 3호(통권45호), 현대영미어문학회, 2007.

이강훈, 「루이스 캐럴의 『이상한 나라의 앨리스』: 패러디와 상호텍스트성」, 《외국문학연구》, 제27호, 한국외국어대학교외국문학연구소, 2007.

이란아, 「루이스 캐럴의 『이상한 나라의 앨리스』: 환상세계를 통한 자아탐구와 발견」, 숙명여자대학교 대학원 석사학위논문, 2014.

최영진, 「들뢰즈의 생성의 개념으로 읽는 『이상한 나라의 앨리스』의 환상성, 패러독스, 그리고 동물 이미지의 잠재성」, 《인문언어》, 제12권 제2호(2010년 12월), 국제언어인문학회, 2010.

4. 유년기의 비밀과 성장의 아픈 고백

J. M. 데 바스콘셀로스, 박동원 옮김, 『나의 라임오렌지나무』, 동녘, 2020.

J. M. 데 바스콘셀로스, 전혜경 옮심, 『나의 라임오렌지나무』, 혜원출판사, 2003.

'나의 라임오렌지나무', 'J. M. 데 바스콘셀로스J. M. de Vasconcelos', 네이버 지식백과.

윤미애, 「회상 속의 유년과 유년의 환상, 벤야민을 통해 본 『나의 라임오렌지나무』」, 한국비교문학회, 《비교문학》, 40권 40호, 2006.

5. 인간과 동물의 공존을 위한 여정

짐 오타비아니·메리스 윅스, 박영록 옮김, 『유인원을 사랑한 세 여자: 영장류를

연구한 세 과학자 제인 구달, 다이앤 포시, 비루테 갈디카스 이야기』, 서해문
집, 2014.

'제인 구달', 두산백과, 네이버 지식백과.

제인 구달, 박순영 옮김,『희망의 이유』, 궁리, 2003.

제인 구달, 햇살과나무꾼 옮김,『제인 구달의 내가 사랑한 침팬지』, 두레아이
들, 2013.

6. '사랑'은 창조적 기술, 본질 파악과 끊임없는 훈련이 필요하다

라이너 풍크, 김희상 옮김,『내가 에리히 프롬에게 배운 것들』, 갤리온, 2008.

신운선,「서울대 지망생의 책장—읽어라, 청춘(49) 사랑의 기술」,《서울신문》,
2015년 8월 24일.

아카데미아리서치,『21세기 정치학대사전』, 한국사전연구사, 2002.

에리히 프롬, 백문영 옮김,『사랑의 기술』, 혜원출판사, 2005.

에리히 프롬, 황문수 옮김,『사랑의 기술』, 문예출판사, 2019.

에리히 프롬,『건전한 사회』, 범우사, 2013.

'에리히 프롬', 네이버 지식백과.

철학사전편찬위원회,『철학사전』, 중원문화, 2009.

7. 메워질 수 없는 고요함

강상원,『고교생을 위한 세계사 용어사전』, 신원문화사, 2002.

김동수,『낯선 문학 가깝게 보기: 프랑스 문학, 바다의 침묵』, 인문과교양, 2013.

김희보,『세계문학사 작은 사전』, 가람기획, 2002.

'베르코르', '심야총서', 두산백과.

양오석 외, 조봉현 그림,『재미있는 전쟁 이야기』, 가나출판사, 2014.

베르코르, 조규철·이정림 옮김, 『바다의 침묵』, 범우사, 2005.

8. 인본주의자의 눈으로 그린 욕망의 변주곡

'기 드 모파상', 두산백과.

'드레퓌스 사건', 두산백과.

김희보, 『세계문학사 작은사전』, 가람기획, 2002.

모파상, 방곤 옮김, 『목걸이·달빛·비곗덩어리 외』, 하서, 2009.

야다, 「비곗덩어리, 여자의 일생, 모파상」, 《월간 이드》, 27호, 2018.

이영기 외, 「비곗덩어리」, 『낯선 문학 가깝게 보기: 프랑스문학』, 2013.

피터 박스올, 박누리 역, 『죽기 전에 꼭 읽어야 할 책 1001권』, 마로니에북스, 2007.

G. 랑송, 정기수 역, 『랑송 불문학사』, 을유문화사, 1997.

9. 자연 앞에 선 인간의 숭고한 의지

김준래, 《통계교육원 통계의 창》, 2020년 겨울호, 통계청, 2020.

신운선, 「이 주의 책—나무를 심은 사람」, 《조선일보》, 2017년 1월 27일.

장 지오노, 김경온 옮김, 『나무를 심은 사람』, 두레, 2016.

'장 지오노', '나무를 심은 사람', 두산백과.

G. 랑송, 정기수 옮김, 『랑송 불문학사』, 을유문화사, 1997.

10. 중세인의 이상세계를 그려 삶의 지향성을 묻다

'구운몽', 네이버 지식백과.

권성우, 『한국의 고전을 읽는다』, 휴머니스트, 2006.

김만중, 설성경 옮김, 『구운몽』, 책세상, 2012.

김만중, 송성욱 옮김, 『구운몽』, 민음사, 2003.

김만중, 정규복·진경환 옮김, 『구운몽』, 고려대 민족문화연구소, 1996.

신운선, 「서울대 추천도서 100선—읽어라, 청춘(33) 구운몽」, 《서울신문》, 2015
   년 1월 13일.

한림학사, 『통합논술 개념어 사전』, 청서출판, 2007.

11. 부패한 권력과 어리석은 대중에 희생된 사랑

공미라 외, 『세계사 개념사전』, 아울북, 2010.

빅토르 위고, 원혜영 옮김, 『노트르담의 꼽추』, 반석, 2011.

'빅토르 위고' '전태일', 네이버 지식백과, 두산백과.

백유선, 『청소년을 위한 한국 근현대사』, 휴머니스트, 2015.

전국역사교사모임, 『살아있는 세계사 교과서』, 휴머니스트, 2011.

전국역사교사모임, 『살아있는 한국사 교과서』, 휴머니스트, 2019.

해럴드 블룸, 손태수 옮김, 『세계 문학의 천재들: 사람이 알아야 할 모든 것』, 들
   녘, 2008.

황토현동학농민혁명기념제.

12. 과거에서 찾는 미래

김민주, 『경제 법칙 101(시장의 흐름이 보이는)』, 위즈덤하우스, 2011.

권경주, 「서울대 추천도서 100선—읽어라, 청춘(38) 오래된 미래」, 《서울신문》,
   2015년 3월 23일.

헬레나 노르베리-호지, 김종철 옮김, 『오래된 미래』, 녹색평론사, 2003.

'오래된 미래: 라다크로부터 배운다(낯선 문학 가깝게 보기: 북유럽 문학)', 네이버 지식
   백과.

'슬로 푸드', '헬레나 노르베리-호지', 두산백과.

13. 부조리한 세상에 던져진 인간의 모습

문갑식, 《조선일보》, 2014년 12월 5일.

김희보, 『세계문학사 작은 사전』, 가람기획, 2002.

'알베르 카뮈', 두산백과.

'이방인', '알베르 카뮈', 세계문학의 고전.

알베르 카뮈, 김화영 옮김, 『이방인』, 민음사, 2019

알베르 카뮈, 이정서 옮김, 『이방인』, 새움, 2020.

알베르 카뮈, 유혜경 옮김, 『페스트』, 소담출판사, 2003.

최은주, 『질병, 영원한 추상성』, 은행나무, 2014.

피터 박스올, 박누리 옮김, 『죽기 전에 꼭 읽어야 할 책 1001권』, 마로니에북스, 2007.

G. 랑송, 정기수 역, 『랑송 불문학사』, 을유문화사, 1997.

14. 동양과 서양, 세상을 바라보는 다른 시선

리처드 니스벳, 최인철 옮김, 『생각의 지도』, 김영사, 2008.

신운선, 「서울대 추천도서 100선―읽어라, 청춘(45) 생각의 지도」, 《서울신문》, 2015년 6월 29일.

EBS 다큐프라임 〈동과 서〉.

15. 숲속의 생활에서 찾은 간소한 삶의 방식

최광렬, 『서양의 고전을 읽는다』, 휴머니스트, 2006.

'숲속의 생활Walden', '헨리 데이비드 소로', 두산백과.

헨리 데이비드 소로, 권혁 옮김, 『청소년을 위한 월든』, 돋을새김, 2006.

헨리 데이비드 소로, 전행선 옮김, 『월든: 숲속의 생활』, 더스토리, 2021.

16. 괴물의 탄생과 프로메테우스의 비극

'프랑켄슈타인', 두산백과, 네이버 지식백과.

김원익, 『신화, 세상에 답하다』, 바다출판사, 2009.

메리 셸리, 한애경 옮김, 『프랑켄슈타인』, 을유문화사, 2013.

17. 자본주의 정신은 무엇이었나?

가스펠서브, 『교회용어사전』, 생명의말씀사, 2013.

김윤식, 『김윤식 교수의 서양 고전 특강』, 한국문학사, 1998.

김은정, 「현대 자본주의 사회에서 프로테스탄트 신앙 회복 필요성 고찰: 막스
  베버 사상을 중심으로」, 총신대학교 교육대학원, 2015.

권세광, 「"프로테스탄트 윤리와 자본주의 정신" 연구: 개념적 이해를 통한 종교
  와 사회변동의 연관성을 중심으로」, 서울신학대학교대학원, 2004.

노명우, 『프로테스탄트 윤리와 자본주의 정신』, 사계절, 2009.

막스 베버, 박문재 옮김, 『프로테스탄트 윤리와 자본주의 정신』, 현대지성,
  2018.

임상우, 「역사학 연구방법론의 새로운 고전: 막스 베버, 『프로테스탄트 윤리와
  자본주의 정신』」, 《서양사론》, 103호, 한국서양사학회, 2009.

최영주, 「막스 베버 '프로테스탄티즘의 윤리와 자본주의 정신'」, 《서울신문》,
  2015년 4월 20일.

'프로테스탄트 윤리와 자본주의 정신', '막스 베버', 두산백과.

18. 당신은 정상인가요? 혹은 비정상인가요?

마이클 제이콥스, 김은정 옮김, 『도널드 위니컷』, 학지사, 2014.

심영섭, 《시사인》, 417호, 2015.

엘리너 와크텔, 허진 옮김, 『작가라는 사람 1』, 엑스북스, 2019.

올리버 색스, 조석현 옮김, 『아내를 모자로 착각한 남자』, 알마, 2016.

윤현, 「의학계의 시인 올리버 색스 타계」, 《오마이뉴스》, 2015년 8월 31일.

이동진의 빨간 책방, 〈아내를 모자로 착각한 남자〉, 팟캐스트, 2015년 방송.

크리스토퍼 볼러스, 이재훈·이효숙 옮김, 『대상의 그림자』, 한국심리치료연구

    소, 2010.

19. 난 누구의 인형이 아니야

송옥, 「헨리 입센의 인형의 집 연구」, 고려대 교육대학원 교육논총, 1983.

이한이, 『문학사를 움직인 100인』, 청아출판사, 2014.

아도 켈, 김수연 옮김, 『입센』, 생각의나무, 2009.

헨리크 입센, 안미란 옮김, 『인형의 집』, 민음사, 2010.

헨리크 입센, 이옥용 옮김, 『인형의 집』, 가지않는길, 2007.

20. '연민'이라는 값싼 이름의 폭력

롤랑 바르트, 김웅권 옮김, 『밝은 방: 사진에 관한 노트』, 동문선, 2006.

수지 린필드, 나현영 옮김, 『무정한 빛: 사진과 정치폭력』, 바다출판사, 2017.

'수전 손택', 두산백과, 네이버 지식백과, 해외저자사전.

수전 손택, 이재원 옮김, 『타인의 고통』, 이후, 2007.

슈테판 볼만, 유영미 옮김, 『여자와 책』, 알에이치코리아, 2015.

지은이 신운선

20년 넘게 학생과 성인을 대상으로 독서교육과 강의를 하고 있다. 제12회 마해송 문학상과 2019년 아르코 문학창작지원금 장편동화 부문을 수상했다. 작품으로 장편 동화 『해피 버스데이 투 미』, 『바람과 함께 살아지다』가 있고 청소년 소설로 『두 번째 달, 블루문』이 있다. 그 외 쓴 책으로 『엄마가 고른 한 권의 그림책』, 『아이의 독서력(공저)』, 『다문화 독서상담의 이해와 실제(공저)』 등이 있다.

고전을 부탁해 2
청소년을 위한 첫 고전 읽기

1판 1쇄 발행   2022년 1월 20일
1판 2쇄 발행   2022년 5월 30일

지은이   신운선 **펴낸이**   조추자 **펴낸곳**   도서출판 두레
등 록   1978년 8월 17일 제1-101호
주 소   서울시 마포구 독막로 100 세방글로벌시티 603호
전 화   02)702-2119(영업), 02)703-8781(편집)
팩스 / 이메일 02)715-9420 / dourei@chol.com

글ⓒ신운선, 2022

ISBN 978-89-7443-138-9 44800
      978-89-7443-139-6 (세트)